진중권이 만난

예술가의
비밀

진중권이 만난

예술가의
비밀

진중권 지음

창비

책머리에

　이 책에 수록된 것은 예술의 여러 영역에서 활발히 활동하고 있는 여덟 작가의 인터뷰다. 미학을 전공해도 작가와 직접 접촉할 기회는 그리 많지 않다. 사실을 말하자면, 굳이 작가와 만나야 미학을 할 수 있는 것은 아니다. 미학과 예술의 관계는 흔히들 생각하는 것만큼 그렇게 밀접하지 않아, 추상화가 바넷 뉴먼Barnett Newman, 1905~70은 "예술과 미학의 관계는 새와 조류학의 관계와 같다"라고 말하기도 했다. 어떤 면에서 그 관계는 불행하기까지 하다. 조류학자들은 비행의 비밀을 알아내기 위해 때로 살아 있는 새를 해부하기 때문이다.

　미네르바의 부엉이처럼 이론은 현실에서 일이 벌어진 황혼녘에야 비로소 날아오르기 위해 날개를 펴기 마련이다. 예술이론 역시 이론의 일반적 운명에서 자유롭지 못하다. 예술이 무엇인지 알기 위해서는 이론을 공부해야 한다. 실제로 그 안에는 예술에 관한 중요한 질문과 그에 대한 답변이 담겨 있기도 하다. 하지만 미학의 이론들은, 제아무리 동시대적이라 하더라도 예술사에서 이미 벌어진 사건들을 뒤늦게 철학의 레토르트로 증류해 얻어낸 것이다. 그것들은 본질적으로 과거에 속하는 죽은 지식일 뿐이다.

　예술을 살아 있는 상태로 접하는 방법 중의 하나는 지금 이 순간 예술의 각 분야에서 활동하는 가장 창의적인 사람들의 얘기를 직접 들어보는 것이리라. 미학적 사유는 대개 예술가의 진술, 예술가와의 인터뷰, 작품에 대한 비평에서 출발한다. 여기서 예술가의 진술이 예술가의 몫이고, 작품에 대한 비평이 평론가의 몫이라면, 미학자가 직접 생산해낼 수 있는 1차 자료는 사실상 작가 인터뷰뿐이다. 미학자에게도 예술가의 내면을 들여다보는 것은 새로 발견된 고분의 문을 따는 고고학자의 마음처럼 흥분되는 일이다.

미학은 서구에서 발생한 학문이기에, 그 바탕에는 서구예술의 경험과 역사가 깔려 있다. '한국의 미학'이라는 것이 있다면, 그것은 당연히 우리의 토양, 즉 우리 사회의 예술적 실천 위에서만 탄생해야 할 것이다. 그때 중요한 역할을 하는 것이 바로 예술가의 진술, 평론가의 비평 그리고 예술가와의 대담이다. 학문의 수용이란 외국에서 수입한 학문을 위에서 아래로 내리꽂는 식이 아니라, 아래에서 위로 올라가는 식으로, 즉 자기의 현실에서 출발하여 위로 올라가며 자신만의 이론을 구성하는 식으로 완성되는 것이다.

이 작업을 하면서 염두에 둔 것은, 영국의 미술평론가 데이비드 썰베스터David Sylvester, 1924~2001의 프랜시스 베이컨Francis Bacon, 1909~92 인터뷰였다.

썰베스터는 베이컨과 수십년에 걸쳐 열번이 넘는 대담을 가진 바 있다. 그 대담은 화가의 작품세계가 성장하고 변화하는 과정의 충실한 기록이 되었고, 그 기록은 다시 철학자 질 들뢰즈Gilles Deleuze, 1925~95가 『감각의 논리』를 통해 감각론에 기초한 새로운 유물론적 미학을 세우는 데에 요긴하게 사용되었다. 이는 예술가와의 대담이 그저 저널리즘의 필요를 넘어 동시에 이론적이며 철학적인 의미까지 가질 수 있음을 보여주는 모범적 사례이리라.

하지만 이는 어디까지나 미네르바의 부엉이에게나 의미가 있는 일이고, 독자들은 대담을 그 자체로 즐기면 그만이다. '미학'에는 두가지 의미가 있다. 하나는 철학의 이론으로서의 미학, 다른 하나는 창작의 원리로서의 미학이다. 전자는 잿빛이고, 후자는 영원히 푸르다. 독자들에게 중요한 것은 역시 푸르른 미학일 것이다. 예술가와의 대담에는 묘미가 있다. 늙은 농부가 소중한 삶의 진리를 아무렇지도 않게 툭 던지듯이, 뛰어난 예술가들도 우리가 미처 생각하지 못했던 놀라운 진리를 아무렇지도 않게 툭 던져놓곤 하기 때문이다.

여기에 소개하는 작가들은 건축, 회화, 사진, 미디어아트, 디자인 등 예술의 여러 영역에서 각각 '일가'를 이룬 분들이다. 사실 이 작업을 통해 한국 예술계의 지형을 보여주고 싶었으나, 지면의 한계로 인해 그동안 인터뷰를 한 수많은 분들 중 여덟분을 고를 수밖에 없었다. 한편 여러 작가들 틈에 평론가가 끼어 있는 것을 의아하게 여길지 모르겠다. 그것은 비평도 또다른 창작이라는 인식의 발로다. 타고난 예술가만 있는 게 아니다. 비평의 재능 또한 타고나는 것이다.

이 책이 나올 수 있었던 것은 전적으로 '창비 라디오'의 팟캐스트 덕분이다. '진중권의 문화다방' 제작을 담당한 황혜숙씨, 그리고 구성작가 정지돈, 최지수씨에게 감사드린다. 특히 철저한 자료 조사로 대담의 큰 그림을 그려준 정지돈씨는 이 책의 공동저자로 불릴 만하다. 그보다 더 큰 감사는 물론 바쁘신 와중에도 흔쾌히 대담에 응해주신 예술가들에게 돌려야 할 것이다. 긴 대담 끝에 몇몇분은 탈진을 호소하기도 했다. 독자들이 이 대담들 속에서 이 예술가들의 작품의 매력뿐 아니라 인간적 매력까지 느낄 수 있을 것이라 단언한다.

시간을 박제하다

사진가
구본창

사진가. 예술사진과 상업사진을 오가며 다양한 분야에서 사진 매체의 실험적 가능성을
개척해온 한국의 대표적 작가다. 독일 함부르크 조형미술대학에서 사진 디자인을 공부
했다. 국내외에서 40여회의 개인전을 열었으며 그의 작품은 쌘프란시스코 현대미술관,
휴스턴 미술관, 국립현대미술관, 리움미술관 등 다수의 갤러리에 소장되어 있다. 경일
대학교 사진영상학부 교수로 재직 중이다. 대표작으로 「숨」 「탈」 「백자」 등이 있다.

프랑스의 철학자 롤랑 바르뜨Roland Barthes, 1915~80는 사진에는 크게 두개

의 층위가 있다고 말한다. 하나는 사회적으로 공유되는 코드에 따라 사진

에 담긴 메시지를 읽어내는 것. 이를 '스투디움'studium이라고 한다. 일반적

해석의 틀에 따라 사진의 의미를 읽어내는 것은 우리가 일상적으로 하는

일이다. 하지만 사진의 감상이 그저 그 안에 담긴 메시지를 읽어내는 해석

학적 과정에 불과한가? 그렇지는 않을 것이다. 여기서 바르뜨는 이제까지

아무도 주목하지 않았던, 사진의 또다른 층위를 소개한다. 그것은 앞에서

말한 스투디움과 관계없이, 때로는 그것을 전복시키며 보는 이의 가슴과

머리를 찌르는 효과다. 똑같은 메시지를 담은 사진이라도 어떤 것은 별 인

상을 남기지 못하고 스쳐지나가나, 다른 것은 왠지 모르게 나를 사로잡고,

나를 아프게 하며, 나에게 상처를 준다. 이때 사진과의 만남은 그저 머리

로 의미를 읽어내는 해석학적 작업을 넘어 신체와 영혼으로 사진의 본질

을 체험하는 실존적 사건이 된다. 이것이 바르뜨가 사진의 진정한 본질로

꼽은 '푼크툼'punctum이다. 바르뜨는 그것을 "고유한 우연성이며 순수한 우

연, 고유한 기회이자 고유한 만남"으로 정의한다. 푼크툼은 본질적으로 개

별적이고 주관적인 경험이라 일반화하기 어렵다. 그럼에도 불구하고, 작

품이나 대상과의 진정한 만남은 이런 개별적이고 주관적인 경험을 통해서

만 가능함에 틀림없다. '사건'처럼 우리를 엄습하여 사로잡아버리는 사진의 효과는 어떻게 발생하는가? 푼크툼은 "코드 없는 메시지"이기에 예술가가 의도적으로 연출할 수 있는 것도 아니다. 그럼에도 불구하고 사진의 본질이 푼크툼에 있다면, 예술가는 그 본질에 어떻게 도달할 수 있는가? 이런저런 궁금증을 안고, 구본창 작가와 마주 앉았다.

"사진의 본질이 푼크툼에 있다면,
예술가는 그 본질에 어떻게 도달할 수 있는가?"

진중권 반갑습니다. 오늘을 준비하며 이전 인터뷰를 읽어보니 기본적으로 밖으로 돌아다니는 걸 별로 좋아하지 않는다고 하셨습니다. 사진가가 밖으로 안 돌아다니면… (웃음) 인상파 이전의 화가들처럼 바깥을 돌아다니면서 스케치를 하다가 정작 작업 자체는 아뜰리에에서 하시는 거군요.

구본창 사진가가 바깥에 안 나간다니 앞뒤가 안 맞죠? (웃음) 저는 다른 일로 여행을 할 때도 항상 작은 카메라를 가지고 다닙니다. 그렇게 스케치를 해서 아이디어를 얻은 후에 나가지, '이제부터 촬영을 다녀야겠다' 하고 스케줄을 잡아서 무작정 돌아다니지는 않습니다. 오히려 영화, 신문, 잡지에 나오는 스토리나 정보성 사진에서 새로운 아이디어나 영감을 받을 때가 많이 있어요. 심심할 때 보는 「인간극장」 같은 데서도 새로운 아이디어가 나올 때가 있고요.

진중권 돌아다니는 걸 싫어하시지만 또 이런저런 일로 어쩔 수 없이 해외를 많이 다니시게 되지 않습니까? 사진가의 여행은 저희와 어떻게 다를까 궁금합니다. 우리처럼 기념사진도 찍고 그러시나요?

구본창 저도 당연히 낯설고 새로운 곳이면 박물관도 들르고 시장도 들르고, 한바퀴 돌 시간을 만듭니다. 스냅사진도 찍고요. 사진이란 한순간을 포착하는 것이기 때문에 다시 재현할 수가 없잖아요. 스냅사진이 작품의 실마리가 될 때가 있고, 다양한 아이디어를 스케치하는 도구가 될 때도 있고, 그렇습니다.

진중권 작품사진이 아닌 스냅사진을 찍으실 때 무엇을 포착하시는지요. 남들도 다 가는 똑같은 시장에 가더라도 사진가에겐 어떤 것이 말을 걸어오는지 궁금합니다.

구본창 어떤 대상이든지 제 마음을 흔들어야 해요. 지나가다 본 사물일 수도 있고 사람일 수도 있어요. 유일하여 다시 재현할 수 없는 상황이나 물건, 사람의 모습을 담으려고 합니다. 두번 다시 재현할 수 없는 어떤 유일한 매력, 놓치고 싶지 않은 매력, 가지고 싶은 매력이 있어야 셔터를 누르는 것 같아요. 저도 당연히 아름다운 풍광에는 현혹되고 감동하죠. 하지만 누구나 똑같이 감동하는 것은 어차피 제가 찍지 않아도 대한항공 카탈로그 같은 곳에서 많이 볼 수 있잖아요. (웃음) 결국은 남이 발견하지 않은 곳에서 내 개성을 보여줄 수 있는 것이 무엇인가 고민하게 됩니다.

진중권 한번은 『하늘 위에서 본 지구』라는 사진집으로 유명한 얀 아르뛰스베르트랑Yann Arthus-Bertrand, 1946~ 이라는 작가와 UH-60이라는 헬리콥터를 타고 휴전선 위를 비행한 적이 있었거든요. 연신 셔터를 누르는데, 도대체 뭘 찍는지 궁금해서 찍을 때마다 내려다봤더니 아무것도 없더라고

15

요. 그런데 나중에 작품을 보니 제가 보고도 보지 못한 이미지들로 가득했습니다. 그때 '사진가는 아예 보는 눈이 다르구나' 하는 생각을 했죠. (웃음)

구본창 찍는 것도 중요하고 고르는 것도 굉장히 중요한 것 같습니다. 결국은 시각과 경험, 그리고 자기가 뭘 이야기하고자 하는지를 분명히 하는 훈련이 필요하겠죠. 저보다 많이, 더 열심히 사진을 찍는 아마추어 분들도 있습니다. 새벽 네시에 일출을 찍으려고 무거운 장비들을 짊어지고 산을 올라가는데, 저는 그렇게 못하거든요. 그분들의 사진에는 정말 좋은 사진도 있습니다. 문제는 '한번에 그치느냐 아니면 앞으로도 계속 그렇게 할 수 있느냐'죠. 다시 말해 어쩌다 한번 좋은 사진을 찍느냐 아니면 계속 그 수준을 유지할 수 있느냐가 프로와 아마추어를 가르는 차이인 것 같습니다.

진중권 디지털 카메라가 생긴 이후 사진만큼 대중화된 예술은 없을 겁니다. 인터넷 보면 사진 동호회도 많고 커다란 렌즈로 나름대로 멋을 내서 찍은 사진들 많잖아요. 이런 것 보실 때 어떤 느낌이 드세요?

구본창 그분들은 나름대로 즐거움이 있겠지만 아쉬울 때도 있죠. 본인이 감동을 해야 하는데 '누가 어디서 뭘 찍었더라' 아니면 '어떤 사진이 좋더라'라는 말에 휘둘려 그냥 따라했을 때는 감동을 줄 수가 없습니다. 무엇보다도 먼저 본인이 살아온 경험에서 뭘 표현하고 싶은지를 우선 찾아야 하죠. 또 아까 말씀드렸듯이 대상이 사진가에게 말을 걸어와야 하는데, 사람들과 떠들다보면 사물이 말을 걸어오는 걸 들을 수가 없거든요. 같이 촬영을 나가더라도 한꺼번에 몰려다니기보다는 따로 집중하는 시간을 갖고

바라봐야 대상의 개성이 보이지 않을까 합니다.

진중권 보통 사진에 입문하는 분들이 제일 먼저 관심을 갖는 게 기자재들이고 두번째는 기법입니다. 하지만 말씀을 듣고 보니 정작 더 중요한 것, 즉 내가 뭘 표현할 것인가에 대한 훈련은 부족한 것 같습니다. 그렇다고 해도, 솔직히 대가가 쓰는 도구가 무엇인지도 사람들이 궁금해할 것 같습니다. 흔히 대가는 도구를 탓하지 않는다고 하지만요. 카메라는 어떤 걸 쓰십니까?

구본창 종류가 다양합니다. 예전부터 쓰던 아날로그 카메라도 있고, 디지털 카메라도 중형도 있고, 소형도 있어요. 테마에 따라 간편하게 들고 다니면서 스냅을 해야 좋은 사진을 찍을 수 있는 것이 있는가 하면, 삼각대를 놓고 천천히 찍어야 더 깊은 것이 담기는 게 있습니다. 경우에 따라서 다른 장비를 사용하지요.

진중권 카메라마다 성능 차이가 있고 특성이 있겠지만, 아날로그 사진과 디지털 사진의 느낌은 어떻게 차이가 날지 궁금합니다.

구본창 디지털이든 아날로그든 카메라의 크기가 중요해요. 악기도 크기에 따라 공명이 달라지고 음의 높이가 달라지듯이, 사진도 대형 카메라나 옛날에 결혼식에서 찍던 큰 필름이 확실히 더 깊은 맛이 나요. 찍히는 시간도 더 길어 천천히 찍히고 우리가 바라보는 시간도 더 차분해지고요. 그래서 그런지 큰 카메라와 작은 카메라의 차이가 우선이고, 디지털하고 아날로그의 차이는 기술의 발달로 크게 줄었어요. 다만 필름의 입자에서 오는 묘한 분위기와 아우라는 아직 디지털이 따라오지 못합니다. 물론 일반인이 구분하기가 쉽지는 않지만요.

진중권 발터 베냐민Walter Benjamin, 1892~1940도 그런 이야기를 하잖아요. 초창기 사진에는 아우라, 즉 뭔가 범접하기 힘든 '분위기'가 있었다고. 그때만 해도 일단 노출 시간이 굉장히 길었고, 그 결과 피사체와 오랜 시선의 마주침이 있었죠. LP판도 비슷한 것 같아요. LP도 옛날에는 복제로 여겨졌는데, 요즘은 LP에도 원작처럼 아우라가 있잖아요. 복제 매체 자체가 이미 오랜 역사를 갖게 된 거죠.
선생님의 작품을 보다보면 수집벽이 있으신 것 같습니다. 선생님의 수집품을 망라한 '컬렉션'이라는 전시회도 열었죠. 발터 베냐민이 쓴 글 중 「수집가이자 역사가 에두아르트 푹스」Eduard Fuchs, der Sammler und der Historiker가 떠오릅니다. 거기서 베냐민은 공식적 박물관이 수집품의 독창성이라는 면에서는 수집가들을 따라갈 수 없다고 말하죠. 수집에 따로 원칙이 있나요?

구본창 제가 버리지를 못해요. 수집벽이라기보다는 버리지 못하다보니까 수집이 된 것 같아요. (웃음) 원칙이라기보다는 수집품 하나하나가 생명을 가져야 한다는, 나름대로의 기준이 있죠. 이야기를 간직한 물건이나 사람의 얼굴에서 연민의 정을 느끼는 것 같아요. 앤티크, 골동품이라는 것도 긴 세월에 여러사람의 손을 거쳐서 이야기와 함께 남은 거죠. 몇백년이 지나도 버려지지 않고 세월의 흐름과 상처를 안고 있는 것들은 이야기를 품고 있습니다. 옆에서 그런 사물을 보다보면 어느 순간 나한테 그 이야기를 들려준다는 생각이 들고, 촬영을 하게 되죠. 혼자의 상상이지만, 저 말고도 많은 분들이 그럴 것 같아요. 저는 작가의 해석 능력이 굉장히 중요하다고 생각해요.

진중권 사람은 아니지만 사물도 개인사個人史처럼 개물사個物史가 있는 것 같습니다. (웃음) 원래 카메라라는 매체는 냉정한 기계의 눈이기에 '1인칭의 시각과 3인칭 피사체'의 관계를 내포하는데, 선생님의 작품을 보면 카메라가 사물과 '1인칭-2인칭'의 관계를 맺고 있는 것처럼 보이거든요. 눈에 보이지 않고 과학적으로 검증할 수는 없지만, 켜켜이 쌓인 기억, 상처, 얘기를 들으시는 것 같습니다. 똑 떨어지는 대답을 기대하고 묻는 것은 아니지만, 작업을 하실 때 영감은 어디에서 얻으시나요?

구본창 글쎄요. 공식처럼 어떻게 했냐고 질문하시면 할 말이 없어요. 어떤 때는 '어떻게 내가 이 테마에 접근을 했지?' '내가 어떻게 이걸 하게 됐지?' 하고 자신한테 물어볼 때도 있습니다. 사소한 일이 작품이 될 때도 있지만, 연작을 할 때면 며칠 동안 고민의 시간을 가집니다. 이제까지 했던 메모를 들춰본다든가, 저를 아주 한가롭게 만들어 방안을 뒹굴 때, 엉뚱한 데서 아이디어가 불현듯 번뜩일 때가 있어요.

진중권 아마도 꿈과 비슷하지 않을까요. 우리가 꿈에서 보는 이미지를 자세히 분석해보면 옛날에 겪었던 체험이 조금씩 섞여서 등장한 경우가 많으니까요. 마녀의 냄비 속에서 끓다가 불쑥 솟아오른 마법의 약 같은 거죠. (웃음)

무역회사를 그만두고 독일로 떠나다

진중권　선생님 약력을 살펴보니 연세대 경영학과 71학번이세요. 대학을
졸업하고 대우실업에 취직하셨습니다. 여기까지는 일반적인 엘리뜨 코스
인데 6개월 만에 직장을 그만두셨어요. 그리고 돌연 독일로 유학을 떠나
함부르크 조형예술대학에서 공부를 하셨습니다.

구본창　무역회사는 아침 여덟시까지 출근해 저녁 여덟시까지 있고 주말에
도 거의 꼬박 나가야 했어요. 다른 것보다 회식과 노래방에 가야 하는 집
단 생활이 힘들었던 것 같아요. 견디지 못해서 곧 그만두고, 학비가 무료
라는 독일로 떠났습니다. 처음에는 독일어를 배우며 디자인 전문 사립학
교를 야간으로 몇달 다니면서 회사 일을 봐줬습니다. 일단 야간이라도 뭔
가 배워야겠다는 욕심으로 들어갔다가, 디자인은 제가 배우려고 했던 게
아니라는 생각이 들어서 정식으로 대학교를 알아보고 시험을 보게 되었
습니다. 입학 심사용으로 독일말로 '마페'Mappe, 즉 포트폴리오를 독일에서
작업했죠.

진중권　그때 제출하셨던 마페는 사진이었나요? 아니면 회화였나요?

구본창　그때는 회화였죠. 학교가 사진만 하는 대학이 아니고 1, 2학년 때
는 조형 전반을 배우기 때문에 포트폴리오도 그림 위주로 가져갔습니다.
입학시험은 아주 추상적으로 봅니다. 꿈에 대해서 표현하라든가, 성냥갑
같은 것을 주면서 그걸로 입체를 만들라든가 하는 시험이었죠. 이게 실기

시험이라면, 필기는 네가 왜 여기에 들어와서 공부를 해야 하느냐는 질문에 답하는 것이었어요. 지금 생각해보면 신기해요. 서툰 독일어로 뭘 썼는지… (웃음) 여기서 꼭 공부를 하고 싶다고 구구절절 쓴 것 같아요. 결과적으로는 운 좋게 합격을 했습니다. 서울에서 미대를 나오고도 떨어진 사람도 있더라고요. 독일에서는 '이미 네 스타일이 있는데 왜 여기 오느냐' 이렇게 보는 거죠. 다행히 저는 오히려 새롭게 배울 수 있는 기회를 주려고 했는지 받아주더군요.

진중권 음악 쪽에서도 같은 이야기를 들은 적이 있습니다. 꽤 잘한다는 사람이 입학시험에 떨어지는데, 그 이유가 더이상 배울 필요가 없다는 것이더라고요. 주로 가르쳐서 큰 변화를 이끌어낼 수 있는, 잠재성 있는 학생들을 뽑는다고 합니다.
향수병에 시달리거나 힘겨워하는 다른 이들과 달리 선생님에겐 독일 유학이 오히려 활력을 가져다준 것 같습니다. 독일 유학 시절 정물과 자화상 과제가 가장 많았다고 하셨는데, 그 시절의 유학 경험이 지금까지도 구본창 작가의 작품에 많은 영향을 끼치는 것 같습니다. 정물과 자화상을 반복하는 것에 어떤 의미가 있을까요?

구본창 3, 4학년이 되어서는 사진을 많이 찍었는데 1, 2학년 때는 주로 정물화와 자화상을 많이 했죠. 독일에서는 '관찰' 훈련을 열심히 시킵니다. 기억나는 과제로 강가에서 주워 온 물건을 관찰해 그리는 것이 있습니다. 찾는 과정도 공부입니다. '파운드 오브젝트'found object죠. 제가 미대를 안 다녀 '관찰'에 대해 잘 몰랐는데, 거기서는 그걸 굉장히 강조하다보니 자연스레 뭔가를 집중해서 들여다보는 것에 익숙해지게 됐습니다.

진중권   발견된 사물, 불어로 '오브제 트루베'objet trouvé라고 하죠. 사실 이 세상에 존재하는 어느 사물이든 제 안에 조형적 잠재성을 품고 있죠. '관찰'을 통해 그 잠재성을 현재화하는 훈련이었나봅니다.

평생의 스승을 만나다

진중권   독일 사진가 안드레 겔프케André Gelpke, 1947~ 와의 만남을 빼고 유학 시절을 얘기할 수 없을 것 같습니다. 그분을 무작정 찾아가신 건가요?

구본창   졸업을 앞두고 뭔가 갈증은 있는데 학교에서 풀 수가 없더라고요. 관심을 가지고 책방에서 매일 보던 작가였던 안드레 겔프케의 전화번호를 찾아서 다짜고짜 전화를 했어요. 친절하게도 일단 와보라고 해서 이제까지 제가 했던 작품을 가지고 갔는데, "잘 찍었지만 이게 유럽 학생의 작품인지, 아니면 독일에 와서 살면서 한국 사람으로 찍은 작품인지, 차이를 알 수가 없다"라고 하시더라고요. 바로 그게 제가 그때까지 느꼈던 갈증의 원인이었어요. 유럽의 작가들처럼 잘 찍으려고 했고, 몇몇 미국 작가들을 흉내 내려고 애만 썼지, 한국의 유학생으로서 여기 와서 뭘 느끼고, 어떤 시각으로 살았는지 생각하며 작업을 해야 한다는 걸 미처 생각을 못했던 겁니다. 그분의 말에 뭔가 뻥 뚫리는 느낌이었습니다.

진중권 겔프케의 작품을 찾아보니, 초현실적인 느낌이 강하게 나더라고요. 이분한테도 영향을 받으셨을 법도 한데, 구체적으로 그분한테 어떤 가르침을 받으셨나요?

구본창 몇번 만나기는 했지만 작품에 대해서만 이야기를 하지는 않았어요. 그렇지만 그분의 사진을 통해서 초현실주의를 굉장히 좋아하게 됐어요. 현실을 회피 혹은 기피하려는 성향 때문일까요? 예를 들어 말은 못하지만 뒤돌아 있는 것들에 관심이 많은데, 마침 겔프케의 사진이 뒷모습 같은 신비한 피사체와 주제를 보여주고 있어 매우 인상적이었어요. 그래서 좋아하게 된 것 같고요.

진중권 사진에서는 특히 초현실주의 미학이 중요할 것 같아요. 초현실주의자들의 작품을 보면 같은 사물도 뭔가 꿈 같은 느낌이 들면서 현실인데도 비현실적인 느낌이 나지 않습니까? 사진가들은 남들이 다 보는 걸 찍어도 뭔가 다른 느낌을 줘야 한다는 거죠.

구본창 아실지 모르겠지만 19세기 말에서 20세기 초 빠리의 도시 풍경을 담은 외젠 아제Eugène Atget, 1857~1927라는 프랑스의 유명한 사진가도 초현실주의자들의 발굴로 데뷔했죠. 만 레이Man Ray, 1890~1976 같은 20세기 초반의 많은 작가들도 초현실주의를 빼고 이야기할 수 없는 것 같아요.

진중권 외젠 아제 본인은 그런 의도로 찍은 건 아니라고 했지만 말입니다. (웃음) 아제는 자기 사진이 그저 '자료'에 불과하다고 얘기하곤 했죠. 빠리

의 시가를 유미화하지 않고 냉정하게 기록했을 뿐인데, 그 썰렁한 분위기
가 사람들의 머릿속에 있던 빠리에 대한 기존의 이미지를 파괴했죠. 그것
을 초현실주의자들은 '초현실'로 해석한 것이고요. 아까 말씀하신 강가에
서 주운 돌멩이를 상상을 통해 새롭게 해석하는 오브제 트루베도 초현실
주의적 전략이잖아요.

유학에서 돌아오다

진중권 귀국하신 게 1985년이었죠? 쉽지 않았을 것 같아요. 예술사진이 미
술품으로 거래되기 시작한 것도 우리나라에서는 그렇게 오래되지 않았죠.

구본창 그렇죠. 당시 사진 전문 화랑이라고는 고작 하나였고, 상업적인
화랑도 아니었어요. 예술사진이란 것에 대한 인식이나 개념도 없었죠.
1990년대 초반부터 청담동에 사진 전문 화랑이 생기긴 했지만, 사진이 회
화 전문 화랑이 아닌 사진 전문 화랑에서 본격적으로 거래되기 시작한 건
1990년대 후반이나 된 후였죠.

진중권 사진에 대한 개념 자체도 초창기에는 예술사진에 치우쳐 있지 않
았습니까? 사진가들도 전직 화가들이었고, 자기들이 가지고 있던 회화의
문법을 가지고 사진을 찍다보니까, 회화적으로 연출도 하고 나중에 리터
칭을 하는 경우가 대부분이었지요. 그러다가 20세기에 들어와 사진을 회
화처럼 찍는 픽토리얼리즘pictorialism이 퇴조하고, 이른바 스트레이트 포토

24

그래피straight photography가 대세를 차지하게 되지요. 스냅 위주로 찍다보니 보도나 기록 혹은 폭로 저널리즘을 위한 사진이 주가 되었지요. 1985년에 돌아오셨을 때만 해도 한국에서는 아직 예술사진의 개념이라는 게…

구본창   희박했죠. 개인적으로 활동하는 분들도 있었지만 미술계나 예술계에서 사진의 예술성에 대한 인식이 없었죠. 공부하기 싫은 사람이 가는 곳이 사진학과라는 인식이 있었고요. (웃음) 예전에는 예술도 '딴따라'라고 해서 많이 낮춰서 생각했지만, 1990년대 지나면서 예술은 하고 싶은 사람들이 하는 것이라는 걸로 점점 바뀌었잖아요. 사진에서도 천천히 변화가 일어났죠.

진중권   그렇게 사진의 개념이 바뀔 때 굉장히 중요한 역할을 하신 것 같아요. 그 당시만 해도 예술사진 전시회가 드물었고, 더군다나 상업적인 사진전문 화랑도 없었다고 하셨습니다. 하나의 대안이라면 사진집을 만드는 것인데, 그것도 개인적인 부富가 없으면 불가능했죠. 그런 이유로 1998년쯤 당시 동숭아트센터에다 예술사진 전문 화랑 'WorkShop 9'을 열고 사진집 등을 파셨다고요?

구본창   사진집을 보고 싶어도 볼 곳이 없어서 사진작가로서 굉장히 안타까웠어요. 유럽이나 미국을 여행 다니며 보면, 각 국가의 주요 도시마다 책방, 커피숍 혹은 정부에서 운영하는 화랑이나 미술관 등 사진의 사랑방 역할을 하는 장소가 있는데 한국엔 전혀 없었죠. 마침 제가 연극 포스터를 찍으면서 동숭아트센터에 드나들게 됐어요. 그곳 로비 구석에 두평도 채

안되는 공간이 있었는데, 누가 세들어 있다가 나갈 거라는 이야기를 듣고
는, 공간을 빌렸습니다. 좁은 공간이지만 작가들의 오리지널 프린트를 갖
다놓고 보여주기도 하고, 작가들의 카탈로그, 얇은 소책자라도 가나다순
으로 정리해 보여주기 시작했죠. 조금씩 사진 판매도 했어요. 디자이너들
이 와서 보면서 자기들이 함께 일할 작가를 찾기도 했습니다.

진중권 당시 한국 사진계의 풍경이 궁금합니다. 사진계와 아무 연관이 없
이 유학을 떠나셨어요. 돌아오셨을 때 기존에 사진계에서 활동하던 분들
과의 관계는 어땠나요?

구본창 사진학과를 나오지 않았기 때문에 선후배도 없었고, 어디에서 어
떻게 시작해야 할지 몰라서 초반에는 굉장히 힘들었죠. 당시 사진을 전시
할 수 있는 곳은 한국일보사 뒤 중학동에 '한마당화랑'이 있었고, 종로에
'파인힐'이라고 낮에는 전시를 하는 맥주집이 있었어요. 듣자하니 한마당
화랑에서 전시를 하려면 사진가 주명덕 선생님한테 선을 보여야 한다고
해서, 작품을 들고 그분을 찾아간 적이 있죠. 그렇게 연이 이어져서 한마
당화랑에서 처음 개인전을 열었고, 그러면서 차츰 인연을 만들어나갔죠.

진중권 귀국 이후의 작품 경향들은 최근의 작품들만 알고 있는 분들에게
는 분명 생소할 것 같습니다. 「열두번의 한숨」(1985)이나 「탈의기」(1988)
같은 작품은 퍼포먼스적인 요소가 있는 연출 사진입니다. 당시 사진계는
스트레이트 사진이 주류였으니 혼자 다른 길을 걸어간 셈인데 쉽지는 않
았을 것 같습니다. 독일에서 갓 돌아온 작가를 사람들이 이질적으로 느낄

26

수도 있잖아요. 사람들이 새로운 걸 보면 새롭다고 하기보다는 나쁘다고
이야기하는 보수성이 있지 않습니까?

구본창　일각에서는 그랬죠. 특히 제가 작업한 연출이 가미된 자화상은 쇼
크였죠. 저것도 사진이야? 사진가가 폴라로이드로 자화상을 찍는다는 것
은 당시에는 드문 일이었을 겁니다. 사진계와는 인연이 없는 사람이 갑자
기 개인전을 여는 것도 그렇고요. 제 사진이 현대적으로 보이고, 정물도
찍어서 디자인 잡지 쪽에서 관심을 보이니까, 더러 싫어하시는 분들이 있
었습니다. 하지만 기본적으로 그 시절은 새로운 것에 대한 갈망이 컸던 시
대 같아요.

진중권　폴라로이드로 찍은 자화상이라 함은 「열두번의 한숨」 말씀하시는
거죠? 언뜻 보면 각도가 빗나간 배드 크롭bad crop 같기도 하고. (웃음) 의도
적인 연출이었죠?

구본창　그땐 거의 무의식적인 분출이었죠. 렌즈를 안 보고 찍었으니까요.
나름대로 답답한 제 심정을 해소하는 탈출구였습니다. 당시에 발표는 안
했지만 도시 스냅 역시 계속 했어요. 그런 사진을 찍으면서 내면적 답답
함을 해소한 거죠.

27

메이킹 픽처 vs 테이킹 픽처

진중권   사진을 찍는 것을 '테이킹 픽처'taking picture라고 하지 않습니까? 그
런데 예술적인 터치가 가미되면, 테이킹 픽처를 넘어 '메이킹 픽처'making
picture에 접근하게 되는데, 이게 당시 한국에서는 굉장히 낯선 관념이었다
는 거죠. 사진을 넘어 행위예술 같은 느낌까지도 주거든요. 실제로도 전통
적인 사진가들과는 굉장히 다른 플랫폼에서 활동을 하셨다고 할 수 있습
니다. 그때의 세계적인 조류였나요?

구본창   세계적인 조류가 메이킹 픽처로 쏠렸죠. 영국의 데이비드 호크니
David Hockney, 1937~ 도 단순한 풍경을 여러장의 사진으로 찍어 몽따주로 나
누는 등 연출을 가미한 작업을 했죠. 독일 작가 중에는 퍼포먼스적인 작업
을 시도했던 작가가 이미 1980년대에 있었죠. 은연중에 그런 것이 제 머릿
속에 있었던 것이고, 당시에는 저도 단순한 인화지로는 표현할 수 없는 격
한 감정이 있어서 그것을 행동으로 표현했던 것 같습니다. 그렇게라도 표
출하지 못했다면 오히려 답답해서 독일로 짐 싸서 돌아갔겠죠. (웃음)

진중권   사진과 회화의 경계를 넘나든다는 점에서 게르하르트 리히터
Gerhard Richter, 1942~ 의 작업을 연상시키기도 합니다. 독일에 계실 때 리히터
를 접하셨죠?

구본창   그때 사진계에서는 사진과 미술이 적극적으로 교류를 하지 않았
고, 리히터 이야기를 할 겨를이 없었습니다. 리히터도 1980년대 후반부

28

「열두번의 한숨」 연작 중(1985)

「탈의기」 연작 중(1988)

터 활동적이었지, 현대사진의 고전이 되어버린 베른트 베허Bernd Becher, 1931~2007와 힐라 베허Hilla Becher, 1934~2007 부부만 해도 우리가 배울 때는 사진계보다는 미술계에서 더 관심을 가졌죠. 1980년대 독일에서는 스트레이트 사진이 중심이었으니까요.

진중권 독일 사진이라고 하면 1930년대의 신즉물주의로부터 선이 이어지잖아요. 알베르트 렝거파치Albert Renger-Patzsch, 1897~1966, 베허 부부, 토마스 스트루트Thomas Struth, 1954~ 를 비롯한 일련의 작가들을 나열할 수 있겠죠.

구본창 그분들도 다 나중에 활동을 하게 된 거죠. 토마스 루프Thomas Ruff, 1958~ 나 안드레아스 구르스키Andreas Gursky, 1955~ 같은 작가들도 저와 비슷한 시기에 졸업을 했을 겁니다. 제가 1985년에 졸업을 하고 왔으니까요. 당시에는 그 친구들도 두각을 나타낼 때가 아니었고, 1990년대 중반이 지나서야 세계적으로 독일 사진 붐이 일었죠.

진중권 외국은 진작부터 그랬지만 한국에도 요즘은 회화예술에 가까운 작품들이 많아요. 이제는 사진가의 작업과 화가의 작업 사이의 구별이 거의 사라져버렸거든요. 그런 현상에 대해서는 어떻게 생각하십니까?

구본창 시대적 트렌드의 하나죠. 아쉬운 점이 있다면, 해외에서는 아무리 회화적 표현이나 후보정을 하는 사람들이 많아도, 전통적인 스트레이트한 작품으로도 중요한 역할을 하는 사람이 반 이상이에요. 우리는 메이킹 픽처가 유행이면 그쪽으로 급속히 쏠려요. 새로운 주제를 찾아내면 테이킹 픽처로도 얼마든지 해외에서 살아남을 수 있는 작가들이 많은데 말입니다. 옥션에서 잘나가는 사진이라든가, 회화적으로 인기가 많은 조류에만 집중하다보니까 사진이 너무 유희적이 된다는 생각이 듭니다.

진중권 디지털 이미지의 시대에는 이미지의 미학에도 변화가 생기는 것 같습니다. 가공되지 않은 스트레이트 사진만 보다가 이제는 주위에서 접하는 이미지가 대부분 컴퓨터로 가공한 이미지이다보니, 그것을 늘 접하는 세대의 미감도 변하는 게 당연하겠죠. 그 추세를 따라가는 것도 중요하긴 한데, 사실 뉴미디어의 효과를 뉴미디어로 내면 재미없잖아요. 오히려 올드미디어를 통해서 내는 게 미학적으로 훨씬 더 효과적일 수 있는데 말입니다. 가령 선생님의 「백자」(2004~14) 연작 같은 경우도 굉장히 가상화되어 있잖아요. 저는 그 작품을 보며 실제 백자의 사진이라기보다는 외려 백자를 그린 한국화 같다는 느낌을 받았습니다. 가장 발달한 기술을 사용하셨을 텐데도 올드미디어의 분위기가 살아 있는 느낌입니다.
이런 메이킹 픽처의 과정을 이른바 포스트 프로덕션이라고 그러지 않습니까? 사진을 찍은 후 합성을 하는 경우도 있고, 포토샵으로 건드릴 수도 있습니다. 선생님의 경우 적절한 디지털 조작의 정도는 어디까지라고 보십니까?

구본창 그건 작가가 뭘 표현하고 싶으냐에 따라 다르겠죠. 완전한 가상의 세계를 보여주려면 디지털 꼴라주 같은 작업을 많이 해야겠죠. 하지만 저는 완전한 가상을 보여주는 것에는 흥미를 느끼지 않습니다. 개인적으로는 현실감이 있으면서도 낯설게 보이는 것을 좋아하죠. 합성을 해서 낯설게 만드는 것은 제 취향이 아닌 것 같아요. (웃음) 물론 후작업을 통해 자기의 생각을 새롭게 표현하는 거라면 재미있겠죠. 그렇다고 해도 모두가 그쪽으로 몰려가는 것에는 브레이크를 걸고 싶어요. (웃음)

진중권 한두사람이 하는 건 모르겠는데 너무들 많이 하니까 식상해지는 측면도 있는 것 같아요. 어떻게 보면 모순적일 수도 있는데, 사진이라는 게 '재현'을 넘어 동시에 '표현'을 할 수 있는 매체잖아요. 그러면서도 사진의 힘은 역시 피사체에서 나온다고 할 수 있겠죠. 선생님 작품의 매력은 그 둘 사이의 묘한 긴장감에서 오는 것 같아요.

구본창 대상물이 가진 긴장감이 한눈에 드러나지 않게 해야죠. 일부러 긴장감을 만들었다는 티를 안 내면서도 긴장감이 느껴지도록 해야 하니까 쉽지 않죠. 그게 제가 추구하는 매력인 것 같아요. 어떻게 낯설게 만들었는지 바로는 안 보이지만, 어딘지 묘한 느낌이 나도록 노력하고 있습니다.

순수사진을 넘어서

진중권 순수사진뿐만 아니라 다양한 분야에서 작업을 하셨어요. 가령 패션 화보나 영화 포스터를 찍기도 하셨습니다. 영화 「기쁜 우리 젊은 날」(1987)의 포스터에 나오는 황신혜씨의 모습을 구본창 작가가 찍었다는 사실을 알고 계신 분들은 많지 않을 것 같습니다.

구본창   아, 제가 배창호 감독하고 고등학교와 대학교 동기입니다. 독일에
서 돌아왔을 때 배창호 감독이 마침 영화를 하고 있었습니다. 제가 돈벌
이도 없고 또 사진을 배우고 왔다니까 "그럼 내 포스터 하나 찍어라" 해서,
「기쁜 우리 젊은 날」의 포스터를 찍게 된 거죠. 그게 태흥영화사라는 유명
한 영화사에서 기획한 영화인데, 거기서 제가 찍은 황신혜씨 사진을 보고
"앞으로 우리 포스터는 구작가가 계속 찍어야겠다"라고 하더군요. 그 덕에
처음으로 안정적인 수입원이 생겼죠.

진중권   그 포스터의 황신혜씨 모습을 보면 오드리 헵번Audrey Hepburn,
1929~93 느낌이 납니다.

구본창   촬영할 때 생각이 나네요. 홍익대학교 앞에 있는 조그만 카페에 그
분을 조명도 없이 창가에 앉혀놓고, 스타일리스트도 없어서 제가 독일에
서 사온 스카프를 직접 감아드리고 찍었죠. (웃음)

진중권   젊은 분들은 「기쁜 우리 젊은 날」 포스터를 잘 모를 수도 있지만,
아마 영화 「취화선」(2002)의 포스터를 모르시는 분은 없을 겁니다. 최민식
씨가 술병을 들고 지붕 위에 걸터앉아 있는 장면인데, 그 사진도 구본창
작가의 작품이라는 사실을 아는 분들은 드물 거예요.

구본창   임권택 감독님하고도 인연이 되어서 「아제아제 바라아제」(1989)
이후 「서편제」(1993)도 쭉 같이 하게 됐습니다. 「취화선」을 촬영할 때는 씨
나리오를 받아 읽고, 어떻게 하면 한장의 사진으로 주인공과 영화의 느낌

1 「기쁜 우리 젊은 날」(1987)의 포스터

2 「취화선」(2002) 중

을 나타낼까 고민을 많이 했죠. 장승업이라는 인물의 캐릭터에 대해 고민을 하다보니, 그 정도 망나니로 재밌게 살았던 사람이라면 달밤에 술 마실 때 가만히 바닥에만 있을 것 같지는 않다고 생각했어요. 그래서 지붕 위에 올라가는 설정을 제안했죠.

진중권 그 이미지가 영화의 모든 것을 압축해서 보여준다고 할 정도로 꽤 장히 강렬한 인상으로 남았습니다. 영화 포스터 외에도 『보그』 등 패션잡지의 화보도 많이 작업하셨어요.

구본창 네. 가끔 찍고 있습니다. (웃음) 독일에서 잡지나 포스터 같은 것을 보면서 감동을 했기 때문에, 상업적인 작업도 사진을 잘 찍는 사람들이 맡아서 해야 한다고 생각해요. 영화 포스터든 연극 포스터든, 돈을 벌기 위해서 한다기보다는 대중들에게 아름다운 걸 보여주는 게 즐거워서 하는 일들입니다. 상업적인 작업을 하면서 남과 다른 해석을 보여줄 수 있다면 말입니다.

진중권 위험한 부분이 있지 않을까요? 대중적 이미지의 취향과 예술사진적 취향을 같이 가져간다는 게 쉽지만은 않을 텐데요.

구본창 네. (웃음) 상업적인 일을 할 때에도 가능하면 제 색깔을 지키려는 노력을 하죠. 그러려면 클라이언트가 제 가능성을 알아줘야 합니다. 제가 사진으로 그저 정보를 전달하는 게 아니라 다른 해석을 보여주는 사람이라 믿어주면 재미가 있지요. 그러지 않으면 재미가 없어서 많이 하지는 않죠.

진중권 건축계에서 흔히 벌어지는 일이죠. 클라이언트 만날 때마다 작품
이 계속 망가져가는 것. (웃음)

구본창 그렇죠. 개인적 작업과 상업사진 양쪽을 왔다 갔다 한 게 저한테는
자극이 될 때가 많아요. 여행을 싫어하는 제가 임권택 감독님 때문에 전라
도도 수없이 내려가고, 그러다보면 그동안 몰랐던 한국의 전통적인 맛이
나 전라도의 다양한 풍물들도 접하게 되죠. 이런 것이 쌓이면서 새로운 작
업의 모티브가 될 때가 많아요.

태초의 순간부터 마지막 숨결까지

진중권 1990년대 중반에 「숨」(1995) 연작으로 아버지의 마지막 순간을 담
으셨죠. 이미지가 엄청나게 강렬하더라고요.

구본창 처음부터 기록을 시작한 것은 아니에요. 아버님이 치매를 앓으셨
고, 나중에는 몇달을 누워 계셨는데, 그 모습을 보면서 인체라는 것이 임
종이 가까워올수록 물기가 빠진다는 생각이 들더라고요. 꼭 식물처럼. 식
물이 말라가는 것을 보면 물기가 빠지는 느낌이 마치 사람으로 치면 피부
하고 뼈만 남고, 그 사이의 살이 없어지는 것처럼 느껴져요. 아버님 곁을
지키다보니 사람도 그렇게 사라지는구나 하는 느낌과 함께 이게 인간으로
서 누구나 겪는 일이라는 생각이 들어 셔터를 누르게 됐습니다.

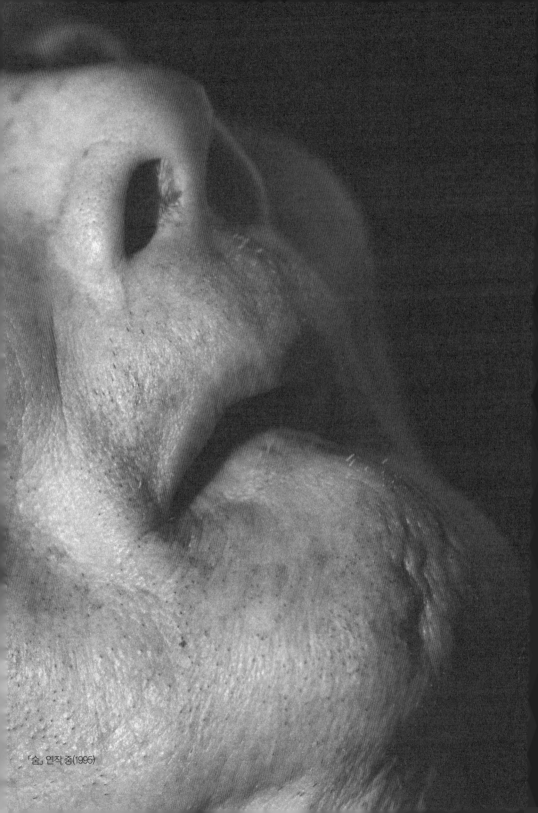

「숨」 연작 중(1995)

진중권 가족들이 쉽게 받아들이진 못했겠어요.

구본창 작업할 때는 몰랐습니다. 나중에 사진을 발표할 때 말이 많았습니다. 형은 전시장에 와서 당장 저거 내리지 못하느냐고 하시고… 가족들이 '누추한 아버지 모습을 왜 사람들에게 보이느냐'고 질타할 때 마음이 아팠죠. 하지만 이 작품은 아버지 한 개인의 죽음을 보이는 것이 아니라 한 '인간'의 죽음을 보이는 것이라는 생각을 가지고 작업을 했습니다.

진중권 그 반면에 「태초에」(1991~2004) 연작을 보면 육체성과 생명력이 느껴집니다. 사진에서 질감이 느껴지기도 하고요. 조각조각 이어붙인 보자기처럼 보이던데요.

구본창 누더기를 이어붙인 조각보에서 착안한 거지요. 1990년대에는 1미터 넘는 큰 인화지가 없었어요. 필요는 발명의 어머니라고, 이 작업을 어떻게 크게 보여주나 고민한 끝에 암실에 재봉틀을 가지고 들어가서 꿰맨 후 인화를 했어요. 세월이 흐르면서 축적된 시간의 두께감도 분명히 사진의 무게감을 더할 것만 같았고요.

진중권 조각조각 사진을 인화해서 나중에 이어붙인 줄 알았는데 그 반대군요.

구본창 그렇게 하면 사진이 균일하게 나올 수가 없죠. 비뚤어져 똑바로 맞

「태초에」 연작 중(1994)

출 수가 없어요. 저한테는 꿰매는 것 자체도 의미가 있었어요. 내가 흘리는 땀이 분명히 인화지에 스며들어갈 거라는 믿음을 가지고 열심히 꿰맸으니까요. (웃음)

전통을 다시 보다

진중권 2000년대 이후에는 전통문화와 역사라는 주제로 눈을 돌리셨습니다. 처음 젤프케를 찾아갔을 때 들었던 말이 네 사진의 아이덴티티가 뭐냐는 질문이었잖아요. 이 주제가 몇십년 지난 후에야 나오는군요. (웃음)

구본창 네, 그런 것 같아요. (웃음) 독일에 가니 제가 동양 사람이라는 것을 새삼 느끼게 되더라고요. "어디서 왔냐"부터 "너희 나라는 어디냐", 또 "일본이나 중국과 뭐가 다르냐"까지 질문을 받게 되잖아요. 저도 그전에는 '동양'이라고 하면 다 똑같다고 생각했는데, 막상 거기서 겪어보니 일본문화가 어떻고, 중국문화가 어떤지를 동양에 있을 때보다 더 많이 알게 돼요. 거기에는 박물관도 많고 전시회도 많으니까요. 오히려 해외에 나가서 그 두 나라가 우리나라와 어떻게 다른지 알게 되고, 동시에 한국에 대해서도 더 잘 알게 된 것 같아요.

진중권 저도 유학 가기 전에는 한국이나 중국이나 일본이나 똑같이 그냥 나무 기둥 세워놓고 기와 얹어서 집 짓고 사는 나라라고만 느꼈어요. 나중에 일본에 가보고서야 비로소 '예술의지가 우리랑 이렇게 다르구나' 하는 것을 깨닫고 우리 문화에 대한 관심이 생겼습니다. 전통문화를 주제로 한 대표적 작품 중 하나가 「탈」(1998~2009) 연작입니다. 저는 상여에 꽂힌 꼭두인형을 봤을 때 언캐니uncanny한 느낌을 받았거든요. 그저 상여에 꽂혀 있다는 이유로 그런 느낌이 드는 것은 아닌 것 같아요. 모양과 색깔이 뭔가 이곳에 속하지도, 저곳에 속하지도 않는 것 같은 느낌을 주죠.

구본창 저승으로 가는 망자를 즐겁게 해주기 위한 것이지만, 우리가 봤을 때는 결국 낯선 얼굴과 모양이잖아요. 말도 호랑이도 아닌 인형들은 그 자체가 낯설지만, 그 안에 또 굉장히 한국적인 모습이 있더라고요. 이렇게 전통 탈에 관심을 가지다보니 늘 익숙하게 보아왔던 안동의 하회탈이나 황해도의 봉산탈 외에 다른 지방의 탈들도 알게 되고, 촬영을 하면서 각양각색의 탈들이 가지고 있는 매력을 느끼게 됐어요.

진중권 우리가 알고 있는 건 불과 몇가지 유형의 탈이죠. 어느 인터뷰에 보니까 어떤 사람들에게 옛 우리 탈을 보여줬더니 일본 탈으로 알더라는 일화를 언급하셨습니다.

구본창 빠리의 기메 박물관에 1880년대에 프랑스 선교사가 한국에서 가져간 탈이 소장되어 있어요. 그걸 보고 너무 섬뜩해서 깜짝 놀랐어요. 지금의 해학적인 모습이 아니고, 거의 살아 있는 얼굴 같아요. 일본 가무극 노오能의 가면을 보면 섬뜩하잖아요. 귀기가 서려 있거든요. 일본에서는 그 전통이 오랫동안 보존되어왔는데, 우리나라 탈은 전통이 단절됐어요. 사진을 찍으러 가봐도 장인이 만든 탈이 드뭅니다. 그냥 옛날 것을 흉내 내

42

서 만드는 데에 그치다보니 점점 모양이 바뀌어온 거예요. 그러니까 서양인이 1880년대에 우리나라에서 가져간 탈이나, 서울대학교 박물관에 소장된 1929년에 경복궁에서 공연할 때 사용한 탈은 전혀 낯선 얼굴이에요. 그래서 지금 사람들은 "이게 정말 우리나라 거야? 혹시 일본 것 아냐?" 이런 반응을 보이죠. 한번은 예전에 찍었던 장면이 약간 흔들려서 다시 찍고 싶어서 탈춤을 찍으러 갔어요. 그런데 아무리 찍어도 지난번 모습이 안 나오는 거예요. 알고 보니 무더운 날씨에 춤을 추기에 너무 더워서 입을 크게 만들었다는 겁니다. 말 못하는 오므린 입술에 탈의 매력이 있는데, 그저 덥다고 해서 편하게 크게 뚫었다는 거예요. 그만큼 전통에 대한 생각 없이 편리한 대로 원형을 바꾼다는 거죠. 그러다보니 천편일률적으로 해학적이고 재밌는 얼굴만 남고, 귀기 서린 100년 전의 모습은 없어지지 않았나 하는 생각이 듭니다.

진중권 충격적이네요. 옛날의 탈이 지금 우리가 보는 탈과 얼굴이 달랐다는 것은 선생님께 처음 듣는 이야기입니다. 탈을 찍을 때는 어떤 콘셉트로 작업하셨습니까?

구본창 일반적으로 탈을 찍은 작품들은 공연할 때가 아니면 자연 배경을 이용해서 찍습니다. 저는 배경을 가지고 가서 일상에서 분리를 시켰습니다. 틸트tilt라고 하죠. 대형 카메라를 사용해서 아웃포커스되는 부분을 아래에 더 많이 생기게 해서 꿈인지 현실인지 모호하게 했죠. 「백자」 때도 똑같은 방식으로 찍었습니다. 그래서 「백자」를 보시면 아웃포커스가 된 부분이 하단에 있다보니 떠 있는지 바닥에 붙어 있는지 분명하지 않죠. 탈

43

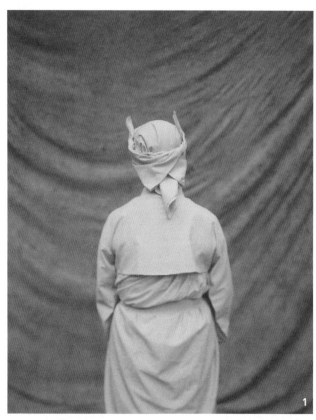

1_ 「탈」 연작 중
「북청사자」(2003)

2_ 헤나르트 테르보르흐(Gerard
ter Borch, 1627~1681)의 「아
버지의 훈계」(The Paternal
Admonition, 1654)

에서도 허공에 떠 있는 것 같은 느낌을 주려고 했습니다.

진중권 「탈」 연작 중에서 북청사자는 뒷모습을 찍으셨지요. 서양 회화에서
도 비슷한 작품이 있습니다. 네덜란드 화가인 헤나르트 테르보르흐Gerard
ter Borch, 1627~1681의 「아버지의 훈계」The Paternal Admonition를 보면 중심 인물
인 여자아이가 뒤돌아서 있습니다. 얼굴을 볼 수 없어서 굉장히 많은 해석
이 나오죠. 안드레 겔프케 작품에도 그런 것이 있더라고요.

구본창 초현실주의 그림 중에 그런 것이 많죠. 거울에 자기 모습을 비추고
있는데 정면이 아닌 뒷모습이 보이는 르네 마그리뜨René Magritte, 1898~1967
의 그림이라든가. 어떤 때는 뒷모습이 우리한테 더 많은 걸 시사하는 것
같아요. 정면을 보는 모습은 해석을 고정시키지만, 뒤돌아 있는 모습은 여
러가지 상상을 가능하게 해주니까요.

진중권 왜 탈에 해학이 없느냐는 비판도 받으셨는데요.

구본창 해학을 표현하는 분들은 따로 계시겠죠. 저는 그 시절 탈춤에는 하
인이나 상민 계층이 탈을 쓰고 그날만큼은 속마음을 털어놓게 해주는 역
할이 있었다고 봅니다. 탈춤의 내용에도 항상 죽음이 들어 있고 늘 살풀이
로 끝나잖아요. 그 안에는 분명히 애환과 애증이 숨어 있어요. 겉으로는 문
둥이도 있고, 우스꽝스러운 형상들도 있지만, 그뒤에는 뭔가 다른 눈빛이
있으리라고 저는 믿었어요. 숨어 있는 모습들을 찾으려고 애를 썼습니다.

진중권　그러고 보니 탈춤에서 꼭 해학을 떠올리는 것이야말로 고정관념 같습니다. 탈춤에 대한 해석도 문제가 있는 것이 자꾸 '해학'을 '사회적 비판'으로만 이해하려 드는 거예요. 제가 보기에 상층민에 대한 하층민의 '사회적 비판'이라는 것은 서구적 개념이고, 우리의 탈춤은 우주론적인 평등, 양반이고 뭐고 계급 자체가 발생하기 이전의 원초적 상태로 돌아가자는, 우주의 근원적 평등의 상태로 돌아가자는 제의적 성격이 강하다고 봅니다. 탈에 대한 상투석 해석의 바탕에 숨어 있는 느낌들을 「탈」 연작에서 잘 잡아내셨다는 생각이 듭니다.

백자에 온기를 더하다

진중권　「백자」 연작 이야기를 하지 않을 수 없습니다. 아마도 가장 많이 언급되는 작품일 겁니다. 오랜 기간 작업을 하셨죠?

구본창　2004년부터 작업을 했습니다. 최근에는 소장한 백자를 제 스타일로 찍어주길 원하는 박물관들이 많이 생겼어요. 참 즐거운 일입니다. 이제까지는 카탈로그가 백자를 보여주는 최고의 방법이었는데, 「백자」를 전시한 다음부터는 쌘프란시스코에 있는 아시안아트뮤지엄과 일본에 있는 박물관들에서도 자기들이 소장하고 있는 백자를 제 방식으로, 온기가 흐르게 찍어달라는 요청을 받았어요.

진중권　그렇죠. 카탈로그라는 것이 과학적인, 분류학적 성격의 것이어서

46

백자가 갖고 있는 미학을 제대로 보여주지 못하죠. 솔직히 말하면 우리가 그토록 상찬하는 청자도 카탈로그 사진으로 보면 그렇게 예쁘지가 않아요.

구본창 박물관에서는 당연히 그런 사진이 필요하지만 제 작품은 백자를 감상하고 싶은 사람을 위한 사진이죠. 그것을 만든 도공이나 사용한 선비가 그 옛날에 느꼈을 느낌을 백자 안에서 찾아내려고 노력했습니다. 최근엔 백자를 모으거나 도자기를 만드는 분들이 제 작품을 보시고는 '내 백자가 이렇게 느껴졌으면' 하고 바라던 바로 그 느낌이 난다고 말씀하세요. 그게 보람이죠. 또 박물관에서 백자와 청자의 카탈로그 사진을 촬영하는 후배가 있는데, 제 전시회를 보고는 자긴 매일 그걸 찍었는데 왜 저처럼 아웃포커스로 찍을 생각을 못했는지 억울하다고 얘기하더군요. 사실 저도 미리 계획을 하고 한 건 아니에요. 이리저리 몇가지 시도를 해봤는데, 우연히 아웃포커스가 되었을 때 이렇게 해야겠다는 느낌이 확 오더라고요.

진중권 백자는 둥근 3차원의 볼륨을 갖고 있어 소묘로 명암을 나타내기 좋은 느낌인데, 선생님의 사진을 보면 어딘지 평면적이어서 입체를 찍은 사진이라기보다는 한폭의 그림 같은 느낌이 들어요.

구본창 네. 그러니까 오히려 더 깊은 곳에 들어가 버렸죠. 입체적으로 두드러져 나오지 않고. 그렇게 자기가 속한 공간 속에 들어가버린 것이 외려 우리를 그 안으로 더 끌어들이는 것이 아닐까 생각을 합니다.

진중권 그 작품을 보면서 옛날에 제가 전주 한옥마을에서 겪은 일이 생각

「백자」 연작 중(2004)

났습니다. 가로등 하나 없는 깜깜한 골목길 어디선가 판소리 노랫소리가 들려 가보니 밥집에서 아줌마가 창을 하고 있었어요. 마당에 깔린 거적때기 위에는 고수가 앉아 있고, 그뒤로 담에 달랑 하얀 천 하나를 걸쳐 무대를 삼았습니다. 담 아래 조그만 대나무 한그루가 그 하얀 천에 걸리면서 마치 한폭의 동양화처럼 보이더군요. 선생님의 백자를 보면서 그때 그 느낌이 다시 살아났습니다. 역시 중요한 것은 그 사물이 가진 본성을 드러내는 것 아니겠습니까? 카탈로그 사진에서 느끼지 못한 백자의 본성을 이제야 깨달은 것 같습니다.

구본창 고맙습니다. 조금이라도 느낌이 전달된다면 다행이지요. 그러기 위해선 어떤 방식으로 보여주느냐, 어떤 배경에서 보이느냐가 중요합니다. 그래서 한지를 배경으로 삼아 촬영을 했습니다. 한지의 따뜻함을 보여주는 거죠. 처음에는 대청마루에 놓아보기도 하고 창호지 등 여러가지 재료도 사용해봤어요. 결국 모든 것을 미니멀하게 하는 것이 좋겠다고 결정했죠. 또 수평선을 넣어야 하느냐 말아야 하느냐, 공간의 느낌을 놓고도 고민을 하면서 여러가지 시도를 했습니다.

진중권 어떤 평론가가 쓴 글을 보고 웃었습니다. 왜 백자가 핑크색이냐고 비판을 했더라고요. (웃음)

구본창 우리가 직접 못 봐서 그런데 초벌구이를 하면 백자도 핑크 빛깔을 띱니다. 한 일본 평론가가 '백자는 우리에게 속을 안 보여주는 아씨 같다'라고 썼던데, 조선시대의 백자는 자기를 드러내지 않는 느낌이 있어요. 청자는 화려하고 자신을 뽐내는데, 백자는 비교적 눈에 띄지 않죠. 그래서 관광홍보 책자에도 항상 청자만 나오지 백자는 잘 나오지 않아요. 그런 잘 드러나지 않는 멋이 우리 조선의 미학이 아닌가 생각하여 백자에 주목하게 됐습니다. 이제는 그 미학을 잃어버리고 저마다 더 많은 걸 보여주려고 애쓰지만요.

진중권 바우 하우스의 거장 파울 클레Paul Klee, 1879~1940가 그런 말을 했죠. '예술은 가시적인 것을 재현하는 것이 아니라 눈에 보이지 않는 것을 가시화하는 것'이라고. 눈에 잘 보이지 않는 부분을 가시화하는 것, 「백자」 연작이 바로 그 부분에서 성공한 것이 아닌가 싶어요.

구본창 일본의 어떤 평론가는 정적 가운데 느껴지는 약간의 떨림이 우주의 자궁 같다는 이야기를 했어요. '이야, 아무 설명도 안 했는데 일본 사람이 그렇게 태초적인 걸 이해해내다니', 굉장히 감동을 했어요.

진중권 일본 사람들이 참 미학적이에요. 문화 자체도 미학적으로 구축했고. 반면에 우리는 문화를 너무 도덕적으로 구축을 해가지고… (웃음) 다른 건 몰라도 그 디테일이나 섬세함은 우리가 따라가지 못하는 것 같아요.

곱돌과 고가구, 투박함과 간결함

진중권 현재 「곱돌」(2007) 연작을 진행 중이시라고 들었습니다. 곱돌이라

는 것이 검정 돌을 깎은 거죠.

구본창   자연석을 둥글게 깎아서 속을 파낸 거죠. 백자는 빚은 것이지만, 곱돌은 자연석을 깎아낸 것이라 오히려 투박하고 담백한 맛이 있죠. 냄비, 주전자 등 곱돌로 만든 물건이 굉장히 많은데 그중에는 돌을 깎아서 만들었다고는 믿기 어려울 정도로 섬세한 것도 있어요. 주둥이와 손잡이를 어떻게 깎았을까 신비로워요. 나중에 기회가 되시면 한번 보세요. 감동하실 겁니다.

진중권   「백자」 연작하고 「곱돌」 연작을 비교하신다면 어떤 차이가 있을까요.

구본창   곱돌이라는 걸 전혀 모르고 살았는데, 백자를 찍으려고 박물관을 다니다가 우연히 일본 동경민예관에서 야나기 무네요시柳宗悅, 1889~1961가 가져간 검정 곱돌들을 처음 보게 됐습니다. 백자와는 반대되는 묘한 아름다움이 있는 것 같아요. 하얀 것은 날아갈 듯이 바깥으로 나아가는 분위기를 품고 있는 반면 검정은 안으로 끌어들이는 함축적이고 묘한 힘이 있어요.

진중권   아까 '우주의 자궁'이라고 말씀하셨는데, 하나는 화이트홀이고 하나는 블랙홀인 거네요. (웃음)

구본창   그렇죠. (웃음) 청자나 백자의 가치야 지금은 많은 분들이 알아주지

「곱돌」 연작 중(2007)

만, 곱돌은 서민들이 만들어 쓰던 것이라 그런지, 박물관에서조차도 그렇게 귀하게 생각을 안 하더라고요. 곱돌의 숨어 있는 멋을 재조명하기 위해 소장자나 박물관과 접촉을 해서 틈틈이 찍고 있습니다.

진중권　야나기 무네요시도 참 대단한 분이에요. 몇십년 전에 그 아름다움을 알아보고 가져간 거잖아요.

구본창　좋은 것들은 다 가져갔어요. (웃음)

진중권　그렇게라도 보존이 되었으니 결과적으로 다행이긴 합니다. 더불어서 새로운 연작으로 한국의 고가구를 찍는 작품을 구상하고 있다고 들었는데, 지금 진행 중이십니까?

구본창　지금 부지런히 사전 조사 중입니다. 저는 가구들 중에서도 우리나라 목가구가 굉장히 매력적인 것 같아요. 가령 사방탁자 같은 것 말이에요. 갖고 싶어도 이제는 비싸서 가질 수가 없죠. (웃음) 서구의 가구가 좋다고들 하지만, 우리 가구만의 멋이 있어요. 중국이나 일본 것과는 다른, 투박하면서도 간결한 멋. 그런데 아직까지는 박물관 카탈로그 수준 이상으로 우리나라 가구의 매력을 보여주는 이미지가 없는 것 같아요. 그래서 박물관이나 소장자하고 접촉을 하는 중입니다. 그것으로 개인 작업을 한다기보다는 우선 한국의 멋을 한번 새롭게 해석해보자는 생각입니다. 그것도 작가로서 해야 할 일이 아닌가 하는 생각도 있고요. 물론 결국 제 작품이 되긴 하겠지만요. 우리나라 문화를 작가들이 새로 조명하는 것도 중요합니다. 「백자」를 처음 찍게 된 계기도 일본 잡지에 우리나라 백자의 사진이 많이 등장하는 겁니다. 건축잡지에도 우리나라 고가구 위에 놓인 백자의 사진을 실어놓고요. 여성잡지에서까지 우리나라의 다양한 백자를 소개하고 거기에 음식도 담아서 보여주는 걸 보면서, 일본에서도 좋아하는데 왜 우리 작가들은 아직까지 백자를 제대로 찍은 적이 없나 해서 찍게 됐거든요.

진중권 중국 것은 화려하고, 일본 것은 세련되고, 그런데 우리나라 것은 첫눈에는 보잘것없어 보여요. 그걸 보면 우리가 제대로 살리지 못하는 부분이 있는 것 같아요. 일본이라는 나라는 참 신기한 게, 공예품을 예술로 평가하고 상찬하는 문화가 서구에서도 18세기 이후에나 등장하는데 일본에는 이미 임진왜란 때부터 있었던 것 아닙니까? 제 아내 고향이 카고시마인데, 그곳에서는 임진왜란 때 끌려간 도공 심수관의 가문이 거의 신적인 대우를 받고 있더라고요. 그분의 후손들이 2대 심수관, 3대 심수관, 이런 식으로 그분의 이름을 그대로 사용해요. 우리에겐 도공들을 이렇게 신처럼 대접해주는 문화는 없었죠. 그게 나중에 도자기 문화에 커다란 차이를 만들어내요. 이름을 불러줘야 다가와서 의미가 되는 것처럼, 만드는 데서 그치지 않고 평가를 해줘야 하는데 말입니다. 플라톤의 텍스트가 끊임없이 재해석되는 가운데 새 생명을 얻어 고전의 지위를 얻는 것처럼, 우리도 조상들이 만든 가구, 곱돌, 백자를 끊임없이 재해석해 그 안에 내재된 미적 잠재성을 계속 되살려내려고 하는 노력이 필요합니다. 그런 해석 작업 중 하나가 바로 구본창 작가님의 작업이 아닌가 합니다.

예술은 내가 할 수 있는 유일한 일

진중권 이런 질문을 드려도 될지 모르겠는데, 선생님의 작업을 보면 10년마다 작업 스타일이 급변한다는 느낌을 받습니다. 예를 들어 「태초에」처럼 신체와 육체성이 느껴지는 작업과 「백자」처럼 명상적인 작업 사이에는 간극이 있죠. 제가 보기에 두 종류의 작가가 존재하는 것 같아요. 먼저 빠블로 삐까소Pablo Picasso, 1881~1973 같은 작가의 경우를 보면, 청색 시대와 홍색 시대 다음에 큐비즘으로 넘어가며 다양한 단계를 거칩니다. 여기도 분석적 단계와 종합적 단계가 있고요. 하지만 삐까소는 그 모든 단계에서 거장이었죠. 그 반면 어떤 작가들은 초기에는 이 실험, 저 실험을 하며 이리저리 헤매다가 어느 순간 오늘날 우리가 그 작가의 전유물로 아는 바로 그 언어에 도달하게 됩니다. 구본창 작가는 어느 쪽이신지요? 그동안 작품 활동을 하면서 드디어 스타일을 확립했다고 느낀 시점이나 스스로 대표작이라 여기는 작품이 있으신지요.

구본창 글쎄요. 저도 나름대로는 사진이 많이 바뀌었고 다루었던 테마도 다양하죠. 유학과 귀국 후 거의 30년이 지난 것 같은데, 그사이에 거의 10년 단위로 스타일이 바뀐 것 같아요. 저한테는 늘 자아에 대한 관심이 있었어요. 자아와 정체성에 대해 계속 탐구하다보니 결국 인체에 대한 표현으로 흘러가게 됐죠. 기본적으로 유학 후 한국에 돌아와서 어려웠던 시절부터 아버님의 임종까지의 10년, 그리고 「화이트」(1999~2005)나 「오션」(1999~2005) 같은 명상적인 자연 사진을 찍었던 10년, 또 한국의 문화에 대한 관심이 생기면서 찍게 된 탈이나 백자 사진들의 10년이 구분되는 것 같아요. 지나고 나면 어떤 시절의 작품이 대표작이 될지 모르겠지만 지금 저에게 "대표작이 뭐냐?"라고 물어보면 대답하기 어렵습니다. (웃음)

진중권 국내에서는 누구보다도 먼저 사진 매체의 다양성을 실험한 작가신데요, 1990년대 중반 이후로는 오히려 예전의 실험적인 성격이 줄고 사진 자체의 느낌도 정적으로 변해갔습니다. 작업을 크게 세단계로 나눈다면, 초기의 감각적이고 실험적인 작업, 중기의 관조적이고 정적인 작업, 2000년대 이후의 전통과 문화, 역사를 다룬 작업으로 나눌 수 있겠군요. 순간순간의 변화에 어떤 계기가 있나요?

구본창 정적인 사진에 관심을 갖게 된 것은 세상에서 살고 죽는다는 것이 자연사적인 순환이라는 것을 느끼게 된 아버님의 임종 이후 같아요. 살고 죽는 것에 연연하면서 강렬한 사진을 추구했는데, 어느 순간 저도 40대가 됐죠. 메시지를 전달하는 방식이 강한 것 외에도 있다는 것을 깨닫게 되면서 자연과 여백의 아름다움, 보여주려 애쓰지 않아도 들리는 소리를 잡아야겠다는 생각을 하게 된 것 같습니다. 자연을 찍어도 강렬한 이미지가 드러나는 것보다 작은 미동, 바닷물이 바람에 찰랑거리는 느낌에 주목하게 되고 식물을 찍어도 강한 선이 보이는 것보다는 삶과 죽음의 경계에 서 있는 것들에 관심을 갖게 됩니다. 그러다보니까 자연도 추상적으로 나타나게 되죠.

진중권 대자연의 순환, 인간의 발버둥침에서 느껴지는 하찮음이라… 낭만주의적이라고 해야 하나요. 자연을 굉장히 미니멀하게 표현한 「오션」

「화이트」 연작을 보면 언젠가 본 미디어아트 작품이 생각납니다. 텅 빈 방 안에 설치된 금속으로 된 선 하나가 가끔 파르르 떨립니다. 근데 그것이 살아 있는 느낌을 주는 거예요. 최소한의 요소만으로 생명의 느낌을 주는 거죠.

긴 시간 내주셔서 감사합니다. 이제 마지막 질문입니다. 이미 앞에서 다 대답을 하신 것인지 모르겠지만, 선생님에게 예술이란 무엇입니까?

구본창　너무 어려운 대답 안 해도 되겠죠? (웃음) 글쎄요, 예술은 제가 할 수 있는 유일한 것이라고 생각합니다. 그저 재미있고 즐거워서 하는 것이지, 메시지를 전하는 수단으로 생각하지는 않습니다. 세상에 다양한 기술이 있지만, 예술이라는 기술은 숨을 쉴 수 있게 해주고 소통을 할 수 있게 해주는 작은 통로가 아닐까 합니다. 예술을 하지 않는 사람도 예술을 통해서 인생에서 숨을 쉴 수 있게 해주는 것이 예술이 아닐까요.

롤랑 바르뜨는 사진의 본질은 피사체에 있다고 보았다. 따라서 사진은 본질적으로 암실camera obscura이 아니라 그 바깥의 밝은 방camera lucida에 속하는 현상이라는 것이다. 구본창 작가에게도 중요한 것은 역시 사물이다. 그의 표현에 따르면, "사물은 우리에게 말을 걸어온다". 그렇다면 사진가의 임무는 사물이 내는 그 소리 없는 목소리를 필름에 담는 데에 있을 것이다. 물론 사물의 목소리를 듣는 것은 철저히 주관적인 내밀한 체험이어서, 모든 사람이 그 목소리를 들을 수 있는 것도, 모든 사람에게 그 목소리가 전달될 수 있는 것도 아니리라. 그에게 피사체와의 조우는 푼크툼의 정의처럼 "고유한 우연성이며 순수한 우연, 고유한 기회이자 고유한 만남"이리라. 그 만남을 통해 사물은 그동안 감추어져 있었던 자신의 참된 모습을 드러낸다. 이때 그 사물을 바라보던 우리의 상투적 시각은 파괴되고, 별 생각 없이 지나치던 그 사물이 불현듯 우리 눈에 낯설게 보이게 된다. 널리 알려진 것처럼 초현실주의자들은 이를 '낯설게 하기'라 불렀다. 하이데거Martin Heidegger, 1889~1976라면 이를 알레테이아aletheia, 즉 탈은폐로서의 진리라 불렀을 것이다. 탈은폐로서의 진리는 아직 없던 것을 있게 하고, 아직 보지 못했던 것을 보게 해주는 것을 말한다. 예를 들어 우리의 의식 속에서 백자는 아주 오랫동안 박물관 카탈로그 속에 분류학적으로만 존재했

다. 하지만 그의 카메라는 조선의 백자가 진정으로 어떤 존재인지 열어 보여주었다. 그의 카메라 덕분에 우리는 백자를 진정으로 보게 되었고, 그렇게 변화된 우리의 눈앞에서 백자가 비로소 참되게 존재하게 된 것이다. 작가는 말한다. "창의성이란 결국 남들과 다르게 해석하려는 노력이다. 사람들은 보통 선입관을 가지고 남이 이미 만들어놓은 지식에 맞춰 생각하지만, '이것은 이렇다'라는 선입관을 버리고 세상을 낯설게 보며 다시 내 눈으로 받아들이고 조합하고 새로운 해석을 할 때 창의성이 발현된다."

건축적 혁명, 혁명적 건축

건축가
승효상

건축가. 15년간 건축가 김수근 문하에서 배운 뒤 1989년 건축사무소 이로재를 개설했다. 건축으로 삶의 혁명을 이루려 노력하는 한국의 대표적 건축가다. 제4회 광주디자인비엔날레 공동감독, 파주출판도시 코디네이터 등을 역임했으며, 2013년부터 서울시 건축정책위원장으로 일하고 있다. 『빈자의 미학』『오래된 것들은 다 아름답다』등을 썼고, 대표작으로 '수졸당' '수백당' '웰콤시티' '노무현 대통령 묘역' 등이 있다.

"우리는 세가지 종류의 집에서 산다. 어릴 적 살았던 기억의 집, 지금 살고 있는 집, 그리고 살고 싶은 꿈의 집이다." 2012년에 세상을 떠난 건축가 정기용 선생의 말이다. 오래전 문득 생각이 날 때마다 어렸을 적 살던 집을 다시 찾곤 했다. 조그만 마당이 딸린 방 세개짜리 조그만 기와집. 그 시절 마당의 꽃밭에는 채송화, 나팔꽃, 봉숭아가 피어 있었고, 장독대 옆으로는 호박 넝쿨이 덩실덩실 기어다녔다. 부엌 위에는 작은 창이 달린 다락방이 있다. 내 어린 시절의 기억을 고스란히 품고 있는 공간이다. 담 밖에서 한참 동안 그곳을 바라보다가 발길을 돌리며, 언젠가 돈을 모아 꼭 이 집을 다시 사야겠다고 다짐하곤 했었다. 그러고 보니 '살고 싶은 꿈의 집'은 바로 '어릴 적 살았던 기억의 집'이었나보다. 그런데 몇년 전 다시 그곳에 가보니, 우리 집은 사라지고 그 자리에 덩그러니 연립주택이 서 있었다. 거기에 있던 다른 집들까지 허물어 새로 지은 모양이었다. 건물의 방향도 옆으로 틀어져, 우리 집이 있었던 자리조차 가늠하기 힘들었다. 이것이 내게 커다란 마음의 상처를 주었다. 아무리 자기의 소유라 하더라도, 한때 거기에 살았던 다른 이들의 역사와 추억을 이렇게 함부로 지워도 되는 것일까? 집을 짓는다는 것은 무엇일까? 또 그 안에서 산다는 것은 무엇을 의미할까? 이런 의문을 품고 건축가 승효상 선생을 만났다. "건축이냐 혁명이냐. 혁명은 피할 수 있다." 현대 건축의 아버지 르꼬르뷔지에Le Corbusier, 1887~1965의 말이다. 이 말은 딱 승효상 선생을 가리켜 한 말인 듯하다. 승효상 선생은 혁명 대신 건축을 선택하고, 건축을 통해 삶의 혁명을 이루려 노력하는 건축가이기 때문이다.

"건축을 통한 삶의 혁명은
어떻게 가능한가?"

진중권 어떻게 건축을 시작하게 되셨는지 궁금합니다. 서울대 건축학과 71학번이신데, 학교 수업은 거의 듣지 않고 독학을 하셨다고요.

승효상 시절이 시절인 만큼 처음에는 데모를 아주 열심히 했는데, 친한 선배가 데모에 나서지 말고 건축을 하라고 명령 아닌 명령을 내린 후로 그만 두었습니다. 그런데 수업에서는 건축을 제대로 가르쳐주지 않았어요. 막 유신체제가 시작된 때라서 학교 수업을 제대로 할 수가 없었죠. 교수들도 과거에 쓰던 텍스트를 그대로 가르쳤는데, 그것도 만담 수준이었습니다. 도무지 수업이라는 것에 흥미를 가질 수 없었습니다. 건축을 알려면 독학을 하는 수밖에 없었는데, 1970년대 초반에는 건축에 관한 책도 구하기 힘들었습니다. 당시 미 공보원에 좋은 책들이 많아서 자주 갔고, 백과사전에 실린 건축 항목은 거의 외우다시피 했을 정도였지요.

독학을 하는 또다른 방법은 공모전에 나가는 것이었습니다. 그때 국전대한 민국미술전람회에 건축 부문이 있어서 거기에도 참가하고요. 당시 공모전에서는 주로 '한국성'이 얼마나 잘 반영되었는지를 심사했습니다. 그러니 한국이라는 게 무엇인가, 그것부터 따지지 않을 수가 없어서, 그때부터 사찰이나 고건축을 보러 돌아다녔죠. 그래서 저는 기독교인이지만 불교건축에

대단한 빚을 지고 있습니다. (웃음)

진중권　대학 졸업과 함께 건축가 김수근 선생님이 계시는 건축사무실 '공간'에 들어가셨습니다. 김수근 선생님은 한국 현대건축의 전설이라고 할 수 있는데요, 처음에 만나셨을 때 어땠나요?

승효상　사실은 졸업 몇개월 전에 뵌 적이 있었습니다. 4학년 때 국전에서 입선을 했는데, 심사위원이 김수근 선생님이었어요. 그뒤에 마침 동기들이 김수근 선생님과 만날 약속이 있다고 해서 따라갔죠. 그때 김수근 선생님께서 아킬레스건을 다쳐 깁스를 하고 계셨는데, 저보다 한참 윗사람이지만 깁스한 발을 책상에 올리고 이야기하는 모습이 거만해 보여서 솔직히 마음에 안 들었어요. 그래서 이분 밑으로는 절대로 안 가겠다고 결심했었죠.

그러다 졸업 전에 학교에서 제가 가장 존경하는 김희춘 선생님의 마지막 수업을 듣는데, 그분이 다른 학생들에게는 다 진로를 물어보시는데 저에게만 안 물어보시는 거예요. 다소 섭섭했는데 수업이 끝나고 나가시면서 당신 방으로 오라고 하셔서 가니까, "자네는 김수근한테 가게"라고 앉기도 전에 말씀하시는 바람에 깜짝 놀랐습니다. 그 자리에서 전화를 거셔서 "좋은 학생이 하나 있는데 데려다 쓰시게" 하는 바람에 꼼짝없이 갔습니다. 그렇게 생각을 해주셨다는 것이 감격스러워서요. (웃음) 김수근 선생님한테 갔더니, 저를 전혀 모른다는 듯이 거만한 태도로 일관하셨죠. 제 이름을 물어보시고는 "나는 사람 이름 외우는 데 3개월 걸려"라고 하시고. 속으로 '일주일 만에 외우게 해드리겠습니다' 하고 다짐했죠. 그리고 정말 일

주일보다 더 짧은 시간에 외우게 해드렸습니다. (웃음)

진중권　김수근 선생님한테 많이 대들고 많이 깨지면서 배웠다고 하셨는데, 주로 어떤 부분에서 부딪치셨습니까? 김수근 선생님의 가르침 중에서 가장 기억에 남는 것이 있다면 말씀해주십시오.

승효상　부딪친 건 아니고요. 저는 당시에 거의 세상과 절연하고 늘 밤을 새우다시피 하며 '공간' 사옥에서 숙식을 했습니다. 선생님이 퇴근을 하면서 저를 불러서 도면을 몇장 그려놓으라고 하시면, 그걸 다 그리고 난 다음에 제 나름대로 다른 안을 그렸습니다. 아침에 "선생님께서 그리라고 하신 것보다 이게 나아서 이렇게도 그렸습니다" 하면, 그게 왜 나쁘고 어디가 잘못됐는지 지적해주셨어요. 그렇게 깨지고 다시 하고 또 깨지는 식으로 배웠죠. 그분에게서 가장 많이 배운 것은 역시 건축가의 태도입니다. "건축가는 건축주의 시녀가 아니다. 건축주의 하수인도 아니다. 건축가는 누구에게 봉사해야 하느냐. 사회에 봉사해야 한다" 하는 이야기를 많이 들었죠.

진중권　민감한 질문인데, 김수근 하면 늘 나오는 비판이 있지요. 군사정권의 프로젝트를 많이 수행해서 지금도 구설에 오르곤 하지 않습니까? 대학 시절에는 데모도 하고 그랬는데 존경하는 선생님께서 친정권적이었으니 갈등도 있었을 텐데요.

승효상　김종필 전 총리하고 굉장히 가까우셨습니다. 그들은 쿠데타에 성공한 다음에 새로운 사회를 건설하는 데 새로운 사람이 필요했던 겁니다. 막 일본에서 돌아온 김수근 선생님을 써서 일약 스타로 만들었죠. 그것은 틀림없는 사실입니다. 그 덕에 김수근 선생님이 젊은 나이에 굉장히 많은 프로젝트를 수행할 수가 있었고, 그후에 한 작업들도 국가 프로젝트가 굉장히 많습니다. 그뿐 아니라 국가홍보를 위한 프로젝트도 굉장히 많았고요. 그 일을 안 했으면 어떻게 되었을까요? 아마 이 땅에서 살 수가 없었겠죠. 그럴 경우에 어떤 태도를 취해야 하느냐? 저는 안 당해봐서 잘 모르겠지만, 그것만으로 비난을 하는 사람들은 건축의 속성을 다른 각도에서 이해하고 있는 것 같아요.

제가 처음 맡은 프로젝트가 광복 30주년 기념 종합전시관이었습니다. 내용을 보니까 이건 해서는 안 되는 거예요. 박정희 정권을 찬양하는 것이었거든요. 며칠을 절망하고 고민했죠. 그때 총리실에서 감시하러 나온 직원이 있었는데, 사사건건 싸웠습니다. 술도 같이 먹으면서 논쟁도 많이 했어요. 그때는 혈기가 방장했으니까 온갖 비난을 다 했죠. 그 양반이 마음만 먹었으면 바로 잡혀가서 뼈도 못 추렸을 텐데 저를 잘 봐주셨어요. 나라 사랑하는 방법에 관한 설교를 듣기도 하고. (웃음) 결국 '건축을 하니까 여기서 나를 없애자'라는 생각을 하게 됐습니다. 여의도 통일교 부지 위에 임시 건물도 짓고, 전시 내용도 다 마련하는 프로젝트였는데 1975년 8월 15일이 마감이었어요. 제가 입사한 게 1974년 12월 23일이니 몇개월간 거의 밤을 새웠습니다. 몸도 팔고, 혼도 다 팔아서 준비해 무사히 개관을 했죠.

진중권 지금 여의도공원을 옛날에는 5·16광장이라고 했죠. 아스팔트 광장에 전쟁 때 사용했던 비행기들을 전시해놓고 그랬죠. 김수근 선생님이 돌아가신 후에 3년 동안 공간 대표를 지내지 않으셨습니까? 그때 굉장히 힘들었다고 들었습니다.

승효상 저는 김수근 선생님이 돌아가시면 당연히 사무실을 나가려고 생각했습니다. 그런데 돌아가시기 한달 전인 5월 15일에 문안 인사를 드리러 갔더니, 갑자기 같이 간 선배하고 저 둘이서 공간을 맡으라고 유언을 하셨어요. 졸지에 남게 됐죠. 선배는 라이선스가 없고 저에게만 있어서 제가 법적으로 대표이사가 될 수밖에 없었습니다. 그런데 대표이사 자리만 주신 게 아니라 빚을 30억을… (웃음)

진중권 아니, (웃음) 국가적 프로젝트를 도맡다시피 하셨는데 어떻게 빚이 그렇게 많았나요?

승효상 전두환 정권이 들어선 다음부터는 구체제 인사를 배제한다고 해서 일을 거의 못했습니다. 사무실이 굉장히 어려웠어요. 저는 당시에 빈에 유학을 가 있었고요. 수주를 못하는 상황에서 잡지 『공간』도 계속 만들어야 했고, 문화적으로 후원하던 곳들도 계속 후원해야 하니까 빚더미에 올랐죠. 대표이사에 취임하고 나니 30억 빚을 안은 효과가 바로 나타났습니다. 은행 지점장한테 가서 굽실거리고, 사채업자들한테 협박당하고, 임금체불 때문에 노동부에 가서 각서를 쓰고, 며칠 전까지 후배였던 애들이 노동조합을 결성해서 압박하고, 매일매일이 일이었죠.

진중권 　그러셨군요. 그로부터 3년 뒤에 공간을 나와 본인의 회사를 세우셨지요. 그때부터 본격적으로 건축가 승효상의 행보가 시작된다고 볼 수 있는데요, 스승의 그늘 아래 있다가 나왔으니 이제 자신의 건축을 해야 했을 텐데, 어땠습니까?

승효상 　15년 동안 공간에 있다보니 제 건축은 고사하고 저 자신조차 알지 못했어요. 황망했습니다. 참 고맙게도 제가 독립한 직후에 젊은 건축가들의 모임인 '4·3그룹'에 참여하게 돼서 제 포지션을 찾는 데 큰 도움이 됐습니다. 1992년 4월 3일에 모여서 4·3그룹입니다. (웃음) 아직도 그런 부분이 있지만 한국 건축계라는 게 학연으로 뭉쳐 있어서 도무지 비판이나 담론을 생산해내지 못하고 있었거든요. 기수가 높은 사람이 한마디 하면 찍소리도 못 내던 때였는데, 학연을 떠나 30~40대 건축가 14명이 매달 모여서 자기 작업을 가져다놓고 밤새도록 공개 토론을 하는 겁니다. 그 과정을 통해 다른 사람은 어떻게 건축을 하는지 알게 되었고, 건축 답사와 기행도 같이 다니면서 제가 어떤 위치에 있는지도 알게 되었죠.

랜드마크 열풍에 휩쓸린 서울

진중권 　서울의 건축에 대해서 말씀을 듣고 싶습니다. 지금 서울은 획일적인 건물들이 폭력적으로 들어서며 난개발의 표본이 되고 있습니다. 건축이 그 도시의 정체성을 보여주어야 하는데 말입니다. 가끔 1950년대 영화를 보면 당시 서울의 건축들이 나오는데 차라리 지금 것보다 나아요. (웃음)

승효상 그때까지만 해도 서울의 건축이 갖고 있던 도시적 정체성이 유지가 되었죠. 지난 30~40년 동안 갑자기 몰아닥친 경제 개발의 여파로 건축을 부동산으로 이해하기 시작하면서부터 우리가 사는 모습이 굉장히 피폐해졌습니다.

진중권 서울이 한동안 랜드마크 열풍을 앓았습니다. 동대문디자인플라자, 서울시 신청사, 세빛등등섬 등. 랜드마크라는 개념이 어떻게 한국에 들어왔는지 모르겠더라고요.

승효상 1950년대 케빈 린치Kevin A. Lynch, 1918~84라는 미국의 도시계획가가 도시를 이루는 다섯개의 요소 중 하나로 랜드마크를 꼽으면서 중요시된 개념이죠. 역사를 따져보면 서양의 도시들은 대부분 평지에 있었습니다. 어떤 도시를 그 도시로 인식하기 위해서는 불뚝 솟은 인공적 구조물이 필요했죠. 하지만 서울은 이미 자연적인 랜드마크인 산이 있으니 인공적 구조물이 설 필요가 없는데, 서구화가 근대화인 줄로 착각하던 지난 시대에 별생각 없이 그 방법을 그대로 끌고 들어온 겁니다. 세계에 1천만 인구가 사는 도시가 16개 정도 있는데, 서울이 거의 유일하게 산이 있는 곳입니다.

진중권 사실 유명한 건축, 이게 바로 랜드마크 열풍의 바탕에 깔려 있는 욕망인 것 같습니다. 긍정적인 사례를 들자면, 스페인의 빌바오는 프랭크 게리Frank Gehry, 1929~ 의 구겐하임 미술관 덕분에 관광객이 엄청나게 늘지 않았습니까? 그래서 '빌바오 효과'라는 말이 생기기도 했고요. 랜드마크의

지지자들은 이런 예를 들어 대중들을 현혹합니다.

승효상　문제는 빌바오에 사는 사람들입니다. 빌바오라는 도시가 게리의 구겐하임 미술관 때문에 완전히 살아났는데, 혹시라도 그게 없어지면 빌바오 사람들은 어떻게 될까요. 구겐하임 미술관이 없어진다면 빌바오 사람들의 황당함은 이루 말할 수 없겠죠. 건축은 언제든지 없어질 수 있습니다. 만고불변으로 서 있는 건축은 있을 수가 없어요. 단 하나의 건축물에 의존해 사는 것이 아니라 보편적인 삶을 사는 곳이 도시라고 한다면, 그건 굉장히 위험한 공동체가 아닐까 생각합니다.

진중권　대표적인 랜드마크의 실패 사례가 동대문디자인플라자죠. 자하 하디드Zaha Hadid, 1950~ 의 명성은 익히 알고 있는데, 저는 건물 자체가 잘 지어진 건축인지 모르겠습니다. 일단 그 건물을 조망할 수 있는 곳도 없더라고요. 옆 건물 옥상으로 올라가면 보일까 말까 한데 그것도 닫혀 있고, 주변하고 안 맞는다고 해야 하나? 역사적인 맥락도 다 끊어졌다는 느낌이 들고요. 도대체 동대문운동장을 왜 없앱니까? 그것도 우리의 역사적 기억인데 말입니다. (웃음)

승효상　자하 하디드는 자기가 만든 건축의 주변에 대해서 어떻게 생각하느냐고 물어보면 아무 생각이 없다고 노골적으로 이야기하는 사람입니다. 그 건축가보다 그를 택한 사람이 잘못된 거죠. 그 작가는 그런 유의 작품밖에 안 만드는 사람입니다. 건축을 예술처럼 인식하는 사람이니까요. 그런 건축이 사막 같은 데 있으면 굉장히 근사하겠죠. 하지만 서울처럼 아주 맥락이 복잡다단한 곳에 있기에는 굉장히 부적절하다고 봅니다. 더 불행한 것은 그 건물마저 이제 우리 환경의 일부가 될 수밖에 없어서 곧 익숙해질 거라는 사실이죠. (웃음)

진중권 또 논란이 된 건물이 서울시 신청사입니다. 재작년 한 설문조사에서 '최악의 한국 현대건축물 1위'로 뽑혔다는 소식도 읽었습니다. 쓰니미가 덤벼드는 것 같기도 하고 에스프레소 머신 같기도 한데요. (웃음) 서울시 신청사와 관련해서 턴키turn-key 방식의 문제도 지적하셨지요.

승효상 서울시 신청사는 턴키 방식 때문에 그 모양으로 태어날 수밖에 없었다고 생각합니다. '턴키'라는 말은 '열쇠를 돌려받는다'는 데서 온 겁니다. 중동 건설 붐 때 군대 막사나 공장처럼 굳이 디자인이 필요하지 않은 구조물을 빨리 짓기 위해 해온 방식이죠. 일반 건축물을 턴키 방식으로 짓는 나라는 한국밖에 없습니다. 한국에서는 그게 아주 일반적인 방식으로 성행하죠. 턴키는 아주 비윤리적인 방식입니다. 설계하는 사람과 시공하는 사람이 한 팀이 되니까요. 마치 검사와 변호사가 한 팀이 되어서 법정에 들어오라는 것과 마찬가지니 불륜일 수밖에 없죠. 설계사무소는 돈이 없고 시공사는 돈이 많으니까, 설계사무소에 미리 돈을 주면 시공사의 뜻대로 설계도면을 그려줘야 하죠. 시공사는 사전에 잠재적 심사위원들을 다 구워삶아놓고요. 결국 피해를 입는 것은 일반 시민들입니다. 국가에서 시행하는 모든 프로젝트는 대부분 이 방식으로 했거든요. 제가 서울시 일에 관계한 후 박원순 시장에게 적극적으로 이야기해서 서울시는 이 제도를 폐지했습니다.

1

2

1_ 동대문디자인플라자

2_ 서울시 신청사

진중권 서울에 대해서 안 좋은 이야기만 한 것 같습니다. 서울에도 위대한 건축들이 있지 않습니까? 옛날 조상들의 건축도 있고 현대의 건축도 있는데, 그중 종묘의 아름다움에 대해서 여러곳에서 말씀하셨습니다.

승효상 종묘는 참 위대한 건축입니다. 도시는 경건한 곳이 있어서 존속한다는데, 서울은 종묘 때문에 존속하는 것이라고 생각합니다. 서울 한복판에 그런 위대한 건축이 있다는 것은 축복이죠. 종묘는 지금도 기능하고 있는 건축입니다. 여전히 조선왕조 신위를 모시고 있고, 5월 첫째 주에는 종묘제례악이 펼쳐집니다. 서양의 건축가들에게도 굉장히 많이 알려져 있습니다. 동양의 파르테논이라고도 하고요. 몇년 전에 프랭크 게리가 서울에 왔을 때 아주 엉큼한 청을 했다고 해요. 종묘를 혼자 가볼 수 있게 해달라고요. 시건방진 청이지만 저는 충분히 이해가 가요. 종묘는 혼자 가면 대단한 에너지를 얻습니다. 특히 비가 부슬부슬 오는 오후 네시쯤 가면 아무도 없거든요. 종묘 정전正殿 자체가 엄청나게 장중한 건축이지만, 종묘가 아름다운 까닭은 그 건물 자체가 아니라 월대月臺라는 곳에 있습니다. 월대는 신위를 모신 곳에서부터 1.5미터 내려와 있고, 그 아래 우리가 일상의 삶을 사는 곳에서 1미터 올라가 있는 매개적 공간, 죽은 자와 산 자가 만나는 공간이거든요. 그래서 거기에 홀로 서면 대단한 힘을 느끼게 됩니다. 프랭크 게리마저 한번쯤 경험해봤으면 좋겠다고 생각할 만합니다.

진중권 그런데 사실 일반인들이 종묘를 좋아하기는 힘들거든요. 사람들이 흔히 기대하는 것이 아름다움에 대한 체험인데, 종묘는 아름다움보다는

종묘

미학에서 말하는 이른바 숭고 체험에 가깝기 때문에 우리 건축인데도 사실 낯설게 느껴집니다. 저도 여러번 가봤는데, 느낌이 이상하더라고요. '이게 뭐지?' 하는 낯선 느낌, 어딘지 압도당하는 느낌을 받았습니다.

승효상 그건 우리가 지난 시대에 걸쳐서 만들어진 서구적 환경에 익숙해져 있기 때문이 아닐까 생각합니다. 한국인의 원형적 공간이기에 낯설지 않아야 하는데, 지금의 환경이 워낙 피폐화되어서 그렇게 느껴지는 거지요.

진중권 네, 선생님의 책을 읽고 나니 그때 제가 받았던 느낌의 정체가 경건함이었구나, 그러니까 우리가 흔히 건축에 대해서 기대하는 것과는 다른 것이었구나 하는 생각이 들더라고요.

달동네와 골목길의 아름다움

진중권 그동안 우리나라의 건축을 보면, 일단 이명박 식으로 아무 생각 없이 마구잡이로 짓다가, 그다음에 오세훈이 들어와서 디자인 운운하며 그 민망한 얼굴에 진한 화장을 칠하는 식이었죠. 그렇게 삶의 기억이 사정없이 파괴되어왔는데, 서울에 그나마 남아 있는 달동네라든지, 어렸을 때 놀던 골목 같은 곳을 되살릴 수 있을까요? 달동네를 그리스의 싼또리니랑 비교하셨는데, 사실 건물들이 화려하지 않아도 얼마든지 아름답게 가꿀 수 있지 않습니까?

승효상 지금 제가 관여하고 있는 것이 서울 중계동의 백사마을 프로젝트
예요. 서울의 거의 마지막 달동네죠. 이곳도 일반적인 아파트 단지로 변할
뻔했는데, 몇군데는 말씀하신 대로 동네의 기억을 살리는 방식으로 개발
하기로 했습니다. 유네스코에서 내놓은 역사마을 보존에 관한 권고 사항
의 핵심이 네가지입니다. 첫째는 필지를 보존하라, 즉 작은 필지들을 통폐
합하지 말라는 것이고요, 둘째는 모든 길을 보존하라, 세번째는 지형을 보
존하라, 네번째는 삶의 형태를 보존하라는 것입니다. 이 네가지 원칙하에
서 개발하고 있습니다. 지금 설계가 거의 끝나가는데, 이게 시행되면 다른
형태의 개발이 가능하다는 것을 보여주고 종래의 개발 방식을 반성하는
계기가 되리라 확신합니다.

근래에는 도리어 골목길이 살아난다고 이야기를 하고 있습니다. 실제로
강남 청담동 대로변은 급격히 행인 수가 줄어든 반면 후미진 동네였던 강
북의 북촌, 서촌, 낙산 아래의 골목길은 북적댑니다. 사람들이 와서 사진
도 찍고 하니까 가게도 새로 생기고 상권이 다시 살아요. 그런데 구청이
나 지방단체에서 자꾸 뭘 하려고 들어서 굉장히 불안합니다. '황희 정승의
길'이라는 등 이상한 콘셉트를 들이대면 또 망가지거든요. 제발 가만히 있
으라고 하고 싶어요. (웃음)

진중권 인위적으로 싸구려 콘셉트를 집어넣는 것보다는 자연발생적으로
형성되는 것들이 중요한 힘인 것 같습니다. 비슷한 경우가 모로코의 페
즈Fes죠. 그 도시는 미로 같더라고요.

승효상 페즈는 1200년이 넘은 도시입니다. 재작년에 20년 만에 다시 다녀

왔는데 여전해요. '그 지속성이 어디에서 오는 것일까' 하는 의문이 들지 않을 수가 없었죠. 가만 보니까 페즈라는 공동체는 서양의 도시와는 굉장히 다릅니다. 서양의 도시는 분류적이고 계급적이거든요. 간단하게 말하면, 지역을 주거지역, 상업지역, 공업지역으로 분류하고 도로도 고속도로, 자동차전용도로, 분산 도로 이런 식으로 분류합니다. 도시 조화를 위해서 그런다고 하는데, 철저히 계급적입니다. 우리도 그것을 따라서 도시를 만들어왔죠. 그런데 페즈라는 도시는 집 열채 정도가 한 단위예요. 빵집 하나, 우물 하나 등 최소의 공동체 시설을 중심으로 열채가 모인 겁니다. 서로가 서로에 대해서 대등한 관계를 맺습니다. 발터 베냐민이 말한 민주적 도시라고 할까요? 페즈는 한 부분이 없어지거나 덧대어져도 존속합니다. 그러니까 1200년 동안 그렇게 존속할 수가 있었고, 앞으로도 너끈히 천년 이상 존속하겠죠. 근데 서양의 도시는 그렇지가 않아요. 한 부분이 없어지면 난리가 나죠.

진중권　이런 비교를 해도 될지 모르겠지만, 서양의 도시가 부분이 중심축에 매여 있는 유기적 구조라고 한다면, 페즈는 마치 세포들처럼 프랙탈 구조를 지녔다고 할 수 있을 것 같습니다.

오래된 것들은 다 아름답다

진중권　『오래된 것들은 다 아름답다』에서 독락당獨樂堂이나 선암사仙岩寺 등 한국의 고건축에 대해서 언급을 하셨는데, 건물을 보는 관점이 흥미롭

습니다. 빈 공간인 마당에서 아름다움을 느끼시는 것 같더라고요.

승효상　독락당은 회재晦齋 이언적李彦迪, 1491~1553이 정쟁에 패해서 낙향해 지은 집입니다. 회재가 그렸을 설계도를 제가 추측해서 그리기도 했는데, 그의 관심은 들보가 어떻게 생겼는지 담장이 어떻게 생겼는지가 아니라 공간과 공간 사이의 관계에 있습니다. 회재가 그 공간을 홀로 됨을 즐기는 집, 독락당이라고 이름 지은 이유가 거기에 있습니다. 독락당만이 아니라 우리의 옛 건축은 대부분 그런 관점에서 지어졌습니다. 미학적 관점에서 서양의 건축과는 다르죠. 달리 말씀드리자면, 미학이냐 윤리냐, 이것이 서양건축과 동양건축의 차이라고 할 수 있습니다. 2000년 베네찌아 비엔날레의 표제인 '미학에서 윤리로'에서 이것을 재확인할 수 있었죠.

진중권　'Less Aesthetics, More Ethics'였죠. 우리는 건물을 일종의 조형물, 일종의 조각작품처럼 받아들이는 버릇이 있는데, 빈 공간은 사실 눈에 보이는 건 아니지 않습니까? 물론 간접적인 의미에서는 눈에 보이긴 하겠지만요. 한국의 고건축 중에서 가장 추천하고 싶은 것이 있다면 어떤 것일까요?

승효상　역시 종묘입니다. 종묘는 기념비적이지요. 또 하나 추천을 하자면 병산서원屛山書院입니다. 병산서원은 정말 기가 막힌 건축입니다. 서원과 사찰의 다른 점은, 사찰이 바깥에서 보는 건축이라면 서원은 안에서 바깥을 보는 건축이라는 것입니다. 사찰은 종교적 상징성이 있어야 하기에 그렇고, 서원은 다릅니다. 성리학적 입장에서 지으니까 구조가 다를 수밖에

1_ 독락당
2_ 병산서원

없습니다. 유교에서 강조하는 윤리를 철저히 적용한 건축이 병산서원입니다. 자연과 건축의 관계, 즉 자연을 건축 속에 어떻게 끌어들이고, 어떻게 절제하면서 만드느냐 하는 문제, 땅과 건축, 건축과 건축, 거주하는 사람과 건축, 이 모든 관계들을 살펴보면 엄청난 비밀들이 숨어 있음을 알 수 있습니다. 이 모든 고려가 합쳐져 만들어진 것이 병산서원이기에 총체적으로 보면 정말 감동적입니다.

진중권　저는 거기에 가서 누각을 보았는데요, 만대루晩對樓던가요, 누각을 받치는 기둥들이 정면에서 보면 반듯한데 측면에서 보면 굉장히 휘어져 있더라고요.

승효상　일본 사람이나 중국 사람은 반듯하게 만들었겠죠. 우리 선조들은 기둥 자체가 문제가 아닌 겁니다. 일부러 반듯하지 않게 한 것도 아니고요. 안에서 보면 병산이 세 부분으로 나뉘어요. 산이 가운데 프레임 안에 들어와서 하나의 풍경처럼 보이는데, 이걸 우리가 차경借景이라고 하지 않습니까? 병산서원은 사시사철 아침저녁으로 풍경이 변합니다. 이렇게 변화무쌍한 경치를 선사해주는 건축은 현대건축에서는 찾기 힘들죠. 몇년 전에 뉴욕 현대미술관의 수석 큐레이터를 병산서원에 데리고 간 적이 있습니다. 아무 설명을 안 했어요. 이 사람이 미학을 전공하고 가르치는 사람인데, 한동안 앉아서 움직이지를 않는 겁니다. 한참 후에야 "이제 당신의 건축을 이해하겠다"라고 이야기하더라고요. 그 말이 정말 반가웠습니다.

진중권　저는 예전에는 중국이나 일본이나 한국이나 어차피 기둥에다 기와 얹어 집을 짓는다는 점에서 서로 비슷한 게 아닌가 생각했습니다. 그런데 직접 보고 나니 비슷한 것 같으면서도 미학에서 말하는 쿤스트볼른 Kunstwollen, 즉 예술의지가 너무나 다르더라고요. 가까운 일본의 건축을 한국과 비교하면 어떻습니까?

승효상   예컨대 마당을 보면, 일본에두 중국에도 마당이 있는데 처리하는 방법이 우리와 전혀 다릅니다. 중국의 마당은 계급 질서 때문에 만든 마당입니다. 가운데로는 높은 사람만 다니고 하인은 가장자리로 다닙니다. 구분이 아주 명확하죠. 일본 마당은 쿄오또京都의 사찰 료오안지龍安寺를 예로 들면 아침에 스님이 한번 쓸고 나면 아무도 들어가지 못합니다. 모든 게 정지되어 있고 그저 바라만 보는 것입니다. 우리나라 마당은 뭘 해도 괜찮죠. 어떤 일도 일어날 수 있고 그 일이 끝나면 다시 고요로 남아서 우리를 사유의 세계로 인도합니다. 이렇게 아름다운 마당을 가진 건축이 세계에 없습니다. 중동 지방의 집에도 마당이 있습니다. 그곳의 마당은 기후 때문에 만든 것입니다. 햇빛을 직접 받으면 너무 뜨겁기 때문에 빛을 반사시켜서 실내로 끌어들이려는 목적입니다. 뜨거워서 사람들이 나갈 수도 없습니다. 그러니까 마당이 있는 집이라고 다 같은 게 아닌 거죠. 한국의 마당만이 가장 깊고 아름다운 이야기를 갖고 있는 마당이라고 생각합니다.

진중권   정말 마당이라고 다 같은 게 아니네요. 기능도 다르고, 개념도 다르고, 비움의 미학이라는 게 바로 그런 이야기이겠죠. 역설적으로 들리겠지만 '비움'이라는 것이 어떻게 보면 모든 것을 담아내는 것 아니겠습니까?

역사를 기억하는 철학

진중권　이번에는 한국의 기념비에 대해서도 묻고 싶습니다. 광주에 국립 5·18민주묘지가 있지 않습니까? 가서 놀랐던 게, 5·16광장에나 서 있을 법한 관제 추모탑이 있더라고요. 우리의 기념 문화는 과도하게 기념비적인 것 같습니다.

승효상　그보다 더 충격적인 것이 있죠. 제주에 가면 4·3사건과 관련한 유적인 백조일손지묘百祖一孫之墓라는 것이 있습니다. 집단학살당한 사람들의 시신이 뒤섞여서 누가 누구인지 모를 정도가 된 것을 한데 모아서 묘를 만든 것인데, 어느날 가보니까 정부 지원을 받아서 거기에 기념비를 세우고 성역화했어요. 우리 속에 씻기지 못한 봉건적 잔재가 아직 있는 거죠.

진중권　선생님의 책을 보면 기념 문화와 관련하여 두가지 이야기가 나옵니다. 나치들이 훔볼트 대학 도서관에서 맑스Karl Marx, 1818~83나 토마스 만Thomas Mann, 1875~1955 등의 이른바 불온서적들을 끄집어내어 광장에서 불태운 사건을 기억하는 기념물, 그리고 하르부르크에 세워진 홀로코스트 기념비인데요.

승효상　베를린 베벨 광장에 홀로코스트 기념탑이 있다고 해 찾아가봤는데 빈 광장만 있고 아무것도 없어요. 가만 보니 광장 한가운데에 사방 1미터의 구멍이 뚫려 있고 유리로 덮여 있어요. 안에는 아무 책도 없는 백색의 빈 서가만 있고 빛이 비치고 있습니다. 그 앞에는 하인리히 하이네C. J.

Heinrich Heine, 1979~1856의 글귀가 적혀 있죠. "책을 불태우는 자는 결국 사람을 불태우게 된다." 정말 섬뜩합니다. 우람한 기념탑보다도 더 감동적이지요. 그보다 더한 것이 1986년에 하르부르크에 세워진 홀로코스트 기념탑입니다. 12미터짜리 기념탑인데 매년 2미터씩 땅으로 꺼집니다. 작가인 에스터 샬레브 게르츠Esther Shalev Gerz, 1948~ 와 요한 게르츠 Jochen Gerz, 1940~ 가 하르부르크 시민들에게 그 탑에 나치들에게 당했던 기억들을 써달라고 했고, 시민들은 지나갈 때마다 슬픔, 분노, 원망, 고통의 기억을 탑의 표면에 써내려갔습니다. 그리고 매년 마치 시민들의 고통이 땅으로 꺼지듯 탑이 땅속으로 가라앉습니다. 6년 후인 1993년에 완벽하게 지면 아래로 사라졌죠. 작가는 "불의에 대항하는 것은 탑이 아니라 우리 자신이어야 한다"라는 말을 남겼습니다. 우리나라의 전쟁기념관은 어마어마해서 전쟁을 하자는 건지 말자는 건지 알 수가 없는데, 베를린의 '노이에 바헤'Neue Wache 전쟁기념관을 보세요. 빈 공간 가운데에 케테 콜비츠Käthe Kollwitz, 1867~1945의 피에타상 하나만 갖다놓았는데, 그 어떤 반전 구호보다 더 절절하게 호소하잖아요.

진중권 그곳은 원래 병사들의 초소로 사용되던 곳인데, 위의 천장에 구멍이 동그랗게 뚫려 있지요. 독일에 비가 자주 오지 않습니까? 제가 들어갔을 때는 피에타상 주위가 축축하게 젖어 있는 게 더 처량하더라고요. 반면에 우리는 역사를 기념하는 방식에 대한 철학이 부족한 것 같습니다.

승효상 우리가 그동안 가시적인 것, 그러니까 눈으로 보이는 물질적인 것에 너무 경도된 것 같아요. 지난 세대에 '잘살아보세'라는 구호 아래 뭐가

1_ 베벨 광장의 분서 기념물

2_ 기념물 앞에 새겨진
　 하인리히 하이네의 글귀

잘 사는 것인지 모르면서 세뇌된 결과라고 봅니다. 선조들은 눈에 보이지 않는 것에 더 가치를 두었고, 집 짓는 방식도 그랬죠. 다시 그 가치를 되찾아야 하지 않을까 생각합니다.

진중권 권력에 대한 욕망이라고 해야 할까요? 거대함에 대한 취향은 사실 파시즘이나 공산주의처럼 전제주의적 성향을 가진 문화에서 많이 나타나지 않습니까? 그런 나라일수록 도처에 거대한 기념비들을 세워놓잖아요.

승효상 진정한 파시스트들은 그렇게도 안 하는 것 같아요. 그냥 졸부들의 천민주의적 발상이 아닐까, 그런 생각밖에는 안 듭니다.

진중권 하긴, 파시스트들도 나름대로 자기들 미학이 있죠. (웃음)

글 쓰는 건축가, 승효상

진중권 글도 참 잘 쓰세요. 피터 아이젠먼Peter Eisenman, 1932~ 도 이야기하지 않았습니까? "글을 쓰지 않는 건축가는 위대한 건축가가 아니다."

승효상 글을 잘 못 쓰지만 글쓰기와 건축은 굉장히 닮아 있다고 봅니다. 분명한 개념을 가지고 언어라는 도구를 논리적으로 끼워맞춰서 창조해내는 게 글짓기라고 한다면, 집 짓기도 그와 똑같은 과정이라고 할 수 있죠.

진중권 '건축은 기본적으로 삶의 형식에 대한 공부'라고 하셨습니다. 건축이라고 하면 흔히 두가지로 생각합니다. 하나가 엔지니어링, 그리고 또 하나가 미학. 그런데 선생님의 접근은 동시에 인문학적인 것 같거든요. '삶의 형식'이라는 것은 인간적인 삶의 관계라든지 역사성과 시대성에 대한 고려가 조형이나 공간의 조직으로 묻어나야 한다는 말씀이시겠죠.

승효상 심지어 예전에는 건축학과가 예술대학에 있거나 공과대학에 있는 게 대부분이었죠. 건축을 공학이나 예술로 바라본다는 것은 결국 그것을 시지각적 대상으로, 그러니까 큰 조각처럼 본다는 이야기입니다. 하지만 건축의 본질은 내부 공간에 있습니다. 내부 공간은 거주하기 위해 만드는 것인데, 예술이나 기술과는 사실 무관할 수 있습니다. 인류가 시작되고 집이 먼저 생겼지, 예술과 기술이 먼저 생긴 게 아니거든요. 건축은 예술과 기술이 없어도 존재한다는 이야기입니다. 건축설계라는 것이 제가 사는 집을 설계하는 게 아니고 남의 집을 설계하는 것이니까, 남들이 어떻게 사는가를 공부하는 게 첫번째죠. 그래서 문학이나 소설, 영화 같은 것에 관심이 많아야 합니다. 왜 사는지 알려면 철학을 공부해야 하고, 어떻게 살았는지를 알려면 역사를 공부해야 하니까요. 그런 것들이 건축의 기본적인 공부이고, 그걸 공부한 후에 예술적 기예나 기술적 고려들이 뒤따라야 하는 거죠.

진중권 그 말씀을 들으니 하이데거가 1951년에 쓴 건축에 대한 논문 「살기, 짓기, 사유하기」Wohnen, Bauen, Denken가 떠오릅니다. 선생님 책을 읽으니 하이데거가 무슨 얘기를 하려 했는지 더 구체적으로 이해할 수 있었습니다. 건축을 할 때에도 영감이 필요하겠죠. 선생님은 여행을 통해서 굉장히 많은 영감을 받으시는 것 같아요. 모로코의 거주지라든지, 이딸리아나 프랑스의 수도원이라든지.

승효상 제 건축 수업의 가장 큰 부분이 실은 여행이에요. 건축이란 것이 결국 다른 사람의 삶을 설계하는 거니까, 다른 사람이 사는 방법을 부지런히 찾아봐야죠. 책에도 쓰여 있지만 저는 항상 진실은 현장에 있다고 주장합니다. 현장을 안 보면 다 환상에 불과하니 힘이 없죠. 현장을 보면 에너지가 많이 생깁니다.

진중권 사실 여행은 저희도 많이 하거든요. 심지어는 유명한 건축을 찍어놓고 가서 보긴 하는데, 그 결과로 얻어지는 체험이란 게 여행책자 수준 이상을 넘어가지 못하는 것 같습니다. 도시를 어떻게 감상하는 것이 좋을지 조언을 좀 해주시죠.

승효상 먼저 그 도시에 관한 공부를 해야 하는데, 가장 좋은 공부가 지도 공부입니다. 지도도 한가지만 보지 말고, 가능하면 옛 지도부터 현재의 지도까지 펴놓고 볼 필요가 있습니다. 그러면 도시가 그동안 변화해온 역사가 도면에 나타납니다. 한가지 곤란한 점은 지도는 공간지각능력이 없이는 읽어내기 어렵다는 겁니다. (웃음) 건축가들이야 지도가 입체로 보이니까 이게 어떻게 변했는지 금방 알아채거든요. 공간지각을 통해 기억되는 것은 굉장히 오래갑니다. 이게 어느정도 되면 그다음부터는 지도가 없어도 홀로 길을 걸으면서 변화의 과정을 체험할 수가 있죠. 그게 무진장 재

있습니다. 폐허에 가더라도 공간지각 훈련이 되어 있으면 그저 폐허로만 보이지 않죠. 주춧돌 하나만 있어도 지붕이 보이고, 어떤 풍경으로 보이게 됩니다. 그걸 상상하면서 다니는 게 재미있지요. 같이 간 사람들에게도 설명을 해줘요. 사실은 원래 이건 이랬는데 이러이러해서 이렇게 됐다고 설명해주면 사람들이 굉장히 재밌어하거든요.

진중권 건축 공부하시는 분들은 주춧돌 하나만 나와도 이게 어떤 시대의 것이고 몇 미터 높이였을지 알지 않습니까? 한때 이딸리아의 판화가 삐라네시Giovanni Battista Piranesi, 1720~78에게 열광하던 시절이 있었습니다. 물론 지금도 마찬가지고요. 이 사람이 로마의 폐허를 보며 자신의 판타지를 섞어서 무너지기 전의 모습을 상상하죠. 정말 놀라운 일입니다. 러시아의 영화감독 예이젠시쩨인Sergei Eisenstein, 1898~1948이나 남미의 소설가 보르헤스Jorge Luis Borges, 1899~1986도 삐라네시에게서 많은 영감을 받았다고 하더군요. 그런데 선생님도 쓰셨듯이 한국의 건축은 목조 건축이 주이기 때문에 골조가 남지 않아 상상이 더 어려울 것 같습니다.

승효상 대단한 상상력이 필요합니다. (웃음) 공부를 더 많이 하고 갈 수밖에 없어요. 자꾸 보다보면 주춧돌만 남은 한국의 폐허를 보는 데에도 요령이 생겨요. 서양건축은 주변의 풍경과 관계없이 짓는 건축들이 많아요. 건축 자체를 통해서 풍경을 지배하려고 했기 때문이죠. 반면 우리 건축은 자연과의 관계를 따졌기 때문에 어디로 열려 있고 어디로 닫혀 있을지를 짐작할 수가 있어요. 그걸 보면 건축의 원형을 알 수 있죠.

허공을 부유하는 모더니즘

진중권　미학계의 하이데거 같은 사람, 모더니즘 자체를 비판하는 보수적인 예술사학자 한스 제들마이어Hans Sedlmayr, 1896~1984가 그런 얘기를 하더군요. "모더니즘은 대지를 떠나, 허공을 부유한다." 모더니스트로서의 르꼬르뷔시에에 대해서는 어떻게 생각하십니까? 선생님이 르꼬르뷔지에에 대해서 언급하시는 걸 보면, 어떤 때는 상당히 비판적으로 언급하시다가도 굉장히 높이 평가하는 면도 있어서, 어떻게 정리해야 할지 모르겠더라고요.

승효상　대학 다닐 때부터 르꼬르뷔지에에 대한 책이란 책은 다 읽고, 도면이란 도면은 모두 필사를 했습니다. 르꼬르뷔지에의 모든 건축을 제가 다시 그릴 수도 있습니다. 그는 20세기의 생활 방식을 창출한 사람이라고 이야기할 수 있습니다. 아파트도 르꼬르뷔지에로부터 나온 양식이고, 지금 우리가 하는 도시계획도 실은 그가 만든 방식입니다. 그는 "구불구불한 것은 당나귀가 다니는 길이지 인간이 다니는 길이 아니다. 직선으로 가야 한다"라고 말했죠. 대량생산의 모듈을 만든 사람 역시 르꼬르뷔지에죠. 특히 기계에 관해서는 대단히 찬탄을 했습니다. 이런 양반이 2차대전을 겪으면서 변했습니다. 기계에 대한 믿음을 잃어버렸죠. 그 믿음이 결국 원자폭탄으로 이어진 것 아닙니까? 그가 기계문명에 대해 굉장히 실망을 하고 만든 것이 롱샹 교회당Colline Notre-Dame du Haut, Ronchamp입니다. 굉장히 거칠고 원시적인 느낌의 곡선적 건축이에요. 후배들이 경악을 금치 못했죠. 르꼬르뷔지에가 극도로 싫어했던 방식이었거든요. 또 그의 거의 마지막 작품이 된 것이 라뚜레뜨 수도원Sainte Marie de La Tourette인데, 이 건물은 르토로네 수도원L'abbaye du Thoronet이라는 13세기의 수도원을 그대로 모방한 것입니다. 모더니스트들에게 과거를 모방하는 것은 금기 중의 금기인데, 이게 또 위대한 창작이에요. 저는 이 작품이야말로 20세기 최고의 건축이라고 이야기합니다. 르꼬르뷔지에는 만 77세에 죽었는데, 이미 세상의 모든 규율과 관습과 제도로부터 해방된 사람이었다고 할 수 있습니다.

진중권 기계미학자 시절의 르꼬르뷔지에에 대한 선생님의 평가는 어떻습니까? 말씀을 듣다보니 이중적인 면이 있는 것 같습니다. 우리 삶의 모든 원형을 만든 사람이라고 찬양하면서도 그에 대해 상당히 비판적이신 것 같은데요.

승효상 그건 시대적 가치니까 지금 우리가 사는 시대와는 굉장히 다르죠. 제가 모더니즘을 비판하는 이유는 우리의 감성이 개입할 여지가 없기 때문입니다. 감성이라는 것이 실은 우리의 지적 감수성에서 발현된 것인데 모더니즘은 그걸 배척했지요. 모더니즘은 땅을 떠나 있다는 것이 제가 가장 비판적으로 보는 요소라고 할 수 있습니다.

진중권 사실 르꼬르뷔지에의 건축은 환경 자체를 완벽하게 인공화하고, 인간의 기능도 도식적으로 분류하는 등, 테일러 씨스템이나 포드 씨스템과 같은 느낌이 드는 면이 있죠. 그밖에도 역시 합리주의적 관점에서 구축의 문제에 접근한 바우하우스Bauhaus나 데스틸De stijl에 대해서는 어떻게 평가하십니까?

승효상   데스틸이든 바우하우스든 우리 삶의 환경 자체를 종합적으로 구성하자는 건데, 결국 모더니즘으로 편입되었죠. 그전에 있었던 제체시온Sezession이나 아르누보Art Nouveau 같은 세기말의 사조들이 통합돼 모더니즘이 된 셈입니다. 모더니즘은 근본적으로 땅을 떠났죠. 땅을 떠난다는 건 특수성을 잊어버리는 것입니다. 특수성을 잊어버리고 보편성만 강조하다 보면 누구에게나 맞는 기계부품처럼 식상해집니다. 그래서 요즘 등장하는 말이 '특수한 보편성'specific universality이라는 것이죠. 물론 지역성locality만 강조하다보면 공유가 불가능해 남에게 유익하지 못하게 됩니다. 하지만 지역적인 걸 보편화해서 공유한다면 다르겠죠. 그것이 모더니즘의 실패를 극복하는 길이 아닐까 생각합니다.

진중권   조금 더 구체적으로 얘기해보죠. 미술사를 읽다보면 네덜란드의 건축가 릿펠트Gerrit Rietveld, 1888~1964의 슈뢰더하위스Rietveld Schröderhuis 얘기가 나옵니다.

승효상   슈뢰더하위스는 데스틸의 대표적인 작업입니다. 슈뢰더하위스의 평면도를 보면 한가운데에 있는 계단으로 공간을 분할하는 방식이 근대건축의 원형인 빌라 로똔다Villa La Rotonda와 거의 똑같습니다. 모양만 현대적으로 바꾼 거죠. 서양의 전통이라는 것이 그렇습니다. 1927년 슈투트가르트에서 바이센호프 주거단지Weißenhofsiedlung 전시회가 열렸는데, 이 전시회를 주도한 미스 반데어로에Ludwig Mies van der Rohe, 1886~1969가 포스터에 장식이 가득한 거실 공간을 그려놓고 거기에 가위표를 해놨어요. 이런 것은 집

1_ 헤릿 릿펠트(Gerrit Rietveld, 1888~1964)의 슈뢰더하위스(Rietveld Schröderhuis)
2_ 안드레아 빨라디오(Andrea Palladio, 1508~80)의 빌라 로똔다(Villa La Rotonda)

이 아니라는 의미죠. 이때 젊은 건축가들을 모아서 모더니즘의 슬라브 집들을 전시했는데, 모양은 대단히 간단하고 단순해졌지만 평면 자체는 서양 근대건축의 원형인 빌라 로똔다의 단일 중심적인 사상적 유산을 그대로 유지하고 있었습니다. 본질은 바꾸지 않고 형태만 바꾼 셈이니, 결국 모더니즘은 지속 불가능한 한계를 갖고 있는 셈이죠.

진중권 하긴 "장식은 죄악이다"라는 모토도 있었죠. 그런데 장식만 치웠지 결국 원형은 그대로인 셈이네요. (웃음) 어느 시대에나 특정한 장르가 미학이나 철학적 담론을 주도하는데, 1960년대 후반에서 1970년대 초반에는 건축이 그런 역할을 하기 시작한 것 같습니다. 당시는 모더니즘에 대한 반성으로 포스트모던 담론이 등장하던 시기였죠. 그런 맥락에서 이른바 포스트모던이란 이름으로 지어지는 건축들에 대한 생각은 어떠신지요?

승효상 포스트모더니즘은 모더니즘이 잊고 있었던 장식적 요소에 대한 노스탤지어의 표현이라고 할 수 있죠. 쉽게 말하면 다시 장식의 즐거움을 줬을 뿐, 결국 근본적인 전환이 될 수는 없었던 겁니다. 건축의 본질을 다루지는 못했으니 결국 단명할 수밖에 없었고요. 그외에 다시 후기모더니즘 Late Moderninsm이 나오고 해체주의 등 여러 사조가 나왔지만, 지금은 한 사조가 이 복잡다단한 시대를 이끌고 나갈 수 있는 시대가 아니라고 봅니다. 만인이 만인에 대해 투쟁하는 시대라고 할까요? 모든 사람이 저마다 자기의 담론을 끄집어내고 있으니까요. 어떻게 보면 주도적인 담론이 없는 춘추전국시대를 맞았다고 볼 수 있겠죠.

진중권　결가지 질문이긴 한데, 미술사적 관점에서 저는 러시아 구축주의
자들의 작업도 상당히 재미있다고 생각합니다. 조형예술에 공간의 '구축'
이라는 새로운 관점을 도입했거든요. 건축과 조각의 경계를 넘어서는 지
점, 혹은 건축과 조각 사이의 지점에서 말입니다. 저는 러시아 구축주의자
들의 작업이 종이 위의 설계도로만 남아 있는 줄 알았는데, 얼마 전 오스
트리아의 한 작가로부터 들으니 모스끄바에 가면 실제로 구축주의적으로
지어진 건물들이 남아 있다고 그러더라고요.

승효상　구축주의는 저도 한때 심취한 적이 있습니다. 그들의 작업이 몇 남
아 있죠. 모스끄바에 가서 몇 개 보기도 했고요. 블라지미르 따뜰린Vladimir
Tatlin, 1885~1953의 작업인 제3인터내셔널 기념탑은 실제로 지어지지는 않
았지만 모형으로 전시된 것이 있습니다. 당시에 그렇게 공간적으로 3차원
에 시간의 개념까지 넣어서 건축을 구축했다는 것은 대단히 놀라운 사실
입니다.

진중권　그밖에 건축을 하시면서 영향을 받은 사상가나 다른 건축가는 누
가 있을까요?

승효상　빈에 가서 아돌프 로스Adolf Loos, 1870~1933라는 건축가의 작업을 처
음 보고 충격을 받았죠. 건축은 예술이 아니라는 것을 확실히 알게 되
었고요. 아돌프 로스는 "장식은 죄악이다"라는 말로 유명한 사람입니다.
1911년 일체의 장식을 배제한 로스하우스Looshaus를 지으면서 화려한 장식
을 선호하던 사회 전체에 혼자 맞서 싸워서 결국은 이겼죠. 그것이 모더니

즘을 촉발시킨 원인 중 하나가 되었습니다. 당시는 제체시온파가 주도하고 있었는데, 그 역시 제체시온파였지만 그것이 하나의 유행을 만든다고 비판하고 나와서 독자적인 길을 갔죠. 시대를 앞서간 사람입니다. 독자적으로 시대를 변화시킨 그의 작품을 보고 건축으로 혁명을 할 수 있다는 생각을 확실히 하게 되었죠.

터무늬 있는 건축, 지문地文

진중권 선생님 책 중에서 『지문』이라는 제목이 참 재밌습니다. 지문地文, 랜드스크립트landscript거든요. 손가락 지指자가 아니라 땅 지地자란 말이죠. 땅에도 무늬가 있다는 말씀이신 것 같은데, 개념을 좀 설명해주시죠.

승효상 '터의 무늬'죠. '터무니'란 말이 본래 존재나 이유를 가리키지 않습니까. 우리 조상들은 존재를 다 터와 관련 지어서 말씀하셨다는 이야기입니다. 건축을 결정하는 여러 요소가 있지만, 그중에서 가장 중요한 게 땅입니다. 건축은 땅 위에 서는 구조물이니까요. 세상에 있는 땅은 모두가 다 달라요. 최소한 위도, 경도가 다르고, 자연이 만든 모습이 다르고, 살아온 인간이 담은 기억이 다릅니다. 모름지기 땅은 자기가 어떤 건축이 되고 싶다는 요구를 항상 하고 있습니다. 그러니 땅이 하는 소리를 들을 수 있는 사람이 좋은 건축가고 좋은 디자이너라고 생각합니다. 건축뿐만 아니라 도시도 마찬가지입니다. 땅은 자기가 어떤 도시가 되고 싶은지 요구하고 있습니다. 그래서 땅의 소리를 들어야 해요. 땅의 소리를 듣는다는 것은 땅이 가진 무늬를 파악하는 것을 말합니다. 그게 지문地文이지요. 천문天文도 있고 인문人文도 있는데, 왜 지문이 없겠는가 해서 만든 말입니다.

진중권 사실 우리 눈에는 그냥 땅만 보이지만, 실제로 거기에는 보이지 않는 무늬가 찍혀 있는 거죠. 선생님 말씀을 들으면 하이데거가 연상됩니다. 하이데거의 말이 결국 건축은 '대지', 쉽게 말하면 자연적인 것physis을 바탕으로 해서 그 위에 민족적인 삶의 '세계', 즉 역사적 기억들이 세워진다는 것 아닙니까? 그런데 이런 건축에 대한 이해와 날카롭게 대비되는 것이 아까 이야기한 자하 하디드의 건축철학인 것 같습니다. 하디드는 건축을 맥락으로부터 떼어내어 독립된 작품으로 보는 경향이 있지 않습니까? 그런 의미에서 선생님의 건축철학과는 판연히 다르다는 생각이 듭니다. 선생님의 건축은 건물을 짓는다기보다는 공간을 조직한다는 개념에 가까운 것 같습니다.

승효상 너무 이분법적으로 들릴까봐 그렇긴 합니다만, 이해를 위해서 쉽게 말씀드리면, 건축가는 '예술가적 건축가'와 '지식인적 건축가'의 두 부류가 있다고 생각합니다. 예술가적 건축가는 조건에는 반응하지 않고 자기의 의식에만 반응해서 건축하는 사람이지요. 저는 동대문디자인플라자 같은 건축은 터에 관한 무늬가 없는 건축, 즉 터무니없는 건축이라고 봅니다. (웃음) 반면 지식인적 건축가는 조건에 반응하여 건축마다 다른 방식으로 접근해야 한다고 생각합니다. 저는 '유명한' 건축은 몰라도 '좋은' 건축은 지식인적 건축가의 작업에서 나온다고 보기 때문에, 우리 사회에 과연 유명한 건축이 필요한가, 좋은 건축이 필요한가부터 따져야 한다고 생각합니다. 유명한 건축이 되기는 쉽습니다. 건물을 조금만 비틀거나 색깔을 이상하게 칠하면 금방 유명한 건축이 되거든요. 하지만 좋은 건축을 하기란 참 어렵습니다.

채움보다 비움이 더 중요한, 빈자의 미학

진중권 선생님이 1996년에 쓰신 『빈자의 미학』에 보면 이런 문장이 나옵니다. "여기에는 가짐보다 쓰임이 더 중요하고 더함보다 나눔이 더 중요하며, 채움보다 비움이 더 중요하다." 어떻게 이런 철학을 세우시게 됐는지 궁금합니다. 구체적인 계기가 있었나요?

승효상 김수근 선생님 휘하에서 15년을 있다보니까 저 자신의 정체성을 확립하기가 어려웠습니다. 그때 4·3그룹하고 의논을 하던 중에 어릴 때부터 갖고 있는 인자를 발견하는 게 좋을 것이라는 막연한 짐작을 갖게 됐습니다. 그러다가 금호동 달동네를 지나는데 갑자기 골목길의 공간구조가 대단히 건축적으로 다가오는 거예요. 어렸을 때 살던 부산의 피난민촌이 기억나면서 제가 알던 모든 지식과 지혜가 그곳에 있는 걸 확인하고 깜짝 놀랐죠. 그곳에서 건축적 가능성을 찾은 겁니다. 그후로 빈자의 삶에 관한 책을 읽으면서 돌파구가 생겼고, '이건 내가 해야겠다, 내가 가장 잘할 수 있다'라고 생각돼서 먼저 말을 던졌죠. '빈자의 미학'이란 가난한 사람을 위한 미학이 아니라 가난할 줄 아는 사람을 위한 미학입니다. 물신적으로 살지 않고 스스로 절제하면서 사는 이들을 위한 미학. 돈 없는 사람을

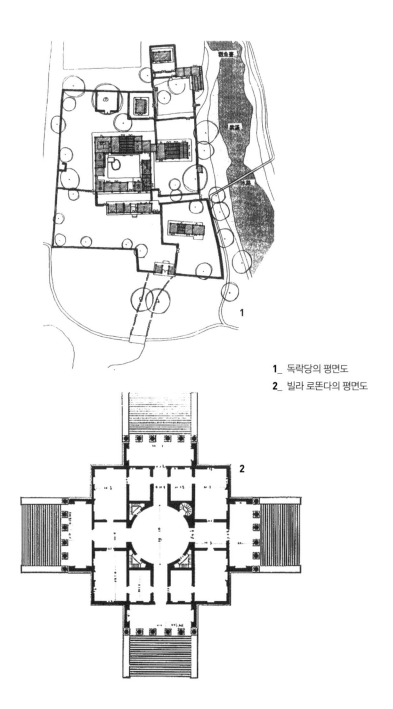

1_ 독락당의 평면도
2_ 빌라 로똔다의 평면도

상대하는 것은 사회사업가의 일이지 건축가가 할 노릇은 아니거든요. 건축가는 많든 적든 돈 있는 사람을 상대하니까요. 의성 김씨 종갓집을 보면 우리 선조들의 건축 방식이 확연하게 보입니다. 그 안에 윤리가 들어 있어요. 모든 건축을 유교적 덕목에 따라 관계적으로 지어온 겁니다. 엄청난 가르침이죠. 빈자의 미학은 결국 전통과도 밀접한 관계가 있습니다.

진중권   선생님이 하신 말씀 중에서 건축에 대한 정의라고 할 만한 것들을 쭉 뽑아봤습니다. '삶을 조직하는 것' '삶에 의해서 완성되는 것' '건축가가 완성하는 게 아니라 들어와서 사는 사람이 완성하는 것'. 또 흥미로운 말로는, '건축에 거주함으로써 영적 성숙이 이루어진다'라는 말씀도 하셨더라고요. 하이데거 역시 '짓기'bauen를 '살기'wohnen나 '사유하기'denken와 본질적으로 연관시키지 않았습니까?

승효상   네, 하이데거는 '인간의 존재는 거주함으로써 이루어지고, 거주는 건축을 통해서 완성되는 것'이라고 이야기했는데, 그것을 거의 그대로 딴 겁니다.

진중권   이와 관련하여 독락당과 빌라 로똔다를 대비하셨어요. 독락당은 한국의 건축이고, 빌라 로똔다는 르네상스 이후 서구건축의 원형이 되는 건물이라고 하셨는데, 둘의 차이를 조금 더 구체적으로 설명해주시죠.

승효상   성리학의 거두였던 회재 이언적은 공간끼리의 관계, 공간의 크기와 조직에 관심을 가졌습니다. 여러 형태와 공간 속에서 거하면서 홀로 됨

1_ 수졸당(1992)
2_ 수졸당의 평면도

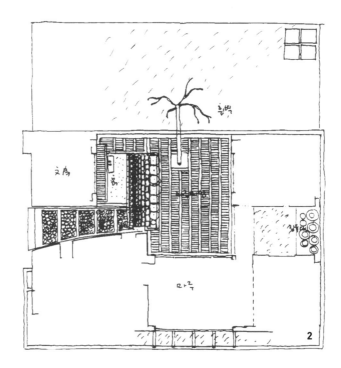

을 즐기자는 것이 독락당입니다. 반면, 빌라 로똔다는 형식에서나 모양에서나, 거주하는 사람이 건축을 통해 세계를 지배하는 방식입니다. 건축이 언덕 위에 우뚝 서 있죠. 그것도 어떻게 보면 '홀로 즐기는' 독락당인 셈인데, 그 사람은 '홀로' 즐기는 것이고, 회재의 독락당은 '홀로 됨'을 즐기는 것이지요. 말은 같을지 몰라도 실은 전혀 다른 의미입니다. 빌라 로똔다는 그 이후 서양건축의 기본 텍스트가 됩니다. 지금까지도 그걸 그대로 모방해서 '나인스퀘어 콘셉트'nine-square concept를 적용시킨, 즉 지평면을 십자로 나누어서 가운데 공간에 주인이 거하며 주변을 관할하게 하는 집들이 있습니다. 그것이 집뿐만 아니라 도시계획으로까지 확대가 됩니다. 그래서 서양의 중세, 르네상스 시대에 만든 모든 계획도시들, 이상도시들은 단일 중심의 봉건사회를 형성하고 있습니다. 요즘 만드는 소위 마스터플랜에 의한 신도시들도 그것과 연관되어 있다고 봅니다. 미셸 푸꼬Michel Foucault, 1926~84가 말한 파놉티콘도 중앙에서 전체를 내려다보는 것이고, 서양의 원근법이라는 것도 사실 자기 시각을 중심으로 세계를 정리하는 방법이지요. 그런 방식들이 서구적인 건축의 맥락을 형성하는 것입니다. 사실 요즘 우리가 짓는 건축도 그것을 아무 생각 없이 그냥 들여온 것이지요.

빈자의 미학을 구현하다

진중권 '빈자의 미학'을 구현한 최초의 작품이 수졸당守拙堂, 미술사학자 유홍준 선생님의 자택이죠. 이분이 이렇게 훌륭한 집에서 사시는 줄 몰랐습니다. (웃음) 수졸당의 사진을 보니까 마당을 중심으로 방들이 배치되어

있는 것 같습니다.

승효상 불편한 집을 만들려고 노력했습니다. 유홍준 선생님은 그런 철학을 이해하는 분이니까 다른 요구는 별로 없으셨고요. 수졸당은 저에게는 아주 중요한 건축입니다. 제가 지었던 모든 건축들에는 실수가 있어서 되돌아보는 것이 괴롭습니다. 그런데 수졸당은 빈자의 미학을 선언하고 첫 번째로 만든 집이라서 그런지, 제가 지금 얼만큼 와 있는지 확인하려면 반드시 되돌아봐야 하는, 제 건축의 원점이라고 할 수 있습니다.

진중권 당시에 유홍준 선생님이 설계비를 제대로 줄 형편이 못돼 대신에 현판을 하나 들고 오셨다고요? (웃음)

승효상 당시에는 『나의 문화유산답사기』를 쓰기 전이라 가난하셨죠. 제대로 설계비 줄 돈도 없을 정도였으니까요. 아버님의 퇴직금으로 지어야 하는 집이라, 그 돈으로는 집장수 집밖에 못 짓는데, 저한테 부탁을 하셨어요. 그런데 집에 이사 오는 날 『나의 문화유산답사기』 첫 권이 나왔습니다. (웃음) 어쨌든 당시에는 설계비를 제대로 줄 수가 없으니 '이로재履露齋'라고 쓰인 한 200년 된 현판을 가져가라는 겁니다. 원래 부안에 있는 어떤 집의 사랑채에 있던 것인데, 그 집이 폐가가 돼서 현판만 서울로 올라왔다고 합니다. '이로재'는 '이슬을 밟는 집'이라는 뜻으로, 『소학』에 나오는 말입니다. 아버지를 모시던 선비가 아버지가 아침에 나오시면서 감기 드실까 봐 처소까지 가서 웃옷을 건네드렸다는 고사예요. 이 현판이 설계비보다 훨씬 더 낫다고 해서 받고 사무실 이름도 '이로재'로 바꿨죠.

© Osamu Murai

1_ 수백당(1998)
2_ 퇴촌주택(2010)

© 김종오

진중권 마당을 중시하는 미학은 수백당守白堂, 퇴촌退村주택 등 최근 작품까지도 계속 이어지는데요. 조금 전에 '불편한 집'이라고 하셨어요. 현대인이라는 게 '거주'라고 하면 편리함만을 생각하는 종족 아닙니까?

승효상 주택 안의 얼마 안되는 공간 속에서 기능적이라고 해봐야 얼마나 기능적이겠습니까. 가장 기능적인 집은 아파트죠. 아이들이 방문 닫고 들어가면 뭘 하는지 도무지 짐작도 못하죠. 옆집이 붙어 있어도 무슨 일이 벌어지는지 도무지 알 수 없고요. 그런 집이 정말 기능적일까요? 옛집들은 아파트에 비하면 엄청나게 반기능적이죠. 그러나 그것이 훨씬 더 건강한 집일 거라는 확신으로 '기분 좋은 불편함'을 짓는 겁니다.

진중권 기분 좋은 불편함. (웃음) 앞으로 선생님이 하실 건축은 어떤 모습일지 궁금합니다.

승효상 특별한 계획보다는, 그냥 제가 해온 건축들을 계속 진행할 겁니다. 다만 하고 싶은 일이 한가지 있다면, 1996년에 낸 책 『빈자의 미학』을 다시 쓰고 싶습니다. 그 책은 원래 저 자신을 위한 일종의 규제 장치로써 낸 것인데, 그후로 19년이 지났습니다. 이제 내용도 더 풍부해지고 그 미학의 실체도 생겼으니까, 다시 그 책을 쓰고 제 건축 인생을 마감해야 하지 않을까 합니다.

유학 시절에 건축을 전공하는 지인의 소개로 하이데거의 논문 「짓기, 살기, 생각하기」를 읽은 적이 있다. 그때는 순수이론적 관점에서 읽었던 터라, 그것이 건축적으로는 어떻게 구현될지 가늠하지 못했다. 승효상 선생의 책과 작품을 접하면서 비로소 하이데거가 무슨 말을 하려 했는지 이해하게 됐다. 자기 건축을 시작하면서 선생은 크게 세가지 과제를 해결해야 했을 것이다. 하나는 서구와는 구별되는 한국건축 고유의 정체성을 확립하는 것이고, 둘째는 '뿌리가 없다'는 모더니즘 건축의 한계를 극복하는 것이며, 셋째는 무분별한 욕망으로 지어진 개발독재식 난개발에 미학적 대안을 제시하는 것이다. 물론 이 세 과제는 떼어놓을 수 없게 서로 연결되어 있다. 이 과제들을 해결하는 데에 도움을 준 것은 한국의 전통건축과 부산의 피난민촌이었다. 한국의 전통에서 그는 건축이 조형의 제작이 아니라 공간의 조직이며, 자연의 거만한 정복자가 아니라 겸손한 일부라는 것을 배웠다. 서구 모더니즘에 대한 그의 비판적 시각은 '터무늬'라는 개념으로 압축된다. 한편 가난한 달동네의 골목길에서 그는 비록 볼품은 없지만 이웃과 더불어 살기를 가능하게 해주는 공간을 보았다. 여기서 나온 것이 바로 그의 건축적 신조인 '빈자의 미학'이다. 하이데거에 따르면, '짓기'는 '살기'를 위한 것이다. 여기서 '살기'란 거주의 편리함 따위를 가리키는 게 아니다. 다소 불편하더라도 자연을 존중하고, 이웃을 배려하며, 터 위에 무늬처럼 각인되는 역사적 기억을 보존하며 살아가는 사려 깊은 삶을 의미한다. 따라서 '짓기'와 '살기'와 '생각하기'는 본디 하나에 속하는 것이다. 이론적 기획이었던 '빈자의 미학'은 십수년에 걸친 건축적 실천을 통해 이제 미학적 실체를 갖게 되었다. 그 책을 다시 고쳐 쓸 때가 된 것이다. 선생의 "건축 인생을 마감"하게 될 그 책의 내용이 벌써부터 기대가 된다.

끊임없이 싸우는 배우

배우, 정치인. 「한씨 연대기」「칠수와 만수」 등의 연극으로 배우 인생을 시작해 「그들
도 우리처럼」「경마장 가는 길」「꽃잎」 등으로 한국 영화계의 스타 배우가 되었다. SBS
「그것이 알고 싶다」의 진행자로도 활동했다. 청룡영화상, 아시아태평양영화제, 한국
영화평론가협회상, 춘사대상영화제 등에서 남우주연상을 수상했다. 2001년 노무현
대통령 후보 지지를 계기로 정치에 뛰어들어 작품 활동과 정치를 병행하고 있다.

무심코 리모콘으로 TV 채널을 돌리다가 우연히 영화「그들도 우리처럼」(1990)의 한 장면을 보게 됐다. 수배자가 된 문성근씨가 숨은 골방에 벽지 대신 발린 신문지의 기사가 눈에 들어왔다. '노동계급'이라는 조직이 적발됐다는 기사였다. 마침 내가 속해 있던 조직이라 괜히 반가웠다. 그의 이름을 처음 들은 것은 대학 시절. 그때 그는 연극「한씨연대기」(1985)와「칠수와 만수」(1986)로 막 이름을 떨치고 있었다. 하지만 그의 연극을 보지는 못했고, 그의 연기를 처음 본 것은 영화「경마장 가는 길」(1991)을 통해서였다. 사회주의가 몰락하고 막 '포스트모던'의 물결이 밀려오던 시절, '포스트모던'이란 게 뭔지 궁금해 원작인 하일지의 소설을 읽었는데, 영화도 아마 그것 때문에 찾아봤을 게다. 그의 연기는 소설 이상으로 인상적이었다. 유학을 마치고 돌아온 후에는 그의 얼굴을 방송이나 영화보다는 정치 뉴스에서 더 자주 봐야 했다. 2002년 목에 노란 목도리를 두르고 노무현 후보를 대통령으로 만드는 데에 큰 공을 세웠던 열혈 노사모 회원은 10년 후 민주당의 최고위원이 되어 국회의원 선거에 출마까지 했다. 작년인가? 그가 보자고 해서 홍대 앞 카페에서 잠깐 만난 적이 있다. 그는 앞에서 민주당 혁신의 필요성을 역설하며 온오프라인 결합 정당의 구상을 펼쳐놓았다. 이제 지칠 만도 한데, 도대체 그 에너지가 어디에서 계속 흘러

나오는 것일까? 그것도 궁금했지만, 인터뷰를 준비하면서 내가 진짜로 알고 싶었던 것은, 정치 활동 때문에 가려지거나 희석된 배우로서 문성근의 모습이었다.

"배우 문성근, 그의 에너지는
어디에서 흘러나오는 것일까?"

진중권　홍상수 감독의 영화에 나오는 주인공의 기원이 바로 문성근씨가 아닐까 하는 생각이 듭니다. 도시의 파리한 회백색 지식인, 또는 속물 지식인 연기의 시조라고 할 수 있겠죠. 속물 지식인 연기의 효시가 바로 영화 「경마장 가는 길」의 주인공 'R'이었던 거 같아요. 제가 처음으로 배우로서 문성근 선생님을 뵌 게 그 영화였습니다. 지금 생각해도 참 독특한 영화였던 거 같아요.

문성근　그랬죠. 그 역을 어떻게 해야 할지 처음에 고민이 많았어요. 원작자인 하일지씨를 만났는데, 이 양반이 얘기를 의식이 흐르는 대로 하는 게 아니라 마치 머릿속으로 글을 써놓고 그걸 읽는 것처럼 하시더라고요. 그래서 '아, 글 쓰는 사람의 특성이 저거구나' 했지요. 왜, 영화평론가 정성일씨도 그런 면이 있잖아요. 그런 식의 인물이 그때까지 없었던 거죠.

진중권　원작자도 말을 문어체로 하시는군요. 아무튼 "너의 이러한 행동의 이데올로기는 대체 무엇이냐?"(둘 다 웃음) 그 대사가 기억납니다. 문성근씨 하면 다양한 이미지가 떠오릅니다. SBS 탐사보도 프로그램 「그것이 알고 싶다」의 냉철한 진행자의 모습이 떠오르기도 하고, 「경마장 가는 길」의

「경마장 가는 길」(1991) 중

속물 지식인 모습이 떠오르기도, 「실종」(2009)의 싸이코패스 살인마, 이제
는 정치인의 모습도 떠오릅니다. 다양한 얼굴 중 배우 인생의 시작부터 이
야기해보기로 하겠습니다. 큰 건설회사를 다니다가 그만두고 연극 무대에
뛰어들었습니다. 그런 결정을 하신 동기가 뭐였나요?

문성근 학교 때 연극을 하긴 했는데 이게 생업이 될 거라고 생각을 못했어
요. 비겁했던 거죠. 유신 때 정권이 방송국을 꽉 쥐고 있었으니, 방송국에
들어간다는 것은 상상도 할 수 없었고요. 영화는 신성일씨처럼 생긴 사람
들이 하는 거지, 저 같은 얼굴에 영화를 할 수 있겠느냐는 생각도 있었고.
근데 기업체에서 한 5년 정도 지내고 나니까 미래가 빤히 보이더라고요.
쉰살쯤 됐을 때 나가라고 하면 아무것도 안 남겠다는 생각이 들어서 정리
해야겠다는 결심을 하고 싸우디아라비아에 갔어요. 파견근무를 가면 월급
을 두배쯤 줬거든요. 모은 돈으로 선물의 집이나 레코드 가게를 하나 열어
밥벌이로 삼고 연극을 하려고 그만뒀죠.

진중권 보통 번듯한 직장을 그만두고 연극을 하겠다면 집안에서 말릴 텐
데, 아버님인 문익환 목사님께서 적극적으로 지지해주셨다고 들었어요.

문성근 항상 저를 지지해주셨죠. 지지한다고 직접적으로 말씀을 하신 적
은 없지만 '너의 삶을 스스로 결정하면서 살아가라, 큰 조직 안에서 소모
품으로 살 게 아니라 주체적으로 네 삶을 영위해봐라' 이런 뜻을 항상 전
해주셨어요.

진중권 데뷔 초기 이야기부터 해보고 싶습니다. 연극배우가 되자마자 바로 연극계의 스타가 되셨어요, 먼저 「한씨 연대기」(1985)죠. 유명한 작품입니다. 그다음에는 국내 연극 사상 최대 히트작 중의 하나로 남아 있는 「칠수와 만수」(1988)로 또다시 스타덤에 오르셨습니다. 보통 연극배우는 배고프다고 하지 않습니까? 근데 실제로 배는 안 고프셨다고 들었습니다. (웃음)

문성근 전혀요. 「칠수와 만수」를 할 때 월 180만원을 받았는데, 제가 건설회사 과장일 때 월급이 60만원 정도였거든요. 과장보다 세배는 받은 셈이죠. 물론 그렇게 잘될 줄은 몰랐죠. 건설회사에서는 제가 우수사원으로 표창도 받았는데 연극하러 나간다 하니 오죽 한심해 보였겠어요. 부장이 저한테 2년 안에 돌아오면 복직시켜주겠다고도 얘기했었어요. 고마웠지요. 물론 돌아갈 거라고 생각하진 않았지만요. 돈을 많이 벌어서 돌아갈 이유도 없었고, 이어서 바로 영화를 시작했으니까 처음부터 생활이 좀 되는 상태였죠.

진중권 영화계로 들어오신 뒤에도 바로 스타가 되셨어요. 데뷔작이 「그들도 우리처럼」(1990) 이었고, 이후 작품인 「경마장 가는 길」(1991), 「너에게 나를 보낸다」(1994) 등이 당시로선 대단한 흥행을 기록했습니다. 상도 많이 받으셨어요. 청룡영화상 남우주연상을 1992년, 1994년, 1996년 2년 터울로 세번 받으셨으니까요. 그쯤 되면 사람이 좀 거만해지지 않습니까?

문성근 거만해지지는 않았고 대신 욕심이 많아졌어요. 제가 1993년 말에 「그것이 알고 싶다」 진행자를 그만뒀습니다. 그만둔 데에는 두가지 이유

「한씨 연대기」(1985) 팜플렛

가 있어요. 결정적인 계기는 강기훈 유서 대필 사건을 다룬 회가 결방된 것이었죠. 하지만 한편으로는 「그것이 알고 싶다」의 진행자로 너무 유명해지는 바람에 무슨 역을 해도 그 잔상을 떨칠 수가 없었죠. 배우로서의 한계 때문에도 그만둔 거였죠. 지나고 나니 그냥 했어도 상관없었겠다 싶어요. 게다가 영화로 발을 들여놓은 것도 실은 문화운동 차원이었으니까요. 데뷔작인 「그들도 우리처럼」도 검열 완화에 따른 반격 같은 작품이라고 할 수 있고요. 그렇다보니 「결혼 이야기」(1992)처럼 상업영화로 방향을 틀 때 적응이 안 됐던 점도 있어요. '이 작품을 내가 해야 하는 이유가 뭘까, 이 작품이 과연 사회에 도움이 될까?' 자꾸 이런 것을 생각하게 되니까요. 물론 돈 버는 오락영화는 안 한다고 말하는 것이 밖에서 볼 때 건방지게 보였을 수도 있습니다. 게다가 그렇기 때문에 박광수, 장선우, 여균동, 이런 분들하고 계속 작업을 했는데, 이 셋이 불행히도 다 서울대학교 출신이에요. 서울대 애들하고만 하느냐는 오해를 살 수도 있었죠. 실제로 사석에서 그런 비판을 받은 적도 있어요.

진중권 사회적 인식이 확실해서 지식인 집단과 어울리는 독특한 유형의 배우가 대중적으로 사랑받긴 힘들었을 것 같습니다. 아버님의 그림자도 떨치기 어려웠을 것이고요. 그럼에도 불구하고 1990년대 초중반 영화계를 박중훈과 함께 양분했다고 해도 과언이 아닌데요, 당시 대중에게 그렇게 많은 사랑을 받은 이유가 궁금합니다. 1990년대의 시대 상황과 관계가 있을까요?

문성근 20~30년에 걸친 검열시대를 벗어나면서 1972년부터 1987년 사이의 사회를 보여주는 영화에 대한 목마름이 있었다고 봅니다. 저는 아버지를 통해서 간접적으로 그 시대의 싸움을 경험한 셈이잖아요. 그 생활을 이해하고 있는 연기자가 드물었으니 기회도 많이 왔고, 검열시대에는 못 보던 영화가 만들어지니까 관객들의 관심도 받게 된 것이겠죠.

한국적 메소드 연기의 시작

진중권 인터뷰에서 지금이 메소드 연기의 전성기라고 하신 걸 들었습니다. 대중매체를 통해 메소드 연기라는 말은 참 많이 듣는데, 구체적으로 메소드 연기라는 게 뭔지 설명을 해주시죠.

문성근 러시아 연출가 스따니슬랍스끼Constantin Stanislavski, 1863~1938가 극작가 안똔 체호프Anton Chekhov, 1860~1904와 함께 만든 연기론이 기원입니다. 그것이 몇단계 변형을 거쳐 미국으로 건너가고, 배우 리 스트라스버그Lee Strasberg, 1901~82가 '메소드 연기'라는 것을 정립하게 됩니다. 결국은 아주 사실적인 연기를 가리켜요. 그 경지에 도달하기 위해서 오감을 예민하게 훈련을 한다든지, 예전에 가졌던 정서를 기억해내 되살리는 등의 훈련을 합니다. 한마디로 인물의 설정을 상상하는 것이 아니라 그 인물이 되어버리는 연기법이라고 할 수 있겠습니다. 메소드 연기는 제가 속한 연우무대라는 극단의 특성이기도 했습니다. 김지하 선생의 마지막 제자들인 임진택, 이상우, 김석만 이런 양반들이 거기에 있었죠. 그분들이 '왜 외국 것을 하느냐, 우리의 고통과 우리의 문제를 우리의 말로 표현하자'라며 연기자들에게 '멋 부리지 마라, 있는 그대로 연기하라'라고 끊임없이 주문을 한 거예요. 이후에 최형인 교수가 미국에서 메소드 연기를 배워 와서 연우무대에서 자생한 연기법을 완성했다고 할 수 있죠.

진중권 고대 그리스에서 배우나 시인들의 경우에도 신 내림을 받아 인격 자체가 완전히 변해버리곤 했다고 하죠. 메소드 연기의 대표적인 배우가 말런 브랜도Marlon Brando, 1924~2004 아닙니까. 굉장히 좋아하시는 배우로 알고 있습니다.

문성근 어느 배우가 말런 브랜도의 「욕망이라는 이름의 전차」 브로드웨이 초연에 대한 반응을 '지진이 났다'라고 표현했어요. 연기 업계에 거대한 지각 변동이 일어났다는 거죠. 그전에는 그레고리 펙Gregory Peck, 1916~2003 처럼 조각같이 생긴 배우가 관객들의 인기를 끌고 있었고 정형화된, 멋을 한껏 부린 연기가 주류였죠. 말런 브랜도의 동물 같은 연기 이전과 이후로 세계의 연기가 달라졌다는 겁니다. 이후의 모든 사람들이 말런 브랜도를 계속 입에 달고 살 수밖에 없게 된 거죠.

진중권 이렇게 이해를 하면 될까요? 메소드 연기는 그 인물이 개라면 실제로 개가 되는 극사실주의 연기라고요. 발터 베냐민이 연극에 대해 얘기한 것 중에 연극배우에게는 이중의 아우라가 있다고 말한 게 떠오릅니다. 하나는 배우의 아우라이고, 다른 하나는 배역의 아우라라는 겁니다. 배우에도 두 유형이 있는 것 같습니다. 그 역을 연기한 것이 누구인지 잊게 만드는 배우가 있는가 하면, 배우로서 인격을 그대로 유지하면서 배역을 소화하는 배우도 있습니다. 송강호, 최민식, 설경구, 황정민, 김윤석 등을 한국의 대표적 메소드 배우라고 볼 수 있겠습니다. 하나같이 훌륭한 배우들이지만 지금 한국 영화계의 연기 패턴은 너무 사실적인 쪽만 강조된다는 느낌도 없잖아 있습니다. 송강호나 김윤석의 연기 스타일이 비슷하다고 보는 사람도 있습니다.

문성근 송강호, 설경구 이후로 멋있는 연기보다 사실적 연기로 방향이 바뀌긴 했지만, 지금도 관객들이 편하게 즐길 수 있는 인물을 다른 방식으로 연기하는 분들도 계시죠. 지금은 워낙 배우들이 다양하니까요.

진중권 동료 연기자들 중에 참 소름 돋게 연기 잘한다고 느끼는 배우들이 있겠죠.

문성근 많죠. 워낙에 좋은 배우들이 많아서. 김갑수씨가 「태백산맥」(1994)에서 정말 기가 막힌 연기를 했고, 송강호씨는 본인이 대표작을 뭐라고 꼽을지 모르겠는데 두번째 영화인 「초록 물고기」(1997)를 같이 촬영하면서 깜짝 놀랐습니다.

진중권 왜요?

문성근 너무 진짜 같아서 말입니다. 촬영장에 구경을 갔어요. 마침 지하주차장에서 송강호가 담배를 물고 차에서 내려서 주차관리요원인 한석규에게 불 좀 달라고 하는 장면을 찍고 있었습니다. 배바지에다가 꽃무늬 실크

셔츠를 입고 콧수염을 길러 어디서 생양아치가 돼서 온 겁니다. 깜짝 놀랐죠. (진중권 웃음) 그게 어떻게 보자면 연기 업계 변화의 신호탄이었죠. 저는 그런 생양아치 연기는 잘 안 되거든요. 저와는 거리가 멀잖아요. 또 김윤석의 경우에는 「타짜」(2006)에서의 연기가 쇼킹했고, 설경구는 「박하사탕」(2000)이 대표작일 거고요. 최근에 「신세계」(2013)에서 황정민을 보면서 쟤는 도대체 어떻게 저런 인물을 만들어낼까 했죠. 무슨 슬리퍼를 신고 나와선… 하여튼 요새 배우들 정말 잘해요.

진중권 헤이, 부라더… (웃음)

관객을 자유롭게 하는 광대

진중권 특별히 연기를 전공하거나 교육을 받지는 않으셨죠?

문성근 대학교 때 연극반을 했지만, 정식으로 연기 수업을 받아본 적은 없습니다. 다만 연우무대에서 「한씨연대기」와 「칠수와 만수」를 하고 나서는 연기 포기 선언을 한 적이 있는데, 그때 한양대 교수로 계시던 최형인 선생이 저를 잡아다가 용기를 북돋아주면서 연기 수업을 해주셨어요. 한양대에 가서 학생들 훈련하는 걸 같이 봤죠. 유오성, 권해효, 박광정, 이문식 이런 애들이 그때 한양대 학생이었어요. 그분은 독백 훈련을 합니다. 한번은 제가 신영복 선생의 「죄수의 이빨」이라는 편지글을 외워 갔어요. 스따니슬랍스끼는 한 인물을 연기하려면 그 인물의 성장배경부터 연구하라고 해요. 그래서 신영복 선생에 관한 자료를 공부하고 가서 독백 연기를 했어요. 들으시더니 글이 기가 막히는데 무슨 글이냐고 물으시더라고요. 신영복 선생의 『감옥으로부터의 사색』에 이런 글이 있다고 말씀드렸더니, 신영복이 어떤 사람이냐고 물으셨어요. 통일혁명당이 어떻고, 20대 때 육군사관학교에서 강사를 하다가 잡혀가고, 그런 얘기를 길게 해드렸어요. 가만히 들으시더니 다 잊으래요. 사상적 배경이고 뭐고 다 잊고, 그냥 어울하다는 느낌만 가져보래요. 다시 마음을 정리하고 이런 대목을 읊었습니다. "오늘은 치과에 가서 이를 하나 뽑았습니다. 뽑힌 이를 큰 포르말린 유리병에 넣더군요. 언제부터 모은 건지 두어됫박은 족히 됨직한 그 많은 이빨들 속에 내 이빨을 넣고 나니 마음이 좀 답답합니다. 지난번에는 이가 좀 흔들거리길래 실로 묶어 내가 직접 뽑았죠. 호주머니 속에 넣고 다니다 운동시간에 15척이 넘는 담 밖으로 던졌습니다. 내 몸 일부의 출소였죠." 세줄을 독백하니 절로 눈물이 흘렀어요. 감옥 안에서 청년이 다 간 거잖아요. 그런데 신기한 것이 눈물을 흘리고 있는 저를 제가 뒤에서 지켜보고 있는 거예요. '이런 게 몰입이고 인물 형성이구나' 하고 깨달았습니다. 무당하고 연기자의 차이죠. 그 기억으로 지금까지 배우로서 버티고 있는 거죠.

진중권　한편으로는 몰입 상태로 눈물을 흘리면서도 다른 한편으로는 그걸 메타적 관점에서 지켜보고 있는 거군요. 둘 사이에 팽팽한 긴장감이 느껴집니다. 사실 이 두 차원이 나란히 가는 것이 이상적인 배우의 연기인 것 같은데요, 실제 문성근씨가 했던 연기를 바탕으로 연기에 대한 이야기를 듣고 싶습니다. 이를테면 「실종」에서는 싸이코패스 살인마 역할로 나오지 않습니까. 메소드 연기라는 게 자신의 경험을 소환하여 그 인물 속으로 들

「실종」(2009) 중

어가는 것인데, 사실 이런 경험은 하기 힘들지 않습니까. 사람을 죽여보지도 않으셨을 것이고… (웃음)

문성근   메소드 연기에 대한 책도 많이 보고 훈련도 조금 했지만, 제가 메소드 연기를 수준 높게 하고 있다고 말씀드릴 순 없어요. 저는 그저 사실성 있게 연기하려고 척대한 노력을 했을 뿐입니다. 제 세대에서 이전의 연기와는 다르게 접근하려고 시도한 것이 후에 송강호, 설경구에 이르러 만개했다고 할 수 있어요.

이창동 감독은 인물로 들어가는 특성을 잡는 것을 '문고리를 잡는다'라고 표현합니다. 「실종」의 경우에는 싸이코패스가 심리적으로 어떤 사람인지에 대한 이해가 필요했어요. 그전에 「비상구가 없다」(1993)에서 연쇄살인범 역을 한 적이 있긴 했어요. 그때는 교보문고에 가서 범죄 서적을 열몇 권을 사서 연쇄살인범들의 사례들을 실은 백과사전을 보면서 연구를 하고 그랬어요. 근데 「실종」을 할 즈음에는 악이 무엇이고, 싸이코패스란 어떻다는 것을 책이 아니라 생활에서 느꼈어요. 웃기는 얘긴데, 참여정부 초기에 자기 조직과 가족을 위해서 똘똘 뭉치는 『조선일보』의 행태를 보고는 어느 순간 '아, 저게 조폭이구나' 싶었죠. 그 범주를 가족에서 나 자신으로 좁히면, 그게 싸이코패스인 거죠. 싸이코패스란 나의 쾌락, 나의 재미, 나의 즐거움을 위해선 가족도 안중에 없는 존재거든요. 그런 정신 상태를 문고리로 잡고 밀어붙인 거죠. 『조선일보』 덕을 본 유일한 일이죠. (웃음)

진중권   네티즌들이 올린 글 보면, 연기가 살벌했다는 평이 많던데요.

문성근 살벌했죠, 제가 봐도 살벌했죠. 사람들이 많이 기억하는 게 제가 피해자를 닭 모이로 갈아버리는 장면입니다. 그 장면은 사실 박정희 때 중앙정보부장 김형욱을 빠리 근교의 양계장에서 죽여서 닭 모이로 갈아버렸다는 소문을 김성홍 감독이 가져다 쓴 건데 젊은 세대는 그 사건을 잘 모르니 더 섬뜩했겠죠.

진중권 그런 이미지가 부담스럽진 않으십니까. 강렬하면 사람들의 기억에 오래가잖아요.

문성근 그렇죠. 그런데 「그것이 알고 싶다」도 굉장히 강렬했고 「경마장 가는 길」도 강렬했어요. 연기자는 심심한 것보다 강렬하고 자극적인 역을 해보고 싶어해요. 얌전하고 조용한 사람일수록 외려 시끄럽고 강렬한 역을 늘 꿈꾸고요. 그때 이창동 감독한테 대본을 보여주며 할까 말까 물었더니 너무 오래 쉬느니 조율도 할 겸 하라 해서 하게 됐죠. 당시만 해도 제가 정치를 할 거라고는 상상해본 적도 없었어요. 근데 '국민의 명령'이 일정 궤도에 올라가고, 민주통합당에 입당을 하고 나니, 케이블에서 「실종」을 어마어마하게 틀어대는 거예요. 그게 아마 한국 영화사상 가장 많이 방영된 영화일 겁니다. 명작도 아니고, 노출이 많아서 밤에 트는 영화도 아닌데… 저는 지금도 의도적으로 틀었다고 생각해요. 아니, 선거운동을 못하겠더라니까. 인사를 하면 '어머, 무서워요' 이렇게 반응을 해요. (웃음)

진중권 그런가 하면 홍상수 감독의 「옥희의 영화」(2010)는 무미건조하면서도 굉장히 사실적인 역이지 않습니까. 그런 영화 속의 연기는 다를 것 같아요. 어떤 연기가 더 힘듭니까.

문성근   저로부터 먼 게 더 힘들죠. 「옥희의 영화」나 「오, 수정」(2000)이나 「질투는 나의 힘」(2003)의 연기는 비슷합니다. 홍상수 감독의 영화는 삶을 그대로 보여주잖아요. 제가 홍감독의 영화에 출연하게 된 계기는 「돼지가 우물에 빠진 날」(1996)이었어요. 텅 빈 극장에서 그 영화를 두번 연속으로 봤어요. 바로 제작부에 올라가서 홍감독의 연락처를 달라고 해서 만났죠. 삶이라는 게 실은 찌질하고 지지부진하지 않습니까. 감추고 싶은 것도 많고요. 근데 영화든 드라마든 스토리를 기승전결로 짜 맞추잖아요. 인생에 기승전결이 어디 있어요. 그렇게 인사를 하고 몇년 후 드디어 연락을 해와서 기분 좋게 했죠. 다큐멘터리 찍듯이 보여주는 것이라 연기 자체는 접근하기가 쉬운 편입니다.

진중권   확실히 영화 보는 눈이 다르신 것 같아요. 왜냐하면 저는 「돼지가 우물에 빠진 날」을 베를린 영화제에서 봤는데 너무 지루한 거예요. '무슨 영화를 이렇게 이상하게 만들었나' 하고 투덜거리며 나가려고 하는데, 갑자기 관객들이 다 일어나서 기립박수를 치더라고요. (웃음) 재미있는 게, 주위에 영화를 공부하는 여학생이 있어요. 이 친구 말이 「옥희의 영화」를 봤는데, 그 영화 속의 대사가 우리 교수님이 나한테 하는 이야기랑 똑같고, 그때 자기가 했던 대답이랑 똑같다고 하더라고요. (웃음)

문성근   홍상수 특유의 감수성이라는 게 있잖아요. 그 안테나에 뭔가 재미있는 게 잡히면 그 장면을 기록해둔다고 해요. 「오, 수정」 때 들으니 그런

「옥희의 영화」(2010) 중

기록이 대학노트로 일곱권이 있대요. 이를테면 「해변의 여인」(2006)에서 김승우가 바람을 피우는데 고현정이 문 밖에서 지키고 있다가 잠들어요. 그사이에 김승우가 몰래 빠져나가죠. 고현정이 '너, 그 여자랑 잤지? 잔 건 그렇다 치고 어떻게 자는 나를 넘어갈 수가 있어?' 이렇게 항의하거든요. 아마 그런 에피소드를 어디선가 듣거나 경험했을 거예요. 그럼 그것을 축으로 삼아 얘기를 만들어 붙이는 거죠. 자기가 경험한 연애 또는 친구의 연애담에서 자기 감수성에 맞고 재미있는 걸 하나 잡으면 작품이 하나씩 나오는 게 아닌가 하는 생각이 들죠. 홍상수 감독은 상업영화권에서는 더 이상 작품을 하기 어렵다고 판단을 하고 저예산으로 찍고 있는데, 앞으로 건강을 잘 유지해서 많이 찍었으면 좋겠습니다.

진중권 지식인이라는 고정된 이미지가 있지만, 필모그래피를 보면 변신의 진폭이 상당히 큽니다. 선호하는 역할이 있나요?

문성근 「그것이 알고 싶다」를 하면서 「경마장 가는 길」 같은 작품만 편안하게 하면, 돈도 많이 벌고 편안하게 쉬엄쉬엄 살 수 있었겠죠. 하지만 연기자는 쉽게 할 수 없는 것에 대한 도전의식이 자꾸 생기거든요. 그래서 새로운 것에 자꾸 도전을 하게 되는데, 역이 자신으로부터 멀수록 힘들어요. 아까 '회색빛 지식인'이라는 얘기가 나왔는데, 저 지식인 아니에요. 지식인들을 옆에서 많이 봐서 그런진 모르겠는데, 아무래도 지식인 역이 훨씬 하기 편안하긴 하죠. 교육을 덜 받은 사람 역을 하기가 어렵고.

진중권 어느 인터뷰에서 앤서니 퀸Anthony Quinn, 1915~2001 과 로런스 올리비에Laurence Olivier, 1907~ 의 일화를 얘기하셨어요. 앤서니 퀸이 로런스 올리비에에게 연기로 밀리고 좌절했다는 이야기인데, 그 말씀을 들으면서 이런 대배우들도 다른 배우에게 라이벌 의식을 갖고 좌절도 하는구나 싶었습니다. 본인에게도 그런 경험이 있었나요.

문성근 (웃음) 앤서니 퀸의 자서전에 그런 얘기들이 나와요. 앤서니 퀸이 액터스 스튜디오에 있을 적에 이미 스타였던 말런 브랜도의 연기를 보고 질투를 했다는 겁니다. 그리고 브로드웨이에서 로런스 올리비에하고 연극을 하는데, 이분은 로열 셰익스피어 극단 출신, 영국의 대배우잖습니까. 앤서니 퀸은 다른 일을 하다가 뒤늦게 연기를 시작한 사람이니, 발성부터 비교가 안 되는 거죠. 도무지 따라갈 수가 없고 자기가 너무 작아 보였답니다. 그래서 고민을 하다가 '어떤 장면에서 소리를 버럭 지르자. 그럼 올리비에가 놀라겠지' 이렇게 생각하고, 공연 중에 버럭 소리를 질렀는데 잠깐 놀라는 듯하더니 비웃듯이 태연하게 넘어가더래요. 그래서 정말 자존심이 상했답니다. 열등감에 시달려 마약을 하고 무대에 오른 적도 있다고 해요. 참 쓸쓸한 것이, 그 양반이 일흔 넘어 화가로서도 호평을 받지 않았습니까? 자서전에 '이제 말런 브랜도와 나 사이에 누가 더 위대한 예술가인지 판가름 난 거 아니냐'라고 썼더군요. 참 쓸쓸해요. 평생을 콤플렉스를 갖고 산 거예요. 허망하죠. 그저 각자 개성을 갖고 살면 그만인데… 저는 앤서니 퀸처럼 일흔 넘어 그런 허망한 소리 안 하고 즐겁게 살고 싶습니다.

진중권 배우 송강호씨가 인터뷰에서 한 이야기를 인용해보겠습니다. "얼마 전 문성근 선배님이 인터뷰에서 좋은 말씀을 했어요. 거대한 조직에서

교육받고 규칙을 지키며 살아가는 동안 우리가 잃어버린 얼굴이 있는데, 배우는 그 얼굴들을 찾아주는 직업이라는 이야기였어요." 이게 무슨 뜻일까요?

문성근 메소드 연기에 여러 훈련법이 있는데 가장 첫 단계가 콤플렉스를 털어내는 것입니다. 여기에서 '콤플렉스'라고 함은 외모 콤플렉스나 성적 콤플렉스 같은 좁은 의미의 콤플렉스를 말하는 게 아닙니다. 자연스러운 본모습이 억압되었다는 의미에서 콤플렉스를 이야기하는 겁니다. 흔히 우리 교육이 아이들을 통조림으로 만든다고 비판하잖아요. 유치원 가기 전의 여자애들을 보면 가랑이를 쫙쫙 벌리면서 놀아요. 그런데 초등학생이 되면 부모들이 다리를 오므리라고 얘기합니다. 그래서 여자들은 다리와 팔이 굉장히 부자연스러워져요. 우리나라 사람들은 팔을 벌리면 겨드랑이가 보이니까 팔을 벌리지 않거든요. 화가 나도 어깨와 팔꿈치는 붙어 있고 손만 움직이죠. 몸이 아주 부자연스러워요. 또 남자들은 평생 세번 우는 것이라는 말에 울지를 못하잖아요. 부자유한 상태인거죠. 배우가 그런 본성을 찾아주는 겁니다. 광대廣大는 자유로운 상태에서 넓고 크게 인간형을 만들어 다양한 인물을 보여주는 직업이라고 할 수 있죠. 모든 사람이 법률을 고민할 수 없으니 정치인들에게 월급을 주고 대의시키는 것과 마찬가지입니다. 빡빡하게 먹고사느라 제 삶을 되돌아보기도 어렵고, 많은 사람을 볼 수도 없잖아요. 이때 연기자가 자유로운 광대가 돼서 있음직한 일과 있음직한 사람들을 만들어 관객에게 잃어버린 본성을 보여주는 것이 연기자가 존재하는 이유라는 뜻에서 한 말입니다.

그것이 알고 싶다

진중권 아까도 잠깐 얘기가 나왔습니다만, 문성근이라는 이름을 강하게 각인시킨 게「그것이 알고 싶다」였죠. 처음 진행을 맡은 시기를 보니까 아주 유명해지기 전의 일이에요.

문성근 그 프로그램을 1992년 3월에 시작했으니까요.「경마장 가는 길」개봉 직전에 송지나 작가한테 연락이 왔어요. 갔더니 벽에 중후하고 지적인 연기자를 진행자로 한다는 콘셉트로 저 말고도 박근형, 이정길 등을 후보로 뒀더군요. 송지나씨가 인혁당 재건기도위 사건을 그린 연극「4월 9일」에서 제가 안기부, 정보부 수사관과 박정희 역할을 한 것을 보고 추천을 했다는 거예요. 그런데 PD나 방송국은 저라는 존재를 전혀 몰랐죠. 마침「경마장 가는 길」이 개봉하고 그때 부장님께서 송지나 작가가 하도 추천을 하니 극장에 가서 봤대요. 거기서 제 역을 보고 '되겠다' 생각하셨다는 거죠. (둘 다 웃음) 딱 맞아떨어진 거죠.

진중권 덕분에「그것이 알고 싶다」가 엄청난 인기를 끌었죠. 저도 지금까지 빠짐없이 보는 프로그램 중 하나입니다. 그후로 정진영씨를 거쳐 김상중씨가 진행을 맡고 있는데, 후배들이 진행하는 것을 보면 어떻습니까?

문성근 안 봐요. 1993년에는 연기 욕심 때문에 그만뒀지만, 1997년에 복귀하고 2002년에 나온 것은 자의가 아니었거든요. 미국 CBS의 보도 프로그램「60 Minutes」를 보면 마지막 코너 진행자가 거의 여든은 돼 보여요. 제

SBS「그것이 알고 싶다」

가 300회 특집인지 기념행사를 하면서 그랬어요. "방송국에서 나가라고 하기 전에는 안 나가겠다. 방송국에서 나가라는 것은 결국 나이 들어서 보기 싫다는 뜻일 텐데, 나는 그러고 싶지 않다." 유시민씨 그리고 여러 경제학자들이 입을 모아 말하는 게 고령화 사회에서는 노인들이 일을 해야 한다는 거잖아요. 그런 의미에서 송해 선생님이 굉장히 중요한 역할을 하고 계신 거죠. 저 역시 움직일 수 있는 한 계속 일하고 싶었어요. 시청자들과 같이 나이가 들어가면 자연스럽게 받아들여주실 것이라고 생각했고요. 그랬는데 노무현 후보를 지지하고 나서 시사 프로그램의 진행자가 특정 정파를 지지하면 안 된다는 이유로 밀려났거든요. 이런 경우 꼭 민주진영만 문제가 되죠. 그렇기 때문에 지금도 아예 안 봅니다. 정진영씨가 새로 시작할 때 어떻게 하나 궁금해서 잠깐 본 적은 있지만, 전편을 본 적은 한번도 없어요. 진영이는 굉장히 망설였거든요. "형이 원해서 나간 거야, 밀려난 거야? 형이 밀려난 건데 내가 해야 해?"

진중권 결국 정진영씨도 그만뒀죠.

문성근 개도 똑같은 이유로 나왔을 거예요. 연기 욕심 때문에. 연기자라는 게 허망하다니까. 굳이 그렇게 안 해도 돼요. 좋은 프로그램이고, 사회적 의미도 있으니, 하면서 연기를 해도 되는데, 자기가 집중을 못하는 것 같

으니까 그만둔 거죠.

한국 영화계의 미래

진중권 최근에 부산국제영화제에서 「다이빙벨」(2014) 관련 논란이 있었거든요. 부산시와 문화체육관광부에서 다큐멘터리 「다이빙벨」을 상영하지 말라고 압력을 넣은 사건입니다. 부산영화제의 존폐에 관한 이야기까지 나오는데, 국제적 망신이기도 하고요. 이런 걸 보면 1990년대 초중반이 차라리 지금보다는 정치적으로 더 자유롭지 않았나 생각도 듭니다. 「아름다운 청년 전태일」(1995), 「꽃잎」(1996) 같은 영화들이 있었지 않습니까. 요즘은 오히려 그런 영화를 만들면 언론에서조차 공격을 받습니다.

문성근 1950년대를 한국영화 1차 전성기라고 부르죠. 정창화 감독이 홍콩에 가서 영화를 가르쳐주던 시절이었으니까요. 5·16 이후 영화의 기능에 대해 잘 알던 박정희가 꽉 틀어쥐었고, 1987년 6월항쟁 후에야 유신 때 만들지 못했던 영화들이 만들어지기 시작한 거죠. 「그들도 우리처럼」이나 「꽃잎」이 그런 영화들입니다. 그러다가 「결혼 이야기」 때부터 분위기가 또 달라져요. 수요자 조사를 거친 첫번째 영화거든요. 대중들이 보고 싶어하는 영화를 웰메이드로 만들어 공급한, 상품으로서의 영화인 거죠. 지금은 수구의 대반격 시대이자 자본의 검열 시대이기도 하고요. 부산영화제에서 다큐멘터리 트는 것도 시비를 걸고… 북한영화를 모아서 튼 적도 있었는데 말입니다. 서병수 시장이 영화제를 몰라서 일으킨 일이죠. 영화계가 부산을 선택한 거지, 그 역이 아니에요. 서로 필요해서 만난 계약관계죠. 계속 저러면 영화계에서는 도시를 옮기자는 얘기가 나올 겁니다.

진중권 그전까지만 해도 시장의 간섭이 컸는데 최근엔 국가의 간섭이 노골적으로 나타나는 것 같습니다. 그동안 관객 수나 영화시장의 규모는 엄청나게 커졌습니다. 요즘은 관개 수가 천만명 안 넘으면 영화가 아닌 것처럼 느껴질 정도죠. 다른 한편으로는 대기업의 간섭과 상업영화의 매뉴얼화가 심화되어 위대한 영화가 사라지고 있다는 느낌이 듭니다.

문성근 관객 분들이 잘 모르는 것 중 하나가 산업구조의 변화입니다. 강우석 감독이 투자배급사 시네마서비스를 만든 후, 극장 없는 투자배급이 어렵다는 걸 깨닫고 프리머스라는 극장 체인을 만들었어요. CJ와의 인수합병 과정에서 프리머스가 CGV로 넘어가면서 영화계의 힘의 균형이 무너진 거예요. 1999년, 영화진흥공사가 영화진흥위원회로 바뀔 때만 해도 시네마서비스가 최강자였고, CJ는 새내기였어요. 롯데는 제가 영진위 부위원장 하면서 투자배급사로 들어오라고 요청을 했고요. 그다음에 영화계에서 뜨는 제작자들을 조합으로 꾸려 영화배급사를 만들자고 영진위에서 제안을 하려 했어요. 그렇게 하면 대기업 배급사 둘, 영화인 배급사 둘로 균형이 맞을 것 같다고 생각했죠. 하지만 영화인 조합 형태의 투자배급사는 결국 못 만들어냈습니다. 제가 영진위에서 쫓겨나기도 했고요. 강우석 감독의 프리머스마저 넘어가면서 투자사와 제작사의 이익배분 구조도 나빠지기 시작했어요. 시네마서비스 이전에는 영화인들이 영화를 만들었는데, 대기업이 들어오면서 협업 체제가 됐다가, 시네마서비스가 무너지면서 대기업으로 주도권이 완전히 넘어간 거죠. 이 과정에서 영화인들은 하부구조로 전락하게 된 거예요. 이걸 수직계열화라고 부르는데 투자, 배급, 극장을 몽땅 한 회사가 해버리는 거죠. 할리우드는 1950년대에 이걸 법으로 금지해버렸어요. 그런데 우리는 아직 법제화를 못하고 있습니다. 대기업 중심의 수직계열화에서는 좋은 영화가 나오기 힘듭니다. 기업체에서 투자를 결정할 때는 영화를 무엇보다 상품으로 바라보니까요. 이를테면 「서편제」의 씨나리오를 읽어보면, 이건 상품이 아니거든요. 그저 우리 소리에 관한 영화가 꼭 나왔으면 좋겠다는 이유와 임권택 감독에 대한 존경심에서 투자가 이루어진 거죠. 그런 투자 판단이 가능한 시대는 이제 지나간 거죠.

대기업에서는 세대별로 10명 정도로 이루어진 100명 규모의 모니터단을 구성해, 그들에게 씨나리오를 읽히고 점수를 매깁니다. 심지어 극작법 앱도 있더라고요. 등장인물과 주제를 넣으면 앱이 줄거리를 짜줘요. 마치 할리우드에 오래된 문법이 있는 것처럼, 도입 5분 안에 영화의 분위기를 전달할 것, 코미디의 경우에는 7분마다 한번씩 웃길 것, 이런 식으로 아예 매뉴얼이 정해져 있어요. 그 사람들은 창작자가 아니기 때문에 매뉴얼로 판단을 할 수밖에 없겠죠. 감독 역시 대박이 나면 다음 영화의 투자가 수월하지만, 조금 지나면 굉장한 감독이라고 평가를 받는 사람조차도 투자사의 수정 요구를 받습니다. 대기업 독점 시대가 되니 자본의 검열이 심각합니다. 정권이 불쾌해할 내용이 있으면 투자를 받지 못할 테니 아예 대본 단계에서 스스로 검열을 하고 있습니다.

또 하나의 원인은 한국 영화계가 스크린쿼터 폐지와 축소 위기를 버텨내는 방법으로 할리우드 방식의 와이드릴리스를 채택한 거예요. 한꺼번에

스크린을 어마어마하게 잡고, 마케팅비를 쏟아부어 좌석을 채우는 방식이
죠. 이게 할리우드가 유럽 영화계를 먹어버린 방법입니다. 그러다보니 작
은 영화들이 아예 발을 붙이지 못하고 있습니다. 제가 처음 영진위에 들어
가서 독립영화 제작 지원 제도, 해외영화제에서 상을 받은 감독들이 다음
영화를 할 수 있도록 제작비를 모아주는 마일리지 제도, 미디어 센터 설립
을 비롯해 여러가지 제도를 만들었고 큰 효과를 봤죠. 그런데 MB정부 이
후 소위 문화권력 균형화 전략으로 거세를 해대는 바람에 다양성 영화가
점점 더 어려워지고 있어요.

진중권 제작사가 입맛에 안 맞는다고 감독을 자르는 사태도 몇번 있었죠.
미국의 배급 공정에 맞서 만든 한국의 공정이 우리 생태계를 다 먹어치우
는 상태가 되어버렸고, 그나마 있었던 지원 제도는 정치적 이유에서 사라
져버린 판이고, 걱정이 됩니다. 그럼에도 한국영화가 아직까지는 해외에
서 상도 많이 받고, 할리우드에 맞서 시장점유율도 나름대로 지켜내고 있
는 것 같은데, 한국영화의 힘을 계속 탄탄하게 이어가기 위해 가장 중요한
게 무엇일까요?

문성근 일단 산업구조적인 면에서 수직계열화를 깨야 합니다. 투자배급과
극장업을 같이 하지 못하게 하고, 대형 투자배급사의 경우 제작에는 관여
하지 말아야 하고요. CJ가 프리머스를 인수할 때, 영화인들이 문제제기를
하자 CJ에서 자체 제작은 안 한다고 구두로 약속을 했거든요. 전혀 지키
지 않았죠. 이런 편중된 구도에서는 장기적으로 문제가 발생할 수밖에 없
습니다. 규제가 시급합니다. 두번째는 표현의 자유입니다. 영상물등급위

원회의 전횡이 이미 나타나고 있어요. 김기덕 감독이 국내에서는 등급 안 받겠다잖아요. 이를 민주정부 시절로 되돌려놔야 해요. 자본의 검열은 수직계열화를 깨면 완화될 것입니다. 그리고 독립영화와 연극이 영화산업의 토대라는 인식을 하고 지원을 강화해야 합니다. 제가 2000년에 영진위 부위원장을 할 때 연극계를 지원하자는 얘기를 했어요. 영화계도 힘든데 왜 연극계를 지원해야 하느냐고 욕을 많이 먹었죠. 이제는 이해해요. 송강호, 윤제문, 곽도원 등이 모두 연극배우거든요. 연극이 연기예술을 발전시키는 토대라는 것을 알고 정책적인 지원을 할 필요가 있습니다.

진중권 또 한가지 한국 영화계의 고질적인 문제는 영화 스태프들의 처우예요. 스타 배우의 개런티는 엄청나게 상승하는데 스태프 처우는 여전히 말이 안 되는 수준입니다. 여덟시간 촬영한다며 스무시간씩 일을 시켜놓고, 나중에 임금을 안 주는 경우도 많다고 들었습니다.

문성근 네. 제가 영진위 있을 때 그것까지는 못했습니다. 그때는 스크린쿼터가 무너지면 영화산업이 진짜 무너질지도 모른다는 생각을 했거든요. 1990년대에는 한국영화 점유율이 17퍼센트 정도였으니까 모든 이가 일단 그 문제에 집중하고 있었던 거죠. 그후 최고은 작가 사건 등이 일어나면서 정치권에서도, 비록 그다지 실효는 없었지만, 문화예술인 복지 정책을 시행했습니다. 노사정 대타협처럼 문화부와 대기업 투자사, 영화제작자, 영화인 노조 등이 모여앉아서 표준계약서, 근로 환경 개선 등에 대한 합의도 했습니다. 이를테면 촬영 시간 상한제, 밤샘 촬영 시 야간수당 지급 등이 시행되고 있죠. 아직 멀었지만 조금씩 나아지고 있습니다.

진중권 할리우드의 경우에는 조명이나 촬영만 평생 해도 인정받는다고 합니다. 한국영화의 발전을 위해서 앞으로 아무쪼록 이런 토대부터 탄탄히 다졌으면 좋겠다는 생각이 듭니다.

아버지의 그림자 뒤에서

진중권 아무래도 문익환 목사님 이야기를 하지 않고 넘어갈 수 없을 것 같습니다. 한국 근현대사에 큰 족적을 남기신 분이고요. 민중미술가 임옥상 선생님이 그린 그림 중에, 문목사님이 휴전선을 성큼 넘는 그림이 있어요. 아시죠? 일반인의 입장에선 아버님이 그런 분이라고 하면 부담감도 굉장히 클 것 같아요.

문성근 1985년에 「한씨 연대기」를 하면서 그런 방식으로 언론의 관심을 받을 수밖에 없겠구나 하는 생각이 들었어요. 계속 감방 가는 문목사의 아들이 연극을 하니까. 오랫동안 언론사에서 인터뷰를 하자고 하면, 기사 안에 부모에 대해서 언급하지 말라는 조건을 걸었어요. 그분과 저는 워낙 다른 차원의 사람이어서, 그분은 그분의 삶이 있고 저는 제 삶이 있다고 하곤 했죠. 그러다가 1989년 방북 이후 그 생각을 철회했습니다. 이제 틀렸다. 교과서에까지 나올 일이기 때문에 감춘다고 될 일이 아니라는 걸 받아들이게 됐죠. 제가 「그것이 알고 싶다」를 통해 많이 알려진 후에는 여성지에서 부자 간의 대화를 싣자는 요구가 굉장히 많았어요. 차원이 다른 사람을 섞으려고 하지 말라며 늘 도망을 다녔는데, 호근이 형이 세상을 떠나니까, 작은형은 이민 갔고, 이제 저밖에 없는 거잖아요. 차원이 다르고 부족해도 어쩔 수 없게 됐죠.

진중권 2001년 심장마비로 갑자기 세상을 뜬 큰형 문호근 감독 역시 대단한 분이셨죠. 한국적 오페라의 창시자라고 할 수 있는 분인데, 대중적으로는 많이 안 알려졌습니다. 저는 그래도 운동권 시절에 그분 이름을 들을 기회가 많았는데, 어떤 분이셨는지 듣고 싶습니다.

문성근 큰형은 명문고를 다녔고 성적도 좋았어요. 그때는 공부 잘하면 다들 법대, 상대를 갔잖아요. 그런데 고등학교 3학년 때 갑자기 작곡을 공부하겠다고 하더니 음악대학을 갔습니다. 가자마자 연극을 시작했죠. 마침 오태석, 정하연 이런 분들이 젊은 연출가로 떠오를 때였죠. 음대 안에서 이건용, 김용만 이런 분들과 연극을 하더니, 연극과 음악에서 오페라 연출을 공부하다가 우리 오페라, 노래극을 만들어야겠다는 결심을 하더라고요. 민주노총 창립 문화제부터 시작해서 수많은 문화제를 연출했죠. 문목사가 1994년에 범민련 이후 새로운 통일 운동체로 '통일맞이'를 만들었어요. 이때 형은 남북간의 이질감을 극복하는 건 결국 문화일 수밖에 없다고 생각해서 가극 「금강」을 만들었는데, 그러던 중에 갑자기 세상을 떠났습니다. 나중에 후배들이 다시 만들어 평양 공연도 했죠.

진중권 형님과의 교류가 아무래도 문성근씨에게도 영향을 끼쳤겠죠.

임옥상 「하나됨을 위하여」(1989)

문성근　네, 많이 끼쳤죠. 중학교 때 형의 연극을 보면서 대학 가면 다들 연극을 하나보다 했으니까요. 워낙 독서량이 많고 예술적 감각이 있는 사람이었어요. 저를 많이 귀여워하고 지도해줬습니다. 딜레마에 빠졌을 때 건져주고, 제가 나태하면 채찍질도 해줬죠. 문화예술가로서 행정도 할 수 있는 사람이었는데, 너무 일찍 갔어요.

진중권　연출로 무대를 돌아다니시던 모습이 저는 아직도 눈에 선합니다. 한 집안에서 뛰어난 예술가가 여럿 나온 셈인데, 혹시 아버님 또는 어머님의 남다른 교육이 있었나요. 멀쩡히 공부 잘하던 학생이 어떻게 작곡하겠다, 연기하겠다, 그런 생각을 하게 됐는지 궁금합니다.

문성근　아버지 문익환 목사나 작은 아버지 문동환 목사나, 저나 저희 형 시절에 태어났으면 예술을 했을지도 몰라요. 음악과 글에 대한 예술적 감성을 갖고 계신 분들인데 일제강점기에 독립을 위해서 북간도로 이주한 집안에 태어났으니… 안중근 장군이 마을 뒷동산에서 총연습을 할 때 저희 할머니가, 그러니까 문목사의 어머니가 밥을 날라드렸다고 해요. 그러니 그뒤의 삶도 그렇게 살 수밖에 없게 프로그래밍이 되어버린 거죠. 1918년생이 살아온 과정을 생각해보면 기가 막힌 거죠. 해방되자 분단됐으니 얼마나 기가 막혔겠어요. 5·16 났을 땐 또 얼마나 기가 막혔겠어요. 박정희도 그렇지만 5·16 주도세력의 3분의 1이 만주 인맥입니다. 거의 다 문목사가 아는 사람들이에요. 광명중학교 동문들, 그러니까 열일곱, 열여덟살 때 출세하겠다고 독립군 때려잡는 일본 군관학교에 갔던 자들이 나라를 구하겠다고 쿠데타를 했으니… 문목사는 박정희, 전두환, 노태우 시절에 각각 두번, 총 여섯번이나 감방에 가셨죠. 나라 잃은 시절 태어나 일 제, 분단, 독재를 겪었으니 그렇게밖에 살 수 없었던 분들이지만, 평온한 시대였다면 예술을 했을지도 모릅니다. 늘 저희에게 아주 완벽한 자유를 주셨어요. 학생 때 연극한다고 오죽 술, 담배를 많이 했겠습니까. 근데 전 혀 제지하지 않으셨어요. 도리어 호근이 형이 오태석, 정하연, 이건용 등과 앉아서 술을 마시면, 같이 앉아서 마시며 얘기를 나누곤 하셨어요.

진중권 아버님께서 문화예술에 관심이 많으셨나요.

문성근 굉장히 많으셨죠. 언어학자로서도 그렇고… 윤동주 시인하고는 500미터 떨어진 곳에서 태어났잖아요. 6개월 정도 먼저 태어난 윤동주 시 인과 죽마고우였대요. 아버님은 음악이나 문학에 조예와 자질이 있는 분 이었죠. 여담이지만 저는 정치인이나 지식인이 예술성을 가져야 한다고 생각해요. 예술적 감성은 대중적 접근력을 높입니다. 문목사도 예술성이 운동에서도 큰 동력이 됐을 것이라고 생각합니다. 이해찬 총리가 술을 마 시면 저한테 자주 문목사 얘기를 하세요. 민통련 때 임채정, 이해찬 등이 핵심 멤버로 문목사를 모시고 다니는데, 이분이 어디로 튈지를 몰라서 너 무 불안했다는 거예요. 농성장이나 분신 현장에 제일 먼저 도착해서는 당 신의 통찰로 연설을 하는데, 그게 가끔 민통련 공식 입장하고 어긋나기도 했으니까요. 그럼 난리가 나는 거죠. 이렇게 짐작할 수 없는, 가늠하기 어 려운 에너지를 갖고 계신 분이었죠. 성경 번역을 하면서 조용히 사시다가 장준하 선생의 죽음에 '내가 죽겠다'고 거리로 나오신 것도 충만한 에너지 와 그의 예술성 때문이 아닌가 합니다.

정치인 문성근

진중권 이제 정치 이야기로 넘어가겠습니다. 2001년 고 노무현 대통령을 지지하면서 본격적인 정치 행보를 시작하셨습니다. 그때 아버지에 대한 부채의식이 정치를 하게 된 가장 큰 요인이라고 말씀하셨어요. 그때 얘기를 듣고 싶습니다. 아버지에 대한 부채의식이 정치 참여가 아닌 다른 방면으로 표출될 수도 있지 않았습니까.

문성근 문익환 문사의 삶을 보면 시빗거리가 없어요. 정말 단정하게 사신 분이죠. 그런데 딱 하나 시빗거리가 있다면 1987년 양김兩金 분열을 막지 못한 것이에요. 당시 민통련 의장이자 재야의 대표셨죠. 1987년 분열의 후유증을 여전히 앓고 있죠. 우리 역사의 가장 아픈 일이죠. 일차적인 책임은 두 김씨에게 있어요. 양 김씨가 단일화를 거부하니 재야단체들이 모여서 누구를 지지할 것인가 토론을 하다가 양 김씨를 초청해서 토론을 해보자고 했지요. 두 김씨에게 똑같은 질문을 했는데, 비교가 됐겠습니까. 23대 3인가로 김대중 후보를 '비판적 지지'하기로 결의한 거죠. 나중에 들어보니까 1963년 대선 때 허정과 윤보선이 했던 식의 단일화도 생각했다는 거예요. 근데 양측이 팽팽히 맞서니까 끝까지 갈 수밖에 없었던 거죠. 선거 며칠 전에도 가서 말려봤지만… 그때 끝내 단일화를 못한 것이 유일한 시빗거리죠. 당신께서도 후에 단식도 하고 대국민 사과도 하셨지만… 김형수 시인이 문목사 평전을 쓸 때도, 1987년 분열에 대해서는 냉혹하게 써달라고 제가 부탁했어요. 2001년에 노무현이 1987년 분열의 아픔을 극복해내겠다면서 대선 후보로 나섰을 때, 문목사를 대신해서 한번 더 국민들에게 사죄드리고 싶다는 마음으로 지원을 했던 거죠.

진중권 1987년 선거는 저도 유독 기억에 남습니다. 군복무를 하던 시절이었는데, 우리 집안에서도 합의가 안 되더라고요. 군대에서는 통화도 감청되니 외출증을 끊고 나와서 공중전화로 긴급 가족 정치회의를 소집했는데, 결국 우리두 단일화에 실패했습니다. (들디요음) 노무현 대통령의 죽음이 참 많은 이들에게 큰 영향을 끼친 것 같습니다. 엄청난 충격이었죠.

문성근 국민들에 대한 사죄로 지지를 한 것이기 때문에, 정부에 참여하지 않고 참여정부 5년을 살았어요. 그때 KBS에서 「인물현대사」라는 프로그램을 진행했는데 온갖 신문에서 난리를 쳤죠. 어떻게 해도 비판을 받을 테니 아예 사라지자 해서 아무것도 안 하고 드라마 작가 김운경씨하고 산만 다녔어요. 참여정부가 끝나니까 해방감이 오더라고요. 그런데 덜컥 가버리셨단 말이에요. 관여를 안 했으니 참여정부가 한 일이나 참여정부의 문제에 대해 깊이 있게 몰랐죠. 그래서 한 100일 동안을 2002년 후보 시절부터 참여정부 5년 동안 있었던 일에 관한 영상, 문건, 책들만 보면서 지냈어요. 그러면서 노대통령의 유서가 이해가 되기 시작하더라고요. 기가 막힌 절명시絶命詩인 거죠. 그 시가 이해됐어요. 그러면서 문득 문목사에 대한 죄송함도 되살아났죠. 그분이 1976년에 교도소에서 죽겠다고 단식을 하며 썼던 시가 「마지막 시」거든요. "나는 죽는다 / 나의 스승은 / 죽어서 산다고 하셨지 / 그 말만 생각하자 / 그 말만 믿자 / 오늘도 죽음을 살자." 이게 문익환의 절명시인데 이 시와 노대통령의 유서가 묘하게 맞아떨어져요. 두분에 대한 죄송함이 동시에 밀려왔어요. 뭔가를 해야겠다고 판단하고, 노대통령 49제 때 온-오프 결합 정당을 제안드렸죠. 그런데 안 받아들여졌어요. 그래서 나 혼자라도 해보자 하다가 다시 정치에 말려든 거죠.

진중권 지금은 참여정부를 어떻게 보십니까? 대한민국의 역사상 가장 리버럴했던 시기이자 사회가 가장 활력에 찼던 시기였지만, 다른 한편으로는 분명히 실책도 있지 않습니까? 그런 결산 같은 것을 해보신 적이 있는지요.

문성근 시대적 한계를 안고 최대한 노력을 했는데, 굳이 욕심내지 않아도 좋았을 공명심 혹은 역사적 소명을 과도하게 짊어졌던 시대라는 생각이 들어요. 김대중 대통령도 동시대에 가장 진보적인 분이었고, 노무현 대통령은 아예 노동자를 위해서 정치를 시작한 분이잖아요. 그런데 외환위기가 신자유주의를 강제한 상태에서 정권을 인수했어요. 1980년대 말에서 1990년대 초 사이의 호황에서 폭삭 주저앉은 경제를 물려받은 거죠. 김대중이라는 정치인이 수십년 동안 중산층과 서민을 위한 정당이라는 민주당을 했는데, 역설적이게도 중산층이 무너진 시기가 민주정부 10년인 거예요. 그러니까 국민들 입장에서는 경제적으로는 박정희 대통령이 그립고, 차라리 전두환 때가 살기 좋았던 거죠. 언론이 보도를 제대로 안 하니 경제위기의 원인을 충분히 인식하지 못하고, 현대사 교육은 없고… 모든 불만이 민주정부로 집중될 수밖에 없었다고 생각해요. 그러면서 썬글라스 낀 MB가 당선된 거죠. 시대적 한계 속에서 원래 하고자 했던 일들의 방향이 틀어진 거라고 생각합니다.

문성근의 버킷 리스트

진중권 이제 예순이 넘으셨죠. (문성근 웃음) 배우는 일흔이 넘어서도 하실 수 있는 직업인데, 앞으로 하고 싶은 프로젝트 같은 게 있을 거 같아요. 인터뷰에서 강신일씨와 함께 「칠수와 만수」를 다시 해보고 싶다는 얘기도 하셨던데요.

문성근 1986년도에 한 작품이니 벌써 30년이 지났죠. 모스끄바에 관광을 가서 연극을 봤습니다. 그런데 주인공인 열여덟살 소녀의 역을 예순 먹은 할머니가 연기하는 거예요. 예순이 다 된 할머니가 열여덟살 소녀를 연기한다니 황당하죠. 사연인즉, 그분이 그 역을 스무살부터 40년째 하고 있다는 겁니다. 그러니까 관광상품이 된 거죠. 그것도 의미 있는 일이겠다 싶었어요. 「칠수와 만수」에 등장하는 인물들의 나이가 스물서너살 정도예요. 그 역을 예순이 넘어서 다시 하는 것도 재밌지 않겠나 싶어서 신일이한테 앞으로 여든까지 2년에 한번, 한달 동안 10회씩 공연하자고 얘기를 해놓고 실천은 못하고 있죠. 잭 니콜슨Jack Nicholson, 1937~ 이 나오는 영화 「버킷 리스트」(2007)처럼 좋은 배우들과 어울려 놀며 작품 원없이 하고 싶습니다.

진중권 긴 시간 수고하셨습니다. 마지막 질문이자 뜬구름 잡는 질문이기도 합니다만 문성근에게 연기란 어떤 일일까요?

문성근 놀이죠. 개인적으로는 연기란 재밌는 놀이이자 돈벌이지만 사회적

으로는 삶에 바빠서 느껴보지 못하는, 다른 사람들의 삶을 짧은 시간 동안
이나마 공유할 수 있는 기회를 제공해주는 일이라고 생각합니다.

　한송이 꽃이 우주 전체를 품듯이, 배우 문성근의 여정은 지난 30여년 동안 한국 영화계가 겪어온 변화의 궤적을 품고 있다. 먼저 '연기'의 측면에서, 그는 애초에 '연우무대'에서 자생적으로 시작된 사실적 연기가 미국에서 들여온 연기론을 만나 '한국적' 메소드 연기로 정립이 되고, 그것이 송강호, 설경구와 같은 탁월한 배우들을 통해 만개했다고 증언한다. 이렇게 한국에서 메소드 연기의 전성기를 여는 데에 그는 중요한 디딤돌의 역할을 했다. 인터뷰에서 가장 인상적인 대목은 그가 최형인 선생의 지도로 메소드 연기의 본질을 깨닫는 순간이었다. 마치 유체이탈이라도 한듯이 인물에 몰입하여 눈물을 흘리고 있는 자신의 모습을 지켜본다. 여기서 그는 무당과 배우의 차이를 본다. 한편 영화산업의 측면에서 문성근은 영진위 부위원장으로서 영화인과 대기업의 균형을 이루는 제작 환경을 만들려고 했다. 하지만 그의 노력은 좌절되고, 결국 대기업이 제작의 주도권을 쥐는 오늘날의 기형적 산업구조가 만들어졌다. 안타까운 일이지만, 이런 환경에서 더이상 「서편제」와 같은 영화는 만들어질 수 없을 것이다. 인터뷰를 마치고 나서 문득 든 생각은, 배우 문성근의 삶은 어쩌면 자신에게 드리워진 '잔상'과의 싸움이었을지도 모른다는 것이었다. 배우로서 문성근은 먼저 '문익환의 아들'이라는 빨간 이미지와 싸워야 했고, 이어서 '열혈 노사

모 회원'이라는 노란 이미지와도 싸워야 했다. 「그것이 알고 싶다」의 진행
자라는 이미지 역시 그가 성공적 연기를 하기 위해서는 반드시 걷어내야
하는 하얀 안개 같은 잔상이었다. 역설적인 것은 그가 정치인이 되어서도
잔상과의 싸움을 계속해야 했다는 점이다. 총선에 출마를 했을 때, 그는
자신이 영화에서 연기한 싸이코패스의 이미지와 싸워야 했다. 케이블 방
송사에서 선거 기간 동안 고의적으로 그 영화를 틀었다고 의심하는 것을
보면, 그 싸움이 배우로서 정치적 이미지를 지우는 것 이상으로 힘에 부쳤
던 모양이다. 이처럼 한국 같은 사회에서 정치와 연기를 병행하는 것은 쉽
지 않은 일이다. 그럼에도 연기와 정치의 두 끈을 끝내 놓지 않는 그의 열
정과 집념이 부럽다.

예술과 정치를 사유하는 미술

미술가
임옥상

화가. 민중미술의 대표적인 작가이자 가장 실천적인 미술가로 손꼽히며, 미술의 대중적인 저변 확대를 위해서도 노력하고 있다. 퀸즐랜드 비엔날레, 광주 비엔날레, 베네찌아 비엔날레 특별전, 북경 비엔날레 등에 참가했으며 다수의 개인전을 열었다. 대표작으로 「땅」 「보리밭」 「아프리카 현대사」 등이 있으며 「전태일 거리」 「세월」 등 다양한 공공미술 작업을 했다.

20세기의 모더니즘 예술은 이중의 의미에서 아방가르드였다. 정치적 의미에서 그것은 부르주아 계급과 자본주의 체제에 대한 저항이었고, 미학적 의미에서 그것은 전통적 예술과 고전적 취향, 보수적 제도에 대한 반항이었다. 하지만 한국에서는 모더니즘과 아방가르드가 분리되어 나타났다. 한국에서 모더니즘은 형식주의의 동의어가 되어 현실에서 유리된 유미주의로 흐른 반면, 미술을 가지고 치열하게 현실과 싸우려 했던 작가들은 리얼리즘이라는 19세기의 예술언어에 집착했기 때문이다. '순수'와 '참여'의 논쟁이 벌어지던 일제강점기 이래로, '순수'를 주장하는 이들은 예술의 사회적 책임을 회피하고, '참여'를 주장하는 이들은 예술의 미학적 수준을 포기하는 경향을 보인 것이 사실이다. 하지만 현실에 대한 치열한 문제의식을 유지하면서 동시에 예술적 발언의 미학적 형식에서도 드높은 성취를 보여준 작가들이 있다. 그런 예외적 작가들 가운데 대표적 인물이 바로 임옥상 선생이다. 1980년대에 우리 사회에 커다란 미적 충격과 지적 자극을 주었던 민중미술은 1987년 이후 한국사회가 민주화되고 1989년에 현실 사회주의가 몰락하면서 결정적으로 추동력을 잃어버렸다. 거기에 1990년대부터 불어닥친 포스트모던의 유행은 민중미술을 가능하게 해주었던 '해방의 서사'에 종지부를 찍었다. 물론 그렇다고 해서 현실의 고통이 사라진 것은 아니고, 따라서 예술의 사회적 책임이 면제되는 것도 아니다. 하지만 이렇게 근본적으로 변한 환경에서 예술의 힘으로 사회를 변화시킨다는 기획이 아직 유효할까? 유효하다면, 그 기획은 어떤 방식으로 실현될 수 있을까? 이런 물음을 가지고 임옥상 선생과 마주 앉았다.

"예술의 힘으로 사회를 변화시킨다는
기획은 아직 유효한가?"

진중권 아주 어린 시절부터 화가를 꿈꾸셨더라고요. 초등학교 3학년 때 밀레Jean-Francois Millet, 1814~75 같은 화가가 되기로 결심했다는 얘기를 들었습니다. 구체적인 작가로서 밀레에 끌리신 건가요? 아니면 그저 화가의 대명사로서 밀레를 말씀하신 건가요?

임옥상 미술 교과서에 실려 있던 「만종」L'Angélus이 제게 아주 감동적으로 다가왔습니다. 그래서 모작도 했었어요. 그저 어린 마음에 '저런 그림을 그리는 화가가 되었으면 좋겠다'라고 생각한 거죠. 그래서 도덕시간에 선생님이 "너는 장래에 뭐가 되고 싶으냐?"라고 물으시길래 "지는유, 밀레 같은 화가가 되고 싶어유"라고 대답했지요.

진중권 충청도 출신이시군요. (웃음) 1968년도에 서울대 회화과에 합격하셨어요. 그런데 대학 시절에 그린 「탈」(1970)하고 「나부」(1976)는 이후 선생님의 스타일과는 완전히 다르더라고요. 외려 추상표현주의 계열, 그러니까 앵포르멜informel이나 액션페인팅Action Painting 쪽에 가깝더군요. 그 시절이면 국제적으로는 추상표현주의 운동이 쇠퇴하던 시절인데, 한국에선 아직도 현대예술의 대명사로 통하고 있었나봅니다. 그 당시에 대학교의

「탈」(1970)

분위기가 그랬나요?

임옥상 표현주의 느낌이 많이 나지만 구상성이 있다는 점에서는 좀 달랐죠. 그건 대학교 졸업하기 전후에 했던 작업이고, 그 이후에는 확 바뀌었습니다. 딱히 당시 대학 분위기가 그랬다기보다는, 제가 천재형이 아니어서 늦게 깨달았던 것 같아요. (웃음)

진중권 국전이나 그밖의 공모전에는 전혀 기웃거리지 않으셨다고 했습니다. 저는 국전이 사라진 줄 알았는데, 요즘도 이름만 바뀌어서 '대한민국 미술대전'으로 남아 있다고 해요. 당시에는 국전이 작가의 길로 들어서는 데에 중요한 관문이었잖아요.

임옥상 예, 작가 등용문이었죠. 출세하기 위해서, 돈을 벌기 위해서라면 다른 걸 할 수도 있는데, 굳이 예술을 가지고 그런 게임을 할 필요는 없다고 생각했습니다. 이상한 순정주의랄까요? 대학교 1학년 때 처음 반 친구들하고 만나서 도시락을 같이 먹는데, 한 친구가 "야, 서로 인사도 하고, 각자 왜 미술대학에 들어왔는지 이야기하자"라고 하더군요. 그래서 쭉 돌아가면서 자기 이야기를 하는데, 제 차례가 왔을 때 저는 "죽는 한이 있더라도 나의 예술을 꺾지 않고 순수함을 지키겠다"라고 이야기를 했었어요.

진중권 그럼에도 불구하고 작가로서 먹고는 살아야 하지 않습니까. 국전에 전시된 작품들이 그렇게 순수한 것은 아니라는 판단을 하셨던 것인가요?

임옥상 그런 것도 있었지만, 사실 자신이 없기도 했어요. 그런 시류에 따라 작업을 하지 않았기 때문에, 내봤자 떨어질 게 뻔하다고 생각했지요. 그런 데 그때 같이 밥을 먹던 친구 중에 지금도 열심히 작업하고, 대중적으로도 널리 알려진 민정기라는 친구가 있었어요. 자기는 가지고 있는 능력 중에 서 그림 그리는 능력이 제일 뛰어나기 때문에 돈도 벌고 이름도 얻기 위해 미술대학에 왔다고 하더군요. 굉장히 뜨악했던 기억이 납니다. '야, 어떻게 저렇게 이야기하는 놈이 다 있냐' 하고요. 그런데 그 친구와 친해지니 현 실적이고 구체적인 이야기를 솔직하고 자신만만하게 하는 것이 마음에 들 더라고요.

진중권 1970~80년대만 해도 참 동인들이 많았습니다. 서울대 미대생들이 주축이었던 '십이월전' 이후에 '현실과 발언'의 주요 멤버셨어요. 현실과 발언은 민중미술의 중심이고 한국 현대미술에 영향도 굉장히 많이 끼친 단체였는데, 동인들은 어떻게 만나게 되셨습니까.

임옥상 제가 1979년도에 광주교육대학교에 들어갔다가 1981년도에 전주 대학교로 옮겼습니다. 그 무렵에 '현실과 발언'을 처음 주도한 분들이 한 번 서울에 올라오라고 해서 갔더니 이런저런 이야기를 하면서 같이 활동 을 해보자고 제안을 했어요. 그때는 '현실과 발언'이라는 이름도 없었지요. 마침 4·19혁명 20주년이 되던 해여서 미술에서도 뭔가 얘기를 해야 하는 게 아니냐'라는 제안이 들어와서 모인 건데, 우리가 4·19에 대해서 많이 아는 것도 아니고 사회개혁에 대해서도 고민이 깊지 않았으니까, 그저 우 리가 할 수 있는 다른 이야기들을 해보자는 생각으로 출발했죠. 그때 같이

157

했던 사람들이 원동석 선생, 얼마 전에 작고한 김용태 형, 성완경 선생, 최민 선생, 윤범모 선생, 김정헌 선생, 오윤 선생 등이에요. 거기에는 작가뿐아니라 평론가와 출판인도 있었습니다. 처음에는 30여명이 만났는데 이야기가 구체화되는 과정에서 많이들 빠져나가고, 끝까지 남은 게 '현실과 발언' 멤버들이었습니다. 후에 저 혼자 들어가기가 뭐해서 신경호, 민정기, 강요배, 박재동 등을 끌어들였죠.

진중권 선생님의 초기 대표작들을 보면 5·18 광주의 영향을 굉장히 많이 받으신 것 같아요. 예를 들어서 「땅 IV」(1980) 「웅덩이 II」(1980)는 지금 봐도 아주 강렬합니다. 「땅 IV」에는 녹색의 들판에 마치 포클레인으로 마구 파헤쳐놓은 것 같은 시뻘건 흙이…

임옥상 성완경 선생은 그 작품을 보고 "회화의 반란이다. 조화나 통일과는 관계없는 야만적인 색깔에, 보는 사람에게 거두절미하고 쏟아붓는 회화의 폭격이다"라고 했습니다. 박재동과 강요배도 당시 '십이월전'이라는 그룹을 같이 해오고 있었는데, "옥상이 형이 이런 걸 꺼내올지는 몰랐다. 무섭고 충격적이다"라는 이야기를 쓰기도 했습니다. 그런데 그 작품이 실은 별게 아니었어요. 나중에 사람들이 "야, 들판에 가보니까 네 작품이 많더라"라고 얘기합니다. (웃음) 땅을 갈아엎는 것은 사실 매일 보는 뻔한 장면이 아니냐는 거죠. 그렇지만 중요한 것은 그 뻔한 장면을 먼저 포착해서 표현하는 것이니까요. 당시는 광주 상황을 보면서, 표현을 안 할 수는 없고, 어떻게 하면 당국의 검열을 피해서 효과적으로 뒤통수를 칠 수 있을까 골몰하던 때였거든요. 그러다가 '땅의 상처보다 더 큰 상처가 어디 있느냐' 하

「웅덩이 II」(1980)

는 생각을 한 거죠. 농사를 잘 지었는데 갑자기 홍수가 나서 땅이 뒤집혔을 때, 사실 농부에게 그 이상 아픈 게 어디 있겠어요.

진중권 미술이라는 게 보통 형태와 색채의 조화 같은 시각적 현상으로 이해되는데, 「땅 IV」는 시각적 현상을 넘어 촉각적 효과를 냅니다. 마치 프랜시스 베이컨의 작품처럼 색채의 폭력, 회화의 폭력으로 신체에까지 충격을 주는 느낌이거든요. 결국 1982년에 작품을 압수당하셨습니다. 무슨 이유로 작품을 검열한 겁니까?

임옥상 당국에서 아예 작가 리스트와 작품 사진을 두꺼운 책으로 만들어 왔어요. 수록된 작가가 60명이 넘었죠. 그중에 일곱이 대표적인 작가로 꼽혔고, 나머지는 잡범 비슷한 취급을 받았습니다. 전주대학교로 옮긴 후였는데, 문화공보부 사람들이 저희 집에 쳐들어왔더라고요. 결국 학교에서 경고를 받았죠. 그후 새마을교육이다, 일선시찰이다, 이런 모든 교육에 항상 제일 먼저 끌려나갔죠. 국가관에 문제가 많기 때문에 일차적 교육 대상자라고요. (웃음) 새마을교육에 끌려가서는 일주일 동안 새벽에 일어나 "새벽종이 울렸네" 노래 부르면서 일도 하고, 하여튼 재미있었습니다. (웃음) 또 일선시찰이라고 해서 비무장지대에 가서 안보 교육을 시키는데, 이때 부대장한테 외려 "아, 여기까지만 보고 끝나는 게 뭡니까? 현장을 더 보고 싶습니다"라고 했지요. 그러니까 부대장이 "아, 교수님, 그렇습니까? 그럼 저희들이 안내해드리겠습니다" 하면서 원래 계획에도 없던 최전방까지 다 보여줘서, 도리어 저는 예술적 소재를 많이 얻었습니다. (웃음)

160

「땅 Ⅳ」(1980)

진중권 그 사람들이 뜨거운 학구열에 감동을 받았겠네요. (웃음) 당시에 이런 문화 정책을 누가 주도했을까요? 그때 '쓰리 허'라고 해서 허화평, 허삼수, 허문도 같은 사람들이 있었죠. 그 사람들이었나요?

임옥상 그렇죠. 그때 그런 사람들 뜻에 따라 조작해서 작품마다 캡션을 달았어요. '이 작품은 적화통일이 된 한반도를 묘사했다.' 그 캡션을 읽으면서 제 작품을 보니까 진짜로 그렇게 보입니다. 백두산 있고, 중강진 있고, 진짜 한반도 지도같이 보이는 거예요. 그런데 전체가 빨갛게 칠해져 있으니 적화통일된 한반도의 모습이라는 거죠. 유홍준 형에게 그 이야기를 했더니, '뛰어난 안보적 상상력'이라고 하더군요. (웃음)

진중권 옛날에 덕산제과라는 회사가 있었는데, 그 회사의 과자봉투에 어떤 레이서가 한 손을 높이 치켜든 모습이 그려져 있었어요. 그런데 그게 한반도 지도처럼 보였거든요. 허리띠 부분에 난 구멍을 두고 땅굴이다 뭐다 해서 한바탕 소동이 벌어진 적이 있었죠. 딱 그 수준의 상상력인 것 같습니다. (웃음)

프랑스로 떠난 민중미술가

진중권 1984년에 프랑스로 유학을 가서 앙굴렘 미술학교에서 수학하셨습니다. 어떤 이유로 가시게 됐나요? 한국적 회화 또는 한국인으로서의 회화의 정체성이 강하신 분이라, 언뜻 생각해보면 서구로 유학을 간다는 것이

왠지 잘 어울리지 않는 것 같기도 합니다.

임옥상　그때는 제가 자신이 생겼을 때죠. 1981년과 1984년에 개인전을 했는데, 과도하다 할 정도로 찬사를 받았어요. 그래서 한국에서만이 아니라 전혀 다른 장소에서도 내 실력을 보이고 내 예술을 확인받고 싶다고 생각하게 됐죠. 서양 애들과 맞붙어서 '너희들의 문제는 이런 것인데 내가 그것을 이렇게 풀었다'라는 것을 보여주고 싶었어요.

진중권　프랑스 유학에서는 뭘 느끼셨습니까? 완전히 다른 환경이잖아요.

임옥상　현실은 제가 생각했던 것과 굉장히 달랐습니다. 프랑스에 갔더니 제가 본 그림들을 그리고는 있는데, 제가 갖고 있던 사고의 틀과 세계관으로는 따라갈 수 없을 정도로 앞서가고 있더라고요. 개인과 개인을 보는 눈, 세상을 보는 눈, 그 세상 전체를 아우르는 사고의 깊이, 이런 것들이 있는 거예요. 반면에 저는 분단국가에서 살아온 자신을 지켜야 했고, 자신을 바깥에 꺼내놓아야 한다는 강박 같은 것을 강하게 갖고 있더라고요. 사실 한국에 있을 때는 서양 사람들만 보면 치가 떨렸어요. 특히 미국은 더 그랬죠. 민족의 적이고, 분단의 원흉이고, 저들이 우리의 정치 현실에 개입해 우리를 갖고 놀고 있다고 생각했죠. 하지만 프랑스에서 유학을 하면서 그들과 동료의식 같은 것을 느끼기 시작했어요. 권력과 정치에서 한발짝 떨어져 있는 일반인들은 다 친구가 되고, 이웃이 되고, 동료가 될 수 있죠. 그 사람들 자체가 미움의 대상은 아니라는 것이죠. 그래서 인종주의자였던 제가 거기서 사해동포주의자로 다시 태어나게 됐습니다. 그래서 저는 유

학을 다녀온 것이 아주 잘된 일이라고 생각해요.

진중권 그때까지만 해도 지성계의 분위기가 상당히 민족주의적이었지요. 심지어는 그 편협한 민족주의가 인종주의로, 더 정확히 말하면 역인종주의로 나타나기도 했었죠. 말하자면 저들이 가진 인종주의에 대한 반발로서 갖게 된 또다른 인종주의 말입니다. 사실 사람들이 유학 나가서 제일 먼저 깨닫는 게 그런 거죠. 선생님께서 좁디좁은 한반도라는 사회에서 살다가 프랑스에 가서 그린 그림이 「아프리카 현대사」(1988)예요. 아프리카의 역사를 그린 가로 50미터, 세로 1.5미터의 장대한 걸작입니다. 왜 하필 아프리카였습니까? 한국 현대사를 가지고 작업을 할 수도 있지 않았습니까?

임옥상 원래는 한국 현대사를 그리러 갔죠. 그런데 그 사람들한테 한국은 아무것도 아니더라고요. 관심도 없고, 심지어 저한테 "너희는 어느 나라 말 쓰냐?"라고 묻기도 했어요. 제가 남쪽에서 왔느냐 북쪽에서 왔느냐 따

「아프리카 현대사」(1988) 중 일부

위는 아예 중요하지 않고요. 그걸 보면서 '이야기를 하려면 상대가 주목할 이야기를 꺼내야지, 한국 사람이라고 한국 이야기를 꺼내놓은들 누가 쳐다보기나 하겠냐'라는 생각이 들었습니다. 그러다보니까 흑인들이 눈에 띄더라고요. 흑인과 나랑 처지가 다를 바가 없구나. 프랑스가 아직도 준準 식민지가 제일 많을걸요. 관리도 아주 잘하잖아요.

진중권　워낙 오랫동안 식민 지배를 했으니까요. 빠리에 가서 보면 아직까지도 길에서 청소를 하는 사람들은 대개 피부가 검은 사람들이더군요.

임옥상　자기들이 하기 싫은 노동을 그들에게 떠넘기는 거죠. 그런 의미에서 아직도 일종의 노예제가 남아 있는 셈이죠. 그 현실이 우리의 처지와 겹쳐 보였습니다. 그런데 앙굴렘에서 작품의 일부를 발표했을 때, 전혀 생각하지도 못했는데 이 작품이 지역신문 전면에 컬러로 보도가 됐어요. 굉장히 흥분되는 순간이었죠. 처음에는 동료들도 별 관심이 없었어요. 상황을 바꿔서 말하자면, 베트남 학생이 한국으로 유학 와서 촌스러운 옛 방식으로 그림을 그리는 격이었으니까요. 저에겐 의도적인 기법이었는데, 그 사람들한테는 그게 아주 구닥다리로 보였겠죠. 두번째 10미터 부분을 그릴 때쯤 애들이 슬슬 다가와 말을 걸더니, 세번째 10미터 부분을 할 때는 교수가 와서 "이 부분이 재미나고, 아주 맛이 있다"라고 하더군요. 이런 식으로 제 작업에 관심들을 갖기 시작했습니다. 그 덕에 좋은 친구들도 많이 사귀게 되었습니다.

진중권 1988년인가요? 한국에서도 그 작품이 전시가 됐죠. 전시장 찾기도 힘들었을 것 같아요. 길이가 50미터니. (웃음) 한국에서 반응은 어땠나요?

임옥상 가히 폭발적이었죠. 나중에 알고 보니까 '그림 한점으로 이루어진 전시회' 이런 타이틀이 붙더라고요. (웃음) 당시의 민주화운동 열풍과 절묘하게 맞아떨어져 '아프리카의 역사가 우리 역사와도 무관하지 않다'라는 등의 호평을 받았죠. 그것도 아주 쉬운 언어로 그려져 있으니까요.

민중미술의 흥망성쇠

진중권 민중미술의 전성기부터 지금까지 꾸준히 작품을 통해서 정치사회적인 발언을 해오셨습니다. '민중미술'을 무엇이라고 설명할 수 있을까요?

임옥상 민중미술은 1980년대에 사람들의 관심을 모으기 시작할 때부터 반

체제 내지 반정부 아웃사이더들의 그룹으로 알려졌고, 후에 그 색채가 더 강화됐지요. 하지만 처음에는 그저 대중과 소통하겠다는 소박한 생각으로 시작한 것입니다. '현실과 발언'도 실은 '우리는 열심히 그림을 그리는데 사람들은 관심도 없다. 이런 소통 부재의 시대에 어떻게 사람들에게 접근할 수 있을까?' 이런 이야기를 하다가 시작된 동인입니다. 그러다보니까 소통의 왜곡이 정치적 문제와 무관하지 않고, 군부독재정치의 연장선 위에 있다는 인식을 갖게 된 거죠. 그래서 '정공법으로 맞서자. 예술의 뒤에 숨는 비겁함을 버리고 현실을 담아내는 작품을 하자. 분단에 대해서도 이야기하고, 정치에 대해서도 이야기하고, 소외에 대해서도 이야기하자. 그래야 대중과 소통이 되지 않겠냐' 그렇게 시작을 한 겁니다.

진중권 사실 우리나라 미술이 일본을 통해 들어와 서양의 논리에 지배를 받는 바람에 자신만의 맥락을 갖지 못하고 있었죠. 그런 상황에서 민중미술이 최초로 우리 현실에 뿌리를 둔 유력한 운동이 되어준 측면이 있습니다. 다른 한편 미술이 운동에 너무 몰두하다보면 미적 자율성을 잃고 정치적 프로파간다로 전락할 위험도 있지 않습니까. 그래서 어떤 사람들은 바로 그 점 때문에 민중미술이 1990년대 이후 소멸했다고 비판하기도 합니다. 어떻게 생각하십니까?

임옥상 민중미술의 스펙트럼이 굉장히 넓고 다양하기 때문에, 이런저런 이야기가 다 적용될 수 있습니다. 그림이 감동을 주려면 잘 그려야 하는데, 일단 그림이 형편없다고 이야기하는 사람들도 있고, 미술을 도구화시켰다고 이야기하는 사람도 있고, 그밖에 여러가지 비판이 있습니다. 하지만 중요한 것은 전체를 관통하는 정신이라고 생각합니다.

진중권　사실 같은 민중미술이라 하더라도 양식적으로는 굉장히 다양하거든요.

임옥상　그렇죠. 그리고 내부에서 서로 비판도 많이 했습니다. 크게 보면 포스트모던의 영향으로 거대담론의 시대가 지나가고 미시담론의 시대가 찾아왔죠. 또 동구권의 몰락과 함께 자연스럽게 시대적 문맥도 바뀌었고요. 하지만 민중미술 자체에 한계가 있다는 이야기는 맥락을 잘못 읽은 것이라고 봅니다. 사회의 거대한 패러다임이 바뀌고 있는 상황에서 미술에 대해서만, 그것도 민중미술에 대해서만 한계에 도달했다고 이야기하는 것은 말이 안 된다고 생각합니다.

진중권　자본과의 관계도 중요하죠. 분명 민중미술 작품인데 정작 구입은 강남의 수집가들이 하는 역설이 있지 않습니까. 선생님도 그런 비판에서 자유롭지 못하시죠? 서구의 아방가르드 예술도 부르주아 체제를 엄청나게 비판했으나 정작 그 작품을 사주는 것은 부르주아밖에 없었죠. 그러고 보면 그게 정치적 예술의 일반적인 운명인 것 같기도 합니다.

임옥상　그렇죠. 호암갤러리에서 전시를 하면서 제 그림 값도 굉장히 뛰었으니까요. 그나마 다행인 것은 제가 이게 뭔가 수상쩍다는 것을 일찍 느꼈다는 겁니다. 그 시기가 저에게는 대학을 그만두고 전업작가가 된 지 불과 3~4년 만에 찾아왔거든요. 게다가 마침 외환위기가 닥치면서 그런 상황에

서 빨리 졸업을 하게 됐죠. 그래서 전속작가에서 벗어나는 것을 목표로 하게 됐습니다. 물론 컬렉션을 거부하는 것은 아니지만, 적어도 그들의 구미에 맞는 작업을 스스로 찾아서 하는 길은 걷지 않겠다는 거였죠.

진중권 선생님에게 새로운 전기를 마련해준 전시가 바로 호암갤러리에서 연 개인전이었습니다. 작품도 많이 팔렸고, 전시회도 성공적이었고, 그 덕에 명실상부한 스타 작가가 되셨지요. 사실 '호암'이라는 게 삼성 창업주 이병철씨의 호잖아요. 민중미술의 대표작가가 호암에서 대규모 개인전을 연다는 게 어떻게 보면 잘 안 맞는 부분이 있죠.

임옥상 처음엔 상당히 망설였었어요. 그러다가 최종적으로 저도 제 작품 세계를 한번 전체적으로 볼 필요가 있다고 생각하게 됐죠. 그전까지 제 작품에 관심을 갖는 사람들은 대부분 미술과 관련된 정치적 의식이 있는 이들이었는데, 과연 일반 사람들은 이것을 어떻게 볼지 궁금했습니다. 그래서 결정을 내렸죠. 그때 그쪽에서 한 이야기가, '중요한 작업을 하셨으니, 저희들도 작은 역할이라도 하겠다'라는 것이었어요. 그때만 하더라도 호암갤러리에서 젊은 작가들에게 나름대로 애정을 갖고 있었어요. 제가 만으로 마흔한살 때의 일이었죠. 그후로 지금까지도 젊은 친구들에게 그런 장을 내준 일이 없습니다.

진중권 그렇죠. 한편으로 보면 민중미술이 그 급진성을 잃고 제도화되는 측면도 있지만, 다른 시각으로 보면 우리 사회가 나름대로 민주화되어서 그런 급진적 목소리까지 포용하는 성숙성을 갖게 됐다고도 할 수 있죠.

임옥상 그렇죠. 그때 사회적 분위기가 그런 방향으로 가고 있었기 때문에 그게 가능했을 겁니다. 지금 같았으면 오히려 못했지 싶습니다. 지금은 사회가 거꾸로 가고 있잖아요. 그때만 해도 사회가 민주주의를 향해 나아가고 있다는 확실한 조짐과 징후가 곳곳에서 드러나고 있었기 때문에, 외려 민중미술을 제도권 안에서 소개하는 데에 상대적으로 부담이 없었죠.

진중권 레나또 포지올리Renato Poggioli, 1907~63가 아방가르드에 관한 글에서 이렇게 이야기하더라고요. "아방가르드 작가들은 제도권을 비판하고 비난하지만, 그들도 예술가로 남으려면 결국 제도권의 인정을 요한다." 민중미술 역시 마찬가지인 것 같습니다. 한편으로는 제도권을 비판했지만, 다른 한편으로는 제도권에서 인정을 받는 것이 중요한 거죠. 그런 맥락에서 1994년 국립현대미술관에서 열린 '민중미술 15년전展'은 매우 중요한 전시라고 봅니다. 당시 민중미술이 제도권에서 당당하게 인정을 받음과 동시에 거기서 장례식을 치렀다는 얘기가 있었는데, 지금 돌이켜 생각해보면 회고전이 너무 빨랐던 게 아니었나 하는 생각도 듭니다. 당시 분위기는 어땠습니까?

임옥상 당시 관장이었던 임영방 선생님이 저희들의 은사입니다. 제 첫 개인전의 서문도 그분이 써주셨지요. '현실과 발언'이 다 그분 제자는 아니었지만, 어쨌든 제자들에게 이렇게 말씀하셨어요. "야, 너희들도 국립이라는 데에서 평가를 받아야 하는 거 아니냐. 그러려고 벌거벗고 나서야 하는 게 아니냐. 뭐가 쫄리냐. 자신을 갖고 나와라." 임영방 선생님은 자기가 관

장으로 있을 때 민중미술을 복권시켜야겠다는 생각을 하신 것 같아요.

대통령을 쏘다!

진중권　1990년대 초는 사회주의 진영의 몰락과 더불어 포스트모더니즘이 유행하고, 신자유주의가 급속화하던 시기입니다. 민중미술을 지탱하던 정치적 토대가 다 무너져가던 시기이기도 한데, 그때부터 언어도 변하신 것 같아요. 1995년 1회 광주 비엔날레에 출품한 작품이 「포스터」 연작과 '컴퓨터 게임 아트'였는데, 상당히 시대를 앞선 작품으로 보입니다.

임옥상　앞서간 건지 과욕인지 모르겠는데, 저는 비엔날레의 허구성에 관심을 가졌어요. 비엔날레라고 하면 예술의 대표주자들이 나와 고도의 예술성을 보여주는 것처럼 말하는데, 사실 이미 제도화되어 한물간 겁니다. 이런 신비주의 내지는 허위의식을 비판하자는 의도였죠. 미술관 미술의 한계를 지적하고, 일품주의 미술에 저항하려는 나름의 제스처였습니다. 한편으로는 포스터라는 대량생산 복제품을 붙이고 다니는 퍼포먼스를 하고, 다른 한편으로는 그때 일어난 에피소드들을 영상으로 찍어 상영한 것이 「포스터」 연작이죠.

진중권　발터 베냐민이 말한 아우라 파괴의 전략인 셈이군요. 그런데 「포스터」 연작은 판매도 하셨다고요?

171

임옥상 일부러 제가 싸워서 팔았습니다. 어디 전시장에서 물건을 파느냐고 하길래, "무슨 소리냐. 파는 것까지 작품에 포함된 작업의 콘셉트다"라고 했죠. 티셔츠도 같이 팔았고요. 그 작업은 '한국사회의 여러 문제가 내 육체 안에 각인되어 있다. 육체 자체가 이 시대의 모든 고통와 아픔을 가지고 있다'라고 해서, 발가벗은 제 몸에 영상을 투사한 것을 다시 사진으로 찍은 것이었습니다. 그래서 "야, 임옥상이 이제는 상상력이 빈곤해졌는지 육체까지 팔아먹는구나" 하는 소리를 듣기도 했죠.

진중권 광주 비엔날레에 출품하신 또다른 작품은 컴퓨터 게임이었습니다. 컴퓨터 게임을 직접 만드신 겁니까?

임옥상 그때가 막 컴퓨터 게임이 등장할 때였습니다. 생각해보니까 컴퓨터 게임에 관심을 가지지 않는 것이 작가에게는 나태함 내지는 무식함이 될 수도 있겠다 싶었죠. 그래서 직접 컴퓨터 게임을 구상해서 프로그래머와 함께 만들었습니다. 게임은 간단해요. 똥덩어리가 화면에서 떨어지면 삼김三金씨와 두명의 전직 대통령, 즉 전두환과 노태우라는 다섯마리의 나방들이 와서 먹는 거예요. 나방들이 똥을 다 먹기 전에 클릭해서 죽이면 이기고, 그전에 나방들이 똥을 다 먹어버리면 지는 게임인데, 결정적인 게 하나 있었습니다. 아주 쏜살같이 날아들어오는 나방이 하나 있는데 그게 접니다. 잘못해서 저를 잡으면 게임오버가 되죠. (웃음)

진중권 요즘은 하도 게임 중독이니 뭐니 해서 이 새로운 디지털 문화를 보수적으로 보지 않습니까? 그래서 얼마 전 민주당 어느 의원실에서 게임에

대한 부정적 인식을 불식시키기 위해 국회에서 공청회를 열었어요. 제가
그 자리에 나가 "게임이 굳이 예술이 될 필요는 없지만, 게임에는 예술적
측면도 있다"라고 말했는데, 그때 이걸 알았으면 이 이야기를 했을 것 같
아요. "이미 20년 전에 게임이 예술작품으로 나온 적이 있다. 그것도 한국
에서…"(웃음)

임옥상　근데 기자회견을 하다가 실수를 했어요. 포스터를 가지고 작업을
한다고 했더니 기자들이 그 정도로는 약한 것 같다면서 충동질을 하더라
고요. 뭐 다른 거 없느냐고요. 제가 그 꼬임에 빠져가지고 "사실은 하나 숨
겨놓은 게 있긴 있는데…" 그랬더니 "선생님, '오프 더 레코드'할 테니까
보따리를 끌러주시죠" 하더라고요. 멍청하게 그 말에 보따리를 끌러버렸
어요. 다음 날 신문 사회면, 과학면에 난리가 났어요. '광주 비엔날레에서
게임이 출품됐다. 아무리 예술이라 하더라도 어떻게 현직 대통령을 죽일
수가 있느냐.' 그 바람에 비엔날레가 발칵 뒤집어졌어요. 김영삼이 대통령
으로 취임해 광주를 위해 비엔날레를 만들고 첫 행사에 오는데, 이래서야
되겠느냐는 겁니다. 대판 싸웠지요. 결국 제가 광주와 미술계를 위해서 양
보를 했는데, 정작 김영삼은 오지도 않았어요.

진중권　저는 컴퓨터 게임도 과연 예술이 될 수 있느냐 하는 문제로 싸운 것
이라 생각했는데, 그게 아니라 쟁점이 결국 김영삼 대통령이었군요. (웃음)

임옥상　제 성정이 불의를 보면 뛰어들어서 뭐라도 해보려고 하는 것 같아
요. '5·16은 성공한 쿠데타이기 때문에 처벌할 수 없다'고 검찰이 발표하

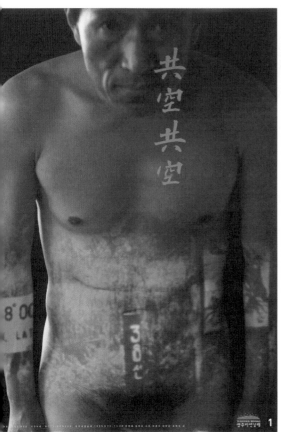

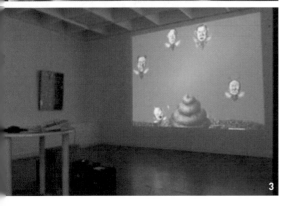

1_ 「포스터」 연작 중 「1995년의 한국 육체의 기록: 분단」(1995)
2_ 「포스터」 연작 중 「1995년의 한국 육체의 기록: 미군」(1995)
3_ 「3김 게임」(1995)

자마자, 5·16을 기소하라는 포스터를 그려 붙이고 다니다가 경찰서에 끌려가서 열시간 동안 취조당하고 나온 적도 있거든요. 게임도 그런 것이었고요. 다만 스스로 안타깝게 생각하는 것은, 지금은 왜 더 밀고 나아가지 못하느냐는 것입니다. 나이가 들어서 그런 건지도 모르지만요. (웃음)

권력은 시장으로 넘어갔다

진중권 우리나라에서 '순수냐 참여냐'는 굉장히 오래된 논쟁입니다. 그런데 사회주의의 몰락과 더불어 신자유주의 경향이 강화되었지 않습니까? 그런 맥락에서 '권력은 시장으로 넘어갔다'라는 노무현 대통령의 말이 생각나기도 하는데, 지금과 같은 상황에서는 예전에 비해서 미술이 정치사회적인 의제를 만들어내는 경우가 적어진 것 같습니다. 그런 예술작품들을 높게 평가해주는 것 같지도 않고요. 현재 한국 미술계의 상황을 어떻게 평가하십니까.

임옥상 자본이 완벽히 승리했기 때문에 작가들이 알아서 기고 있습니다. 자본하고는 싸울 수 없다, 나도 먹고살아야 하고 어린 자식들 밥도 먹여야 한다, 굶을 수는 없다는 거지요. 자신이 시장 바닥에 던져진 존재임을 작가들이 먼저 절실하게 알고 있는 겁니다. 요즘은 무슨 담론 같은 것을 만들 수가 없습니다. 난공불락의 벽 앞에 서 있는 느낌을 많이들 갖고 있는 것 같아요.

진중권 정치도 마찬가지죠. 난공불락의 벽 앞에 서 있는 느낌. 민중을 위해서, 민중의 삶을 변화시키기 위해서 미술을 한다 하더라도, 결국 미술시장을 지탱해주는 것은 자본이거든요. 예전에는 그럼에도 불구하고 약간의 여유라도 있었는데, 이제는 그 여유마저 완전히 사라져버린 것 같습니다. 그런 상황 속에서도 실천적인 면과 미학적인 면을 결합해서 나름대로 사회적 발언을 해나가는 후배 작가들이 있지요. 그중에서 눈여겨보고 있는 분이 있습니까?

임옥상 밝음이 있으면 어둠이 있고, 어둠이 있으면 또 밝음이 있듯이, 미래가 보이지 않는 속에서도 반짝이는 보석들이 굉장히 많습니다. 그런 걸 발견하는 순간은 감동도 받고 즐겁고 행복합니다. 제가 아주 제한적으로 접하기 때문에 일반화하기는 어렵겠지만, 제가 좋아하는 작가들을 말씀드리겠습니다. 설치미술가 양아치, 그리고 임민욱이라는 여성 작가, 프랑스에서 공부한 용기 있는 작가입니다. 하태범이라는 작가는 실제로 폭격이 있었던 팔레스타인의 어느 도시의 모형을 하얀 종이로 만들어서 재현해놓고, 작은 폭약을 넣어 집들이 파괴되는 모습을 비디오로 찍어서 보여줍니다. 굉장히 정교하면서도 세계를 바라보는 치열한 눈을 견지하고 있지요. 그리고 「아트 스타 코리아」라는 텔레비전 프로그램이 있어요. 처음에는 부정적으로 생각해서 안 봤습니다. 근데 마지막 남은 세명의 전시장을 찾아가보고 깜짝 놀랐습니다. 대상을 받은 친구가 대단한 작품을 만들었더라고요. 신제현이라는 친구인데, 실제로 핵발전소 앞에서 머물면서 주민들을 만난 체험을 바탕으로 작업을 했더군요. 저희들이 작품을 더 중시했다면, 후배 작가들은 작품보다는 몸으로 부딪치면서 작업을 한다는 느낌

176

을 받았습니다. 그리고 유병서라는 작가는 정말 아무것도 아닌, 그러나 모든 것인 작업을 하고 있더라고요. 정교한 기계 씨스템으로 파괴와 재건의 장면을 열심히 만들었어요. 파괴되고 다시 만들어지고 또다시 파괴되는… 이 시대를 이야기하는 것일 수도 있고, 삶 자체를 이야기하는 것일 수도 있는, 여러가지를 생각하게 하는 작업을 벌이고 있더라고요.

진중권 요즘 작가들의 특성이 작품 자체보다는 그 과정에 주목하는 경향이 있지요. 이른바 '퍼포먼스'라고 하나? 아니, 그보다는 프로세스라고 하는 게 낫겠네요. 작업의 과정 자체를 작품으로 생각하는 경향이 있는 것 같습니다.

임옥상 물론 작가는 작품으로 말한다고 하지만 그럼에도 불구하고 작업을 작품 내에서만 하고 있는 것이 아니냐는 혐의를 벗겨주지는 못하는 것 같아 유감스러웠습니다.

진중권 쉽게 말하면 이 사람들이 나름대로 사회적 문제의식을 갖고 있지만, 그 자체가 어떤 미학적인 틀 안에서 순치되어 있지 않느냐, 그런 말씀인가요?

임옥상 그렇죠. 사회로 튀어나오지 못하고 '나는 작품으로 내 할 일을 다했다, 예술가는 작품으로 말하는 거지 더이상 뭘 어떻게 하란 말이냐'는 태도가 엿보입니다. 에밀 졸라Émile Zola, 1840~1902처럼 작품을 포기하고서라도 끝까지 거리에서 싸우겠다는 개념은 전혀 아니란 말이죠. 시대가 달라서 그런지 자본이 자기를 먹여 살릴 수 있을 것이라고 생각하고 딱 그 수준에서 자기관리를 하는 게 아닌가, 그런 의심도 들더라고요.

진중권 사실 전세계적으로도 그런 측면이 있죠. 예전의 아방가르드는 매우 체제전복적이었죠. 변기에다가 싸인하는 게 옛날에는 커다란 도발이었는데, 요즘은 미술관에서 그런 걸 해달라고 한단 말이죠. (웃음) 도발이나 사회적인 발언 자체가 일종의 미학적 양식으로서 받아들여지는 상황입니다. 그러다보니 작가의 발언이 미술관이라는 제도권에서 허용하는 선 안에 머물고, 본인들도 그 밖으로 잘 나오려고 하지 않는 상황이 된 거죠.

임옥상 심지어 한국에는 그래피티 작가도 있어요. 그래피티의 본질은 익명성, 게릴라성이고 일종의 침략이잖아요. 그런데 낙서를 할 벽이 공개적으로 주어지고 그 허용된 공간에 낙서를 하는데, 이게 무슨 낙서입니까.

진중권 그런 의미에서 진정한 아방가르드는 G20 포스터에 쥐를 그려넣었다가 처벌받았던 분인 거 같습니다. (폭소)

민중미술에서 공공미술로

진중권 이야기 방향을 공공미술로 돌려보겠습니다. 선생님은 과거에 민중미술의 대표였던 분인데 어느 순간부터 공공미술에 관심을 갖게 됐습니다. 여전히 예술이 무엇을 할 수 있는지에 대해서 회의적인 생각을 가진

분들이 많습니다. 그렇다고 예술이 이제까지 발휘해왔던 사회적 역할, 공공적 역할을 포기할 수는 없고요. 주제가 방대하고 추상적인 만큼 구체적인 이야기를 하나씩 짚어가도록 하겠습니다. 먼저 공공미술의 개념이 뭔지, 정의가 뭔지 말씀해주시지요.

임옥상 공공미술의 정의는 '예술이 무엇인가'라는 물음을 빼놓고는 내릴 수 없다고 봅니다. '예술이 뭐냐'에서 더 나아가 '예술가는 무엇으로 살아가야 하느냐' 이런 물음에 대한 대답을 함께 만들어가야 하지 않을까 생각하고 있어요. 예술가란 양손으로 이상과 현실을 붙잡고 서로 멀어지려는 두 끝을 끌어당겨 앞으로 나아가는 존재가 아닐까요? 이상과 현실의 긴장을 놓치지 않고 그 갈등과 모순을 자신의 문제로 끌어안으면서 둘 사이의 건강한 관계를 만들려고 노력하는 것이 예술가의 중요한 화두겠죠. 공공미술도 그런 관점에서 봐야 한다고 생각합니다. 지금까지는 개인을 중심에 놓고 미술이나 예술을 평가해오지 않았습니까. 하지만 그 개인이 사회에 던져진 존재라면 사회에 던져진 존재로서 역할을 해야 하겠죠. 그런 역할을 강조하다보니까 자연히 공공미술가가 된 것 같아요.

진중권 지금 말씀을 들어보니 활이 연상되네요. 사람이 이상을 추구하면 현실에서 멀어지게 되고, 또 현실에 너무 충실하다보면 이상을 버리게 되지 않습니까. 서로 모순되는 양극단을 팽팽하게 당긴 게 바로 활이겠죠. 우리가 아는 대부분의 예술작품은 개인적으로 소장하기 위해 만들어집니다. 그러다보면 작가가 사회적 메시지를 던지고 싶어도 그게 사회적으로 소통이 되는 게 아니라 특정인의 소장품이 되고 말죠.

179

임옥상 저는 그것을 자본주의 사회의 특이한 현상이라고 봅니다. 긴 역사로 봤을 때 이런 시기가 길지 않았습니다. 서구 중심의 자본주의 사회에서 마치 예술의 속성이 원래부터 그런 것처럼 사람들이 오해하고 있는데, 저는 그렇게 보지 않습니다.

진중권 민중미술에서 공공미술로 옮겨가신 것은 어떻게 보면 과거에 하던 작업의 자연스러운 연장이기도 하지만, 어떻게 보면 단절로 보이기도 합니다. 어떤 계기가 있었는지요?

임옥상 공공미술에 눈을 뜬 것은 외환위기 때입니다. 외환위기 전까지만 해도 아주 잘나가는 가나화랑의 전속작가였는데, 외환위기 직후 전속작가들의 계약이 해지되고 저잣거리에 던져진 꼴이 되어버렸습니다. 저는 대학 교수를 하다가 본격적으로 그림을 그리겠다고 나온 지 벌써 7~8년이 되었을 때니까요. 작가들은 저축을 하고 싶어도 능력이 안 되고, 사실 저축할 생각도 없습니다. 이런 이야기는 우리 집사람이 들으면 안 되는데⋯ (웃음) 오로지 작품만 생각하다보니까 아무 대책 없이 거리에 나앉은 꼴이 되었죠. 저 같은 사람이 비일비재했습니다. 그때 그림으로 사람들을 조금이라도 위로할 수 있으면 어떨까 하는 생각으로 일요일마다 인사동 '차 없는 거리'에 나가서 '당신도 예술가'라는 미술 좌판을 벌였습니다. 처음에는 건방지게 사람들한테 봉사한다고 생각했는데, 한 4년 하면서 외려 배우는 게 더 많은 거예요. '사람들이 미술을 참 좋아하는구나. 정말 당신도 예술가구나. 모두가 예술가구나' 하는 것을 많이 느꼈습니다. 임상실험을

180

혹독하게 한 셈이지요. 미술대학 나와서 작가라고 스스로 간판을 내걸고 지내왔지, 대중들이 어떤 그림을 좋아하고 관심을 갖는지는 한번도 생각해보지 않고 넘겨짚어왔던 거죠. 이 과정에서 공공성에 대한 생각을 하게 됐습니다.

진중권   그런 계기였군요. 한 강연에서 공공미술의 원칙에 대해서 말씀하셨어요.

임옥상   전남 영암에 「세월」(2000)이라는 제 작품이 있습니다. 세월이 지나면서 작품이 완성된다는 생각으로 만든 작품입니다. 동네 노인들과 함께 그 지역에서 나는 흙과 돌을 사용해 나선형으로 흙담을 쌓고 그 가운데에 감나무를 심은 작업입니다. 그때 작품이 만들어진 전과정을 훑어보면서 공공미술의 몇가지 원칙을 세웠습니다. '전문가와 행정가와 일반 시민, 3자가 좋은 관계를 맺으면서 만들어야 한다' '생활 주변에 흔히 보이는 재료로 특별한 것을 만들어야 한다' '밀실에서 작업해서 보이는 것이 아니라 작업의 전과정을 공개해야 한다.' 그리고 '로우 테크놀로지low technology, 즉 아주 쉽고 흔한 기술을 적용해 사람들과의 거리를 좁혀야 한다' 등이죠.

진중권   요약하면 공공미술은 전문가와 행정가와 시민이 함께해야 한다는 것이군요. 하긴, 그러니까 공공이겠죠. 다시 말해 전문가가 엘리뜨 식으로 명령하는 것도, 대중의 취향을 일방적으로 따라가는 것도 아니어야 한다는 것이고요.

영암 구림마을 프로젝트 「세월」(2000)

임옥상 최근에 어느 영국 사람이 쓴 '공공미술의 열두가지 원칙'이 있는데
요, 그것이 저를 굉장히 감동시켰습니다. 그 열두가지 원칙은 다음과 같습
니다. 1) '공공미술처럼 보일 필요 없다.' 거기에 연연하다보면 헛수를 둘
수 있다는 거죠. 2) '작품은 영원하지 않다.' 인생은 짧고 예술은 길다는 경
구가 많은 예술가들을 병들게 하고, 괴롭히고, 과욕에 빠뜨렸다는 겁니다.
3) '계획되지 않은 것을 위한 공간을 새롭게 만들어라.' 4) '공동체를 위해
공공예술을 만드는 것이 아니라 새로운 공동체를 만들어라.' 5) '문화적 군
비경쟁에서 물러나라.' 6) '화려한 불꽃놀이보다 더 나아가라.' 7) '장식하
지 말고 사람들을 놀라게 하라.' 8) '소유권은 자유롭게, 저작권은 슬기롭
게 공유하라.' 참고로 전 특허권을 부정하는 사람입니다. 9) '외부인을 환
영하라.' 10) '작품을 정의하느라 시간을 낭비하지 마라.' 멋들어진 정의
를 하다가 시간을 놓치지 말라는 것이죠. 11) '당신의 불신을 접어두어라.'
12) '길을 잃어라.' 정해진 길을 똑바로 보고 걸어간다는 믿음이 결국은 남
을 배척하고, 남의 의견을 기각하고, 그 결과 자신을 닫힌 세계 속에 가두
는 꼴이 될 수가 있다는 거죠. 이런 이야기도 쓰여 있어요. "공공예술은 목
적지나 길잡이가 아니다. 놀라고, 즐거워하고, 심지어는 불안해할 마음의
준비를 하라."

진중권 말씀을 들으니 옛날 어느 미로의 벽에 쓰여 있었다는 말이 생각납
니다. "중요한 것은 미로에서 벗어나는 것이 아니라, 미로 속에서 현명하
게 길을 잃는 것이다."

세상을 풍요롭게 하는 공공미술

진중권 사람들에게 널리 알려진 공공미술의 예로 광화문 흥국생명 건물 앞에 서 있는 조너선 보로프스키Jonathan Borofsky, 1942~ 의「망치질하는 사람」Hammering Man, 청계천에 세워진 클래스 올덴버그Claes Oldenburg, 1929~ 의 「스프링」Spring 등을 들 수 있죠. 특히 소라고둥처럼 생긴 올덴버그의 작품은 논란의 대상이 되기도 했습니다. 최근 어느 대담에서 좌파 작가인 보로프스키의 작품이 노동자를 탄압하는 기업 앞에 세워짐으로써 작품의 의미가 퇴색했다는 말씀을 하셨어요.

임옥상 보로프스키의 이력을 보면 이 사람이 노동에 대해서 남다른 관심과 애정을 가지고 작업을 해왔다는 사실을 쉽게 알 수 있습니다. 보로프스키는 자본주의 사회와 시대에 비판적인 질문을 던지는 사람입니다. 이 작품은 세계 곳곳에 세워져 있는데, 제일 처음 놓인 곳이 프랑크푸르트였습니다. 흥국생명이 들여왔을 때는 이미 전세계에 그 작품이 널리 퍼진 이후입니다. 그러니까 작품이 유명해진 다음에야 "아니, 여기도 있고 저기도 있네. 그럼 우리도 하나 세워놔야 하는 거 아냐?" 이런 거죠. 그만큼 고가로 가져올 수밖에 없었을 텐데, 얼마 후에 보니 흥국생명의 노동자 탄압에 관한 기사가 나오더라고요. 그러고 보니 그 작품이 마치 자본가가 노동자를 망치로 때리는 것처럼 느껴졌습니다. 형상으로만 보면, 검은색의 거인이 반복적으로 망치질을 하고 있지 않습니까. 그러다보니 우리의 맥락에서 그렇게 해석될 수도 있겠다는 생각이 들었던 거죠. 씁쓸한 얘기입니다. 물론 보로프스키를 비판하겠다는 얘기는 아니고요.

진중권 한국의 맥락에 들어옴으로써 작품의 의미가 완전히 전도된 셈이네요. '여기도 있고 저기도 있는 걸 보니 꽤 유명한 작가인가보다. 그러니 우리도 하나 갖다놓자.' 누가 이런 발상을 했을까요?

임옥상 외국 자본가들도 취향이 훌륭하진 않지만, 어느정도는 견문과 미학적 시각을 갖추고 있다고 봐요. 그런데 한국 자본가들은 그런 식견이 전무합니다. 언젠가 LG트윈타워에 가보고 굉장히 놀란 적이 있습니다. 비싼 작품만 모조리 가져다놓아서 전세계 미술의 쓰레기장처럼 느껴지더라고요. 그냥 다 쓸어담아놓은 거예요. 상식적으로 도저히 이해가 안 돼요. 그저 자신이 이 정도의 자본이 있는 사람이라는 것을 과시하려는 것이라고 볼 수밖에 없어요. 돈 말고 다른 기준으로는 평가를 할 줄 모르는 사람들입니다.

진중권 오래전 독일에 있을 때 TV에서 미쓰비시에 관한 다큐멘터리를 본 적이 있습니다. 카메라가 미쓰비시 미술관을 비추는데, 반고흐Vincent van Gogh, 1853~90의 「해바라기」Tournesols를 비롯해 세상에서 가장 유명하고 비싼 작품만 전시해놓았더라고요. 그 컬렉션에 대해 독일의 큐레이터에게 코멘트를 부탁하니 한마디로 '콘쳅트로스'konzeptlos, 즉 '콘셉트가 없다'고 잘라 말하더군요. 그 컬렉션이 보여준 것은 미쓰비시의 속물근성뿐이었던 거지요. 그건 그렇고, 청계천에 놓여 있는 클래스 올덴버그의 「스프링」도 이러쿵저러쿵 말이 많지 않았습니까? 물론 공공미술이라 해서 꼭 한국 작가의 작품만 고집할 필요는 없지만, 적어도 한국에 세워질 공공미술이라면 한국적 맥락 정도는 있어야 하는데, 그 작품에서는 그 어떤 맥락도 안 보이더군요.

임옥상 당연하죠. 당시 시장이었던 이명박씨가 "세계 최고 작품을 갖고 와라"해서 세계 최고가의 작품을 들여온 것으로 압니다.

진중권 장소가 지닌 역사적, 문화적 특수성에 대한 고려 없이 그저 세계 최고를 갖다놓으라는 것, 이게 우리 사회에서 공공미술을 바라보는 시각인 것 같습니다. 한마디로 철학의 빈곤이라고 할 수 있는데, 우리가 흔히 보는 빌딩 앞의 조각들은 일정 규모 이상의 건물을 지으면 공사비의 1퍼센트를 미술품 구입에 사용해야 한다는 '1퍼센트 법' 때문에 세워지는 것으로 압니다. 이 법안 때문에 수준 미달의 작품이 거리에 전시되는 부작용이 생기기도 했죠. 나름대로 꽤 괜찮은 취지를 가진 법안 아니겠습니까. 기업가들이 예술의 발전에 기여하고, 자기들이 번 돈을 사회에 환원할 수도 있게 하는 게 그 법의 취지라고 알고 있습니다. 하지만 차라리 없느니만 못한 작품들이 많다는 생각이 듭니다. 건축가 승효상 선생님과도 그 이야기를 했는데, 1퍼센트 법에 대한 미술가의 생각은 어떤지 궁금합니다.

임옥상 앞에서 언급한 두 작품은 1퍼센트 법과는 관련 없이 세워졌습니다. 1퍼센트로는 도저히 살 수 없는 고가의 작품이거든요. 손바닥에 양면이 있듯이, 그 법에 꼭 부정적 측면만 있는 것은 아니라고 봅니다. 하지만 늘 그렇듯이 끼어드는 사람들이 있지 않습니까? 브로커들이 끼어들어 비자금의 온상이 되고, 그 결과 작가는 알려진 것보다 훨씬 적은 액수로 작업

을 하게 됩니다. 그러니 제대로 된 작품이 나오기 힘들죠. 결국 이 법에서 가장 많은 혜택을 봐야 할 시민이 가장 큰 피해를 보는 겁니다. 문화를 위해 도입한 법인데 정작 문화는 무시되고, 브로커들만 판을 치면서 결국 악화가 양화를 구축하는 꼴이 되는 거죠.

진중권 2011년에 작품을 갖다놓도록 강제하는 대신에 선택적으로 갖다놓을 수 있도록 법이 개정됐죠.

임옥상 대신에 문화예술위원회에 기금으로 내게 되어 있는 모양이에요. 그런데 그 기금이 그렇게 많이 모이지 않고 있어요. 기금으로 내면 떼먹지를 못하니까요. 상황이 달라지려면 건축주나 사회 분위기가 바뀌어야 하는데, 그런 조짐은 별로 안 보이는 것 같습니다.

진중권 비슷한 맥락이긴 하지만 살짝 주제를 바꿔보죠. 광화문에 세종대왕상이 있지 않습니까? 이순신 동상은 아주 오랫동안 그 자리에 서 있어 이미 서울 풍경의 일부가 된 것 같은데, 광화문 광장에 세운 새로운 세종대왕상은 참 낯섭니다. 작가로서 어떻게 보십니까.

임옥상 그건 관제미술이지 공공미술이 아니라고 봅니다. 관제미술, 관료미술, 국가미술, 국가주의 미술이죠. 이순신 동상은 박정희 대통령이 자기를 이순신처럼 봐달라고 해서 세운 것이고, 세종대왕 동상은 오세훈 시장이 내가 곧 세종이라는 입장에서 세운 것이에요. 그렇기 때문에 그것은 절대로 공공미술이라 할 수 없습니다. 오히려 반反공공미술이라고 할 수도 있습니다. 물론 이순신 동상은 말씀대로 역사가 아주 깊어서 이제 하나의 풍경으로 용인할 수 있는 단계까지 왔다고도 할 수 있죠. 뭐, 승효상 선생 이야기대로 오래된 것은 아름다우니까요. 그 작품 자체가 아름답고 멋진 것이 아니라 우리 스스로가 사후적으로 그 작품에 아우라 같은 것을 부여하게 된 거죠. 뭐, 세종대왕도 그렇게 될지 모르죠.

진중권 근데 그렇게 되진 않을 것 같아요. (웃음) 이야기하다보니 공공미술에 대해 부정적인 이야기만 나눈 것 같네요. 임옥상미술연구소 페이스북에 좋은 공공미술을 주기적으로 소개하고 계시지 않습니까? 서울에 있는 공공미술 중에서 긍정적인 사례들을 좀 들어주시죠.

임옥상 숨어 있는 작품들이 많습니다. 우선 조성룡 선생이 설계한 선유도 공원은 정말 훌륭한 공공미술입니다. 그걸 건축이나 조경으로 볼 수도 있겠지만, 그 작품은 그런 경계를 넘어서 있거든요. 훌륭한 공공미술은 그런 경계를 넘어서야 한다고 생각합니다. 또 서울맹아학교 앞 벽에 점자와 아이들의 손도장이 찍힌 배영환 작가의 작품이 있습니다. 결과도 훌륭했지만, 만드는 과정도 훌륭했습니다. 종로구 이화동에 있는 이태호 선생의 공공미술은 몇가지 문제점이 없지 않지만, 공공미술을 통해 이화동을 새로운 눈으로 보게 해준 아주 좋은 사례라고 생각합니다. 계단에도, 벽에도 작업을 하고, 여러군데에 손을 댔습니다. 벽화에 대해서는 제가 유감스럽다고 표현하기도 했습니다만, 전체 마을을 놓고 고민한 흔적은 굉장히 높게 평가해야 한다고 봅니다. 개인작가로는 마포대교 입구에 있는 작품을 비롯한 일련의 작업을 남긴 안규철 선생이 있습니다. 젊은 작가로는 유영

호와 이재호를 꼽고 싶습니다. 유영호 작가는 「인사하는 사람」이라고 건물 앞에서 절하는 누드상이 있고, 이재호 작가는 나무를 둥글게 깎은 작품이 있습니다. 많이 보셨을 거예요. 물론 제 작업은 빼고서 이야기한 겁니다. (웃음)

진중권 내친김에 뛰어난 해외 공공미술의 예들도 몇가지 소개해주시죠.

임옥상 건축과 공공미술을 분리하기가 어렵긴 합니다만, 레르네르Jaimer Lerner, 1937~ 시장이 중심이 돼서 만든 세계적 생태도시 브라질의 꾸리찌바 Curitiba는 도시 전체를 뛰어난 공공미술로 봐도 손색이 없습니다. 또 안토니 곰리Antony Gormley, 1950~ 가 1994년 영국 게이츠헤드에 세운 너비 54미터의 「북쪽의 천사」Angel of the North는 철강 산업의 사양화로 쇠퇴한 도시를 어떻게 소생시킬 수 있을까 하는 고민에서 만들어졌습니다. 처음에는 시민들의 80퍼센트가 반대했는데, 시장과 공무원 그리고 작가의 끈질긴 노력으로 시민들을 설득해 세운 작품입니다. 완성된 후 도시가 완전히 다시 살아났습니다. 다시 영국의 예를 들자면 런던 트래펄가 광장의 네번째 기둥, 이건 정말 감동의 작품입니다. 다른 기둥들 위에는 전쟁 영웅이나 왕 등 영국을 이끌었던 위인들의 조각상을 세웠는데, 기둥 하나가 비어 있었습니다. 영국 시민들의 투쟁으로 그 자리는 매년 현대미술 작품을 올려놓기로 결정했습니다. 우리의 시각으로는 상상할 수도 없는 일이죠. 여러 작가들의 작품이 전시되었는데, 저는 그중에서도 특히 마크 퀸Marc Quinn, 1964~ 의 작품 「임신한 앨리슨 래퍼」Alison Lapper Pregnant가 가장 감동적이었습니다. 사진작가 앨리슨 래퍼는 팔다리가 없는 중증 장애인입니다. 그녀

1_ 안토니 곰리(Antony Gormley, 1950~)의 「북쪽의 천사」(Angel of the North, 1998)

2_ 마크 퀸(Marc Quinn, 1964~)의 작품 「임신한 앨리슨 래퍼」(Alison Lapper Pregnant, 2005)

의 임신한 나신을 하얀 대리석으로 만들었는데, 이 작품은 사회 전체에 큰 희망이자 자극이 되어주었죠. 래퍼가 이런 말을 했습니다. "사람들은 불편한 것을 피하려고 하지만, 내가 저 위에 세워져 있는 한, 더는 나를 피할 수 없다. 나의 불편을 그대로 안고 가겠다."

진중권 그런 게 바로 미술작품이 주는 힘이겠죠. 부럽습니다. 우리는 아직까지도 위인상이나 영웅상만 세우잖아요. 그런데 거기서는 래퍼 같은 이를 현대의 영웅으로 보는 거죠. 그런 콘셉트 자체가 참 부러운 것 같습니다.

임옥상 그리고 뉴욕 맨해튼의 철도 폐선 부지를 시민에게 돌려준 하이라인High Line 프로젝트가 있습니다. 아주 비싼 땅을 공원으로 만들어 시민들의 천국이 되었습니다. 이런 것이 하나 만들어지면, 그것이 창작과 창의의 산실이 되어서 그 효과가 사회로 되돌아오는 겁니다. 참고로 이 프로젝트를 맡은 책임 수석 건축가가 한국인인 황나현씨입니다.

임옥상의 공공미술

진중권 임옥상 선생님께서 본인의 대표적 공공미술 몇 개 소개해주실 수 있겠습니까?

임옥상 하하, 자화자찬을 하란 말씀이신가요. 콘텐츠로서의 공공미술은 앞서 얘기한 '당신도 예술가' 프로젝트고 제가 첫 완결적 작품으로 치

는 것은 앞에서 말씀드린 전남 영암의 「세월」입니다. 지금은 파괴되어 없
습니다. 영암군청에서 작가에게 일언반구도 없이 도로를 만들면서 없앴
죠. 성남 분당에 있는 「책 공원」(2005)은 저로서는 기획부터 완공까지 일
관된 주제를 가지고 만든 첫 작품입니다. 인문학이 위협받고 있는 시대에
예술가는 무엇으로 답할 수 있을까를 고민한 나름의 역작이지요. 또 청계
천6가의 「전태일 거리」(2010)는 최초로 시민 기금으로 만들었다는 점에서
의미가 있지요. 이명박의 허를 찌른 작품입니다. 내 친구 전태일, 아름다
운 청년 전태일을 다시 '소환'해야 한다는 주장이죠. 그만큼 작금의 시대
가 다급하다는 의미입니다. 서울숲의 어린이 놀이터 「상상 거인의 나라」
(2006)도 빼놓을 수 없는 작품입니다. 단순한 신체 반복 운동의 놀이기구
에 예술이라는 정서적 옷을 입힌 것입니다. 꿈도 아름다움도 없는 놀이터
를 예술적 놀이터로 바꿔주고 싶었습니다. 「하늘을 담는 그릇」(2009)은 상
암동 월드컵공원에 세운 작품입니다. 서울의 아름다움을 가장 잘 느낄 수
있는 곳이죠. 한강, 북한산, 관악산, 여의도까지 서울을 한눈에 볼 수 있는
유일한 장소입니다. 그래서 전망대 역할을 할 수 있는 작품을 구상했지요.
7미터 높이에서 바라본 풍경은 일상의 시각을 놀랍도록 전복시킵니다. 쓰
레기 매립지가 자연적 변천에 의해 공원으로 바뀌었다는 것은 지구온난화
시대의 자랑거리입니다. 저는 여기에 작은 예술적 터치를 한 것이지요. 바
람, 소리, 빛이 자유자재로 통해 이곳의 동식물에게 쉼터가 되는, 인공물이
되 거추장스럽지 않은 조형을 한 것입니다. 또 작품 둘레에 등나무를 심어
나무가 자라면서 작품도 완성되어가는 '자라는 조각'growing sculpture을 시도
했습니다. 마지막으로 2012년 광화문광장과 세종문화회관 일원에 진행한
도시농사 프로젝트가 있습니다. 생명의 소중함을 일깨우고 싶어서 흙을

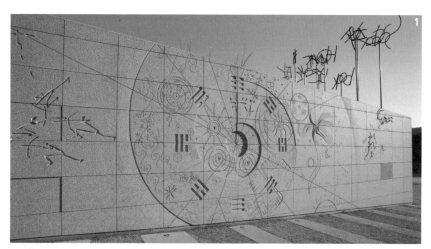

1_ 「책 공원」(2005)
2_ 「이제는 농사다」(2012)
3_ 「못다 핀 꽃」(2014)

중심에 두고 진행한 공공미술 작업입니다. 심고 가꾸고 추수하고 나누는 전과정을 모두 작품이라고 넓게 생각했습니다. "이제는 농사다"라는 캐치프레이즈를 걸고 '흙의 얼굴' '지구를 담는 그릇'에 벼, 콩, 호박, 조, 오이, 감자 등 농작물을 세종로 거리에 심어 가꿨습니다. 사이사이 재미난 놀이도 했고요. 마지막엔 추수문화제를 열어 함께 거두고 떡과 막걸리를 나눠 마시며 즐겼지요. 또 있네요. (웃음) 세월호 참사 이후 청계천에 「못다 핀 꽃」(2014)을 세웠습니다. 조형물에 시민들과 함께 노란 리본을 달아 완성하는 작품이었습니다. 시민들이 직접 참여해 서로 치유하고 위로받을 수 있도록 하는 작품입니다.

진중권 지금 구상하고 계신 공공미술 작품도 있습니까?

임옥상 창신동 프로젝트, 창신동에 공공미술을 입히자는 취지입니다. 저는 예술이 무슨 의미가 있느냐는 질문에 많은 회의를 하는 사람 중 한명입니다. 미술작품을 만들어놓았다고 해서 그 동네 사람들의 삶이 바뀝니까, 범죄가 줄어듭니까? 예술이란 것이 허망한 짓, 그저 자기가 좋아서 하는 짓거리에 불과한 게 아닌가 하는 생각을 늘 떨쳐버릴 수가 없어요. 그래서 저는 예술가에게 가장 중요한 덕목은 '미안합니다만'의 윤리라고 생각합니다. 이번에 하는 창신동 프로젝트에는 공작소 개념을 도입하기로 마음을 먹었습니다. 사람들이 수시로 와서 뭔가를 만들 수 있는 곳, 철 공작소, 목 공작소, 흙 공작소 등등. 공작소는 굳이 집일 필요는 없습니다. 공터일 수도 있고, 주민 센터 같은 데일 수도 있고, 교회를 빌리거나 컨테이너를 갖다놓을 수도 있습니다. 프로젝트가 완결이 되었을 때, 모든 이가 여기저

기서 뚝딱뚝딱, 직업적 활동에서 해방된 자유로운 공작을 하는 풍경을 만들고 싶습니다.

진중권 그러니까 사람들이 와서 작업을 할 수 있게끔…

임옥상 그렇습니다. 한자를 써서 설명해보자면, '공작소'는 처음에는 말 그대로 장인 공工 자로 시작했습니다. 그러다가 빌 공空 자를 써봤어요. 그러면 무용지용無用之用, 즉 모든 것에 목적이 없을 수도 있고 쓰임새가 없을 수도 있다는 장자의 말, 그리고 불가의 '일즉다 다즉일一卽多 多卽一' '색즉시공 공즉시색色卽是空 空卽是色'과 연결이 됩니다. 목적이 있어 그림을 그린다는 것은 말이 안 되지요. 어린이들처럼 멍하게 앉아 있을 때, 무심코 뭔가를 할 때 비로소 진정한 자신과 만날 수 있다는 거죠. 이 언어 놀이를 계속하자면, 다시 그 자리에 공공 공公 자, 또 함께 공共 자가 들어갈 수 있겠죠. 그리고 소所 자에는 또 본디 소素 자를 한번 넣어봤어요. '짓다'가 건축가에게 가장 적합한 표현이라고 승효상 선생이 이야기하시잖아요. 공간을 짓다, 바탕 터를 짓다, 내 마음에 터를 짓다. 이런 개념을 넣어서 시범적으로 몇개의 공작소를 열 계획입니다. 제일 먼저 하고 싶은 것은 나무 공작소예요. 나무는 결이 있고, 생명의 전신이기 때문에 이걸 다룰 때 여러가지를 느끼게 됩니다. 다음은 흙 공작소, 그다음은 봉제 공작소입니다. 창신동이 동대문의 뒤를 받쳐주는 곳이잖아요. 단추만 다는 사람, 단춧구멍만 뚫는 사람 등 일생 동안 한가지 일만 해온 분들의 위대함을 보여주고 싶어요. 또 하나, 창신동에는 길 잃은 청소년들이 많습니다. 도시에 버려져 사각지대로 내몰린 아이들을 위한 공작소를 만들고 싶습니다.

진중권 장인 공工, 빌 공空, 공공 공公, 함께 공共이라… 칸트Immanuel Kant,
1724~1804가 "예술이란 원래 목적 없는 합목적성이다"라고 했죠. 예술은 함
께 만드는 것이고, 그럼으로써 공공성을 띠게 되죠. 우리가 어렸을 때만
해도 장난감이 없어서 스스로 만들지 않았습니까. 나무도 깎고, 흙도 만지
고 그랬는데, 사라진 그 느낌을 되살릴 수 있었으면 참 좋겠다는 생각이
듭니다.

임옥상 사실 저는 이 프로젝트에 대한 확신이나 답을 갖고 있진 못합니다.
기대되고 설렙니다. 과연 어떤 작품이 나올까? 대개 일을 할 때는 그랬던
것 같아요. 조목조목 따지고 점검해본 후에 '이거다' 해서 간 적은 거의 없
거든요. 그래서 일단 창신동의 사람들 속에 가서 묻혀야겠다고 생각을 정
리한 겁니다. '당신도 예술가' 프로젝트를 할 때는 그렇게까지는 못했거든
요. 일주일에 한번씩 만나는 정도였지요. 지금까지 작업을 하면서 가장 마
지막으로 남은 의구심이자 못내 아쉬웠던 것이 바로 '주민이 주인이고 그
들의 생활과 생각을 바꾸는 것이 예술일 수 있다'는 것을 증명해보이는 것
이었습니다. 지금 저는 그 출발점에 있다고 보고 있습니다. 사람이 먼저라
고 항상 생각은 하면서도, 결국은 늘 작품을 어떻게 잘할 것인가를 먼저
생각하곤 했어요. 그러다보니 결국은 사람이 부차적 요소로 밀려나는 경
향이 있었습니다. 창신동 프로젝트가 성공하려면 먼저 제게 사람이 보여
야 한다고 생각하고 있습니다.

진중권 사실 예술의 기능에 대한 일반적 관념은 '지루한 일상에서 벗어나

미적인 가상, 판타지의 세계로 도피하게 해주는 것'이었지요. 하지만 아방가르드 예술의 가장 큰 꿈은 예술 자체를 폐지하여 그것을 삶 속에서 실현하는 것이었지요. 마지막 질문입니다. 작가 임옥상에게 예술은 무엇이라고 생각하십니까?

임옥상 저는 '예술은 동사다'라고 생각합니다. 개념에 행동을 붙이는 것입니다. 예술이라면 사회를 흔들어서 이 사회가 미세한 떨림 속에서 재편되고 다시 제 길을 찾게 하는 역할을 할 수 있어야 한다고 봅니다. 예술가야말로 행동하는 사람이지요. 예술가는 현장에서 떨어질 수 없고, 현장에 끝까지 매달려서 그 현장의 증인이자 기록자로 남아야 한다고 생각합니다.

　　민중미술가로서 임옥상의 리얼리즘에는 프랜시스 베이컨의 작품을 연
상시키는 강렬함이 있다. 예를 들어 「땅 IV」나 「보리밭」에서는 어떤 '섬뜩
함'이 느껴진다. 이는 그의 작품의 임팩트가 작품의 내용적 측면, 즉 그 안
에 담긴 사회적 메시지의 강렬함이 아니라 작품의 형식적 측면, 즉 회화
자체의 폭력적 효과에서 나온다는 것을 보여준다. 이 점이 또한 그의 작품
을 생경한 정치적 프로파간다 예술과 구별해준다. 그가 이미 40대에 제도
권 예술계와 민중운동의 현장에서 고루 인정을 받은 것은 그 때문이리라.
2000년대 이후 그의 예술언어는 더욱 다양해진다. 그의 궤적을 보면 회화
에서 종이부조, 조각, 설치에서 퍼포먼스, 심지어 포스터와 게임아트까지
미술의 거의 전분야를 아우른다. 그래서일까? 미술평론가 성완경 교수는
임옥상의 가장 큰 덕성으로 "생명력, 변화와 경험에 대한 적극성과 능동
성"을 꼽았다. 한편 현실에 참여하는 민중미술가로서 그의 작업은 어떻게
됐을까? 사회의 민주화, 사회주의의 몰락, 포스트모던의 유행 등 1990년대
이후 크게 변화한 환경 속에서 그것은 공공미술 프로젝트로 진화했다. 아
방가르드 예술의 목표가 스스로 예술을 폐기함으로써 삶 속에서 예술을
실현하는 데에 있다고 할 때, 그의 공공미술 프로젝트는 한국적 아방가르
드, 즉 민중미술 이념의 연장이라고 할 수 있다. 삶과 예술의 경계를 허물

고 예술을 다시 삶에 돌려주려 하기 때문이다. 21세기의 디지털 환경에서도 그의 정치 참여는 멈추지 않았다. 2010년 그는 트위터로 투표 독려 활동을 했다. 이때 그는 투표 인증 사진을 보내는 사람에게 자신의 작품을 선물했다. 넓은 의미에서 이 역시 매체를 이용한 작품 활동이자, 시장으로서의 미술계에 대한 거부이기도 하다. 그에게 예술이란 '작품이란 이름의 명사가 아니라 행동이란 이름의 동사'다. 현실에 살면서 이상을 놓치지 않으려 하는 그가 자신의 말대로 영원히 '현장의 증인이자 기록자'로 남기를 바란다.

기인의 삶, 소설이 되다

**소설가
이외수**

소설가. 1972년 『강원일보』 신춘문예에 단편 「견습 어린이들」로 등단했다. 1975년 『세대』에서 중편 「훈장」으로 신인문학상을 수상했다. 섬세한 감수성과 개성적인 문체로 독특한 작품세계를 개척해왔다. 190만 팔로어를 지닌 트위터계의 대통령으로 불린다. 대표작으로 『꿈꾸는 식물』 『들개』 『칼』 『벽오금학도』 『완전변태』 등의 소설이, 『감성사전』 『하악하악』 등의 산문집이 있다.

'이디오신크러시'idiosyncrasy라는 말이 있다. 사전을 찾아보면 '개인 성벽 性癖'이라고만 나와 있다. 원래는 평균적인 것에서 벗어난 절대적 단독자 라는 개념으로, 아도르노Theodor W. Adorno, 1903~69는 이를 현대예술의 특 징 중의 하나로 꼽은 바 있다. '이디오신크러시'라는 말을 들을 때 떠오르 는 이름 중의 하나가 바로 이외수다. 젊은 시절의 내게 '이외수'라는 이름 은 무엇보다도 괴팍한 성격을 가진 '기인'의 이미지로 다가왔다. 아무렇게 나 기른 머리에 글을 쓸 때는 몸을 씻지 않고 여관에서 대마초를 피우는 사람. 물론 그는 같은 시기에 『들개』와 같은 베스트셀러의 작가로 대중의 인정을 받은 것은 물론이고, 『꿈꾸는 식물』과 같은 작품으로 "언어를 통해 세상과 투쟁하려고 하는 치열한 감수성"을 가졌다는 문단의 호평을 받은 문학계의 앙팡떼리블Enfant Terrible이기도 했다. 미디어 환경이 바뀌면서 '기 인'으로서 그의 면모는 새로운 측면으로 발현된다. 섬세한 언어를 사용해 야 할 문인에게는 험악한 언어가 난무하는 인터넷에 발을 담그는 것 자체 가 모험일 것이다. 하지만 그는 문인에게 뒤집어씌워지는 아우라를 반납 하고 용감하게 그 난장의 한가운데로 뛰어들었다. 덕분에 나는 SNS를 통 해 일면식도 없었던 그와 '트친'이 되어 DM을 주고받는 사이가 될 수 있 었다. 그에 대한 나의 각별한 관심은 그가 이중언어, 즉 문학의 예쁜 언어와 장터의 거친 언어를 동시에 구사할 줄 안다는 데에 있다. 어떤 인물일까? 이 궁금증을 가지고 전날 시작하여 채 다 읽지 못한 소설 『벽오금학도』를 들고 감성마을로 가는 차량에 올라탔다.

"문학의 언어와 저잣거리의 언어를
동시에 구사하는 '기인', 그는 어떤 사람일까?"

진중권　대관령 고개를 구불구불 넘어와 이곳 화천 감성마을 이외수문학관에 도착했습니다. 이렇게 산 좋고 물 좋은 곳에 살고 계신지 몰랐습니다. 이곳 화천 감성마을 소개를 좀 부탁드립니다.

이외수　화천은 하늘이 맑고 물이 맑고 사람이 맑아 삼청三淸의 고장이라 합니다. 감성마을이라고 이름 붙인 것은, '20세기까지는 지성이 시대를 주도했지만 앞으로는 감성이 주도할 것이다. 감성을 풍부하게 만들어주는 것은 자연이고, 이곳 화천은 자연이 풍부한 고장이다'라는 뜻에서였지요.

진중권　방송 출연이 가장 잦은 소설가이십니다. 그래서 그런지 독자들은 선생님도, 이곳 감성마을도 굉장히 친근하게 느낍니다. 특히 2008년에 「무릎팍도사」에 출연하신 것이 큰 화제가 되었는데, 방송 출연을 결심하신 특별한 계기가 있었는지요.

이외수　제가 나온 방송에는 공통점이 있습니다. 다 화천에서 찍었다는 겁니다. 「무릎팍도사」도 「1박2일」도 다 화천에서 찍는다는 조건하에 찍었습니다. 사실 제가 이곳에 들어올 때 마을 주민 46퍼센트가 반대를 하고

54퍼센트가 찬성했습니다. 반대 이유가 뭐냐면, 모르는 놈을 뭐하러 돈 들여 데려오느냐는 거였습니다. 여기는 신문 배달이 안 됩니다. 라디오도 안 나옵니다. 텔레비전이 절대적이에요. 그래서 마을과 유대관계를 제대로 맺으려면 텔레비전에 좀 자주 나가야겠다고 생각했습니다. 그때부터 텔레비전 섭외를 거절하지 않았죠.「6시 내고향」「성공시대」「인간극장」줄줄이 섭외 들어오는 대로 다 응했습니다.

진중권 「무릎팍도사」는 물론 씨트콤에도 출연하시고, 몇년 전에는 게임 광고에도 나오셔서 지하철에 쫙 붙었더라고요. 확실히 플랫폼이 변한 것 같아요. 옛날에는 작가라면 책을 통해서만 접할 수 있었죠. 작가에 대한 이야기를 들을 수 있는 창구가 인터뷰 기사, 신문 기사, 비평 정도였습니다. 요즘은 이미지의 시대입니다. 예전의 독자들은 강연회에 가면 강연을 듣고 책을 샀는데, 요즘은 강연을 들으면 '음, 됐다' 이러면서 책을 안 산다고 해요. (웃음) 요즘은 텔레비전 방송만 보고는 책을 다 읽은 거나 마찬가지라고 생각하는 그런 경향이 있지 않습니까.

이외수 그게 제 얘기입니다. 트위터에 도루묵이든 멜론이든 판매 광고를 걸기만 하면 완판이거든요. 그런데 제 책만 안 팔려요. (웃음) 하지만 제가 자꾸 매체에 노출되는 것은 오히려 득이 더 많습니다. 옛날에는 작가와 독자의 거리가 굉장히 멀었는데, 제가 자주 노출되면서 저를 편하고 친근하게 여긴다는 거지요. 한달 평균 4천명 정도가 이곳에 찾아옵니다. 힐링을 위해서거나 멘토가 필요해서 찾아오시는 분들이 많아서, 허심탄회하게 터놓고 이야기를 하거든요. 주변에도 훌륭한 분들이 많을 텐데 왜 날 찾아왔느냐고 물으면, 편해 보이고 옆집 할아버지 같아서 자기 말을 다 들어줄 것 같다는 거예요. 저도 그런 얘기를 들으면 왠지 잘 들어줘야 될 것 같고요.

젖동냥과 술지게미로 자라다

진중권 제가 이외수 선생님 성함을 처음 들은 게 고등학교 시절이었던 것으로 기억합니다. 그때는 '이외수'라고 하면 기인이라는 인상이 강했습니다. 유년 시절도 평범하지 않았을 것 같습니다.

이외수 요즘 와서 생각하면 일관성이 없는 생애를 거쳐오지 않았는가 싶어요. 저는 두 살 때 생모가 돌아가셨습니다. 그래서 거의 젖동냥으로 컸고, 다섯 살 때부터는 이삭을 줍거나 동냥을 다니며 자랐는데, 그게 당연한 줄 알았거든요. 그 시기는 전쟁 직후여서 다들 어렵긴 했습니다. 지금처럼 돈이 절대가치가 된 시대가 아니었고, 아직 사랑과 정이 더 큰 가치를 갖고 있던 시대였어요. 그래서인지 조금씩 나이가 들면서 세상의 온갖 부조리와 폭력을 보았을 때 유난히 저항을 많이 했습니다.
고등학교 때는 키 순서로 번호를 받는데 저는 5번 이상을 받아본 적이 없었어요. 아주 작았죠. 그래서 여학생들은 거의 누나 행세를 했고 남학생들은 저를 만만하게 취급했어요. 그걸 방어한답시고, 『칼』에도 잠깐 나옵니다만, 정신의 칼, 나를 방어하는 도구로 젓가락을 던지기 시작했습니다. 지금은 뭐 수치스러워서 안 합니다마는. (웃음) 특히 술을 마시면 그런 반항적 기질이 드러났지요. 저는 술을 어릴 때에 술지게미로 배웠습니다. 술을

거르고 나서 남은 찌꺼기를 요기 삼아 먹으면 알딸딸하게 취하지요. 술기운이 그래도 남아 있으니까. 그 덕에 나중에 술이 아주 세졌죠. 그래서 보통 주량을 물으면 저는 소주 몇병, 맥주 몇병이라고 얘기하지 않고 무박 삼일, 무박 사일이라고 얘기합니다. 잠 안 자고 며칠을 마시느냐를 가지고 주량을 따졌으니까요. (웃음)

진중권 두살 때 어머니를 여읜 뒤로 고생을 많이 하셨을 것 같습니다. 부모님 이야기를 좀더 들어볼 수 있을까요? 대담집『마음에서 마음으로』에서 어머니와 아버님이 만난 일화를 얘기하셨는데, 그 시대 이야기라고 믿을 수 없을 만큼 낭만적이었습니다.

이외수 할머니의 말씀을 들어보면, 온 마을이 반대했던 것 같아요. 어머님이 여섯살 연상이었어요. 왜정 때였는데, 지금도 그렇지만 남편 되는 사람이 나이가 많고 아내 되는 사람이 나이가 적은 게 보통이었죠. 그런데 어머니가 아버지보다 여섯살이나 많은데다가 아버지의 담임선생님이라 사제지간이었으니까, (웃음) 당시에는 굉장히 부도덕하게 받아들여져서 엄청난 반대에 부딪혔나봅니다.

진중권 지금도 좀 이상하게 들리긴 합니다. (웃음)

이외수 아버님이 굉장히 총명하셨어요. 아버님 때문에 학교에서 일본 사람들이 한번도 일등을 해본 적이 없었답니다. 어머님은 축농증이셨는데, 어떤 돌팔이가 수은을 태워서 김을 코에 쐬라는 처방을 한 겁니다. 그게 처음에 효과가 있는 것 같아서 자주 가신 모양이에요. 그러다 수은 중독으로 돌아가셨습니다. 아버님이 그 충격으로 집을 나가시고, 곧 6·25가 터져서 이산가족이 되어버렸지요.

진중권 아버님은 그럼 참전을 하신 건가요?

이외수 그렇죠. 나중에 화랑무공훈장까지 받으셨고, 지금 국립묘지에 안장되어 계십니다. 그래서 절 보고 '좌빨'이라든가 '종북'이라고 하는 것은 굉장히 모욕적이고 화가 나는 일이죠. 군대 안 갔다 온 사람들이 주로 그런 소리를 합니다.

진중권 그 이야기가 화천하고도 연결이 되지 않습니까. 나중에 아버님을 화천에서 찾으셨다고요.

이외수 네. 할머님이 계속 수소문을 하셨지요. 아버님은 군복무 동안에 좋은 분을 만나서 재혼을 하셨어요. 총각이라고 속이고 재혼하시는 바람에 제 존재를 드러내지 못하시다가 제가 초등학교 3학년 때에야 비로소 털어놓았습니다. 그래서 제가 화천까지 와서 아버님을 만났죠.

진중권 아버님이 그때 여기 복무하고 계셨나봐요. 그래서 화천에 정착하게 되신 거죠?

이외수 네, 아버님을 만나고 화천의 신풍국민학교를 다녔습니다. 그런데 아무래도 저 때문에 어머니하고 갈등이 심해질 수밖에 없었어요. 그래서 다시 대구로 갔어요. 매년 전학을 다녀서 초등학교 때만 학교를 여섯군데 다녔습니다.

진중권 그렇게 화천을 떠났다가 다시 강원도로 돌아와 결국 춘천에 정착을 하게 되셨어요.

이외수 춘천에서 약 40년 동안 글을 썼는데, 그때 20명 정도를 대상으로 숙식을 제공하면서 무료로 문학 연수를 했습니다. 금방 살림이 거덜이 났죠. 그때 화천 군수님이 그 소식을 듣고 쌀을 계속 보내주셨어요. 그게 인연이 되어서 화천으로 오게 되었는데, 저는 화천으로 와달라는 초청을 받고도 사실 올 생각이 없었습니다. 춘천에서 40년 터를 닦고 있었는데 그걸 도저히 옮길 자신이 없었거든요. 그런데 결정적 계기가 된 사건이 있었어요. 저를 섭외하던 담당 공무원이 군수님께 이외수를 데려와서 할 행사들의 기획안을 올렸나봐요. 이런 것도 하고 저런 것도 하자고 행사들을 쫙 열거했더니, 군수님이 화를 버럭 내면서 "무슨 소리야, 이 사람아. 예술가한테는 작품 외에는 바라면 안 돼" 이랬다는 거예요. 그 말을 듣고 마음이 확 바뀌었습니다.

진중권 그 군수님이 대단하신 분이네요.

방황은 시간 낭비가 아니다

진중권   저의 직업 때문인지 선생님의 이력 중에 눈에 띄는 것이 있었습니다. 원래 미술을 하려다가 그만두셨는데, 왜 화가가 되려고 하셨나요?

이외수   일단 가난했습니다. 그때는 6·25 직후니까 한 선생님이 보통 세 과목 내지 네 과목을 가르쳤습니다. 학교도 천막 아니면 판자로 만든 가건물이었지요. 그런데 보니까 세계적인 화가들 중에 조건이 좋은 화가들이 없는 거예요. '그럼 나도 되겠다' 하고 생각해서 미련할 정도로 열심히 그림을 그렸죠.

진중권   지금도 그림을 그리시죠. 전시회도 하시지 않았습니까.

이외수   처음에는 서양화를 했는데, 어떤 것을 해도 흡족하지가 않았어요. 나중에 먹으로 바꾸고 나서야 그 이유를 알았습니다. 서양화는 캔버스에 물감을 발라야 하지만, 동양화는 화선지에 먹이 배어들어야 합니다. 정서적인 합일감에서 차이가 나는 것 같아요. 똑같은 집중력으로 몰두해도, 배어들어가는 것의 정서와 발라지는 것의 정서는 엄청난 차이가 있는 거죠.

진중권   서양화는 붓질을 잘못해도 고칠 수가 있는데 동양화는 붓이 한번 잘못 가면 고치기도 힘들죠. 그런 의미에서 서양화가 분석적, 종합적이라면 우리 회화는 굉장히 직관적인 것 같아요. 그런데 정작 대학은 미대로 가지 않으셨어요.

이외수   원래 미대를 가려고 했는데 아버님이 4년 동안 학비를 지원할 자신이 없다고 해서서 그랬어요. 교대는 학비가 싸고, 당시는 2년제라 한 2년만 열심히 공부하면 사회적인 대우도 받을 수 있던 시대니까요. 그래서 거의 아버님의 강제로 원서를 썼죠.

진중권   옛날 분들은 교대나 사범대에 대한 인식이 그랬죠. 그런데 2년제 학교를 7년 동안 다니셨어요.

이외수   강의는 거의 안 듣는 편이었고요, 수업일수가 모자라서 성적도 안 좋았죠. 미술 과목은 어쨌든 충실했기 때문에 성적이 좋았는데, 학칙에 7년 이상 학교를 못 다니게 되어 있었어요. 그래서 제적을 당했죠. 제가 춘천교대 제적 1호입니다. (웃음)

진중권   요즘 일부 대학생들도 선생님과 같은 이유로 졸업하는 데 7, 8년이 걸려요. 학기 중에 아르바이트로 학비 벌면 늘어지기 십상이거든요. 20대가 아무런 낭만 없이 소모적으로 지나가는 것 같아서 안타깝습니다.

이외수   학비를 벌어가면서 학교를 다니는 것은 굉장히 힘든 일이죠. 저는 한 학기 아르바이트를 해서 그다음 학기를 다니고, 또 한 학기 아르바이트를 해서 또 한 학기를 다니는 일을 거듭해야 했어요. 젊을 때는 꽃처럼 활짝 만개해야 하는데, 요즘 대학생들을 보면 플라스틱 가화假花처럼 사는 듯한 느낌이 듭니다. 저도 사춘기가 없었어요. 먹고사는 것에 급급해서 거

212

의 사춘기 없이 서른을 맞이했으니까요.

진중권 그래서 요즘 젊은 사람들이 선생님을 '멘토'로 찾는 모양입니다. 멘토라는 개념에 대해서는 어떻게 생각하십니까.

이외수 글쎄요. 저는 오히려 만물한테서 다양하게 배운다는 입장입니다. 그래서 멘토라 불린다 해도 제가 누굴 가르친다는 상하 개념이 거의 없습니다. 동등한 관계이거나 오히려 제가 아래라는 생각을 가지고 있죠.

진중권 확실히 우리 때만 해도 멘토를 따로 찾진 않았어요. 자기 스스로 학습해서 사상의 스승을 정했지요. 그런데 요즘은 오리엔테이션을 상실했다고 해야 하나요. 우리 때만 해도 비록 추상적인 이념이라도 삶의 의미를 주는 것이 있었는데, 요즘 젊은이들은 그런 것이 없고 방향이 안 잡히니까 뭐라도 붙잡고 싶어하는 것 같습니다. 문학과 인문학의 위기 속에서도 다른 한편에서는 문학, 인문학 열풍이 부는 것은 그 때문이겠죠.

이외수 방황은 가치 있는 거라고 생각합니다. 붙잡을 것 하나 없는 막막함 속에서 이래도 보고 저래도 봤던 아픈 시절이 있어야 나중에 많은 것의 의미를 찾거나 읽을 수 있거든요. 그런데 지금은 방황을 그냥 시간 낭비처럼 생각해버리니까 껍질만인 인생을 살게 되는 게 아닌가 합니다. 가치 있는 것을 가졌다 하더라도 그 가치를 못 느끼게 되니까 젊음도 껍질뿐인 젊음으로 전락해가는 게 아닌가 싶어요.

진중권　예전에 「무릎팍도사」에 나와서 얘기하시는 것을 보고 박장대소를 했던 기억이 납니다. 아드님들이 "아빠는 왜 우리 교육에 관심이 없느냐, 그래가지고 우리가 어떻게 이 험난한 경쟁사회에서 살아남겠느냐" 하고 따졌더니, 선생님이 하신 말씀이 "경쟁하지 마"였죠. 아드님들이 다시 그럼 경쟁하지 않고 어떻게 사느냐고 따졌더니, 선생님이 이렇게 대꾸하셨습니다. "심판 봐!" (둘 다 웃음) 정말 명답입니다. 저도 그런 말을 아이들한테 해주고 싶거든요. 너무 스트레스 받지 말고, 네가 할 수 있는 것을 하며 방황도 좀 하라고. 그런데 그러기에는 요즘 젊은이들이 처한 상황이 우리 때와는 다른 것 같아서 조심스럽습니다.

이외수　가치관을 수정해야 할 때가 온 것 같아요. 특히 지금의 시대를 보면 시간을 너무 무가치하게 낭비하는 게 아닌가 하는 생각이 듭니다. 특히 젊은 시절의 시간이라는 것은 정말 소중한 가치를 지니는데, 그걸 다른 가치를 위해서 소모해버리는 것이 아닌가. 무가치한 것을 가치 있는 것으로 착각하고 귀한 시간을 낭비하는 것이 아닌가. 저는 아직도 물질적 풍요가 인간을 행복하게 해준다고 생각하지 않거든요. 인간이 결국 행복해지기 위해서 사는 것이라면, 이 사회가 지정해주는 가치, 사회가 들이대는 자나 저울의 눈금이 맞는 것인지 의심해볼 필요가 있지 않을까요.

진중권　사실 선생님은 2년제 대학을 7년 다니고 졸업도 못하고 나오셨지만, 그동안 겪은 경험이 나중에 작품에 소중하게 쓰인 것 같습니다.

이외수　그렇죠. 제가 「훈장」이라는 중편으로 『세대』에서 신인문학상을 받고 등단했을 때 이병주 선생님이나 김상옥 선생님 등 여러분이 극찬을 해주셨어요. 신인이 그렇게 극찬을 받은 선례가 없었기 때문에 굉장히 고무되었습니다. 그런데 그뒤로 3년 동안 청탁을 한번도 못 받았어요. 나중에 보니 문단이 다 학연, 지연으로 묶여 있어 앞에서 끌어주고 뒤에서 밀어주는 그들만의 리그를 이루고 있더라고요. 저는 학연도 지연도 신통치 않고, 끌어줄 선배들도 없었으니 상당히 억울했죠. 그래서 아예 독립선언을 했습니다. '내가 결탁하지 않으면 되지 않겠느냐. 지면을 가리지 않고 최선을 다해 쓰겠다. 독자·출판사·작가의 삼각구도만을 평생 유지하겠다'라고 선언하고, 지금까지도 그걸 지키면서 살아왔거든요. 그러니까 꼭 사회의 조류나 요구에 맞추지 않아도 얼마든지 즐겁고 행복하게 살 수 있다는 생각입니다.

진중권 그림을 그리시다가 글쓰기로 넘어가셨는데, 어떤 의미에서 인생의 비약이라고 할 수도 있을 것 같습니다. 등단 이전에도 글을 쓰신 적이 있나요?

이외수 아닙니다. 교대 다닐 때만 해도 주위에 그림 그리는 사람보다 글을 쓰는 사람이 훨씬 많았어요. 「4월의 끝」으로 등단한 소설가 한수산도 저하고 같이 학교를 다녔어요. 글 쓰는 친구들이 훨씬 많았기 때문에 술자리에서 말발 딸리지 않도록 책을 열심히 읽긴 했습니다. 당시에는 그림을 열심히 그렸죠. 그런데 그림은 열심히 하면 할수록 물감이 빨리 떨어집니다. 예나 지금이나 그림 도구 값은 비싸서 학생으로서는 감당하기 힘듭니다. 온갖 도구를 다 써보고 별의별 짓을 다 해봤지만, 결국 한계를 느끼게 됐어요. '이게 내 일은 아닌가보다' 생각하던 차에 신춘문예에 단편을 하나 냈는데 그게 덜컥 당선돼버렸어요. 그래서 '이거면 되겠구나' 했죠. 같은 예술이니까, 어느 것이 낫다, 못하다 생각하지는 않았어요.

진중권　문학을 하는 친구들하고 어울려 놀기 위해서 책을 읽으셨다는 거 군요. (웃음) 아무래도 그때 읽은 책이 문학세계 형성의 자양분이 됐을 텐데, 어떤 작가들을 주로 읽으셨습니까?

이외수　그 당시는 실존주의가 유행을 해서 까뮈Albert Camus, 1913~60, 카프카Franz Kafka, 1883~1924 이런 쪽이 대세였죠. 그중 개인적으로는 헤세Hermann Hesse, 1877~1962를 굉장히 좋아했습니다. 러시아 작가들은 고골Nikolai Gogol, 1809~52, 고르끼Maksim Gorky, 1868~1936 등 장편보다 단편 위주로 많이 읽었습니다. 한국 작가들은 1930년대부터 1970년대까지 거의 섭렵했고요.

진중권　읽고 나면 아무래도 영향을 받죠?

이외수　그럼요. 그래서 저는 책을 읽고 감동받은 후에 글을 쓰고 싶어지면 안 씁니다. 왜 그런가 하면, 그림에서 얻어온 일종의 지혜인데, 좋은 그림을 보고 영감을 얻어서 그리면 반드시 그 그림과 비슷하거나 그보다 못한 것이 나오지 그것을 뛰어넘는 작품이 나오지는 않아요. 따로 쓰거나 그리고 싶은 충동을 느꼈을 때 해야지, 남의 작품을 보고 받은 감흥으로 쓰거나 그리면 안 됩니다. 그때는 조심합니다. 그냥 좋아하는 것으로 끝내야 해요.

문단과 불화한 문제적 작가

진중권   1978년에 출간된 첫 장편이 『꿈꾸는 식물』이죠. 그때만 해도 신인작가들이 처음부터 장편을 쓰는 게 드문 일이었는데요, 그 작품으로 작고하신 평론가 김현 선생님한테 극찬도 받으셨어요. "『꿈꾸는 식물』은 섬세한 감수성이란, 그것이 정말 진실한 감수성이라면, 비현실적인 환상적 이미지나 미문을 쓰는 버릇을 뜻하는 것이 아니라 말을 통한 현실과의 부단한 싸움이라는 것을 깨닫게 해준다. 그 깨달음은 우리가 김승옥-황석영-윤흥길-최인호-조세희의 몇

『꿈꾸는 식물』(1978)

편의 소설에서도 느낄 수 있었던 것이다. 세계와 타협하지 않고, 일상적인 것 속에 가라앉아 있는 모든 것을 본능적으로 거부하지 않는 감수성이란 본질적으로 새롭게 섬세하다고 할 수 없다." 그러고는 문단과 멀어지셨어요. '문단의 주목받는 작가 이외수씨, 지방 작가 끌어주니 기뻐'라는 제목의 1979년 3월 7일 『경향신문』 인터뷰 기사의 한 대목을 인용해보겠습니다. "저같이 지방에 있는 작가의 입장에서 본다면 우리 문단이 너무 중앙집권적입니다. 서울의 인기 작가에만 편중돼 있죠. 이같은 지방 소외의 풍토를 개인적으로는 깨뜨릴 수가 없었습니다." 앞서 말씀하신 것처럼 문단 내에도 무슨 권력이니 무슨 사단이니 하는 인맥 같은 게 있죠. 게다가 작가와 평론가도 늘 좋은 관계를 맺는 것은 아니고요. 문단과 멀어지신 게 그런 갈등 때문이었는지요.

이외수 대개 출신 대학이나 배출 지면에 따라서 인맥을 형성하고 있죠. 으레 책을 내면 뒤에 평론이 붙지 않습니까. 그런데 저는 독립선언을 하고 난 다음부터 평론을 안 붙이니까 평론가들은 제가 평론 자체를 무시한다고 생각했던 것 같아요. 『감성사전』을 낸 후 부산의 어느 서점에서 행사를 했어요. 베스트셀러 작가를 불러다가 좌측에는 젊은 평론가, 우측에는 연로한 평론가, 가운데는 녹자의 삼각 대형을 만들어서 삭가를 '조시는' 행사였지요. (웃음) 출판사에서는 그 행사에 가지 말라는 거예요. 무참하게 물어뜯긴다고. "아니, 작가가 그런 걸 겁내면 어떡합니까" 하고 갔지요. 한 분이 묻기를, 왜 소설가가 소설은 쓰지 않고 이런 외도를 하느냐고 하더군요. 그래서 제가 그랬죠. "먹고살려고요." (둘 다 웃음) 굉장히 논리적인 답변이 나올 줄 알았는데 너무 정직해서 평론가가 할 말을 잃었던 거예요. 연로하신 평론가는 제가 평론에 대해 안 좋은 얘기를 한 것만 한 30여 대목을 뽑아와서 읽으며 왜 평론을 혐오하느냐고 묻더군요. 그래서 제가, 어떤 소설가가 '개는 전봇대만 보면 한 다리를 들고 오줌을 눈다. 평론가와 다를 바 없다'라고 한 말에 공감한다고 했지요. (웃음) 무슨 뜻이냐고 묻기에 이렇게 대답했습니다. "개가 다리를 들고 오줌을 누는 것은 욕구이고 충동이겠지만, 오줌을 누는 개는 전봇대 위에 전깃줄이 있다는 건 모를 것 아니냐. 문학의 경우에 전깃줄은 영혼이다." 작가는 죽은 것에까지 생명을 불어넣으려고 애를 쓰는데, 기껏 생명을 불어넣어놓으면 평론가가 다 뜯어서 죽여놓으니까 좋아할 리가 있겠습니까. 아주 불꽃 튀는 논쟁을 벌였죠. 그 이후로 제가 평론을 싫어한다는 얘기가 거의 기정사실화돼버렸어요.

가상현실을 소설화하다

진중권 1982년에 『칼』이 나온 뒤로 5년 동안 방황을 하셨고, 1987년부터 공부를 해서 5년 정도 후에 『벽오금학도』를 내셨는데, 그사이에도 많은 일이 있었던 것 같아요. 『벽오금학도』를 쓰는 내내 철문 안에서 감금 생활을 하셨다는데, 정말 한번도 밖으로 안 나오셨던 겁니까?

『벽오금학도』(1992)

이외수 아닙니다. 예를 들자면 아버님이 오셨다든가 집안이나 처가에 무슨 일이 있다든가, 제 도움이 필요할 때는 아내의 특별사면을 받아 밖에 나왔죠. (웃음)

진중권 완전히 감옥 생활이었네요. (웃음) 그게 사모님 의지인가요, 선생님 의지인가요?

이외수 저 자신이 너무 자유분방한 편이어서 어느정도 통제가 필요하다고 생각했어요. 그래서 지나가는 소리로 방에 철문이라도 쳐놓으면 술도 덜 먹고 밖에도 안 돌아다니고 글에만 전념할 수 있을 것 같다고 했더니, 아내가 그날로 춘천교도소 철문 납품업자를 찾아가서 똑같은 걸 주문해서 가지고 온 거예요. 방에 철문을 달고 페인트통을 하나 놓아주더군요.

진중권 감옥을 집으로 옮겨온 거네요. (웃음)

이외수 그렇죠. 그대로 옮겨온 거죠.

진중권 『벽오금학도』를 읽어보니 묘하게도 제가 최근에 쓴 디지털 문화에 관한 책과 비슷한 대목이 상당히 많아요. 가령 사람이 그림 속으로 들어간다거나 그림 속의 개가 그림 밖으로 나온다거나 하는 동양의 전설을 디지털 테크놀로지가 현실로 바꿔놓고 있거든요. 요즘 용어로는 사람이 그림 속으로 들어가는 것을 '가상현실', 그림 속의 동물이 그림 밖으로 튀어나오는 것을 '증강현실'이라 부르죠. 결론 부분도 상당히 비슷합니다. 그럴 수밖에 없는 것이, 서양에서는 인간이 자연을 지배하고 정복하는 것을 목표로 삼았는데, 최근에는 서양에서도 이를 반성하며 동양적 사유에 접근하고 있거든요. 『벽오금학도』는 1992년도 작품인데, 거기에 묘사된 전설이 10년 후 디지털 시대에 벌어질 상황과 묘하게 맞아떨어지는 게 재밌었습니다. 화가가 자기 그림 속으로 들어갔다는 중국의 전설은 이미 1930년대에 발터 베냐민과 같은 유명한 평론가들이 인용하기도 했거든요. 다시 주제로 돌아와서, 초기작인 『들개』와 같은 작품을 보면 굉장히 반항적인 자아를 그립니다. 자아를 지키기 위해 사회에 포섭되기를 거부하는 이들의 반항. 『들개』를 결국 그 반항이 불행으로 끝나는 얘기라고 한다면, 『벽오금학도』에서는 철학이 굉장히 달라진 것 같습니다. 자연이 중심이 되고 '나'가 사라진다고 할까요?

이외수 맞습니다. 저는 제 작품 속에서 숙명적으로 그런 걸 생각합니다. 제 첫 작품인 「견습 어린이들」은 시종일관 1인칭 복수 '우리는'으로 되어 있거든요. 서구에서 I, me, my를 많이 쓰듯이, 우리나라 사람은 '나'보다는 '우리'를 많이 쓰잖아요.

진중권　'우리 마누라'라고 하죠. (웃음)

이외수　그렇죠. 마누라는 개인의 것인데 거기에 꼭 '우리'라는 말을 붙이고, 집도 차도 꼭 '우리 차' '우리 집'이라고 얘기하거든요. 내가 없는, 나를 없애는 삶이 자연과 합일 혹은 혼연일체가 되는 것이라 생각해서, 『벽오금학도』에서는 '편재遍在'라는 말을 중심어로 사용하게 되었습니다. 저의 초기작들이 나 자신의 자아를 의식하고 쓴 소설이라면, 나중의 작품들은 자아가 없어지거나 나를 없애려는 작업, 혹은 나보다 우리, 또는 내 바깥의 것들을 더 중시하려고 애쓰는 정신과 철학이 담겼다고 생각합니다. 충분히 드러내지 못했을지는 몰라도요.

진중권　'편재'를 영어로는 'omnipresence'라고 하지 않습니까. 어떤 것이 모든 곳에 동시에 존재한다는 뜻인데, 서양에서는 오직 신만이 가질 수 있는 속성으로 여겨지지요. 그 속성을 인간이 갖고 있다면, '나'는 여기 있지만 다른 사람의 눈을 통해 다른 곳을 볼 수가 있겠죠. 결국 '나'와 '너'와 '그'의 구별이 사라지는 겁니다. 나아가 사람과 사물의 구별도 사라지겠죠. 선생님의 소설에서도 사람이 나무나 돌과 대화하지 않습니까. 그런 발상을 하시는 데에는 분명 어떤 개인적인 체험이 있었을 것 같아요.

221

이외수 제가 유체이탈을 한번 경험한 적이 있습니다. 손님들이 많이 와 있던 날이었는데, 일부는 화투를 치고, 일부는 술을 마시고, 저는 그냥 벽에 기대어 있었어요. 그런데 갑자기 어떤 목소리가 들렸어요. "자, 이제 우리가 데리고 갑시다." 어릴 때 선잠 든 내 머리를 쓰다듬던 친척의 목소리처럼 정겹고 사랑이 가득했습니다. 저는 순간 방 안에 있는 누군가가 그 말을 했고, 도인의 경지가 아니라면 말을 그렇게 온화하게 할 수 없다고 생각해서 눈을 번쩍 떴어요. 그랬더니 제가 벽에 기대어 있는 게 보이는 거예요. 주변 사람들도 다 보여요. 순간 내가 죽은 거라고 확신했지요. 그리고 방 안에 형상은 보이지 않고 존재만 의식되는 사람이 두명 더 있는 거예요. 모든 상황을 이해할 수 있었어요. 이제 이곳에서의 인연은 다 끝났고, 가서 해야 할 일이 있다는 것이 인식되었어요. '죽는 것도 상당히 좋구나' 이런 생각이 들었고요. 육신이 없다는 것만으로도 그렇게 편하고 가볍고 홀가분할 수가 없어요. 육신과 관련된 모든 것의 인연이 끊어져 있는 거예요. 근데 빠져나갈 때가 웃겨요. "자, 이제 갑시다" 이러고 나가는데, 아직도 삼차원적 의식이 남아 있어서 벽에 부딪칠 것만 같은 두려움이 있어요. 그렇게 벽을 빠져나가자마자 엄청난 속도로 수평으로 이동하고 다시 수직으로 상승해 빛 속으로 들어가서 다른 세계로 가죠. (웃음) 그 세계에서 작은 것 하나만 가져와도 전세계가 달라질 수 있는데, 세상 사람들은 전혀 모르고 있죠. 그쪽에서 여기를 보면 너무나 안쓰럽고 가련해요.

진중권 저는 모든 것을 과학적으로 생각하려는 못된 버릇이 있어서… (웃음) 뇌과학에서 얘기하는 이른바 OBE Out of Body Experience 현상을 떠올리게 됩니다. 제 아내도 비슷한 경험을 했다고 해요. 어렸을 때 아내의 머릿속에 항상 어떤 애가 욕조에 코를 박은 채 물에 떠 있는 장면이 있었다고 해요. 그래서 중학생쯤 됐을 때 엄마한테 자기가 어렸을 때 집안 식구 중에 누가 욕조에 빠진 적이 있느냐고 물어봤더니 장모님이 대답하기를, "응, 근데 그게 너였어"라고 하더래요. (둘 다 웃음) 또 어떤 미국 뇌과학자의 사례도 생각납니다. 어떤 여자가 교통사고를 당해 좌뇌 부분이 사라졌대요. 그런데 논리를 담당하는 좌뇌가 사라졌을 때는 사람과 사람은 물론이고 사람과 사물까지 이 세상의 모든 것들이 서로 연결되어 있다는 느낌이 든다고 합니다. 그게 말씀하신 편재의 느낌과 비슷하지 않은가 하는 생각이 듭니다. 다시 『벽오금학도』로 돌아와서, 당시 이 책이 처음 나왔을 때의 반응들 기억하시죠?

이외수 물론이죠. 호응하는 쪽에서는 정말로 다른 세계에 갔다 온 것 같다, 문체가 치밀하고 장편을 단편 쓰듯이 언어를 갈고닦아서 쓴 수고가 느껴진다고 극찬을 해주셨습니다. 반면 비과학적이고 비현실적인, 쓸모없는 소설이라고 폄훼하는 분들도 있었죠.

진중권 그 시절에는 아직 리얼리즘 미학과 비평이 굉장히 강할 때니까, 그런 입장에서 보면 소설 속의 이야기가 황당하게 느껴졌겠죠. 저는 이 책을 집에서 읽기 시작해서 이곳 감성마을로 오는 차 안에서 계속 읽었거든요. 끝까지 읽고 나니 뭔가 도를 깨달은 느낌이 들기도 합니다. (둘 다 웃음)

가치와 무가치의 전도

진중권 이번에는 『완전변태』 얘기로 넘어가죠. 저는 처음에 '변태'라고 해서 진짜 변태성격자에 관한 얘기인 줄 알았어요. (웃음) 물론 중의성을 염두에 두고 붙이신 제목이겠지만, 결국은 '변태'란 애벌레가 변해서 나비가 되는 것을 가리키지 않습니까. 영어로 말하면 'transformation'이죠. 영화 「트랜스포머」를 보면서 제아무리 인간의 기술이 발달해도 곤충이 나비가 되는 것 이상의 '변태'는 없다는 생각이 들기도 했습니다. 근데 작품을 읽어보니 선생님의 체험을 담은 것 같아요. 이것도 '편재'의 관점에서 보면 이해가 되는 현상이죠. 감옥 안에 내가 있고 벌레가 있는데, 그 벌레가 나중에 날아가버립니다. 결국 나와 벌레가 하나라는 얘기죠.

이외수 『완전변태』는 제 체험에 크게 기대어 쓴 작품입니다. 미결수 감방에 두달 정도 있었던 적이 있습니다. 거기에서 가장 감탄했던 것이, 사람들은 누구나 예술적 잠재력을 갖고 있다는 것이었어요. 거기에 모여 있는 사람들이라야 도둑놈, 강간범, 사기꾼들이죠. 감성이라곤 없고 이기성으로만 가득한 사람들일 것 같은데, 그들이 밥알로 성모마리아나 부처를 만드는 것을 보면 정교하기가 이루 말할 수 없어요. 또 감옥에서는 장기판도 바둑판도 전부 종이로 되어 있어요. 화투를 만들려고 종이를 앞뒤로 몇번씩 접고 있는데, 어떤 분이 종이를 딱 한번 접더니 수건에서 실을 뽑아서 종이의 접힌 부분에 걸쳐놓더라고요. 그러고는 종이를 양쪽에서 탁 튀기니 쫙 찢어져요. 그게 전과 4범 이상 되어야 하는 기예입니다. (둘 다 웃음) 나가서 꼭 소설로 써야겠다고 생각했던 소재들이에요. 특히 이야기 속에

간수가 나오지 않습니까?

진중권 '네가 쓰는 그 소설에 내가 등장하냐'라고 끝없이 묻는 그 교도관 말씀이시죠?

이외수 네, 실제로 그 인물의 모델이 있었습니다. 교도관 한명이 민주화운 동으로 들어온 수감자에게 굉장히 잘해드렸는데, 그분이 출소 후에 굉장히 나쁜 대접을 받은 것처럼 인터뷰를 해서 상처를 받았나봅니다. 하소연을 하더군요. 나가면 꼭 그렇게 쓰지 말아달라고. 간수라고도 쓰지 말고 교도관이나 교화원이라 써달라고 부탁을 해요. 『완전변태』에 나오는 얘기들은 거의 다 현실적인데, 딱 하나 「파로호」에는 비현실적인 설정이 등장합니다. 그 이야기는 화천이라는 곳을 각인시키고 싶어서 썼어요. 저렇게 아름다운 파로호에도 어마어마한 비극이 수장되어 있다는 거죠. 삶이나 사물에 대해서 겉만 보지 않도록 하고 싶었어요.

『완전변태』(2014)

진중권　그 얘기를 읽으면서 군대에 통신병으로 있을 때 들었던 얘기가 생각나더라고요. 통신병들 사이에 떠도는 전설 같은 얘기가 있어요. 한국전쟁 때 격전지였던 전방에서는 비 오는 날 교환대에 불이 들어와서 코드를 꽂으면 중국말이 들린대요. 한국전쟁 때 전사한 중공군이 말을 걸어온다는 거죠.

이외수　아, 그런 이야기를 알았으면 더 좋은 소설을 썼을 텐데요. (웃음)

진중권　또 인상적이었던 단편이 「해우석」입니다. 수석壽石 이야기죠. 수석이라는 것은 결국 서양미술에서 말하는 오브제 트루베, '발견된 물건' 같은 것이겠죠. 한 수석 전문가가 가족도 내팽개치고 전국을 유랑하며 아름다운 돌이란 돌은 다 모았는데, 자신의 아이가 길바닥에 널린 돌을 하나 가져와 '아빠, 이게 돌이에요' 하는 순간 모든 것이 말짱 도루묵이 되죠. 자신이 그동안 열심히 모아온 수석들은 진짜 돌이 아니라는 거죠.

이외수　제 친구 중에 시각장애인이 있습니다. 강원대를 수석으로 합격해 수석으로 졸업한 친구로 시각장애인 법학박사 1호입니다. 그런데 이 친구가, 이해가 되실지 모르지만, 그림 전시회도 가고, 영화도 봐요. 돌도 감상해요. 그림도 손을 대고 감상하고요. 물론 그가 느끼는 가치는 우리가 보는 것과는 전혀 다르겠죠. 우리는 시각에만 묶여서 진짜 가치를 못 보는 경우가 많은데, 시각장애인들은 시각에서 해방되어 같은 사물에서 다른 가치를 느끼거든요. 돌에 대해서도 보통 수집가들은 희귀성, 경도 등 돌에 다양한 의미를 부여하며 금전적 가치를 매기곤 합니다. 하지만 사실 조

226

금만 시각을 바꾸어보면, 그깟 돌 없어도 생명이나 생활에 아무 지장이 없거든요. 정작 없으면 우리의 생명을 위협하는 것들, 가령 햇빛이나 공기는 다 공짜예요. 단지 흔하다는 이유만으로 무가치하게들 보는데, 실은 흔하기 때문에 더 가치가 있을 수도 있거든요. 그런 생각에서 「해우석」을 쓰게 됐습니다.

진중권 그 단편이 마침 제가 지금 쓰고 있는 미학에 관한 글과 맥락이 맞아떨어져 소중한 영감을 얻었습니다. 마르셀 뒤샹Marcel Duchamp, 1887~1968은 예술이 무가치하다고 말하려고 미술관에 변기를 들고 왔는데, 사람들이 결국 그 변기를 가치있는 것으로 만들어버렸잖아요. 이렇게 가치가 무가치가 되고 무가치가 가치가 되는 전도顚倒가 「해우석」의 주제와 묘하게 평행을 이룬다고 느껴졌습니다. 이상적 수석을 수집하는 수집가가 도달한 종착점이 길거리에 널린 평범한 돌멩이였다는 결말을 읽으며 '바로 이거다'라는 느낌이 오더라고요. 또 「유배자」라는 단편은 이런 제사題詞로 시작됩니다. "예술은 인간의 영혼을 썩지 않게 만드는 방부제다." 이 작품에서 영혼의 방부제로 종교·교육·예술을 꼽으셨습니다. 이 셋은 상당히 다른데, 그것들 사이에 어떤 공통성을 보시나봅니다.

이외수 인간은 정精·기氣·신神의 삼합체입니다. '정'은 물질적 에너지에 근거하고, '기'는 정신적 에너지에 근거하며, '신'은 영적 에너지에 근거합니다. 인간은 이 셋이 조화를 이루어서 합해진 존재입니다. 이 셋이 고루 균형을 유지하면서 부패하지 않게 만드는 게 종교·교육·예술이라고 생각합니다. 그런데 현실에서는 방부제가 먼저 썩어버리는 바람에, 다른 것이 썩으면 속수무책이 되어버려요. 우리가 그런 난감한 시대에 봉착해 있지 않은가 싶습니다.

진중권 또 눈을 육안肉眼, 뇌안腦眼, 심안心眼, 영안靈眼 네 종류로 나누셨어요. 그 분류가 예술의 역할 혹은 기능의 분류와 매우 비슷해요. 흔히 말하기를 예술은 네가지 차원을 갖고 있다고 하죠. 육안을 위한 지각적perceptual 효과, 마음으로 하는 정서적emotional 체험, 정신에 주는 지적intellectual 충격, 그리고 마지막으로 영혼을 사로잡는 영적spiritual 감동. 순서만 좀 다르지 정확히 일치합니다. 어떻습니까? 과연 예술이 진짜 사람들의 영혼을 썩지 않게 하는 방부제 역할을 할 수 있을까요? 예술도 이미 시장에 다 편입되어버려서…

이외수 저는 책의 기능도, 예술의 기능도, 종교의 기능도 결국 다 사람을 알고 느끼고 깨닫게 하는 데에 있다고 생각합니다. 한군데 머물수록 썩기가 쉽고, 세가지가 고루 균형 있게 조화를 이룰 때 썩지 않는 것이죠. 몸의 균형이 깨지면 아프거나 다치듯이, 우리 정신도 마찬가지입니다. 정·기·신의 세가지 에너지가 고루 조화를 이루어야 합니다. 이 맥락에서 혼동하기 쉬운 것이 기술과 예술의 차이입니다. 기술은 배우거나 가르칠 수가 있습니다. 흔히 예술은 모방에서 출발한다고 하죠. 하지만 모방은 아직 예술이 아니라 기술입니다. 창조를 할 때부터 예술이라고 할 수 있지요. 전시장에 전시된 수많은 작품 중에는 나도 모르게 넋을 잃고 오래 머물게 만드는 것들이 있습니다. 그것은 내용이나 기술이 아니라 작품이 가진 에너지의 문제라고 생각합니다. 물론 모사가 에너지까지 베끼는 수준에 도달한다면 그 또한 예술이 될 수 있겠지요. 예술은 그 에너지를 통해 정·기·신 세가지를 썩지 않고 건강하게 유지시켜주는 역할과 기능을 한다고 봅니다. 책이든 예술작품이든 거기에 담긴 에너지를 측정할 수 있는 기계가 발명됐으면 좋겠다는 생각도 합니다. (웃음)

진중권   저처럼 서양예술에 익숙한 사람에게는 선생님의 말씀이 낯설게 느껴지기도 합니다. 가령 서양에서는 그림을 그린다는 것을 가시적인 것의 묘사, 즉 '공간을 차지하는 삼차원의 입체'를 그리는 것으로 이해하지 않습니까. 반면 우리의 전통회화에서는 선생님의 책에도 나오듯이 '기운생동氣韻生動'을 강조합니다. 그런데 기운이라는 것은 눈에 보이는 것이 아니라, 붓이 지나갈 때 느껴지는 에너지 같은 것이지요. 이런 것은 서구회화에는 매우 낯선 개념입니다. 예술에 대한 생각에도 차이가 있습니다. 우리의 전통에서는 나와 그림 사이에 인격적 융합이 이루어져야 한다고 봅니다. 그림을 그리는 목적도 그것을 통해 인격을 도야하고 영혼을 가다듬는 데에 있다고 믿죠. 우리가 예술을 영적이며 도덕적인 관점에서 바라본다면, 서구에서는 지적이며 논리적인 관점에서 바라보는 것 같아요.

이외수   아무래도 그렇겠지요.

진중권   인터뷰를 하다보니 이런 생각이 떠오릅니다. '나'를 버리라는 말씀을 종종 하시잖아요. 그런데 선생님이야말로 '기인'이라 불릴 정도로, 서양의 개념으로 이디오신크러시, 즉 개인 성벽이 굉장히 강한 분이십니다. 이처럼 강력한 자아를 가지신 분이 자기를 버리라고 말씀하시는 건 모순이 아닌가요? 아니면 깊은 곳에서는 하나로 통일이 되어 있는 것인지요.

이외수 예를 들어 우리가 어떤 오브제를 놓고 묘사를 한다고 해보죠. 그 작업을 하다보면 결국 오브제와 합일하는 방향으로 가거든요. 그리하여 나중에는 망아忘我 상태가 됩니다. 결국 사람은 자기의 자아를 보존하는 기능과 자리를 버리고 합일할 수 있는 기능을 모두 가지고 있어요.

트위터계의 대통령, 이외수

진중권 작가와 SNS의 관계에 대한 질문으로 넘어가보겠습니다. 이외수 작가 하면 트위터를 빼놓을 수가 없죠. 트위터계의 대통령, '트통령'이라고 불리고 계시니까요. 트위터는 2009년에 처음 시작하셨는데, 어떤 계기로 시작하게 되신 겁니까?

이외수 제 문학 교실 제자 중의 하나가 그쪽 방면으로 뛰어난 재능을 가지고 있습니다. 그 친구가 계정을 만들어서 제게 선물했죠. 그 이전에도 플레이톡이라든가 PC통신 시절부터 이른바 '초딩'부터 일반인에 이르기까지 사람들과 대화하기를 좋아했습니다. 하도 오래 통신으로 대화를 하다보니 천리안 회사에서 제게 건의한 적도 있습니다. 너무 오랜 시간 앉아 있으면 건강을 해칠 위험이 있으니까 자세를 하시는 게 어떻겠느냐고. (웃음)

진중권 그때 처음 채팅방에 들어가서 겪으셨던 일도 재밌더라고요.

이외수　처음 채팅방에 들어가서 인사 한마디 하는 사이에 다른 사람들은 벌써 수십줄 넘게 얘기를 해요. 그러면 사람들이 왜 가만히 있느냐고, 무슨 말씀이라도 해보라고 해요. 저는 자판에서 글자 찾느라고 그러는 건데. (웃음) 분위기나 깨는 것 아닌가 해서 나가는 법을 가르쳐달랬더니 "슬래시 큐" 하면 된대요. 그래서 한글로 "슬래시 큐"라고 쳤는데, 퇴장이 안 되는 거예요. 그래서 "안 나가지는데요"라고 쳤지요. 그거 치는 데에 또 반나절은 지나가요. 그랬더니 어떤 사람이 ". /q"라고 쳐서 보여줬어요. 그래서 그대로 쳤더니 또 안 나가져요. 그 양반이 앞에 점을 찍은 건 그냥 "/q"만 치면 자기가 퇴장하게 되니까 그런 건데 말이죠. 결국 컴퓨터 전원을 뽑았습니다. (웃음)

진중권　제 경우에는 출판사에서 책 광고용으로 트위터 계정을 만들라고 해서 만들었는데, 결국 하게 되더라고요. 제가 팔로어가 지금 53만인데, 선생님은 190만이시잖아요. 국내 트위터 이용자가 640만이 넘는다고 하니 거의 3명 중 1명이 팔로우하고 있는 셈이죠. 트위터는 왜 하십니까?

이외수　저한테 트위터는 세가지 기능을 가지고 있습니다. 첫째, 습작 공간. 트위터를 통해 농축된 전달력, 즉 엑기스만 뽑아서 전달하는 능력을 기를 수 있어요. 둘째는 정보력. 트위터에는 정보들이 흘러다닙니다. 수많은 검색엔진을 활용할 수 있는 장점이 있지요. 마지막으로는 소통. 트위터를 통해 여러 계층의 사람들하고 대화하고 소통할 수 있지요.

진중권　일본에 하이꾸俳句라는 시의 형식이 있지 않습니까. 아들 자랑을 좀 하자면, (웃음) 독일에 살지만 엄마가 일본 사람이라 아들이 일본인 학교를 다니는데, 거기서 하는 하이꾸 경연대회에서 아들이 상을 받았어요. "지금 장갑을 가지러 들어가면 늦겠지." 이 한 문장의 시로. (웃음) 또 장인어른이 스님이신데, 하이꾸도 쓰시거든요. 어느날 독자들이 조그만 지방 잡지에 보내온 하이꾸 심사를 하다 웃으시더니 저를 부르시더라고요. 어떤 노인이 쓴 건데, "나는 지금 5분만 더 얘기하면 술병이 날아갈 정도로 나이 차이가 나는 젊은이와 사케를 마시고 있다." (웃음) 트위터의 140자 제한이 하이꾸와 같은 단시短詩의 형식을 닮았습니다. 그래서 처음 트위터를 시작할 때는 디지털 하이꾸 실험을 해볼까 생각을 하기도 했습니다. 그런데 그걸로 사회적 발언을 하려다보니 140자 제한이 답답하게 느껴지기도 하더라고요. 그건 그렇고, 제 팔로어가 53만 정도 되는데 그 정도만 돼도 파리떼들이 잔뜩 꼬여요. 190만이면 상상을 초월할 텐데 그걸 어떻게 견디세요?

이외수　트위터에는 악플러들이 많죠. 처음엔 대꾸도 해주고 어떨 땐 회유도 했는데 점점 대꾸가 짧아집니다. "꺼져" 이렇게. (웃음) 요즘은 아예 차단 버튼을 눌러버립니다. 아니면 칙칙이 뿌리는 애니메이션을 올려놓거나. 너무 레퍼토리가 똑같고 창의력도 없는 것 같고 프로그래밍된 로봇 같아서 말입니다.

진중권　옛날엔 욕을 해도 재밌게 하는 애들이 많았는데.

이외수 그렇죠. 그들을 상대해주는 것이 도움이 되기도 했는데, 요즘은 내용이나 수법이 거의 같고 동시다발적으로 나타나요. 누군가가 특수한 목적을 위해 조직적으로 시키는 게 아닌가 하는 의심이 갈 정도로.

진중권 트위터 전에는 디씨인사이드도 하셨죠.

이외수 네, 거기 '이외수 갤'이 있었죠.

진중권 디씨 문화라는 것이 참 재미있습니다. 2008년에 나온 산문집 『하악하악』은 디씨의 문학화라고 볼 수 있겠죠. 장 제목도 재미있어요. '털썩' '쩐다' '대략 난감' '캐안습' '즐!' (웃음) 어떻게 보면 SNS나 디씨를 하는 것이 본격적인 문학을 하시는 분에게는 명성에 누가 될 수도 있을 텐데, 그런 데에는 개의치 않으셨던 것 같아요.

이외수 인터넷 용어는 표현이 안 되는 것이 거의 없으면서도 독특한 말맛을 가지고 있습니다. 요리사가 재료를 가리지 않듯이 작가 역시 언어를 가리지 않고 최대한 활용해야죠.

진중권 언젠가 선생님 트위터를 읽다가 박장대소를 한 적이 있습니다. "얘들아, 삼천궁녀들이 손톱에 봉숭아물을 들였단다. 이게 세계 최초의 네일 아트다. 쩔지 않냐" 그랬더니 누군가가 "'쩔지 않냐'가 더 쩔어요"라고 답 멘션을 보냈더라고요. (웃음) 저도 인터넷 신조어 공부를 하거든요, 디씨에 들어가서 눈치 봐가며 주기적으로 디지털 리터러시를 업데이트하곤 합니

233

다. 인터넷에서 오래 굴러서 새로운 표현들이 나와도 대충은 다 알아듣습니다. 그런데 가끔 정말 모르겠는 것들이 있어요. '츤데레', 그리고 최근에는 '흑화한다'라는 표현. 물어보니 그건 일본 애니메이션을 봐야 알 수 있다고 하더라고요. 하지만 한편에서는 이런 신조어나 줄임말들이 언어파괴라고 부정적으로 생각하는 분들도 있지 않습니까.

이외수　한글이 파괴가 되겠습니까. (웃음) 그냥 커뮤니케이션이 되는 집단이 있고 안 되는 집단이 있는 거죠. 30대와 70대가 소통이 잘 안 될 수는 있지만, 그것이 언어파괴라고 보지는 않습니다. 아인슈타인의 $E=mc^2$을 칠판에 적어놓으면 과학자들은 일어서서 기립박수를 칩니다. 그걸 언어파괴라고 볼 수 없잖아요. 언어의 가장 중요한 역할이 소통이므로, 결국 소통이 되느냐 안 되느냐가 중요한 겁니다. 자음만 사용한다든가 하는 식으로 특정 집단끼리만 알아듣는 언어도 저는 사실 소통만 되면 상관이 없다는 생각입니다. 용도와 기능에 따라서 생명력이 짧은 놈이 있고 긴 놈이 있기 때문에, 생명력이 긴 것들은 반드시 살아남을 것이고 짧은 것들은 곧 사라질 겁니다. 그러니 억지로 근심할 필요가 뭐 있겠느냐는 생각입니다.

진중권　하긴 구약성서도 자음만으로 쓰였거든요. 이집트의 상형문자도 자음만 사용하고요. 그리고 보면 김삿갓이라는 분이 참 대단한 분 같아요. 왜냐하면 어느 사회에서나 문화의 층위가 나눠져 있지 않습니까? 고급문화와 저급문화, 이른바 엘리뜨 문화와 민중문화로 말입니다. 그런데 이 두 언어를 동시에 구사할 수 있는 분이 김삿갓이었던 것 같아요. 과거에 급제했다고 하면 엘리뜨 중에서도 최고 엘리뜨인데, 이분이 쓴 시는 뜻으로 풀

면 멀쩡한 한시이지만 음으로 읽으면 온갖 쌍욕으로 범벅이 되어 있거든
요. (웃음) 이렇게 두 언어를 함께 사용할 줄 안다는 면에서 이외수 선생님
도 독특하신 분 같아요.

그런 반면 저는 최근 들어 인터넷도 SNS도 많이 억압되어 있다는 생각을
합니다. 툭하면 '유언비어'니 뭐니 하고. 유언비어라는 말 자체도 1970년
대에나 듣던 말인데⋯

이외수 인터넷에 유언비어가 떠돈다는 말 자체가 유언비어 같아요. 인터
넷에 잘못된 정보를 올리면 반드시 지적받습니다. 그래서 금방 삭제하거
나 수정하게 됩니다. 끝까지 고집하거나 우기면 유언비어가 될지 몰라도,
금방 수정하거나 지운다면 유언비어라고 보긴 어렵지 않겠습니까? 실수
라면 몰라도요.

진중권 그러고 보면 옛날 인터넷이 더 재밌었던 것 같습니다. 그때는 온갖
얘기를 다 해도 문제가 없었는데, 요즘은 툭하면 경찰이 달려오고 검찰이
달려들어요. 표현의 자유가 현저히 위축되어 있다는 생각이 듭니다.

이외수 세상이 점점 삭막해져갑니다. 요즘은 페이스북도 하는데, 트위터
가 저잣거리 같다면 페이스북은 전원주택의 느낌을 줄 정도로 조용하고
안온하거든요. 제가 생각하기에는 트위터에 특수한 목적에 의해서 애국을
빙자하는 쓰레기들이 많이 양산되지 않았는가 합니다. 특히 선거 때마다
출몰하는 특정 유형들이 있거든요. 마치 봇처럼 한날한시에 같은 내용의
글을 줄지어 올립니다.

진중권 맞습니다. 그 친구들 계정을 보면 참 독특한 게, 프로필 사진으로 태극기나 일본 어덜트 비디오 여배우 사진, 아니면 항공기나 미사일 같은 무기 사진들을 걸어놓습니다. 이런 계정들은 모두 봇bot으로 움직이는 것 같아요. 도대체 애국하고 포르노가 무슨 관계가 있는지, 희한하게도 늘 같이 다녀요. (웃음) 다른 한편으로는 SNS나 인터넷 문화를 매우 부정적인 방식으로 악용하는 경우도 있는 것 같습니다. 요즘 사회적으로 큰 문제가 되고 있는 일베에도 들어가보셨을 텐데, 어떻습니까?

이외수 젊은이들의 사회에 대한 반발이나 반항은 수긍할 수 있습니다. 그러나 인간 이하의 언어나 주장, 행동은 납득하기 어렵습니다. 저도 그런 시절을 보냈고 반항, 아픔, 방황을 다 경험했습니다. 하지만 제 경우에는 기득권에 대해서 반항을 했는데, 그곳은 정반대더라고요. 매우 권력지향적이고, '팩트'라는 말을 많이 사용하면서도 팩트와는 거리가 멀고, '표리부동'이나 '이중성'이란 말을 많이 하면서도 정작 자신들의 모순은 보지 못하고 손가락을 바깥으로 돌리더라고요.

이외수의 인생 사용법

진중권 우리나라가 국민 자살률, 노인 자살률, 청소년 자살률 1위로 '자살률 3관왕'이라는 말을 여러 인터뷰에서 자주 하셨어요. 대한민국이 경제 규모에 비해서 불행한 나라라는 걸 대표적으로 보여주는 지표인 것 같은

데, 이런 나라에서 어떻게 살아야 할까요. 사실 저는 그런 생각을 한번도 해본 적이 없는데, 세월호 참사 이후에는 정말 이런 나라에 계속 살아야 하는가 고민이 듭니다.

이외수 일단 교육이 가장 앞장서야 한다는 생각입니다. '인간 이상의 가치, 행복 이상의 가치가 없다고 한다면 행복의 열쇠를 쥐고 있는 것이 무엇인가?' 이제 이 질문을 던져야 할 때가 왔다는 생각입니다. 돈이나 물질의 풍요가 정말 우리를 행복하게 해줄 수 있는 것인가? 가령 결혼문화를 예로 들면, 도대체 조건과의 결혼인지 성품과의 결혼인지 모를 정도로 가치관이 붕괴되어 있습니다. 지나친 물질 중심의 시대에서 벗어나 메마른 감성을 적실 수 있는 문화와 예술의 꽃을 피우는 시대를 만들어가야 합니다. 사실은 지금이 어마어마한 위기인데, 위기감을 못 느끼고 있다는 것 자체가 엄청난 불행의 예고겠지요. 이제야말로 가치관을 바꿔야 하고, 정말로 책을 많이 읽는 시대가 와야 한다는 생각을 합니다.

진중권 교육이라고 말씀하셨는데, 우리는 '교육' 하면 사교육비, 강남, 학원, 수능 이런 것이 떠오릅니다. 결국 그런 문화 자체가 이번에 큰 불행을 낳았고, 학부모들도 큰 충격을 받았을 겁니다. 저로서는 이 사건을 통해 우리들이 가치관이 정말 잘못되어 있다고 반성하게 될 것인지, 아니면 선거 한번 하고 월드컵 한번 하고 나면 또 똑같은 상태로 돌아갈 것인지 확신이 안 섭니다.

이외수 지금 우리들의 현실적 가치관들은 붕괴 직전의 건물하고 똑같습니다. 모든 행위가 행복해지기 위한 것이라면, 왜 일류대학을 나와야 하며, 왜 대기업에 들어가야 합니까? 예를 들어 예술가를 지망하는 젊은이들이 저한테 흔히 이런 질문을 해요. "선생님, 예술 하면 굶어 죽지 않습니까?" 그러면 저는 이렇게 대답합니다. "뭘 하건 대한민국에서는 실력이 어중간하면 어차피 다 먹고살기 힘들어." 하버드 대학을 나와도 멍청한 소리하는 사람 많지 않습니까? 이제 공포심을 버려야 합니다. "쫄지 마", 이 말이 참 보약인 것 같습니다. 자기 인생의 주인은 자기자신인데, 남이 만든 인생이기 때문에 주인 노릇을 하지 못하는 겁니다. 남이 만든 인생이 아닌 자신이 만든 인생, 인생을 스스로 창조해가는 각오, 변화가 필요하다고 생각합니다.

진중권 제가 필리핀에서 비행학교를 다닐 때 어학원 기숙사에 묵고 있었습니다. 영어를 배우러 온 한국 학생이 원형탈모가 생겼더라고요. 누나는 부모님 기대에 부응했는데, 자기는 장남인데도 똑똑하지 못하다고 머리가 빠질 정도로 고민을 하더라고요. 뭘 하고 살아야 할지 고민이 많다면서 얘기하고 싶대요. 그래서 제가, 그럼 네가 네 인생에서 진짜로 하고 싶은 게 뭐냐고 물었어요. 그랬더니 멍한 표정을 하고는, 태어나서 이제까지 한번도 그런 생각을 해본 적이 없대요. 늘 부모가 원하는 대로 산 거죠. 선생님의 말씀대로 공포감에 사로잡혀 있기 때문인 것 같아요. 물론 저도 가끔 그런 얘기를 합니다. "사람들이 길에서 한 방향으로 우르르 뛰어가면 일단은 같이 뛰어라. 그게 안전하다." 공포감에 사로잡히면 사람이 획일화돼요. 그렇기 때문에 인문학과 인문 정신이 정말 필요하다는 걸 요즘 절실히 느끼는데, 불행히도 요즘 책이 잘 안 팔리거든요. 요즘 세대들한테 꼭 한번

읽어보라고 권하고 싶은 '인생의 책'이 있다면 소개해주십시오.

이외수 에밀 아자르Émile Ajar, 1914~80의 『자기 앞의 생』은 누구나 한번씩 봤으면 좋겠습니다. 그리고 한국 단편소설을 1930년대 작품부터 2000년대 작품까지 쭉 읽으면 간접적으로 엄청난 힘과 삶의 에너지를 얻을 수 있다고 생각합니다. 단편은 시간도 그렇게 오래 걸리지 않고요.

진중권 뜬구름 잡는 소리더라도 이 질문을 꼭 드리고 싶습니다. 이외수 선생님께 한마디로 예술은 무엇입니까?

이외수 나뭇잎 하나와 같다고 생각합니다. 나무에서 떨어져나온 한장의 잎사귀에도 온 우주가 담겨 있지 않습니까? 그와 같이 그림 한점, 또는 소설 한권에도 온 우주가 담겨 있다고 생각합니다.

진중권 수학자이자 철학자인 라이프니츠Gottfried Wilhelm von Leibniz, 1646~1716도 선생님이 하신 것과 비슷한 얘기를 합니다. 미적분학을 만든 합리주의의 정점에 있을 것 같은 사람한테도 신비주의적인 측면이 있다니 놀라운일이죠. 이제 마지막 질문입니다. 삶을 살면서 단 하나 원칙이 있다면 어떤 것일까요.

이외수 인간이 만물의 영장인 이유는 두뇌 때문이 아닙니다. 지구상에 존재하는 생명체 중에서 만물을 사랑하는 가슴을 가지고 있는 존재가 인간밖에 없기 때문이죠. 삶에서 가장 중요한 것은 아름다움을 보는 눈입니다.

아름다운 것을 못 느끼면 사랑도 못 느끼거든요. '인간은 어떤 경우에도 아름답지 않은 것을 사랑할 수 없다.' 이것이 플라톤이 전하는 소크라테스의 말입니다. 저는 그 말에 전율했어요. 아름다움을 보는 눈, 그 눈은 꼭 뜨고 있어야 한다는 것이 제 인생의 원칙입니다.

진중권 선생님께서 인용하신 소크라테스의 말은 플라톤의 『향연』에 나오는 말이지요. 그 말은 디오티마라는 무녀에게서 배운 것입니다. 플라톤 철학이 아무리 합리적이라 하더라도, 결정적인 대목에서는 이렇게 비합리적입니다. 그런 면에서 『향연』에 묘사된 그리스인들의 미학적 문화가 선생님의 문학세계와 딱 맞아떨어지는 부분이 있는 것 같습니다.

241

우리는 종종 사건이나 사람의 일면만 보고 오해하곤 한다. 이외수 선생도 우리에게 기인의 면모만 지나치게 알려진 감이 있다. 그것이 그를 알리는 데 기여하기도 했지만, 한편으로는 그의 진면목을 가리기도 했다. 그는 자신이 세상의 다른 모든 것과 연결되어 있고, 유체이탈을 하며, 외계의 생명체와 영적 소통을 한다고 말한다. 이 말을 글자 그대로 믿기는 어렵다. 그리하여 그것이 기인 행세를 위해 의도적으로 연출하는 거짓말이라 의심하는 사람들도 있다. 하지만 나는 허황하게 들리는 그의 얘기가 그저 거짓말이 아니라 가상과 현실의 중첩을 지향하는 태도의 산물이라 해석한다. 그 태도를 나는 다른 데서 '파타피직스'pataphysics라 부른 바 있다. 그는 PC통신과 SNS를 두루 거치며 오랫동안 대중과 속된 언어로 소통을 해왔다. 보수적인 시각에는 그것이 순전히 시간 낭비, 혹은 문학의 성스러움에 먹칠을 하는 것으로 보일지 모르겠다. 하지만 나는 네트워크 위의 글쓰기가 새로운 문학을 위한 실험일 수 있다는 그의 견해에 동의한다. 문학사에서 가끔 고급문학이 민중문학의 도움으로 혁신을 하는 경우가 있다. 서구에서는 르네상스의 문학이 그랬다. 가령 『데까메론』이나 『가르강뛰아와 빵따그뤼엘』이 속된 민중문화의 영향 없이 나올 수 있었을까? 그래서 나도 그처럼 고급과 저급의 중첩에서 뭔가 새로운 것이 나오리라는 기대

를 아직도 품고 있다. 러시아의 문학이론가 바흐찐Mikhail Bakhtin, 1895~1975
은 소설이라는 형식 자체가 이질적 언어들의 공존과 충돌, 즉 '헤테로글로
시아'heteroglossia의 상태라고 말한 바 있다. 작가 이외수에게는 모종의 유미
주의가 있어, 그는 오직 예술만이 우리를 구원할 수 있다고 본다. 그런 그
가 무서운 질병과 싸우고 있다. 그의 트위터에 날마다 올라오는 '항암일
기' 중의 하나가 마침 내 눈을 잡아끈다. "우리 사는 세상, 늘 햇볕만 가득
하지 않아서, 가끔은 먹구름도 덮이고 비바람도 치는 법이지요. 척박한 황
무지, 실종된 정의와 폐기된 양심과 멸망한 예술을 추억하면서, 오늘은 쐬
주라도 한잔 걸치고 싶지만 참겠습니다. 날이 새면 기쁜 일만 그대에게."

243

전복과 반전의 대중음악

대중음악
평론가
강헌

대중음악평론가. 음악에 대한 깊은 애정과 유려한 글로 정평 난 한국의 대표
적인 대중음악평론가다. 「노무현을 위한 레퀴엠 '탈상'」 「들국화 헌정 앨범」
「박노해 노동의 새벽 20주년 헌정 음반」 등의 프로듀서, KBS 「불후의 명곡 2」,
MBC 「위대한 탄생」 「나는 가수다」 등의 심사위원으로 활동했다. 한국대중음
악연구소장과 단국대학교 대중문화예술대학원 겸임교수를 역임했다.

"음악은 사회적이다." 철학자 에드워드 싸이드Edward Said, 1935~2003의 말
이다. 대중음악도 거기서 예외일 수 없다. 아니, 어쩌면 대중음악이야말
로 그 어떤 음악보다도 사회를 직접적으로 반영하는지 모른다. 대중음악
은 예술적 가치가 떨어진다는 아주 오래된 편견이 존재한다. 고급음악이
영원하다면 대중음악은 한갓 싸구려에 불과하다는 것이다. 하지만 한시절
풍미하다 흘러간다 해서 '유행가'라 불리는 대중음악 속에는, 마치 오랜
세월에 걸쳐 형성된 지층처럼 각 시대의 기억과 각 세대의 추억이 층층이
쌓여 있다. 그리하여 대중음악의 역사는 민중사의 가장 내밀한 층위를 드
러내는 미시사의 중요한 부분이 된다. 대중음악은 정서적 기억의 형태로
한 개인의 문화적 정체성을 이루기도 한다. 자신이 걸어온 삶의 궤적을 되
돌아보라. 마치 영화의 배경음악처럼 자신의 개인사에 대중음악이 늘 따
라 흐르고 있음을 깨닫게 될 것이다. 얼마 전에 우리는 신해철을 잃었다.
그의 음악을 들으며 자란 세대는 제 정체성의 중요한 부분을 함께 잃었다
고 느낄 것이다. 대중음악 안에서 한 사회의 역사적 기억과 성원들의 개인
적 추억은 하나로 어우러지기 때문이다. 대중음악도 자신의 이름을 불러
줄 사람이 필요하다. 그런 의미에서 음악평론가 강헌의 존재는 소중하다.
강헌은 이미 오래전부터 대중음악의 가치를 알아보고, 그것의 의미를 읽

어주는 평론가이자 그것의 역사를 증언하는 기록자로서 역할을 해왔다. 그는 작고한 신해철과도 막역한 사이였다고 한다. 그래서 자연스레 마왕의 추억을 더듬는 것으로 이야기를 시작했다.

"대중음악도 자신의 이름을 불러줄 사람이 필요하다."

신중권　안타까운 이야기로 시작해야겠네요. 최근(2014년) 한국 대중음악의
큰 별이 졌습니다. 강헌 선생님도 신해철씨와 누구보다 관계가 각별했던
만큼 심정이 복잡했을 것 같은데요.

강헌　제가 이 바닥 생활을 한 지 22년쯤 되었는데, 비평가와 뮤지션의 관
계를 떠나서 개인적으로 친한 사람은 신해철뿐이었던 것 같아요. 같은 동
네에 살아서 자주 보기도 했고요. 저도 10년 전부터 건강이 굉장히 안 좋
아서, 지난 5년 동안은 만나면 처음 하는 말이 "어디 아픈 데 없냐"라고 서
로 건강을 묻는 거였는데, 최근 다시 의욕적으로 음악 활동을 재개하고 방
송 활동도 시작해서 오랜만에 밝고 활기찬 목소리를 들으니까 참 기분이
좋았어요. 그런데 이게 무슨 이상한 반전인지, 아직도 실감이 안 나네요.
금방 벌떡 일어나서는 "헤헤헤, 속았지? 놀랐지? 장난이었어" 그럴 것만
같고…

진중권　참 가슴 아픈 일입니다. 신해철씨와는 같이 음악 작업을 한 적도
많으시죠? 영화 「정글 스토리」(1996)를 비롯해서 여러 작업이 있었던 것으
로 압니다.

강헌   네, 한국에서 록 영화를 만들어보겠다고, 1996년에 제가 기획하고 제작을 했었어요. 정말 사상 최악의 흥행 스코어를 기록한 영화였죠. (웃음) 그때 막 데뷔한 윤도현의 이미지가 너무 좋아서 설득해 주인공으로 발탁했어요. 그리고 이게 음악영화니까 음악감독이 제일 중요하잖아요. 아무리 생각해도 이걸 할 수 있는 사람은 신해철밖에 없더라고요. 그때는 아직 그리 친분이 깊은 사이가 아니었고, 당시 신해철은 정말 최고의 인기를 누리고 있었는데, 쭈뼛쭈뼛 이야기를 꺼냈더니 바로 "그런 거라면 당연히 해야지" 하는 거예요. 정말 깜짝 놀랐습니다. 영화는 7천명도 안 봤는데 OST는 50만장 정도가 팔렸으니, 아마 세상에서 가장 저주받은 영화 OST가 아닐까 싶습니다. 개인적으로도 21장 정도 되는 그의 디스코그래피 중에서도 가장 비상한 기운이 끓어넘쳤을 때였던 것 같아요. 주제가 한두곡만이 아니라 너무나 훌륭한 곡들이 앨범 전편에 걸쳐서 나오는데, 오히려 영화가 이 음악을 전혀 받아들이지 못했죠.

「정글스토리」(1996) 중 한 장면과 OST

진중권 네티즌 평이 OST만 좋다고. (둘 다 웃음)

강헌 지난 20년 동안 들은 얘긴데, 앨범을 먼저 듣고 영화를 나중에 본 사람들이 하는 얘기가 이렇게 영화랑 소리가 동떨어진 건 처음 본다고…
(둘 다 웃음)

진중권 그리고 「박노해 노동의 새벽 20주년 헌정 음반」(2004)도 프로듀싱하셨습니다. 당시 작업은 어떤 기억으로 남아 있나요?

강헌 우리나라에서 노래로 만들어진 작품이 가장 많은 시인이 박노해입니다. 그래서 시집 『노동의 새벽』의 20주년을 맞아서 음악적으로 한번 조명해보자 해서 제가 직접 기획했어요. 역시 제작비가 터무니없이 부족해서 아예 신해철한테 프로듀서를 맡아달라고 했죠. 내가 만들 수 있는 돈은 이것밖에 없으니, 이 안에서 네가 어떻게든 앨범을 만들어달라고. 그래서 사실은 제대로 스튜디오도 못 쓸 정도의 환경에서 거의 신해철 혼자만의 노동력으로 몇달 밤을 새우면서 훌륭한 앨범을 만들어줬어요. 제가 그 작업 들어갔을 무렵에 쓰러졌기 때문에, 혼자서 그걸 다 해내느라고 너무너무 힘들었을 거예요. 그 앨범에 넥스트와 싸이의 콜라보레이션으로 박노해의 시 「하늘」을 가지고 쓴 곡이 있어요. 사실 오늘의 싸이가 있도록 결정적 전환점을 만들어준 인물이 신해철이라고 생각합니다. 힙합 뮤지션으로서 한계에 부딪혔던 싸이가 록밴드 편성의 라이브 뮤지션이 된 것이 지속적인 성공의 시대를 여는 계기가 되었는데, 그 부분에서 가장 많은 도움을 준 인물이 신해철이었어요. 그것도 기존의 노래를 다시 부른 게 아니고, 프로듀서로서 자존심을 가지고 신곡을 발표하고 싸이랑 듀엣을 한 거죠. 시도 워낙 훌륭하지만, 시 텍스트를 전혀 훼손하지 않으면서 그 시의 진정한 마음을 음악적으로 캐치해서 표현해냈어요. 여기서 또 싸이가 너무나 훌륭한 래핑을 구사합니다. 강남 부르주아의 아들이라고는 믿을 수 없을 만큼.

진중권 박노해와 신해철을 연결 짓기도 힘든데, 거기다 싸이까지 연결된다는 건 지금 처음 듣는 얘기네요.

강헌 사실 앨범을 제대로 알리지 못한 저의 잘못도 있죠. 제가 그때 사경을 헤매고 있었기 때문에 전혀 마케팅을 못했어요. 다른 한편으로 이른바 진보진영으로부터도 좋은 소릴 듣지 못했어요. 사실 음악을 들어보고 그런 얘기를 한 사람은 백명에 한명도 안 될 거라고 봅니다. 그냥 박노해니까. 운동권 음악인도 아니라 대중음악인들과 했다는 등등의 이유로 그냥 시쳇말로 밑장도 안 까보고 씹어들 댔죠.

진중권 그러니까 당시 운동권 사람들 생각에 대중음악이라는 것은 부르주아 퇴폐, 이런 거였겠죠. '내용은 노동시인데 형식은 왜 대중음악이냐.' 그런 편협한 생각이 당시만 해도 여전히 남아 있었던 모양입니다.

신해철, 끝없이 진화한 뮤지션

진중권 지금 신해철씨를 추모하는 분위기 속에서 이런 얘기가 나오더라고
요. '수많은 헌사가 나왔지만 정작 그의 음악에 대한 이야기는 없다. 신해
철에 대한 추모와 애도는 그의 음악적 성과를 되새기고 재평가하는 것으
로 이루어져야 한다.' 그런 의미에서 한국 록 음악사에서 신해철의 의미를
재발굴한 분을 꼽자면, 아무래도 강헌 선생님을 들 수밖에 없겠지요. 신해
철씨의 음악 중에서 특히 높이 평가하는 부분은 어느 부분입니까.

강헌 저는 미국 대중음악사에서 밥 딜런Bob Dylan, 1941~ 에게 내리는 평
가를 한국의 대중음악사에서 신해철에게 그대로 적용하고 싶어요. 밥 딜
런의 음악이 미국, 나아가서 세계 대중음악사에 끼친 결정적인 공로는, 대
중음악이 문학적 예술로 승화될 수 있다는 걸 처음으로 보여줬다는 거거
든요. 통속적이고 동어반복적인 사랑 타령에서 벗어나서 대중음악이 인간
인식의 내면, 나아가 사회와 역사에 대한 통찰을 담을 수 있다는 거. 그래
서 당시의 비틀스The Beatles 같은 밴드들이 철학적·사회학적 통찰의 음악으
로 전환하는 데 가장 큰 영향을 미친 것이 밥 딜런입니다. 이와 마찬가지
로 신해철은 그 이전에 한국 대중음악사가 다다르지 못했던 새로운 인식
의 지평을 열어주었다고 할 수 있지요.

진중권 대중가요의 사회적 발언력과 철학적 표현력을 확장시킨 거죠.

강헌 네. 1980년대를 지배했던 조용필과 1990년의 신해철은 굉장히 유

사한 부분이 많아요. 다양한 장르에 대한 관심이라든지 특히 음악적 완성도, 테크놀로지의 완성도에 대한 집요한 노력이라든지, 밴드에 대한 뼈에 사무친 애착이라든지. 그런데 신해철에게는 있고 조용필에게는 없는 것이 바로 인식의 수준이에요. 자기 음악을 통해서 뭔가 얘기하고자 하는 것이 조용필에게는 결여되어 있었어요. 근데 조용필에게는 있지만 신해철에게 없는 게 있죠. 가장 가슴 아픈 건데요, 가창력이에요. 만약 신해철이 가창력까지 갖췄다면 좋지 않았을까 하는 생각을 해봅니다. 신해철은 자신의 전성기에조차도 오히려 전문가 집단으로부터 정당한 평가를 받지 못했어요. 그럴 수밖에 없는 이유가 있긴 합니다. 한국의 록 음악 진영은 정치사회적 환경 때문에 한번도 주류가 돼본 적이 없잖아요? 그러다보니 사실 굉장히 비의적인 집단이 되어버렸습니다. 음악을 만드는 사람이든 음악을 수용하는 사람들이든. 나아가서 이분들은 록을 하더라도 계보를 따져요. 정통이냐 아니냐. 종교집단도 아닌데 정통에 대한 과도한 집착이 있어요. 이게 한국의 록 지평의 특징입니다. 지금도 그래요. 그런 정통주의적 관점에서 보면, 신해철과 그의 일당들의 록은 정통이 아닌 겁니다.

진중권 대중적으로 나가면 록의 정신을 버렸다는 등, 뻔히 예상되는 비난들이 있겠지요. 저도 대중을 위한 미학 책 쓰면 저놈은 정통이 아닌 이단이라는 소리를 들어요. (둘 다 웃음) 책 쉽게 쓰면 정말 쉽게 쓴 줄 아는 사람들 있습니다. 조금 전에 잠깐 언급하셨지만, 신해철은 음악적 혁신에도 상당히 앞장서지 않았습니까. 록, 댄스, 테크노, 재즈, 최근에는 1인 아카펠라까지 섭렵하지 않은 장르가 없는데요. 그리고 아까 말씀하신 대로 테크놀로지에 대한 관심도 굉장했던 것 같아요. 씬시사이저 같은 것도 스스로 제

253

작하고, 부탁해서 프로그래밍했던 기술적 부분에 대한 평가도 앞으로 이
루어져야 되지 않을까 싶어요.

강현   사실 싸운드 테크놀로지, 음향 공학이야말로 현대의 대중음악, 나
아가 클래식까지 포함해서 음악이라는 예술을 이루는 가장 물질적인 인
프라거든요. 근데 음악 쪽에 종사하는 사람들조차도 싸운드 테크놀로지
를 굉장히 폄하하는 경향이 있습니다. 그 폄하를 몰아서 당한 것이 신해철
이 아닌가 생각해요. "쟤는 노래가 안 되니까 이상한 걸로 한다." "돈 좀 벌
었다, 이거지? 자기가 뭐라고, 꼭 영국 가서 녹음을 해와야 해?" 사실 비판
이라고 말하기에는 민망한 수준이죠. 넥스트 3집 때 믹 글라섭Mick Glossop,
1957~ 이라는 영국의 유명한 록 엔지니어를 섭외했어요. 그때 해철이가 얼
마나 기뻐했는지, 저한테 전화해서 스튜디오로 빨리 오래요. 도착해서 봤
더니, 이분이 하라는 녹음은 안 하고 스튜디오 콘솔 뒤로 들어가 수백개의
잭을 다 뽑고는 매뉴얼을 보며 1번부터 새로 꽂고 있어요. 그 작업을 한 세
시간에 걸쳐서 혼자 땀 뻘뻘 흘리면서 하더군요. 다 뜯어서 다시 꽂고 나
니 앞에 들었던 소리랑 완전히 다른 소리가 나오는 거예요. 그러니까 그동
안 우리는 기본이 안 돼 있었던 거죠. 요즘 트렌드가 기자재만 사다가 이
펙트만 따오면 되는 줄 아는데, 모든 일의 근본은 잭을 정확히 꽂는 데서
부터 시작하는 겁니다. 아마도 그런 걸 보고 해철이가 영국에 가야겠구나
생각했겠죠. 그때 영국에 가면서 저한테 한 말이 그거였습니다. '내가 이
나이에 가서 뭘 공부를 하겠어. 그냥 얼쩡거리다보면 뭐라도 배우는 게 있
지 않을까?' 근데 그때 해철이는 무명도 아니고 정상의 뮤지션이었는데,
그런 길을 과감하게 선택하면서 자신을 또 가난의 구렁텅이로 몰고 가는

결단력을 갖고 있었죠. 정말 비범한 친구예요.

진중권　아쉽게도 이번 것이 그만 마지막 앨범이 되고 말았습니다. 그중에서 「A.D.D.A」 같은 곡은 상당히 현대적이더라고요. 들어보셨지요? 1인 아카펠라인데 1천개의 레이어를 깔았다고 들었습니다. 이것만 봐도 신해철이 한명의 뮤지션으로서 끝없이 진화하고 발전하는 모습을 보여주었다는 생각이 듭니다.

강헌　원래 이번 것도 풀 앨범은 아니고, 한 앨범의 파트 원 정도에 해당하는 거예요. 많은 사람들이 '신해철은 이제 한물갔다, 나이도 있고, 인기도 없고, 음반도 많이 안 팔리고. 이상한 예능이나 토크 프로그램에만 나온다'라고 생각했을 거예요. 근데 옆에서 그를 지켜본 저는 생각이 달라요. 제가 지난 7년 동안 신해철을 보았을 때 열번 중 아홉번은 스튜디오에서 밤새 작업을 하고 있었어요. 제가 갈 때마다 새로운 걸 들려줬습니다. "이건 어때?" 물론 완성까지 간 것은 거의 없습니다. 그걸 다 완성시켰으면 아마 지구를 정복했겠죠. 그는 끊임없이 새로운 음악, 새로운 싸운드, 새로운 표현, 새로운 방식, 새로운 메시지를 고민하는 영원한 음악감독이었어요.

거침없는 낙오자, 서태지

진중권　신해철 이야기를 하다보니 서태지 얘기를 안 할 수가 없는데요, 언젠가 '신해철과 서태지는 1980년대 대중음악의 한계였던 사회적·정치적 금기를 주류 한복판에서 전복시킨 점에서 영원히 평가받아야 한다' 이렇게 말씀하셨어요. 그때 이야기를 조금 하자면, 서태지와 아이들 1집이 성공한 직후에 소위 주류 언론에서 느닷없이 '서태지 죽이기'가 시작됐거든요. 지금 우리가 들으면 좀 황당한 얘긴데, 당시 분위기는 그랬죠.

강헌　국회, 지상파 방송사들, 다음에 한국의 음반 산업, 언론, 즉 조선·중앙·동아… 그때만 해도 저도 한복판에 있으니까, '인기 있는 사람이 나타났다 사라지는 것은 이 바닥의 생리인데, 왜 이렇게 다들 싫어하는 거지?' 정말 궁금했어요.

진중권　뒤집어보면, 서태지가 확실하게 뭔가 건드린 거죠?

강헌　역린을 건드린 거죠. 서태지는 신해철과는 좀 다릅니다. 당시 그 둘이 최정상에서 활동할 때, 제가 공식적인 인터뷰에서 물어봤어요. 서태지에 대해서 어떻게 생각하나. 그때 신해철이 이렇게 말했어요. '그는 거침없는 낙오자다. 그래서 당당하다. 승리를 거둘 자격이 있다. 그에 비하면 나는 고뇌하는 비겁자 수준이다. 그래서 나는 그를 이길 수 없다. 하지만 비록 작지만 그의 시대에도 나의 영토가 조금은 있다.' 근데 그 '고뇌하는 비겁자'라는 말에 뭔가가 함의되어 있습니다. 사실은 노래의 메시지는 신해철 것이 훨씬 더 직설적이죠. 서태지는 굉장히 뱅뱅 돌리고 꼬고, 신비주의적인 스타일이에요. 그런데 거꾸로 미시정치적 측면, 특히 자신의 개인적 자유와 권리에 관해서 서태지는 정말 서울 북공고 야간 1학년 중퇴

256

자다운, 거침없음과 단호함이 있어요. 저는 서태지가, 우리가 흔히 말하는 메이저 대학을 나왔다면 그런 공격은 받지 않았을 거라 생각해요.

진중권 '아무것도 아닌 놈, 우리가 키워줬는데 지금 까불어?' 이런 식의 무시군요.

강헌 그건 한국의 계급사회가 상고 출신의 노무현에 대해 취하는 이중적 태도와 굉장히 비슷합니다. 한국 기득권층 내부에 똬리 틀고 있는 무시 무시한 편견. 제가 볼 때 서태지가 한 최고의 혁명은, 뮤지션으로서 음반산업의 자본으로부터 독립한 것이에요. 식민지 시대 이후로 한국의 음악산업을 지배해왔던 기존 질서를 일거에 붕괴시킨 거죠. 예를 들어 조용필의 전성기인 1980년대 1집부터 12집까지의 모든 음원은 지구레코드 소유입니다. 조용필은 그 최고의 10년을 보낼 때도 인세로 10원 한푼 받아본적이 없어요. 노찾사 출신의 김광석도 1991년에 2집 앨범을 「사랑했지만」으로 50만장을 팔았을 때 음반사에서 받은 총액이 500만원입니다. 김광석이 먹고살 수 있는 돈을 번 것은 학전의 라이브 콘서트 소극장, 장기 콘서트를 통해서였죠. 이른바 노찾사 같은 노래운동권이라고 불리는 집단조차도 자신의 경제적 권익을 전혀 찾지 못했던 게 이 판이에요. 그런데 서태지는 일개 신인가수 주제에, '나는 그런 거 못하겠는데요' 하면서 그냥 아무렇지 않게 다 갖고 갔어요. 서태지의 등장 이후로 사실상 수많은 봉기가 이어집니다.

진중권 일종의 혁명이네요. 가장 유물론적인. 신해철과 서태지로 대변되

257

는 1990년대 음악 씬과 그전 세대의 결정적인 차이가 있다면 어떤 것을 꼽을 수 있을까요?

강헌 사실 저는 아직도 지금까지 한국 대중음악사의 가장 행복했던 시대를 꼽으라고 한다면 1980년대라고 생각합니다. 조용필이 나오고, 이른바 언더그라운드라는 이름의 들국화, 김현식, 봄여름가을겨울, 다시 말해서 주류와 비주류가 가장 균형을 잘 이루었던 시대였죠. 저는 주류와 비주류를 빛과 그림자로 비유하곤 해요. 빛이 강해야 그림자가 생생한 법이거든요. 주류가 건강하지 못할 때는 비주류도 힘이 없어요. 그나마 가장 건강하고 소망스러운 주류를, 보수적인 주류를 만들었던 때가 1980년대였고, 바로 그 시대에 또한 가장 소망스러운 비주류의 문화, 다시 말해서 언더그라운드 문화, 대학가와 노동운동계의 노래운동, 이런 굉장히 전투적이면서도 다양한 문화가 번성했죠. 무엇보다도 당시는 잘 팔리는 몇을 제외한 나머지 뮤지션들은 시장에서 매장되는, 소위 밀리언셀러 신드롬에 빠지지 않았어요. 장필순, 한영애, 시인과 촌장 등 방송에도 거의 안 나오면서도 자신의 스타일을 가진 스타일리스트들의 음반이 10만장, 20만장 팔렸어요. 음악 그 자체의 설득력만으로.

진중권 그렇게 1980년대에 대한 노스탤지어를 갖고 계시면서도, 1990년대의 신해철과 서태지를 굉장히 높이 평가하셨어요. 그 이유가 뭐죠?

강헌 제가 서태지와 신해철을 높이 평가한 첫번째 이유는 그들이 1980년대 음악 정신의 계승자라는 점입니다. 지금은 다 잊혔지만 1980년대 운동권에 얼마나 많은 통일 노래가 있었습니까. 저는 그 많은 운동권 노래들이나 참교육에 대한 노래들이 서태지의 노래에 당연히 영향을 미쳤다고 생각합니다. 그런 역사적 전제 없이 서태지 혼자서 그 일을 할 수는 없어요. 서태지와 신해철은 생각보다 계보학적인 예술행동을 했던 사람들입니다. 그런 점에서 그들이 1990년대에서는 가장 유의미하죠. 하지만 그 시대를 전체적으로 보면, 이건 또 서태지의 명과 암인데요, 시장을 이른바 밀리언셀러 신드롬, 승자독식의 판으로 몰아감으로써 음악 시장의 다양성을 사실상 교살한 면도 있죠.

진중권 얼마 전 SNS에서 제가 잠깐 어떤 젊은 세대하고 논쟁을 벌인 적이 있습니다. 그 친구가 신해철씨를 평가하는 과정에서 '관성'이라는 말을 쓰더라고요. 어떤 의도인지 모르겠는데, 그가 1990년대의 관성으로 버텨왔다. 그와 더불어서 한 시대가 갔다고 말하더군요. 일종의 세대 종말론인데, 사실 저는 신해철과 서태지가 40대 중반으로 한참 왕성하게 활동할 나이라고 생각도 하거든요. 아주 오래전에 롤링스톤스The Rolling Stones의 공연을 담은 다큐멘터리 「샤인 어 라이트」(2007)를 보았는데, 너무 감동적이더라고요. 그런데 우리나라에서는 나이만 좀 먹으면 구세대로 치부하면서 유물로 박제화하는 것 아닌가 하는 생각이 들어요. 최근에 컴백한 김동률, 아직도 활동 중인 윤종신, 윤상, 강산에 등등. 이런 분들도 가수로서 현재적 의미를 충분히 가질 수 있다고 보는데, 어떻습니까?

강헌 마침 제가 개인적으로 가장 좋아하는 밴드가 롤링스톤스인데요, 롤링스톤스가 40년을 유지할 수 있었던 비결은 딱 두가지입니다. 그야말로 자신의 본질에 충실한 것, 그 본질에 대한 믿음을 갖고 있는 자를 배신하지 않은 것. 그리고 동시에 그속에서 끝없이 자신들의 예술적 표현력을 확대시켜온 것. 그렇게 사고를 치면서도 앨범이 나올 때마다 들어보면 끊임없이 진화하고 있고 끊임없이 본질에 대해서 질문을 던지고 있어요. 저는 이 모습을 보면서 '맨체스터 출신의 이 양아치들이 정말 무서운 놈들이구나, 이들은 역사를 지배할 줄 아는구나' 하고 생각해요.

진중권 또 하나 부러운 것은 그 사람들이 그렇게 진화하는 걸 봐주는 대중들이 있다는 겁니다. 저는 그게 더 부러워요. 어떤 가수를 좋아한다고 하며 그 가수가 계속 변해가는 모습을 같이 늙어가면서 지켜봐주는 것도 음악문화를 풍성하게 하는 길이 아닐까요? 요즘 저와 예능 프로그램에 같이 출연하는 윤종신씨 같은 경우 젊은 층에서는 "어, 윤종신이 가수였어?" 하는 사람도 있다고 해요. 윤종신씨도 전략적으로 활동하는 것 아닙니까. 예능으로 경제적 문제를 해결하면서, 「월간 윤종신」을 통해 자기가 하고 싶은 음악을 꾸준히 하는 거죠. 그것도 좋지만 한편으로는 '이분들이 설 자리는 어딘가. 꼭 예능을 나가야만 하나' 하는 생각도 들고요.

강헌 그것이 지금 이른바 엔터테인먼트 비즈니스의 가장 아픈 점이에요. 저는 차라리 윤종신, 신해철만 해도 행복한 세대라고 봐요. 지금은 6개월이면 누가 누군지 모르게 교체가 돼버리잖아요. 지금 아이돌 스타들을 보면 한번 정상에 올랐다가 20대 후반도 되기 전에 사라집니다. 과연 이들이 할 수 있는 일이 뭘까요? 이렇게 뮤지션을 일회성 소비재로 전락시키는 음악문화가 음악의 영혼 자체를 파괴시키는 것 같아요.

진중권　게다가 음악적 측면보다도 비주얼이라든지, 비디오 쪽이 강조가 되고 있죠. 사실 그 비주얼이란 게 나이 너댓살만 먹어도 벌써 한물가는 거잖아요. 생각해보면 1970년대의 신중현, 1980년대의 조용필, 1990년대의 서태지와 신해철은 아직까지 음악적으로 건재하다는 느낌이 듭니다. 요즘 스타라고 하는 분들은, 물론 그중에 음악성이 있는 분들도 있겠지만, 과연 얼마나 버틸 수 있을지 좀 불안하거든요.

강헌　저는 저희 세대에서 좋아했고 높이 인정했던 많은 뮤지션들이 시간 앞에서 무너져가는 것을 지켜보아야 했습니다. 저는 그 부분에서 하나의 길로 앞에서 잠깐 언급하신 김동률의 케이스를 연구하고 거기서 의미를 찾아야 한다고 봐요. 아시다시피 김동률은 비주얼도 훌륭하지 않고, 다른 엔터테이너로서의 재능도 없고, 오로지 음악밖에 없어요. 근데 김동률의 팬들은 끝없이 조용히 같이 갑니다. 그 층이 소멸하지도 않고 조금 떨어져나가면 또 새로운 세대가 채워요. 대개의 스타들이 그렇지만, 너무 빨리 자신을 소진시키면 대중은 아무래도 싫증을 내기 마련이죠. 근데 김동률은 한결같은 자세로 20년을 왔습니다. 저는 서태지건 신해철이건 1990년대 이후의 스타들은 음악적 성취 외에 또다른 야망들로 가득 찬 세대들이라 봅니다. 1990년대야말로 욕망의 시대니까요. 하지만 그 욕망은 소진되고 나면 꼭 복수를 하게 됩니다. 스스로가 음악 그 자체에 대한 천착, 음악에 대한 신념과 지지를 가질 때만이 팬들과 오래 같이 늙어가는 뮤지션이 될 수 있지 않을까 생각해요.

K-Pop의 빛과 그림자

진중권 네. 이번에는 2000년대 이후의 음악 씬의 변화를 몇가지 짚고 넘어
갔으면 합니다. 2000년대 들어와 음반 회사와 레코드점은 모두 무너졌지
만 기획사는 살아남았지 않습니까. 그러니까 이제는 정통적 의미에서의
음반사는 거의 존재하지 않는 것 같아요. SM과 YG 등은 연예기획사지, 예
선의 동아기획 같은 음반사가 아니지 않습니까. 어떻게 해서 그런 변화가
일어난 걸까요?

강헌 1997년 외환위기 때가 한국 음반산업의 거대한 패러다임 전환기였
습니다. 당시에는 지구레코드, 동아기획 등 이른바 '8대 메이저'라는 대규
모 음반사들이 있었죠. 근데 이 음반사들은 그 이전의 방식에서 한발짝도
진화하지 못한 상태였어요. 인터넷이라는 것이 열리고, 이른바 소리바다
파문이 시작될 때였는데도 말입니다. 좀 외람된 얘기입니다만, 그때 저는
'김대중 정부가 외환위기를 넘어서기 위해 음악산업을 희생하기로 마음을
먹었구나' 하고 생각을 했습니다. 김대중 정부가 IT산업과 신용카드로 상
징되는 금융을 통해 경제위기를 벗어나려고 정책을 잡은 것은 확실한 것
같아요. 그런데 국가경제와 가계경제가 동시에 무너지는 상태에서 가계에
만만치 않은 부담을 주는 비용을 인터넷에 쓰게 할 수는 없었겠죠. 여기
에 불쏘시개 역할을 했던 게 공짜 음악이었다고 봅니다. 당시 한국의 음반
산업은 잘나가는 음료수 한종의 시장 규모밖에 안 되는 굉장히 영세한 규
모의 시장이었어요. 그 시장을 희생시켜서라도 수백조의 미래가치가 있는
IT산업의 파이를 키우는 게 국가적으로 이익이라는 판단을 당시의 정책

입안자들이 했다고 봅니다.

진중권 공짜로 다운로드받는 건 좋은 일이죠. IT의 장점이죠. 결국 IT를 키우려다보니까, 음악산업 쪽은 아예 신경을 안 쓰거나, 아니면 미필적고의랄까요? 죽어도 상관없다는 식의 정책을 쓴 거군요.

강헌 음모론이라고 몰아붙여도 할 말은 없습니다만, 저는 명백히 그랬다고 봐요. 그 와중에 IT산업의 육성이 정책적으로 고무되면서 엄청난 국가재원이 쏟아져 들어왔고, 코스닥이라는 신종 엘도라도가 열렸습니다. 그래서 많은 IT기업들이 음원 콘텐츠를 가진 음반사들을 인수합병하거나, 우회상장을 통해서 음반사들이 코스닥 시장에 진출하는 일이 벌어졌지요. 그러면서 영세한 음반산업이 졸지에 주식시장으로부터 막대한 자금을 받게 됐어요. 올드 메이저들은 인터넷으로 인해 산업의 구조가 바뀌고 오프라인 시장이 붕괴해버리는 씨스템을 이해를 못했어요. 그 결과 얼마 안 가 대부분이 사라졌고, 재수 좋은 몇몇분들은 다만 몇십억이라도 노후자금을 챙겨 나가셨죠. 그런데 바로 이 지점에서 당시 메이저의 말석을 차지하고 있던 SM의 사장 이수만은 달랐어요. 그때 SM도 상장을 해서 백억대가 넘는 꽤 많은 돈을 확보합니다. 여기서 이수만 사장은 새로운 전략 카드를 뽑아들고, 올인을 해요. 그 카드가 바로 해외시장 진출이었습니다. H.O.T.의 성공을 발판 삼아 거의 15억 내외의 돈을 보아에게 투자를 하죠. 조금 굴욕적이지만 일본 최고의 프로모션에 거의 갖다 바치다시피 하면서 현지화해서 성공시켰습니다. 그뒤에 드디어 2005년 동방신기가 진출해서 성공을 거두면서 그야말로 K-Pop 한류의 비즈니스 모델이 폭발하거든요.

그것은 마치 1970년대에 당시 내수시장에서는 도저히 답이 없던 삼성전자가 마이너 세계시장을 돌면서 덤핑에 가까운 수준으로 수출을 해서 힘들게 새로운 출구를 마련했던 것과 마찬가지라고 할 수 있습니다.

진중권 K-Pop에 대해선 어떻게 평가하십니까? 실제로 세계 음악시장에서 유례없는 성공을 거두고 있고, 아시아 시장에서는 확실히 대단하지 않습니까. 이런 면에서 한국의 대중음악이 양적으로뿐 아니라 질적으로도 성장했다고 보는 사람들이 있습니다.

강헌   질적으로 성장했다는 평가에는 동의하고 싶지 않아요. 저는 K-Pop의 의의와 한계를 굉장히 균형 있게 바라봐야 한다고 생각합니다. 사실 한국의 대중문화 콘텐츠가 글로벌 스탠더드 중의 하나가 된다는 건 기적이 아니면 설명할 수 없는 얘기입니다. 상식적으로 설명이 안 되는 얘기예요. 전세계에 수많은 대중음악 문화권이 있는데, 자국의 경계를 벗어나지 못한 경우가 대부분입니다. 최소한 블록 경제 수준에서나마 소통의 시장을 만들어낸 경우는 다섯 손가락 안에 들어요. 그런데 K-Pop은 지난 9년 동안 아프리카의 사하라 이남을 제외하고 전세계에 진출했어요. 문화산업의 역사에서 마이너 국가의 문화가 이렇게 빠른 시간 안에 광범위한 지역으로 진출한 전례를 저의 지식으로는 알지 못합니다. 그럼 왜 이것이 가능했느냐가 중요하겠죠. 거기엔 두가지의 중요한 요인이 있었다고 봅니다. 하나는 바로 보이그룹, 걸그룹이라는 콘텐츠예요. 그런데 이건 우리나라가 만든 게 아니에요.

진중권　원래 일본에서 많이 만들던 거죠?

강헌　아닙니다. 오리지널은 미국입니다. 이미 1950년대 말에 나타났죠. 1960년대 초에는 걸그룹이라는 장르까지 있었어요. 슈프림스The Supremes 같은 그룹 있지 않습니까. 그런데 미국에서는 1990년대 초반 뉴키즈온더블록New Kids on the Block을 끝으로 아이돌 보이그룹은 사라져요. 이유는 간단합니다. 시장의 관점에서 볼 때는 굉장히 미련한 콘텐츠거든요. 돈이 너무 많이 들어가요. 어릴 때부터 키워야 하고, 성공을 거두기도 힘든데다가 설사 성공을 한다 해도 1~2년 뒤에는 어떻게 될지 모르는 거예요. 이런 리스크가 큰 콘텐츠는 시장에서 퇴출될 운명이었던 겁니다.

진중권　그런데 우리나라에서는 다르잖아요.

강헌　그러니까 굉장히 기형적인 시장인 거죠. 정말 '다이나믹 코리아'라는 말로밖에는 설명할 방법이 없습니다. 미국의 보이그룹, 걸그룹의 붐이 일본으로 이어졌지만, 일본도 1990년대 수익 리스트를 보면 1위부터 10위 사이에 보이그룹과 걸그룹은 두 팀밖에 없어요. 결국 음악상품으로서는 가치가 굉장히 떨어지고 지속성이 없는 거죠. CF나 행사, 아니면 예능 프로그램, 이런 걸로 돈을 버는 거죠. 음악상품으로서 아이돌 그룹은 음악 선진국들에선 오래전에 사라진 콘텐츠예요. 근데 2000년대가 딱 되면서 세계의 젊은이들의 문화 네트워크에 새로운 환경이 조성됐어요. 인터넷과 SNS라는 겁니다. 지금 인터넷과 SNS에서 제일 좋은 콘텐츠가 뮤직비디오예요. 특히 젊은이들의 조급성을 만족시키면서 4~5분 내외에 모든 게 끝나는, 그러면서도 한눈에 패션 트렌드를 읽어낼 수 있게 해주는 콘텐츠죠. 사실 노래 가사는 몰라도 됩니다. 대중은 비주얼적인 요소에 관심이 있는 거고, 그게 성형왕국 대한민국의 어떤 토대와도 연결되죠.

진중권   그게 또 그렇게 연결이 되네요, 생각해보니까.

강헌   다음으로 아이돌 그룹이 유럽 같은 선진국에서는 있을 수가 없는 게, 우리나라식으로 하면 거기선 아동학대죄로 체포돼요. 있을 수가 없는 일입니다. 하나의 문화적 상품이 되려면 어린 아이들이 엄청난 훈련을 받아야 해요. 상업적인 목적으로 아이들에게 그런 가혹한 훈련을 시키는 것을, 아무리 본인이 원한다 해도 거기선 사회가 규제합니다. 그런데 우리는 아직 이런 걸 규제하는 나라의 반열에 오르지 못했기 때문에, 당시로서는 그걸 만드는 나라가 세상에 우리나라밖에 없었던 거죠.

진중권   스포츠의 예를 들면 피겨스케이팅이 유럽 쪽에서 시들시들한 게, 거기선 어렸을 때부터 강훈련을 시키던 시대가 지났기 때문이라고 하더군요. 음악에서도 최근 연주자들은 아시아계, 한국에 이어 요즘은 특히 중국 연주자들의 수가 많이 늘었다고 해요. 훌륭한 연주자를 만들려면 어릴 때부터 혹독한 훈련을 시켜야 되는데, 서구에선 그게 어려워져서 그렇다고 들었어요. 그거랑 좀 비슷한 것 같습니다.

통기타 혁명과 김민기

진중권 얘기를 다시 옛날로 돌려서, 통기타 혁명 이야기를 해야 될 것 같습니다. 사실 오래전에는 누구나 두들기던 게 기타였지요. C, Am, Dm, G7 정도는 누구나 잡을 수 있었던 시절이 있었는데, 선생님도 그러셨을 것 같습니다. 중·고등학교 시절 가장 크게 영향을 준 가수가 아무래도 통기타 가수들이었겠죠?

강헌 그렇죠. 아마도 김민기와 한대수가 아닐까 싶습니다. 아마 저희 세대에서는 거의 다 비슷한 경험을 공유했던 것 같아요.

진중권 네. 김민기 판은 구할 수도 없었잖아요. 그래서 카세트테이프에 녹음된 걸 복사해서 잘 들리지도 않는 걸 들었던 기억이 납니다. 김민기 곡이 당시엔 금지곡이었잖아요. 그래서 언더로 돌고 그랬던 기억이 있는데, 음악적으로도 상당히 뛰어났던 것 같아요. 저는 지금도 듣거든요. 신해철 씨 소식 듣고 난 뒤에도 갑자기 생각난 노래가 「가을엔 편지를 하겠어요」였어요. 왜 그랬는지 모르겠지만, 그 노래가 듣고 싶더라고요. 어느 인터뷰를 보니까 고등학교 때 김민기의 노래를 듣고 충격을 받았다고 하셨던데, 어떤 의미의 충격이었습니까?

강헌 진선생님도 비슷하시겠지만 저도 1970년대에 중·고등학교를 다녔습니다. 1970년대라는 게 한국의 현대사에서 결핍의 끄트머리면서 이른바 풍요와 도약의 여명이 공존하는 애매한 과도기였던 것 같아요. 카세트테이프라는 것이 등장해 테이프로 음악을 들었죠. 말씀하셨듯이 김민기나 한대수의 음악은 레코드 가게에서는 구경을 할 수가 없는 노래들이 었고요. 1980년대 이후에는 불법 리어카가 사회적 지탄의 대상이 되었지만, 1970년대는 좀 달랐습니다. 통기타 시대다운 낭만이 있었어요. 리어카에 쭉 꽂힌 LP 중에는 금지곡들이 꽤 많았죠. 그때 제가 알던 불법 리어카 형이 "야, 이거 형이 공짜로 구워주는 거야, 들어봐" 하면서 테이프를 하나 건네줬어요. 손글씨로 앞면에 김민기, 뒷면에 한대수라고 써놨어요. 저는 생전 처음 듣는 이름인데 공짜로 주기에 들었어요. 집에서 카세트에 꽂아서 듣는 순간에 이유 모를 서늘한 전율을 느꼈죠. 정말 이 테이프의 앞뒷면이 저한테는 새로운 미학적 경험이었어요. 어떤 글에서도 그렇게 썼습니다만, 김민기의 단정한 아름다움과 한대수의 껄렁한 아름다움이 하필이 하나의 테이프 안에서 만나, 저한테 1970년대라는 것을 가르쳐준 거죠.

진중권 한대수 테이프에서 「옥의 슬픔」이라는 노래하고 「물 좀 주소」를 들으며 속이 다 타는 듯한 느낌을 받은 기억이 나는데요. 1970년대 청년 혁명을 최초의 세대 혁명이라고 하면서 '통기타 혁명'이라고 명명하셨죠. 어떤 의미에서의 혁명이었을까요?

강헌 사실은 인류의 역사에서 문화가 세대별로 분리되고 대립하고 갈등한 것은 1950년대에나 와서야 가능해진 얘깁니다. 바로 로큰롤의 등장부터죠. 1964년에 비틀스에 의해 만들어진 이른바 청년문화가 태평양을 건너서 개발도상국인 한국에도 상륙하는데, 한국에서 최초의 문화적 세대 분리는 미국이나 유럽의 경우와는 좀 달랐어요. 한국에서는 트로트와 스탠더드 팝, 다시 말해서 패티 김과 이미자의 문화에 대항해 대립각을 세우고 새 세대의 새로운 문화지형도를 만든 것은 로큰롤이 아니라 신新 포크 음악이었습니다. 저는 그것이 참 한국적이라고 생각해요. 왜냐하면 로큰롤은 사실 돈이 많이 들어가는 음악입니다. 일단 악기가 세개 이상 있어야 하고, 전기가 들어와야 하고, 밀폐된 공간이 있어야 해요. 뒷동산에서 연습해서 세계적인 밴드가 되었다는 록밴드는 전세계에 한 팀도 없거든요. 그러니까 로큰롤은 당시 한국의 자본주의에서는 아무리 대학생이라도 '가까이 하기엔 너무 먼 당신'이었다는 거죠. 또 1980년대 광주를 겪으면서는 록이 미 제국주의 문화로 연결되면서 청년 인텔리겐찌아한테는 공격의 대상이 되기도 했고요. 여기에 비해 통기타는 통기타 하나만으로 모든 것이 다 가능했지요. 무엇보다도 비교적 적은 노력만으로도, 코드 몇개를 가지고 얼마든지 다양한 노래를 소화하며 자신의 음악적 표현을 할 수 있거든요. 그런 통기타라는 매개가 등장하면서 음악의 민주주의가 확산되고, 노동하지 않는 마지막 세대였던 한국의 대학생들이 뮤지션 역할을 담당할 수 있게 되었죠. 이 음악적 아마추어리즘이 새로운 세력을 형성하여 기성세대의 문화와 전선을 형성하는 계기가 되었다는 점에서, 저는 미국의 1950년대 문화를 로큰롤 혁명이라고 부른다면, 1970년대 한국 대학가의 문화는 통기타 혁명이라고 부르는 게 온당하다고 생각합니다. 통기타 문화는 한국의 대중문화에서 최초의 세대 혁명이었죠.

진중권 통기타 하면 떠오르는 장면들이 있잖아요. 장발과 대마초. 그때 많은 가수들이 고초를 겪었는데, 지금 생각하면 그 세대 혁명이라는 게 두 측면이 있었던 것 같아요. 문화적으로는 리버럴리즘, 즉 개인들의 자유, 머리 기를 자유, 대마초 피울 자유 그리고 또다른 한편으로 정치적으로는 문화적 억압기구 위에 있는 정치적 억압기구에 대한 반항, 이 두 측면이 공존했던 것 같습니다.

강헌　네. 맞습니다. 1969년에 박정희 정부가 삼선개헌을 무리하게 밀어붙이면서부터 한일회담 반대투쟁 이후 잠시 소강 상태를 보이던, 당시 제3공화국 정부와 젊은 지식인층과의 대립이 돌아올 수 없는 다리를 건너게 되죠. 그 가운데에 이 통기타 문화가 딱 끼어 있는 거죠. 사실 김민기의 「아침 이슬」은 오랫동안 7080세대들에게 데모할 때 부르는 노래로 불렸지만, 솔직히 말하면 이 노래는 1971년 6월에 발표된 수많은 대중음악 중 하나였어요.

진중권　사실 가사를 보면 대단한 정치적 메시지가 들어 있지는 않아요. 그런데도 김민기는 1970년대 청년문화를 얘기할 때 빼놓을 수 없는 인물이 되었지 않습니까. 「아침 이슬」이 가졌던 새로움과 김민기가 가진 음악사적 의의는 무엇일까요?

강헌　실제로 인터뷰에서 물어봤습니다. 어떤 상황에서 이 노래를 지었냐고 했더니, 굉장히 가난한 미술학도였던 대학교 2~3학년 때, 살기는 힘들고 미래는 암담해서 밤새도록 술을 먹다가 필름이 끊겼는데 정신을 차려보니 동네 뒷산 공동묘지였고 해가 중천에 떠 있더래요. 그냥 그때의 마음을 그대로 담았답니다. 그야말로 "태양은 묘지 위에 붉게 떠오르고 한낮의 찌는 더위는 나의 시련일지라"인 거죠. 그러니 어찌 보면 이 노래는

김민기 1집 「김민기」(1971)

이상은 불탔으나 현실은 가혹했던 청년 지식인의 내면적 독백에 불과합
니다. 실제로 이 판은 3천장도 팔리지 않았어요. 그런데 저는 김민기의 힘
은 그의 정치적 진보성이 아니라 가사에 담긴 한국어의 아름다운 울림에
있다고 봅니다. 김민기는 신중현과 같은 직업적 음악가는 아니었어요. 그
냥 고등학교 때부터 기타를 잘 쳤던 소년이었죠. 그런데 화가를 꿈꿨던 김
민기의 가장 큰 멘토가 되어준 분이 시인 김지하였고, 김지하를 통해서 생
명력이 끓어넘치는 원초적인 한국어에 감명을 받습니다. 김민기의 가사
들을 유심히 보면 노랫말의 의미의 진행과 멜로디와 리듬이 충돌하지 않
습니다. 말의 흐름에 우선적으로 맞춰 음악이 설계되어 있는 거죠. 김민기
형이 그런 말도 했습니다. "모든 말에는 음악이 들어 있다. 나는 그걸 그냥
끄집어내기만 할 뿐이다." 그렇기 때문에 민기 형의 음악은 노랫말이 리드
미컬하게 머리에 자연스럽게 연착륙하게 됩니다. 가사를 유심히 보면 외
래어가 거의 없고, 한자도 굉장히 자제되어 있습니다. 명사나 동사도 가급
적이면 순 한국어로 구성돼 있어요. 이 모든 구성요소가, '나가자, 싸우자,
이기자'의 메시지를 담고 있지 않음에도 불구하고 1970년대 혁명적 낭만
주의 세대들에게 내면의 동감을 이끌어낸 게 아닌가 생각해요. 그런 점에
서 김민기가 있었기 때문에 그뒤로 정태춘이라는 새로운 전투적 민중음악
가가 나올 수 있었던 거죠. 노찾사는 말할 필요도 없고요. 지금은 거의 멸
종 위기에 다다른 계보가 되었지만, 그의 음악이 한국 대중음악의 새로운
대안의 한줄기 빛이 되지 않았나 싶습니다.

한국 록의 아버지, 신중현

진중권 결은 좀 다르지만 김민기와 함께 1970년대 음악의 가장 중요한 인물이 신중현씨 아닙니까. 최근에 개봉한 「더블: 달콤한 악몽」(2013)이라는 할리우드 영화가 있는데 거기 보면 엔딩곡으로 김정미의 「햇님」이 나옵니다. 이분이 또 신중현 사단 아닙니까. 보니까 이 리처드 아요데Richard Ayoade, 1977~ 라는 영국 출신 감독이 신중현의 음악을 아시아 싸이키델릭 록이라면서 특히 좋아한대요. 그만큼 외국에서도 신중현의 음악적 성과는 높이 평가받는데, 정작 한국에서는 많이 안 알려진 것 같아요. 신중현 본인도 자기가 만든 노래를 제대로 보관하지 않았고, 국내에서 따로 아카이빙도 이루어지지 않았던 것으로 압니다. 신중현이 얼마나 위대한 뮤지션인지 강헌 평론가나 다른 전문가들이 말해주기 전까지는 아는 사람이 별로 없었던 것 같습니다.

강헌 김민기는 서울대 미대 출신으로 엘리뜨의 최정점에서 정말 건강하고 착한 엘리뜨주의를 음악에 구현했죠. 이렇게 서구의 도구로 민족주의적 감성을 지식인적 방식으로 풀어낸 정답이 김민기였죠. 반면 전쟁통에 부모를 다 잃고 중학교를 중퇴한 해외동포 난민 출신의 낙오자 소년이 먹을 것이 없어 키도 제대로 크지 못하는 최악의 생존 조건에서 어떻게 서구의 악기를 통해 진정한 미학적, 예술적 독립을 이루어내는가. 이 장렬한 서사시를 구성한 인물이 바로 한국의 키 작은 모차르트 신중현이 아닌가 싶어요.

진중권 신중현은 한국 록의 거장이자 아버지라고 할 수 있는데요. 이분은 미8군에 가서 공연을 해 먹고 살았잖아요. 김민기씨가 '위'의 삶을 살았다면, 이분은 '아래'의 삶을 산 셈인데, 그러면서도 단지 록을 수입하는 데 그치지 않고 그걸 한국에 맞게 재창조해내지 않았습니까?

강헌 네, 맞습니다. 그러지 않았으면 수많은 카피 밴드 중 하나에 지나지 않았겠죠. 미8군에서 음악을 한다는 것은 철저히 미국인의 구미에 맞는 연주와 음악을 해야 한다는 것이거든요. 그런데 신중현의 위대함은 어디 있느냐 하면, 미8군에서 음악을 하면서도 당시 이화여대 음악 강사였던 이교숙 선생에게 한국 전통음악을 포함한 음악이론 레슨을 받았다는 데 있어요. 자기 돈으로. 진정으로 예술적 야심이 있었던 거죠. 그래서 그는 록 음악, 리듬앤블루스, 록 중에서도 하드 록, 싸이키델릭 록, 이런 걸 모두 다 받아들이면서도, 단순히 장르 컨벤션만을 쫓아가는 게 아니라 그속에서 독자적인 한국적 표현의 방법을 끊임없이 연구했다는 겁니다. 예를 들면 단순히 음계나 리듬 패턴과 같은 음악적 요소뿐만 아니라 음색도 굉장히 창조적으로 재현해냈어요. 신중현의 음악을 자세히 들어보면 동시대 서구의 일렉트릭 기타리스트와 싸운드가 다릅니다. 굉장히 가냘프거나 굉장한 여운의 떨림이 있는데, 이건 우리가 흔히 비브라토라 부르는 것과 완전히 달라요. 저도 그게 궁금해서 처음 음악평론을 했을 때 신중현 선생님에게 가서 물어보기도 했어요. 특히 우리가 너무나 잘 아는 1974년 곡 「미인」의 간주를 들어보세요. 처음에는 분명히 일렉트릭 기타가 전형적인 리프riff 스타일로 연주를 시작하거든요. 근데 간주에 가면 그 기타는 온데간데없고 희한한 기타 소리가 나와요. 알고 봤더니 일렉트릭 기타에서 한국의 소리를 뽑아내기 위해 기타를 개조하셨더라고요. 기타 플랫 사이의 평평한 뒤판을 팠대요. 그래서 같은 음 안에서도 비브라토의 진폭이 훨씬 커진 거죠. 당시의 참혹할 정도의 인프라에서 이런 상상을 초월하는 창조적 직관의 도전이 연속해서 이어졌지요. 그리고 다양한 보컬리스트들이나 동료 뮤지션들을 통해서 폭발적인 음악적 실험을 하게 됩니다. 아마도 그 순간이 한국 청년문화의 정점이 아니었을까 싶어요.

진중권   신중현 음악을 듣고 싶어하는 젊은 세대 중에는 뭐부터 들어야 할까, 고민하는 분들도 계실 겁니다. 신중현의 수많은 걸작 중에서 가장 추천하고 싶은 음반이 있다면 무엇일까요?

강헌   딱 두 장의 음반을 먼저 들어보면 됩니다. 하나는 1974년에 나온 '신중현과 엽전들' 1집. 2집은 절대 들을 필요 없다고 전해주고 싶어요. 그리고 그 두해 전에 나온 '더맨'의 1집. 앨범 하나밖에 못 냈으니까 1집이라고 할 필요도 없죠. 이 음반에 바로 한국 록 음악사의 영원한 걸작인 「아름다운 강산」의 첫 버전이 발표됩니다. 사실 「아름다운 강산」은 신중현 사단에서도 수많은 버전이 있고 이선희, 이문세까지 수많은 리메이크가 있는데요, 그 수십개 리메이크 중에서 꼭 들어봐야 하는 것은 첫번째 버전입니다. 이선희나 이문세 버전에서 「아름다운 강산」은 굉장한 건전가요예요. 그런데 1972년의 오리지널 버전을 들으면 「아름다운 강산」이 '퍽킹 코리아'라는 것을 알게 됩니다. '아름다운 강산'은 반어법이고요, 총 7분이 좀 안 되는 시간 동안에 거대한 혼돈의 소용돌이가 몰아쳐요. 정말 싸이키델릭 싸운드를 이렇게 완벽한 예술적 의도를 가지고 형상화해낸 예는 아마

신중현과 엽전들 1집
「신중현과 엽전들」(1997)

동서양을 합쳐도 몇 손가락 안에 들지 않을까 싶을 정도의 비경이 눈앞에
펼쳐져요.

진중권 신중현 사단에 대해서도 더 말씀해주세요. 1970년대 초중반을 휩
쓸었었는데, 그들 중에서 가장 뛰어나다고 생각하는 인물이나 음반이 있
다면 무엇일까요?

강현 너무나 많은데요. 신중현은 보컬리스트로는 훌륭한 사람이 아니었
기 때문에, 1974년에 '엽전들' 밴드가 되기 전까지는 메인 보컬을 맡은 적
이 없습니다. 그전에는 자기 음악을 잘 표현할 수 있는 가수들을 통해 자
기 음악을 만들었는데요, 그중에서 신중현의 음악을 가장 잘 소화했다고
생각하는 인물은 김정미입니다. 김정미 1집은 한국 대중음악사상 최고의

음반 열개 중 하나로 꼽을 수 있는, 어쩌면 신중현 음악의 예술적 극점을 보여주는 음반이라고 할 수 있어요. 근데 너무 시대를 앞서가는 바람에 당시의 대중들에게 이해되지 못한 채 사라졌어요. 또 한사람은 신중현 사단 중에서 가장 큰 대중적 성공을 거두었던 인물이죠. 한국 대중음악의 트렌드를 바꾼 김추자입니다. 당시에 '담배는 청자, 노래는 추자'라는 말이 있을 정도였지요. 엄청난 스테이지 매너와 독창적인 안무로 모든 장르를 통틀어 패티 김과 겨룰 수 있는 막강한 보컬의 내공을 갖고 있었어요. 특히 「늦기 전에」「월남에서 돌아온 김상사」와 같은 명곡이 있는 1집, 「님은 먼 곳에」가 수록된 2집, 「거짓말이야」가 있는 3집 등, 초기 신중현 프로듀서의 작품들 판을 올려놓고 처음부터 끝까지 들어보면, '아, 그 힘들던 시절에도 이렇게 내공이 충만했던 가객들의 시대가 있었다'라는 것을 절감하실 겁니다.

진중권　그 시대의 얘기를 또 안 할 수 없습니다. 언젠가 신중현의 최대 음악적 라이벌은 박정희라고 하셨어요. 사실 박정희 대통령도 작곡 좀 했잖아요. (웃음)

강헌　많은 사람들이 박정희가 만든 이른바 건전가요들에 대해 "설마 대통령이 직접 그런 것까지 허접하게 작곡했겠냐, 아랫사람들이 한 걸 가로챘겠지" 하는데, 저는 박정희가 직접 작곡했다고 봅니다. 박정희는 어떤 의미에서는 정말 연구할 만한 인물이에요.

진중권　그림도 그리고, 서예도 좀 하고. 전두환 서예하고 비교하면 딱 수준

차이가 나잖아요. (웃음)

강헌　그리고 어떤 의미에서 박정희는 진정한 확신범이죠. 정치경제에서
사회문화에 이르기까지 인간의 모든 영역을 자신이 선善이라고 생각하는
바에 맞추려 했다는 점에서 그는 진정한 의미의 독재자입니다. 진정한 의
미의 낭만적 독재자예요. 사실 신중현 사단의 음악이 아무리 히트했다 하
더라도, 박정희 사단의 음악보다 대중적이지는 않았습니다. 저기는 시장
의 음악이고 여기는 국가권력의 음악이니까요. 우리 모두 아침에 "새벽종
이 울렸네"로 눈을 떠야 했지요. 학교 가면서 한번 듣고, 조례하면서 한번
듣고, 점심시간 내내 메들리가 나오고, 하교할 때 다시 듣고, 하루종일 박
정희 노래들을 들었으니까요. 그 음률이 요나누끼 장음계에 의한 일본 음
계거든요. 정확히 말하면 일본의 군가 음계죠. 박정희 시대의 유산이 얼마
나 크냐면, 우리 1980년대 초반에 대학 갔을 때 「해방가」라고 많이 부르던
노래 기억하세요?

진중권　아, "어둡고 괴로워라, 밤이 깊더니…"

강헌　맞습니다. 이게 해방 직후 「동심초」를 쓴 친일 작곡가, 서울음대 학
장을 한 김성태의 곡이에요. 근데 그게 일본 군가 「만주 행진곡」을 표절한
노래거든요. 그러니까 1980년대의 진보적 대학생들도 박정희의 유산에서
한발짝도 벗어나지 못한 셈이죠. 대통령이기 이전에 위대한 음악 프로듀
서였던 박정희의 공작이 대를 이어 뻗어나간 것이지요. 그래서 저는 박정
희가 신중현의 진정한 라이벌이었다고 생각하는 거예요. 실제로 이 라이

벌 의식은 곧 적대적 폭력으로 드러나게 됩니다.

진중권 그렇죠. 그래서 대중가요를 탄압했던 거죠.

강헌 그 부분에서 꼭 얘기하고 싶은 게 1975년의 분서갱유 사태입니다. 신중현이 그렇게 대마초 왕초로, 퇴폐음악의 두목으로 총탄을 맞은 이유가 실은 박정희가 꿈꾸는 세계의 음악을 만들라는 지시를 일축했기 때문이거든요. 당시 정권에서 만든 국민가요집이나 건전가요집을 보면 당시의 서양음악계, 국악계, 대중음악계의 스타들이 총동원되었습니다. 연세대학교의 나운영 교수도 군가를 썼고, 지금은 굉장한 리버럴리스트 예술가로서 잘 사시는 조영남 같은 분도 동원돼서 노래를 불러야 했어요. 당대 최고의 작곡가더러 그런 곡을 만들라고 지시하는 것은 박정희의 당연한 통치 행위였죠. 저는 신중현 선생이 명확한 정치적 입장과 신념 때문에 박정희의 명령을 거부했다고는 생각하지 않습니다. 그냥 아닌 거죠. 누가 누구 보고 작곡하라 말라 그래. 근데 그 한번의 거절로 중앙정보부가 1974년 앨범을 발표하고 예술가로서 최고의 정점에 올랐던 신중현 죽이기에 나서게 되죠. 신중현뿐 아니라 「아침 이슬」을 포함한 모든 노래가 매장되어버렸어요. 당시 긴급조치 5호 시대 때인데 1975년 4월에 가요 규제 조치가 발표되고, 같은 해 12월 말 대마초 파동으로 신중현을 구속합니다. 당시에는 대마관리법도 없었다는 점에서 말도 안 되는 조치였죠.

가왕 조용필의 시작

진중권 이제 시점을 옮겨서 1980년대로 오면 조용필씨가 있죠. 아직도 기
억나거든요. 조용필의 혁명이라고 해야 되나, 일단 싸운드가 다르잖아요.
선생님도 20세기 한국 대중음악에서 딱 한사람을 꼽는다면 조용필이라
고 하셨어요. 언젠가 조용필씨를 로커로 규정하시기도 했고요. 그런데 조
용필씨가 로커라는 느낌은 솔직히 잘 안 들거든요. 어떤 의미에서 로커입
니까?

강헌 조용필은 1950년생입니다. 1960년대 서구의 비틀스 같은 록과 리
듬앤블루스의 세례를 받으며 10대를 보냈고, 이미 10대 말에 자신의 꿈을
록밴드 음악으로 규정한 인물이에요. 실제로 1976년에 「돌아와요, 부산항
에」로 뜨기 전까지는 나이트클럽에서 '그림자'라는 A급 밴드를 꾸준하게
했어요. 그 당시에는 신중현을 제외하면 주류시장에서 로커가 활동하기란
굉장히 어려운 일이었어서, 나이트클럽이 록밴드의 유일한 터전이 되어
주었죠. 근데 조용필의 첫번째 입사가 잘못되죠. 첫 공식 데뷔 음반의 곡
이 트로트였던 거예요. 왜 그럼 조용필은 자기가 만들지도 않은 뽕짝을 불
러야 했나? 바로 그 녹음을 할 때가 신중현과 청년문화가 맹폭을 받고 화
면에서 사라지는 시점과 정확히 일치해요. 그래서 신중현의 후배 세대인
조용필과 조용필 세대의 로커들이 주류시장으로 들어오려면 잠시 신분세
탁을 할 필요가 있었어요. 왕정복고시대에 걸맞게 기성세대의 문법을 사
용해야 했던 거죠. 조용필만 그랬던 게 아니에요. 그룹 '솜사탕' 출신의 윤
수일이나 '검은 나비' 출신의 최헌, '메신저스' 출신의 조경수 등 로커들이

전부 다 기성세대의 문법을 가지고
데뷔를 했어요. 2차 대마초 파동에
걸려 1970년대 말 활동을 못했던 조
용필이 컴백을 해서 성공하자마자
제일 먼저 한 게 '위대한 탄생'이라
는 밴드를 만든 거예요. 지금 무엇
을 하건 자신의 음악적 자리가 록이
고 밴드라는 것을 조용필은 17세 이
후로 한번도 어긴 적이 없어요. 이
런 일관성을 가진 사람이 로커가 아
니면 누가 로커겠어요?

조용필 1집 「창밖의 여자」(1980)

진중권 조용필이라는 인물이 우리 노래에 남긴 영향이라고 할까, 가장 결
정적인 측면은 뭘까요?

강헌 저는 그 대목에서는 정말 할 말이 많은데요. 조용필이 한국의 음악
사에 남긴 것은 크게 세가지라고 생각합니다. 제일 위대한 공헌은 포크 음
악을 제외하고 모든 음악 장르의 문법을 가장 수준 높게 완성했다는 거예
요. 댄스뮤직, 디스코, 발라드, 트로트, 리듬앤블루스, 심지어 민요에서 동
요에 이르기까지. 이 모든 장르의 문법을 완성하여 전부 성숙한 수준으로
끌어올렸다는 점, 이건 대단한 정력입니다. 둘째는 주류시장에서 히트곡
하나가 아닌 앨범 자체의 완성도를 최우선적으로 고려하는 기준을 만들었
다는 거예요. 물론 조용필 이전에도 김민기나 한대수, 송창식이나 조동진

같이 약간 비주류에서 앨범의 가치를 추구한 사람이 있었습니다. 그러나 주류시장에서는 앨범 자체는 중요하지 않았습니다. 히트곡 하나에 쓸데 없는 다른 노래들 담아서 판을 팔아먹는 시대였는데, 그런 시대에 앨범의 모든 곡이 만족스러워야 한다는 룰을 만든 거죠. 이게 결국 한국 음악산 업 시장의 내적 성숙을 가져오고, 80년대의 경제호황과도 맞물려 조용필 시대에는 드디어 좀 알려지면 30만장 정도는 팔리는, 이른바 레귤러 30만 장 시대를 열게 됩니다. 그리고 셋째는 싸운드 테크놀로지의 비약적 혁신 을 이뤄냈고 이를 통해 연주자에 대한 사회적 인식을 결정적으로 바꿨다 는 거예요. 그전까지만 해도 대중음악인, 그중에서도 특히 연주자들은 '오 부리' '딴따라' 등 온갖 비하적 표현으로 불리며 사회적 하대를 받았어요. 근데 조용필은 자신이 번 돈의 대부분을 '위대한 탄생'에 투자를 합니다. 최고의 연주자들에 대한 욕심이 커서 끊임없이 멤버를 교체했어요. 예를 들어 유재하 같은 재능있는 젊은이가 나오면 어떻게든 붙잡아서 "너 여기 서 키보드 좀 쳐다오"라고 했던 거죠. 거꾸로 연주자들 사이에서도 위대한 탄생에 들어간다는 것은 하나의 프라이드로 여겨졌죠. 연주자가 한사람 의 예술가로 인정받고 존중받는 문화가 만들어짐으로써 그 이후 연주자 들과 편곡자들의 수준이 비약적으로 성장하게 돼요. 이 자양분들이 나중 에 1980년대 중후반에 한국 대중음악의 완성도를 폭발적으로 성장시키게 되죠.

진중권 조용필씨는 워낙 많은 히트곡을 남겨서 고르기가 뭐한데, 그럼에 도 불구하고 그중에서 추천하고 싶은 곡이 있다면 뭘 꼽겠습니까?

강헌　워낙 많지만, 굳이 한곡을 꼽는다면 1991년의 열세번째 앨범에 실린 「꿈」을 꼽겠습니다. 제게는 이 노래가 굉장히 의미심장해요. 조용필은 보통 작사는 본인이 하지 않았어요. 그런데 이 노래는 본인이 작사까지 했어요. 그러니까 자신의 심경을 담은 노래인 셈이죠. 1991년이면 조용필도 정점에서 꺾어져 신승훈이나 신해철 같은 젊은 스타들로부터 퇴위를 종용받는 시점이었어요. 그때 주변의 많은 이들이 괜히 록 같은 것 하지 말고 트로트만 하라고 조언을 했었죠. 조용필은 이제 트로트 가수로, 가요무대용 가수로 갈 거라고 모두가 예측할 때 조용필은 희대의 반전 카드를 뽑아들어요. 미국에서는 'MOR'middle-of-the-road이라 부르기도 하고 '어덜트 컨템포러리'라고 부르기도 하는, 록이지만 폭발성이나 에너지가 좀 떨어져 차분하고 정제된, 어른 취향의 음악을 40대 세대의 새로운 좌표로 설정해요. 그 첫번째 분기점의 걸작이 13집의 「꿈」입니다. 이 전략은 나중에 16집의 「바람의 노래」에 이르러 비로소 시장의 응답을 받게 되죠.

음악의 질서를 꿈꾸는 비평가

진중권　이제까지 1970년대, 1980년대 그리고 1990년대와 2000년대까지 한국의 대중음악 씬에 대해서 얘기를 나눠봤는데요, 그동안 대중음악평론을 통해 한국 대중음악의 보석 같은 순간들을 대중들한테 각인시키는 데 큰 역할을 하셨습니다. 그런데 2000년대 이후로는 활동이 뜸하십니다.

강헌　2000년대 이후에는, 특히 2002년 대통령 선거 이후에는 몸이 굉장

283

히 아팠어요. 음악평론이고 뭐고 아무것도 할 수 없는 시간이 오래 지속됐
어요. 또 이제는 비평가가 필요없는 시대가 된 것 같아요. 2000년대 K-Pop
이후의 한국 대중음악에 대해서는 별로 하고 싶은 말이 없어요. 이제는 음
악과 음악가의 시대가 아니에요. 자본과 상품의 시대지. 예를 들어 SM엔
터테인먼트가 우리나라의 대표적인, 아니, 거의 세계적인 음악 회사가 되
었지만 총매출에서 음악이 차지하는 비율은 15퍼센트가 채 안 돼요. 현재
의 회사들은 더이상 음악을 파는 것을 주업으로 삼는 회사가 아닙니다. 이
미지를 팔고 트렌드를 팔죠. 이벤트와 해외 공연이 주된 수입원이지 음악
자체는 뒤로 밀려나 있죠. 과연 이런 시대에도 비평가라는 게 필요할까요?

진중권 사실 2000년대 이후에 비평의 쇠퇴라는 현상이 나타난 건 음악뿐
아니라 모든 장르에서 마찬가지인 것 같습니다. 대중들은 더이상 평론을
원치 않는 것일까 하는 생각도 들고요. 그럼 대중음악평론에 미래가 있다
고 보시는지요.

강헌 비평가는 음악을 창조하는 사람, 음악의 질서를 만들어내는 사람
이 아닙니다. 그저 음악의 질서를 꿈꾸는 사람일 뿐이죠. 다시 음악과 음
악가의 시대가 돌아온다면 비평가는 그와 함께 돌아올 거라고 생각해요.

진중권 23년을 평론계에서 몸담으시면서 누구보다 날카로운 펜 끝을 자랑
했는데, 책은 거의 안 내셨어요. 1994년에 나온 책『음악의 파장 공명의 파
장』도 제대로 된 책이 아니에요. 특별한 이유가 있나요?

강헌   저는 책에 대한 결벽증이 있나 봐요. 그동안 쓴 글을 대충 풀고 정리하면 아마 다섯권은 나올 거예요. 그런데 저는 이상하게도 그렇게 쪽글들 모아서 낸 책들을 보면 화가 나요. 책에 대한 모독이라는 생각이 들어서요. 책은 첫 페이지의 첫 글자부터 마지막 페이지의 마지막 글자까지 제대로 써야 한다는, 책에 대한 왜곡된 환상을 갖고 있다보니 그렇게 됐나봅니다. (웃음)

진중권   그래도 이 시점이면 한국 대중음악의 역사를 일괄하고 싶은 욕망도 드실 것 같아요. 저술이나 연구 계획이 있는지 궁금합니다.

강헌   지금도 저 문밖에서는 그 책을 기다리고 있는 출판사의 편집장이 있을 것 같군요. 언젠가는 나오겠죠. 신해철의 노래 제목대로 하자면 '먼 훗날 언젠가'.

　　강헌 선생과의 인터뷰를 통해서 그동안 파편적인 이미지로만 남아 있었던 한국 대중음악의 장면들을 비로소 하나의 '역사'로 꿰어 맞출 수 있었다. 록 음악의 대부 신중현이 서구의 록 음악을 어떻게 한국화했는지, 1970년대 포크 음악의 쌍두마차 김민기와 한대수의 음악이 어떤 사회적·정치적 역할을 했는지, 1980년대 조용필에 이르러 한국의 대중음악에서 장르의 문법이 어떻게 정비되는지, 1990년대 서태지가 문화산업이 된 음악시장에서 어떻게 미시권력에 맞서 싸웠는지, 일목요연하게 정리되는 느낌이었다. 이것이 바로 평론의 힘이리라. 하지만 한국 대중음악의 역사를 기록하는 그의 작업은 2000년대에 들어와 갑작스럽게 중단된다. 그의 건강이 나빠진 탓도 있지만, 거기에는 그보다 더 깊은 의미가 있다. 사실 2000년대에 들어와 한국의 대중음악은 외형적으로는 엄청난 성장을 보였다. '한류'나 'K-Pop'의 이름으로 그 영향력이 국제적으로까지 확대되기까지 했다. 그럼에도 불구하고 그는 "2000년대 이후의 한국의 대중음악에 대해서는 별로 하고 싶은 말이 없다"라고 말한다. 그것은 최근 한국의 대중음악이 거둔 성공은 음악적 성취라기보다는 산업적 성장에 가깝기 때문이리라. '총매출'이라는 말로 표현되는 그 성장세 속에서 정작 음악이 차지하는 비중은 얼마 되지 않는다. 한마디로 '산업'으로서 음악은 비약적으로 성장했을지 몰라도, '문화'로서 음악은 외려 후퇴했는지도 모른다. 실제로 그사이에 음악의 주체가 뮤지션에서 기획사로 넘어간 듯한 느낌이 드는 것이 사실이다. '음악' 자체와 더불어 위기에 처한 것은 '평론'이다. 문화산업이 '음악'을 추방하자, '평론'도 함께 망명을 떠났다. 하지만 그는 음악과 평론의 부활을 믿는다. "다시 음악과 음악가의 시대가 돌아온다면 비평가는 그와 함께 돌아올 거라고 생각해요." 신해철의 노래 제목대로 '먼 훗날 언젠가'.

글자로 세상을 멋짓다

시각디자이너
안상수

시각디자이너, 타이포그라퍼. 1980년대 초반부터 한글 글꼴 디자인과 한글 타이포그래픽 디자인을 이끌어왔다. 안상수체, 이상체, 미르체, 마노체 등 다양한 한글 글꼴을 만들었다. 1980년대에는 월간 『마당』, 월간 『멋』의 아트디렉터로 활약했다. 2007년 구텐베르크상을 수상했으며, 홍익대학교 디자인학부 교수를 조기 퇴임하고 현재 파주타이포그라피학교를 세워 날개(교장)로 있다.

현대 타이포그라피의 선구자 얀 치홀트Jan Tschichold, 1902~74는 예선의 장식적 타이포그라피를 버리고 효율적이고 기능적인 신新 타이포그라피를 주창한 바 있다. 그의 신 타이포그라피와 더불어 타이포그라피도 당시 시대정신이었던 모더니즘의 물결에 합류하게 된다. 하지만 1930년대 이후 얀 치홀트는 자신이 주장한 신 타이포그라피가 너무 극단적이었다는 반성과 함께 자신의 대명사나 다름없던 글꼴을 버리고 다시 고전적 스타일로 돌아간다. 그 이유를 그는 자신이 겪은 2차대전의 충격으로 설명한다. 나치 시절 그는 공산주의의 동조자로 체포되기도 했으나, 지인의 도움으로 가까스로 나치 독일에서 탈출할 수 있었다. 이 체험 이후 그는 단순하고 명쾌한, 그리하여 획일적인 기준을 강요하는 신 타이포그라피가 어떤 의미에서는 파시스트적이라고 생각하게 된다. 기능에 필요하지 않은 모든 것을 버리라고 주장하는 모더니즘의 기능주의적 사유가 결국 끔찍한 전체주의로 이어졌다는 것이다. 이 전향의 바탕에는 물론 글자를 소통의 수단으로만 바라보는 도구주의적 관념에 대한 비판이 깔려 있다. 얀 치홀트에게 결국 글자는 한갓 도구를 넘어 문화의 근본이었던 것이다. 우리가 쓰는 글자들을 유심히 들여다 본 적이 있는가? 한글 워드프로세스 작업창에 '글꼴'을 클릭하면, 수많은 서체들의 이름이 뜬다. 그 리스트 중에서 유난히 눈에 띄는 것이 있다. '안상수체'. 우리 한글의 글꼴들은 어떻게 만들어진 것일까? 그리고 그 안에는 어떤 정신이 들어 있을까? 이런 의문을 안고, 한국의 대표적 타이포그라피 디자이너 안상수씨와 마주 앉았다.

"글자는 한갓 도구가 아니다.
문화의 근본이다."

진중권 안상수 선생님은 세계적인 디자이너이자 한국을 대표하는 타이포
그라피의 선구자 중의 한분이십니다. 타이포그라피가 뭔지 잘 모르는 분
들도 있을지 모르겠습니다. 타이포그라피와 캘리그라피가 어떻게 다르냐
고 묻는 분들도 있을 것 같아요.

안상수 캘리그라피는 우리말로 번역하면 그냥 '서예'예요. 우리나라에서
일반적인 쓰임새를 보면 예술로서의 서예와 캘리그라피라는 말을 구별해
서 쓰기에 저는 '손멋글씨'라 부릅니다. 물론 도구는 다르죠. 서양 캘리그
라피는 펜 같은 딱딱한 도구를 가지고 썼고, 동양의 서예는 붓이라는 부드
러운 도구를 가지고 쓰니까. 타이포그라피는 그것이 활자화된 상태, 그러
니까 활자, 곧 '타입'type이라는 말과 '기술'graphy이 합쳐져, 활자를 다뤄 멋
지어내는 일이나 글자를 디자인하는 일을 말합니다.

진중권 그러니까 캘리그라피가 하나의 판본만 있는 원본이라면, 타이포그
라피는 타입, 수없이 많이 복제가 될 수 있는 활자라고 할 수 있겠네요.

안상수 그렇습니다. 글자를 다뤄서 하는 모든 디자인을 타이포그라피라고

해요. 가장 대표적인 게 책을 디자인하는 일입니다. 글자를 배제하고 할 수 있는 일이 거의 없잖아요. 도로표지판부터 광고, 웹사이트, 손전화에 있는 여러가지 UX디자인, 이런 것들이 다 타이포그라피의 소산이에요. 그래서 시각디자인에서 타이포그라피가 가장 바탕이거든요. 타이포그라피는 디자인의 등뼈라고 합니다. 컴퓨터공학에서 수학이 기초학문이듯 디자인의 가장 기초는 타이포그라피예요.

진중권　인터뷰를 준비하면서 용어 고민을 많이 했는데요, 디자인, 타이포그라피, 이런 외래어보다 디자인의 우리말 변용인 듯한 '멋지음'이라는 말을 선호하시던데, 설명을 해주시죠.

안상수　제가 디자인을 전공하면서 계속 디자인이라는 말에 눌려 살았죠. 자격지심도 생기고. 그래서 이게 우리말로는 어떻게 될지 늘 생각했어요. 그런데 어느날 제게 불쑥 들어오는 말 하나가 '멋'이었어요. 디자인이라는 것은 무엇을 멋있게 만드는 것이잖아요. 책상을 멋있게 만드는 게 책상 디자인이고, 공간을 멋있게 꾸미는 게 공간 디자인이지요. 그래서 그 말이 딱 들어오는 순간, '만들다'라는 말도 적절치 않다는 생각을 했어요. 그러다가 '짓다'라는 동사를 만나게 되었는데, '짓다'가 사실은 가장 중요한 동사더군요. 우리 인간의 의식주가 다 '짓다'라는 동사로 만들어지거든요. 밥 짓고, 옷 짓고, 집 짓고. 그냥 공장식으로 만드는 건 '만든다'라고 하는데, 정성을 들이거나 창의적인 의지가 들어가는 것은 '짓다'라고 해요. 밥 만든다, 옷 만든다, 집 만든다, 이러지 않거든요. 그리고 '짓다'라는 동사에는 보다 더 깊은 어떤 것을 만들어내는 데 쓰이는 용례가 훨씬 더 다양합

니다. 웃음 짓고, 눈물 짓고, 시 짓고, 글 짓고, 때론 죄까지 짓고, 더 크게는
업까지 짓습니다. '짓는다'라는 말은 이처럼 독특한 함의를 지니고 있기에,
멋이란 '만들어내는 것'이 아니라 '지어내는 것'이지요. 바로 그 상태가 디
자인이더라고요.

진중권 근데 우리한테는 외래어가 외려 한국어보다 더 친숙해요. 이미 그
렇게 굳어진 측면도 있고요. 일상생활에서도 디자인 대신 '멋지음' 같은
용어를 사용하시나요?

안상수 '멋지음'이란 말을 쓰면, 보통 사람들은 잘 못 알아듣고 긴장하니까
디자인이라는 말을 쓰는데, 쓸 기회가 생기면, 의도적으로 '멋짓다' '멋지
음'이라는 말을 씁니다.

진중권 원래 '디자인'이라는 말은 이딸리아어 '데지그노'designo에서 나왔
죠. 르네상스 시대에는 그 말이 회화뿐 아니라 건축까지 포함하는 넓은 개
념으로 사용됐는데, 그후 의미가 좁아져서 그 말이 가리키는 외연에서 그
림이 빠지면서 기술적 측면이 강한 개념이 됐습니다. 어쨌든 그 말 안에
나름대로 서양 시각문화의 전통들이 담겨 있는 셈이죠. 하이데거가 말하
듯이 언어는 존재의 집이잖습니까? 어떤 낱말을 쓰느냐에 따라서 사물을
바라보는 시각이 달라집니다. 그런 의미에서 디자인을 '멋지음'이라고 부
르는 바탕에는 완전히 다른 디자인 철학이 깔려 있을 것이라 짐작합니다.

안상수체를 만들다

진중권　아마 안상수체를 모르는 사람은 거의 없을 겁니다. 안상수체가 처음 쓰인 게 1986년 1월『과학동아』창간호죠. 지금까지도 제호로 쓰이고 있고요. 당시만 해도 서체에 본인의 이름을 다는 일은 많지 않았습니다. 안상수체를 만들게 된 계기가 무엇이고, 또 안상수체가 기존의 폰트와 어떤 면에서 차이가 나는지 설명해 주시죠.

안상수　한마디로 안체는 탈脫네모틀 글자입니다. 그전에 공병우 박사나 통일타자기 같은 경우는 타자기의 기계적인 한계 때문에 탈네모틀이 될 수밖에 없었고, 그 한계 안에서 네모틀에 비슷하게 글자꼴을 디자인해서 넣으려고 했어요. 안체는 아예 그걸 포기한 거죠. 네모틀에 타협하려고 한 게 아니라 한글의 창제 개념원리를 따른 것입니다. 한글의 원리라는 게 닿소리, 홀소리, 받침 이 세가지 음소가 모여서 덩이글자를 이루고 하나의 소리마디를 만드는 거잖아요.『훈민정음』에 '첫 닿자와 받침은 같은 것을 다시 쓴다'라고 되어 있어요. 그러면 '랄랄라' 할 때 '랄' 자에서 첫 닿자 ㄹ과 받침 ㄹ의 꼴이 같아야 해요. 그런데 전통적인 네모틀 글자의 '랄' 자를 보면 첫 닿자 ㄹ과 받침 ㄹ자의 꼴이 달라요. 그러니까 한 음절 덩이글자를 한 글자로 보는 것이지요. 그렇게 되면 한글을 디자인할 때 수천자 이상을 그려야 합니다. 그런데 한글의 원리는 그런 게 아니잖아요. 한글 낱자 스물네자를 멋짓고 그것을 정해진 위치에 조합하면 되는 것이지요. 이렇게 조합하면 획이 많거나 복잡한 글자는 커지거나 돌출되고, 단순한 글자는 키나 너비가 작아져, 자연스럽게 탈네모틀 꼴이 되는 것입니다.

295

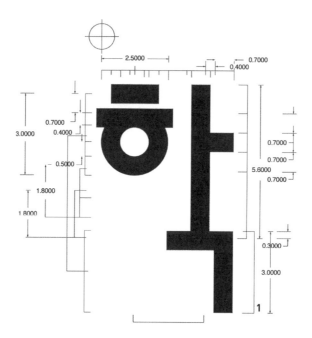

1 _ 안상수체 모듈(1981)

2 _ 과학동아 창간호

진중권   물론 그렇게 해석할 수도 있겠지만, 한글 자체가 원래 한자처럼 네모틀 안에 집어넣게 디자인된 건 아닌가요?

안상수   그건 아마 당시의 기술적 한계 때문에 그랬을 거예요. 외람되지만 가끔 저는 '내가 세종이라면…' 하고 상상을 해보는 버릇이 있어요. 한글은 애초부터 활자로 태어난 글자입니다. 반포할 때부터 손글씨가 아닌 활자로 인쇄된 책으로 태어났습니다. 이때 한자 중심의 글자 환경은 네모틀로 고정되어 있었어요. 한글이라는 새로운 글자도 거기에 맞춰야 하는 것이 상례였다고 봅니다. 하지만 저는 세종임금이 그걸 탈피하고 싶었을 거라고 믿어요. 그런데 기술적 한계와 관례 때문에 네모틀에 넣을 수밖에 없었던 것이라고 생각합니다.

진중권   인터뷰를 위해 자료를 찾아보다가 글꼴 디자인이 엄청나게 과학적으로 이뤄지고 있다는 느낌을 받았습니다. 디자인 평론가 최범씨는 안상수 선생님을 '우리 디자인계에서 정말 희소한 모더니스트'라고 하더군요. 실제로 안체의 글자들은 모양 자체가 굉장히 모던해 보이거든요. 처음에는 그 생경한 모양 때문에 논란도 있었을 것 같은데, 당시 반응이 어땠는지 궁금합니다.

안상수   제가 안체를 멋지었을 즈음 선배들이 저에게 포스터 디자인을 맡기면서 제 마음대로 하라 했는데, 거기에 처음으로 안체를 썼어요. 그 포스터 전시회 개전식을 하는 날 다 모였는데, 저한테 일을 시킨 선배가 와

서 "마음대로 하라고 했더니 정말 그렇게 하기냐? 그것도 글자냐?"라고 막
나무랐거든요. (웃음) 사실 그때 저는 속으로 기분이 괜찮았어요. 꾸지람
듣는데 그게 섭섭하거나 야속하지 않고 이상한 통쾌감 같은 게 느껴졌습
니다.

진중권 그때까지만 해도 '한글'이라고 하면 서예로 쓴 글자를 떠올리던 시
절이었죠. 타이포그라피는 굉장히 산업화된 글자 아닙니까? 첫눈에 보기
에는 기계적이어서 당시의 정서에 안 맞았을 것 같기도 합니다. 안상수체
도 그렇고, 그다음에 만드신 다른 서체들도 그렇고, 읽히기 위한 타이포그
라피는 아니라는 느낌이 들었거든요. 표지나 포스터 같은 디자인이나 예
술적 용도로 사용된다면 모를까.

안상수 예술적 용도라기보다는, 모든 글꼴은 제 느낌에 맞는 쓰임새가 있
어요. 본문용 글꼴, 표지에 맞는 글꼴 등 각각 특징이 있기 때문에, 안체가
어울리게 쓰일 곳을 잘 찾아내는 감각이 필요합니다. 안체는 보통 본문용
한글 문서에 쓰이면 가독성이 떨어집니다. 그렇지만 가시성은 오히려 더
높기에 제목용이나 눈에 잘 띄어야 하는 곳에 쓰면 좋을 거예요.

한글 글꼴 디자인의 역사

진중권 솔직히 저는 우리가 신문, 잡지, 책에서 늘 접하는 타이포그라피가
불만스럽습니다. 예를 들어 전시회 카탈로그에 한쪽 페이지는 한글, 맞은

편 페이지는 영어로 나올 때 한글이 생김새가 어딘지 떨어진다는 느낌입니다. 외국에 비해 글꼴 자체도 종류가 적은 거 같아요. 용도에 적합한 글꼴을 넣지 못해서 그런 것일까요?

안상수 우리나라도 많은 글꼴이 디자인되어 나왔는데, 글꼴 완성도의 차이가 커요. 프랑스 사람이 디자인한 가라몬드라고 하는 글꼴은 벌써 한 300년 역사가 됐거든요. 그의 디자인을 다음 사람이 이어 다듬고 고치면서 완성도를 높이고 활자 가족을 늘려온 거죠. 줄기가 굵거나 가느다란 것, 거기에 이텔릭체를 파생하고, 부속 문장부호, 특수부호, 약물, 꽃무늬 등이 개발되었어요. 시간이 갈수록 계속해서 깁고 고치고 더해서 오늘의 아름다운 글꼴에 이른 것입니다. 그런데 우리가 글꼴을 스스로 개발한 역사는 사실 한국전쟁 이후예요. 그전에도 없진 않았지만 본격적인 시작은 최정호 선생님 이후였고, 그의 원도原圖도 모두 일본으로 가져가서 사진식자기에 탑재해 역수입한 것입니다. 우리 힘으로 하드웨어까지 만들어낸 것은 PC가 확산·보급된 1990년대 이후예요. 이제 20년 된 거지요. 아직 갈고닦은 시간이 부족합니다. 글꼴이란 어느정도 최소한의 절대적 시간이 필요해요. 그러나 우리가 20여년 만에 이 정도로 한글꼴 환경을 발전시킨 것은 태생적인 한글의 창의구조나 생김새에서 비롯되었다 봅니다. 한글은 이미 디자인되어 태어났기 때문이지요. 한글의 미래가 밝다고 믿습니다.

진중권 최정호 선생님 말씀을 하셨는데요, 저도 인터뷰를 준비하면서 그분 성함을 처음 접하게 됐습니다. 한글 글꼴 디자인의 선구자이신데, 업적에 비해서 너무 안 알려진 것 같습니다. 어떤 분인지 소개 좀 해주시죠.

안상수 최정호 선생님은 1916년 태어나서 1988년 돌아가셨습니다. 지금 우리가 쓰고 있는 현대적인 바탕 글꼴이 거의 다 그분의 디자인이라고 해도 과언이 아닙니다. 그분 이전이 한글꼴 버전이 1.0이라고 한다면 이분의 한글꼴 디자인은 버전 2.0이에요. 그전의 글꼴 디자인은 손의 감각에 의해서, 마치 시계수리공이 시계 고치듯이 활자를 파서 만들었어요. 근데 이분이 디자인한 건 붓으로 그린 것입니다. 붓으로 그린 원도를 사진 찍어서 벤턴 조각기라고 하는 기계로 글자를 새겨요. 그러니까 원도의 아름다움, 미감이 중요해지는 거죠. 그렇게 우리나라에서 원도 활자가 시작된 게 1950년대였고, 그게 그대로 사진식자로 이전이 되죠. 그러니까 활자 제조 기술이 바뀌는 시대에 이분이 거의 독보적으로 한글 디자인을 하신 분입니다. 이분의 업적은 아직 일반인들에게 많이 알려지진 않았지만, 날이 갈수록 더 빛이 나 최정호라는 이름을 들을 기회가 많아질 겁니다.

진중권 우리가 가장 흔히 접하는 폰트가 '명조'니 '신명조'니 하는 것이죠. 그것들도 만드신 분들이 다 따로 있는 건가요?

안상수 제가 이 비슷한 질문을 최정호 선생님이 살아 계실 때 드린 적이 있었어요. 그때 그가 그려낸 글꼴은 일본 사진식자기 회사가 주문해서 만든 거였어요. 일본이 사진식자기를 우리나라에 수출하려면 한글을 탑재해야 하니까, 이미 개발되어 있는 한자나 가나에 한글을 실어야 했던 것이지요. 그때 우리는 한자와 한글을 같이 써야 했으니까요. 그래서 최선생님께 원도를 주문한 것이지요. 그래서 글꼴을 디자인해주면 그네들이 자기네

글꼴인 '명조체' '고딕체'에 탑재해서 같은 이름으로 다시 우리나라에 수출한 것이지요. 한글꼴의 'OEM'주문자 상표 수출이었다고 할까요? 덧붙이자면 중국에서는 명조체라는 말을 안 써요. 명나라 때의 활자인 '명조체' 느낌은 오히려 송조체에서 더 납니다. 중국에서는 우리가 명조체라고 이르는 바탕글꼴은 모두 송조체로 써요.

진중권 그러니까 명조체라는 게 사실 일본 글꼴이고 그게 한글에 적용된 거군요. 일본은 또 송조체를 따라서 그걸 만든 것이고. 그러면 '명조체'라는 말은 원래는 명나라 서체라는 뜻인가요?

안상수 당나라 때 해서체가 완성되고 송나라 때에 목판활자로 표준화되었으니, 지금 한자 활자꼴은 송조체가 원본이라고 보면 됩니다. 그 활자본을 바탕 삼아 다시 다듬어 만든 거죠. 명나라 때의 글꼴을 본으로 삼았다고 해서 명조체라고 얘길 하는데, 좀더 자료를 찾아봐야겠어요. 일본이 항상 역사적으로 중국에 엇갔잖아요. 중국과는 다르다는 문화적 정체성을 늘 주장해왔으니까 명조체라는 말을 의도적으로 썼을지도 모른다고 생각해요. 혹시 이름을 지을 때 메이지 유신明治維新과도 어떤 연관이 있지 않았을까, 상상도 해본 적이 있어요.

진중권 같은 한글을 쓰는 북한의 글꼴들은 어떻게 평가하십니까.

안상수 사실 1960년대까지만 하더라도 본문 글씨는 비슷하게 쓰였고, 지금 우리가 북쪽 글씨라고 하는 손으로 쓴 굵은 제목 글씨가 남쪽 간행물에

도 그대로 쓰였어요. 글씨만이 아니라 말도 그랬죠. 1960년대 초반까지만
하더라도 아나운서 말이 남북이 비슷했던 거 같아요. 그런데 그후에 남쪽
에서는 최정호 선생님이 만든 새 글꼴의 기틀과 바탕 위에 변화와 발전을
이루어 지금까지 이어졌고, 최근 북쪽의 구체적인 사정은 잘 모르겠어요.

진중권 아까 말씀하신 버전 1.0과 2.0의 차이가 사실 남북의 차이로 분명
하게 나타나는 셈이네요. 북쪽은 1.0, 남쪽은 2.0으로.

안상수 최근에는 북쪽도 많이 세련되어지지 않았을까요? 글꼴 디자인은
남북이 협업하기에 참 좋은 분야라는 생각이 들어요.

진중권 여러 서체들을 보실 텐데, 우리나라에 나와 있는 글꼴들 중에서 보
시기에 괜찮다고 생각하는 것이 있나요.

안상수 요새 좋은 글꼴들이 많이 나오고 있어요. 기업들도 글꼴을 만들어
내고 있죠. 네이버에서 만든 나눔글꼴, 아모레퍼시픽에서 만든 아리따, 서
울시에서도 한강체, 남산체 같은 걸 만들었고, 문화체육관광부나 조계종
같은 곳에서도 글자를 만들어서 보급하고, 글꼴 전문 회사와 개인 디자이
너들도 많이 만들어서 팔아요. 개인들이 글꼴을 사서 쓰는 문화는 아직 활
발하지 않지만 점점 긍정적인 조짐들이 나타나고 있고, 좋은 글꼴들이 나
오고 있어요.

한글 디자이너 세종대왕

진중권 한글 자체에 대한 이야기를 좀 해보겠습니다. 선생님께서는 세종대왕을 위대한 디자이너라고 말씀하셨어요. 세종대왕의 한글 창제라고 하면, 보통 '나랏말싸미 듕귁에 달아 문자와로 서르 사맛디 아니할쎄'라는 구절을 들어 자주 정신을 이야기하거나, '어린 백성이 니르고져 홇 베 이셔도'라는 구절을 들어 애민 정신을 이야기하곤 하는데, 어떤 의미에서 세종대왕을 디자이너라고 하시는 겁니까?

안상수 한글은 세계에서 유일하게 디자인된 글자입니다. 가장 오래된 글자인 라틴 알파벳은 어떻게 진화되었는지는 알지만 누가 의도적으로 디자인한 글자는 아니거든요.

진중권 알파벳은 자연발생적으로 진화해온 거고, 한글은 특정한 시점에 그야말로 인위적으로 만든 거니까요.

안상수 네, 어떤 사람이 뚜렷한 목적을 가지고 아주 논리적인 철학 체계까지 만들어서 디자인해낸 결과물이 바로 한글입니다. 엄청난 디자인인 것이지요. 아까 디자인을 '멋짓다'라고 했는데, 정말 새로운 멋을 지어낸 겁니다. 어떤 스님이 참선을 우리말로 한다면 '멋'이라고 했대요. 멋이라는 말은 우리 겨레 심미감의 가장 알짬인 듯합니다. 겨레의 미감을 웅축시켜 구체적 형태로 멋지어낸 것이지요. 한글로 한 겨레의 존재가 뚜렷해진 것입니다. 그래서 세종 이도李祹, 이분이 참으로 멋있는 디자이너라고 믿지요.

진중권 세종대왕을 디자이너로 바라볼 경우에 한글을 바라보는 새로운 시각이 열릴 것 같아요. 『훈민정음 해례본』을 보면 창제 당시의 글자의 꼴을 볼 수 있지 않습니까. 그건 어떻게 평가하세요?

안상수 참 혁명적이고 경이로운 형태입니다. 3천년 세월 동안 가꾸어진 한자의 곡선적 아름다움이 한글 창제 당시의 국제적 스타일이었다고 한다면, 한글의 창제 글꼴은 국제 스타일과는 정반대로 아주 단순하고 기하적인 글꼴로 태어난 것이지요. 그것도 한자는 한 글자 한 글자가 상형象形, 회의會意의 조형 덩어리로 되어 있는데 한글은 음소에 따라 분해된 자소를 만들고 다시 그 자소들을 소리덩이로 조합해서 덩이글자를 만든 발상이 탁월하지요.

진중권 'ㄱ'자를 보고 충격적인 아름다움을 느끼셨다고 하신 적이 있지요. 그런 조형적 아름다움을 말씀하신 거군요.

안상수 세종 이도가 한글을 멋짓고 나서 3년 만에 펴낸 게 『훈민정음』이라는 책이잖아요. 이를테면 훈민정음의 디자인 지침서죠. 그 33쪽짜리 『훈민정음 해례본』의 첫 쪽을 보면 "國之語音 異乎中國" 이렇게 모두 한자로 써 있지요. 안평대군의 글씨입니다. 아름답지요. 그런데, 왼쪽 위에 ㄱ자 딱 한 글자가 있어요. 그런데 그 새로운 글자 한글의 첫 글자 'ㄱ' 하나의 아름다움이, 그 새로운 혁명적인 형태가, 그 아름다운 한자 판면 전체를 완전히 압도합니다. 충격이지요. 저는 이 한글꼴이야말로 우리 겨레의 현대적

미감을 대표한다고 봐요. 우리 문화의 현대성 시초는 여기서부터 찾아야 된다고 생각합니다.

진중권 '디자인'이라는 게 단지 글자의 시각적 형태만이 아니라 원리까지 아우르는 거군요. 제가 유학할 때 일본어를 배우던 프랑스 친구가 있었는데, 이 친구가 부전공으로 한국어를 택했거든요. 그런데 어느날 와서 하는 얘기가, "나 오늘 처음 수업을 들었는데, 충격을 받았다. 너희 나라 알파벳이 엄청나더라. 정말 과학적이다. 어떻게 이런 언어가 있을 수 있느냐"라고 했던 게 기억이 납니다. 우리는 늘 한글이 위대하다고 말하면서도, 다른 한편으로는 아직 언어사대주의에 사로잡혀 있는 것 같습니다. 간판도 그렇고, 방송용어도 그렇고 외래어가 난무하지 않습니까. 디자이너 중에서도 그렇게 생각하는 사람이 많지 않을까 싶어요. 한글로 해도 될 것을, 영어로 하는 게 훨씬 더 예뻐 보인다고 해서 일부러 영어로 하는 경우도 꽤 있는 걸로 알고 있어요.

안상수 영어로 하면 괜히 멋있게 보이지요. 그러나 한글도 멋있다는 것은 우리 세대가, 우리 세대에서 멋지어내야 한다고 생각합니다. 멋있는 한글을 멋지어내야 일반인의 미감이 따라오거든요. 사실 1980~90년대만 하더라도 한글 많이 쓰면 운동권이고, 영어 많이 쓰면 더 '지식인스럽고' 영문으로 장식하면 비싸게 팔리는 그런 분위기였는데, 지금은 많이 바뀌었습니다. 최근에는 외국에서도 한글 티셔츠를 입고 다니는 사람이 종종 눈에 띈다는 기사를 봤습니다. 이제 사람들이 한글의 아름다움에 많이 공감을 하는 것 같아요.

305

진중권 한글이 참 예쁘긴 예쁜가봐요. 옛날에 브리트니 스피어스Britney Spears, 1981~ 가 한글로 '신흥 호남 향우회'라고 쓰인 옷을 입고 있는 것을 보고 한참을 웃었습니다. 그분 디자이너가 한글을 좋아한다고 하더군요. (둘 다 웃음) 혹시 '노앙'이라는 국내 의류 브랜드를 아시나요? 배우 유아인하고 노앙의 디자이너가 함께 만든 폰트 티셔츠가 요즘 젊은이들 사이에서 큰 인기를 끌고 있습니다. 홍대 앞에서만 열댓번은 본 거 같아요. 아시죠? 영어에 슬쩍 한글을 섞은 티셔츠인데요.

안상수 네, 아주 즐거운 디자인이라고 생각했습니다.

진중권 뒤섞는 것 자체를 싫어하는 한글 원리주의자들은 한글을 파괴한 게 아니냐고 따질 법도 한데, 그런 부분에서는 굉장히 열려 계신 것 같습니다. 사실 문화라는 게 우리 것만 가지고 발전하는 것은 아니고, 외국에서 받는 영향들과 함께 어우러지면서 발전하는 거죠. 그래서 한글과 외국어, 외래어가 함께 뒤섞이는 건 어쩔 수 없고 때로는 좋은 일이기도 하지요. 그렇다 하더라도 너무 무분별하게 뒤섞는 것은 문제가 있어 보입니다. 우리가 지켜야 할 원칙 같은 게 있다면 뭘까요?

안상수 무슨 원칙이나 기준을 세우기보다는 새로운 한글꼴이나 쓰임을 멋지어내거나, 새로운 우리말을 자꾸 지어내는 것이 중요하다고 생각합니다. 아름다운 우리 옛말이나 사투리를 살려 쓰거나, 새롭게 만들어내는 것이 좋아요. 최근에 지식산업사 김경희 대표께서 추천한 책을 읽었어요. 문영이라는 분이 쓰신 책인데, 거기서 남편을 '곁님'이라고 했더군요. 아름답잖아요. 또 '간추린'이라는 말도 해방 후 그 책을 펴냈던 출판사의 편집자가 만든 말이랍니다.

진중권 근데 마치 옛날부터 쓰던 말처럼 들려요. 실은 없던 말인데 바로 이해가 되네요. '모꼬지'라든가 '해오름'이라든가 '동아리'라든가, 이런 말은 원래 쓰지 않던 말이잖아요. 근데 동아리 같은 말은 지금 정말 자연스럽게 쓰고 있지요.

안상수 외래어는 필요에 따라 수입해 쓰는 거잖아요. 외래어 사용에는 묘한 심리가 있어서 때로는 쓰는 사람이 지적 우위를 과시한다고 느껴질 때도 있습니다. 그러나 외래어나 한자말을 쓸 때 '곁님'이나 '해오름' 등 그를 대신할 우리말을 생각해보는 것이 창의적인 언어 태도라는 생각이 들어요. 언어에서 새로운 상상력이 생기기도 합니다. 다른 이들은 어떨지 모르지만, 저는 그래요.

진중권 중국 사람들이 그런 걸 참 잘하는 거 같아요. 컴퓨터를 '전뇌電腦'라고 하고. 코카콜라를 '가구가락可口可樂'이라 하잖아요. 우리도 그런 말들을 만들어서 그저 외래어를 받아들이는 수준을 넘어 그것을 우리 것으로 재창조하는 것이 필요한 것 같습니다. 우리말도 옛말로 화석화시킬 게 아니라 새롭게 창조해나갈 필요가 있어요.

안상수 그런 조어력이 실은 문화의 힘이겠지요. 새로운 말을 만들어내지 못한다는 것은 상상력의 한계일 수도 있어요.

도시의 가독성을 높여라!

진중권 간판문화연구소에서 활동하기도 하셨습니다. 우리의 도시 미관을 해지는 융불 중 하나가 제각각이고 부분별한 간판들인데요, 요즘은 건물에 붙은 간판들의 글꼴을 하나로 통일하기도 하는데, 차분히 정리된 느낌을 주지만 어딘지 이상해 보이더라고요. 이것도 올바른 해법은 아닌 거 같아요. 뭔가 대책이 없을까요?

안상수 도시 간판 문제는 어렵습니다. 언젠가 시청의 간판 담당 공무원을 만난 자리에서 그분 말씀이 관련된 법규들은 잘되어 있지만 그대로 관리를 못한다고 하더라고요. 먹고사는 문제와 직결돼 있으니 어렵답니다. 그래도 서울 중심부는 조금 낫지만, 서울 위성도시로 가보면 도심 건물들이 완전히 간판들로 뒤덮여 있어 어디 눈 둘 데가 없지요. 복합적인 원인이 있어요. 이 문제가 해결되려면 정말 시민의 문화 수준이 올라가야 합니다.

진중권 많은 시민들이 그걸 시각적 괴로움으로 느껴야 할 텐데, 거기에 너무들 익숙해져서 오히려 간판이 크면 잘 보여서 좋다고 생각해버리죠. 그동안 도로 표지판이나 고궁 표지판 같은 공공 표지판 디자인에도 참여하신 것으로 알고 있는데요, 작업이 아주 까다로울 것 같습니다. 이건 자기 개성만 표현해서는 안 되지 않습니까.

안상수　각종 표지판이야말로 가장 중요한 공공디자인이라고 할 수 있어
요. 고속도로 표지판부터 문화재 표지판, 지하철의 노선도, 주소나 지번 팻
말 등 우리 주변에 널려 있는 것이 공공디자인이죠. 여기서 중요한 것은
가독성입니다. 도시의 가독성이 높을수록 시민들은 많은 혜택을 보게 돼
요. 시간을 낭비하지 않게 되고 환경 자체가 즐거워지지요. 지금 그것을
개선해가는 과정 중에 있어요. 어지럽고 무질서한 간판은 도시의 삶과 읽
기를 방해하죠. 그러나 한편으로는 그런 생각도 들어요. 뒷골목 안 통닭집
간판 같은 것이야 자유를 줘야지요. 옛날 무위당 선생이 길거리에 조악하
게 쓰인 '군고구마' 간판을 최고의 글씨라고 한 일화도 있듯이, 치기 어린
글씨가 외려 사람의 삶을 더 풍요롭게 해주기도 하거든요. 그러니 양단을
조율해야 해요. 작은 뒷골목 간판들은 자유를 주고, 대로변 간판들은 질
서와 절제를 향하고… 그런데 지금은 은행, 주유소, 관공서나 대기업 같은
곳의 간판이 더 요란할 때가 많아요. 그들이 솔선수범하면 좋겠어요. 각종
전광판 숲도 그렇고… 서울 시내버스 앞 창에 노선번호를 번쩍이는 LED
로 대문짝만하게 써놓았잖아요. 그것이 시각적 불협화의 대표적 풍경이거
든요. 크면 잘 보인다지만 적절하게 커야지요. 무엇이든 과하면 공해가 됩
니다. 소리에 대해선 사람들이 어느정도 민감해서 민원도 넣고 그러는데,
불협화 시각 풍경에 대해서는 감각이 무딘 거죠. 저는 머지않아 사람들이
더 민감해질 것이라 믿어요. 그러면 우리 도시의 풍경도 많이 차분해지지
않을까 생각합니다.

진중권　다른 나라의 공공디자인 사례도 많이 보셨을 텐데, 기억에 남을 만

큼 뛰어난 사례가 있을까요?

안상수 예를 들어 영국에 경제가 침체된 한 도시가 도로·시설 안내 표지판을 바꾼 후 관광객과 관광수입이 늘어난 사례가 있어요. 유럽 도시의 공공 표지판들은 다 점잖아요. 도시 풍경에 스며든 것처럼 보입니다. 간판 빛의 조도나 크기도 제한을 해서 도시의 건물이 살아나 보이죠. 좋은 건물을 지어도 간판이 덮어버린다면 건물은 죽으니 건축가들한테도 비극이죠. 이제는 정책 입안자들도 이런 문제제기를 하고 있으니, 시간이 좀 지나면 차츰 해결이 될 거라고 생각해요. 통계에 의하면 우리나라 자영업 소상공인들이 한 업종에서 영업을 지속하는 기간이 짧대요. 그래서 애써 간판을 정비해봐도 2년만 지나면 다시 원위치가 된다고 하더라고요.

진중권 유럽 같은 경우엔 빵집 하나를 해도 백년, 이백년씩 하잖아요. 그런데 우리나라에선 치킨집 평균 생존기간이 2.7년이랍니다. 서울을 예로 들면 공공디자인에서 무엇부터 고쳐야 할까요?

안상수 도시 환경에서 세세한 것까지 신경 써야 한다고 봐요. 지하철에서 환승역이 나올 때 국악이 나오잖아요. (진중권 웃음) 그런 소리나 신호음악도 다 디자인이거든요. 그런 것들도 전문가들을 모셔서 품격 높은 시그널로 고쳐야 해요. 시내버스의 글자크기, 조도, 글꼴, 정렬 상태, 정보 그래픽의 구조도 고쳐야 하지요. 지하철역에 있는 지도도 가만히 보면 완성도가 떨어져요. 그게 우리나라의 실력이고 바탕인데 말입니다. 겉보기에는 우리 문화가 굉장히 발전한 것 같지만, 세밀한 부분으로 들어가면 아직 부족

한 곳이 많습니다.

진중권　저는 제일 괴로운 게 KTX에서 흘러나오는 국악판「Let it be」에요. (둘 다 웃음) 미치겠더라고요. 대체 왜 그런 아이디어를 내는지, 누가 그런 아이디어를 내는지 참 궁금합니다.

아트 디렉터 안상수

진중권　홍익대 시각디자인과를 졸업하고 대기업 디자인실을 다니시다가 『꾸밈』『마당』『멋』과 같은 잡지를 만드셨는데요, 지금이야 글꼴 디자이너로 더 많이 알려져 있지만, 당시에는 가장 첨단에 있는 잡지의 아트 디렉터셨죠. 특히 월간『멋』이라는 패션잡지는 금누리, 배병우, 김중만, 이불 등 지금 유명한 작가들이 많이 참여했던 것으로 압니다. 당시 이야기를 좀 듣고 싶습니다. 패션잡지라고 하니까, 요즘하고는 어떻게 달랐을까 궁금하기도 하고요.

안상수　당시 군사독재 시절이라 잡지 발행 허가를 받는 것 자체가 쉽지 않았어요. 그래서 일하던 잡지사 대표가 국제복장학원이라는 곳에서 나오던 패션잡지의 정기간행물 허가권을 사서 제목을 바꿨어요. 원래 제호가『의상』이었는데『멋』으로 개명하고 제호 디자인도 바꿨어요, 그때 제가 그 창간 책임자였지요.

월간 『멋』 1983년 10월호

진중권 패션잡지인데 참여하신 분들이 김중만, 이불… 이런 분들이 패션 잡지를 위해 작업을 했다는 게 좀 의외네요.

안상수 모두 멋진 맵시꾼들이지요. 화보 빛박이*촬영*부터 잡지 편집 방향까지 여러면에서 이분들이 기여했어요. 이불 작가의 작품 옆에서, 박서보 화백의 스튜디오에서 촬영하기도 하고, 김중만씨가 화보 촬영도 많이 했으니 자연스러운 일이었습니다.

진중권 그런 잡지가 어떤 독자층을 겨냥했을까도 궁금해요. 광고가 대부분인 요즘 패션잡지와는 상당히 달랐을 것 같네요.

안상수 꽤 다른 방향을 추구했었습니다. 패션산업은 어느 시대나 있어왔고, 그 가운데 늘 새로움을 추구하는 사람들이 있었잖아요? 그런 걸 하려고 했는데, 다섯권 내고 회사 사정이 안 좋아져서 부도가 났어요.

진중권 그랬군요. 그밖에도 1980년대에 굉장히 혁신적인 실험을 많이 하셨어요. 1988년에 새로 시작하신 『보고서/보고서』라는 잡지가 있는데 로고를 보니까 아주 비선형적이고 새롭더군요. 그 잡지를 보고 저는 이집트 상형문자를 떠올렸습니다. 재밌게도 이집트 상형문자에서는 미학적 고려에 따라 글자의 배열을 바꿔요. 미학적 필요에 따라 글자의 순서를 바꾸는 것도 허용하는 거죠. (웃음) 한편 아랍어는 동일한 글자도 단어 앞에 올 때, 중간에 올 때, 뒤에 올 때 형태가 달라진다고 하더라고요. 좌우간 『보고서/보고서』는 한글 타이포그라피의 충격적 사건이자 사고로 기록되는 혁신

313

1_ 『보고서/보고서』 창간호 표지
2_ 『보고서/보고서』 내지 디자인

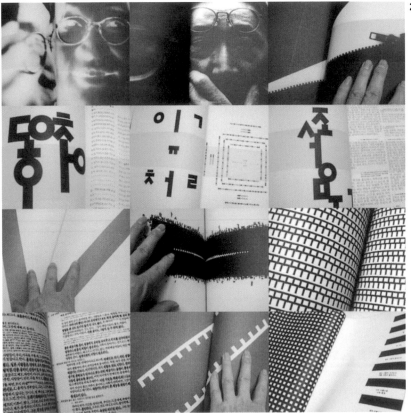

적인 잡지라고 할 수 있는데, 어떤 목표로 만드신 잡지입니까?

안상수 한글 타이포그라피 실험이 일관된 목표였습니다. 동시에 즐거운 놀이이기도 했지요. '문화생산자'라고 이름 붙여서 시인, 영화감독, 예술가, 문필가, 언론인 들을 만나서 여럿이 함께하는 인터뷰를 서너시간 했습니다. 잡지 본문을 실험적으로 편집해서 펴냈어요. 진선생님 누님인 작곡가 진은숙 선생도 하셨어요. 그때 보여주었던 악보가 아직도 기억에 남아요.

진중권 악보라는 게 사실 굉장히 타이포그라피 비슷해요. 악보의 일부를 잘라서 액자에 걸어놓으면 미술작품처럼 보이죠.

안상수 신중현 선생님 인터뷰도 했어요. 그 당시 칩거하시며 천호동 근처에서 어딘가에서 카페를 하고 계셨는데 일부러 찾아갔지요. 처음에는 경계를 하시다가 나중에는 흥이 나서 저희가 야간통행금지 때문에 집으로 돌아가자 못내 아쉬워하셨어요. 또 백남준 선생님을 비롯한 많은 분들을 인터뷰했어요. 특히 김민기 선생처럼 인터뷰 안 하는 걸로 알려진 분들도 많이 했지요. 조각가 금누리 교수하고 둘이 의기투합해서 같이 만들었지요. 그 인터뷰들이 비디오 자료로 다 남아 있습니다. 이번에 광주 아시아문화전당에서 그 자료들을 아카이빙하기로 했어요.

진중권 정말 소중한 기록이겠네요. 지금도 각양각색의 잡지들이 나오고 있지만, 아직까지도 『보고서/보고서』만큼 혁신적인 잡지는 없는 것 같습

315

니다. 그리고 1985년에 안그라픽스를 창업하셨는데, 굳이 말씀 안 드려도 안그라픽스는 한국 디자인 문화에서 아주 중추적인 역할을 한 곳이지요. 지금도 많은 젊은이들이 안그라픽스의 책과 디자인을 좋아합니다. 창립 당시 얘기를 듣고 싶습니다. 어떤 생각으로 창립을 하셨는지.

안상수 운명적으로 그렇게 된 거였어요. 잡지 『마당』과 『멋』이 부도나고, 제가 실무 수습을 해야 하는 이상한 역할을 맡게 됐어요. 1년 후 모든 게 해결되고 나니 갈 길이 막막한 거예요. 그래서 택한 길이 제 스튜디오를 내는 것이었어요. 그때 저를 도와주시던 문신규 선생님이 대학로에 자기가 얻어놓은 사무실이 하나 있는데 저보고 쓰라고 하셔서 넘겨받아 그곳에서 시작했습니다. 그때 제 앞에 놓인 디자인 삶에 두가지 길이 있었지요. 모교에 시간 강사로 출강하던 때였으니 대학 강사를 여러군데 하며 교직을 향하는 길이 있고, 다른 하나는 현장 디자이너로 살아가는 것이었는데, 이삼일 고민하다가 후자를 택한 거지요. 초반에는 디자인으로 돈을 벌어 책을 냈습니다. 책 내서 이익을 내는 구조는 전혀 아니었고, 디자인 일 덕분에 출판을 할 수 있게 된 거지요.

진중권 지금은 종이잡지도 그렇고 종이책 자체가 사양산업이라는 얘기가 떠돌고 있습니다. 출판업계가 단군 이래 최대 불황이라는 이야기를 들은 지 벌써 몇년이 됐고요. 이런 상황이 디자인에 대해 갖는 함의가 있겠죠. 타이포그라피의 플랫폼도 종이에서 모니터로 바뀌어가고 있고요. 거기에 따른 차이도 있을까요?

안상수   새로운 정보 전달 매체가 생긴 것이잖아요. 분명 차이가 있지요. 그러나 종이책이나 잡지는 여전히 살아 있고, 살아남을 것이라고 생각합니다. 컴퓨터에서 손전화, 아이패드 등 디지털 쪽으로 매체가 바뀌어가면서, 종이 매체는 점점 더 예술적 성향이 강화되는 것 같아요. 본능적인 균형감각이 작동하는 듯합니다. 잡지, 책도 요즈음 1인 출판이 성행하는 것을 보면 그런 감각이나 취향이 느껴집니다.

시대의 모더니스트, 안상수

진중권   이번에 인터뷰 준비를 하다보니 1988년 홍대 앞에서 한국 최초의 싸이버 카페인 일렉트로닉 카페를 여셨더라고요. 당시 컴퓨터는 286이었죠. (둘 다 웃음) 286 컴퓨터로 손님들끼리 채팅도 하고, PC통신도 한 셈인데, 어떻게 그런 생각을 하시게 됐습니까.

안상수   『보고서/보고서』 때문에 일이 만들어졌지요. 미국에서 작가 한분이 서울에 와서 전시회를 했는데, 그분 인터뷰를 하는 도중 로스앤젤레스에서 히피 부부가 하는 일렉트로닉 카페 얘기를 처음 들었습니다. 순간 전율 같은 게 흐르고, 우리도 당장 하자고 했어요. 그때 서울 전자카페를 만들어 로스앤젤레스의 카페하고 교신하자 했어요. 홍대 앞 전자카페는 컴퓨터 동호인을 위해서가 아니라 예술가들을 위해서 만들었습니다. 당시에 이미 화상전화기가 LG에서 개발되어 있었습니다. 물론 지금같이 고화질의 빠른 동영상 지원은 안 되고, 분절된 애니메이션처럼 툭툭 끊어지는 작은 흑백 화면에 불과했지만요. 또 그때 컴퓨서브CompuServe라고 하는 인터넷 상용망도 있었어요. 어쨌든 기계들을 설치해놓고, 로스앤젤레스와 서울 양쪽에서 동시에 퍼포먼스를 진행하기도 했습니다. 예술가들을 위해 전자카페를 열었는데, 의도와는 달리 컴퓨터 동호인들이 대거 몰려와서 카페를 점령했지요. (둘 다 웃음) 덕분에 우리나라 1호 인터넷 카페가 되었습니다. 그때 늘 와서 지냈던 사람들이 나중에 테헤란로에 IT 열풍이 불 때 주역들이 됐고, 또 홍대 앞 클럽 문화를 주도했습니다.

진중권 영국의 미술가 로이 애스콧Roy Ascott, 1934~ 이 1970년대 초반에 팩스랑 전화를 이용해서 전세계를 연결하는 네트워크 예술 퍼포먼스를 한 적이 있지요. 그후로는 백남준 선생님이 위성과 텔레비전을 이용해서 비슷한 퍼포먼스를 했고. 백남준 선생님은 디지털이라 모뎀을 사용하셨을 텐데, 일반 전화선으로 국제전화를 했으니 통신요금도 엄청 나왔겠네요. (둘 다 웃음) 그리고 보면 새로운 테크놀로지에도 굉장히 민감하신 거 같아요. 애플 30주년 기념 페이지를 보니까, 매킨토시 컴퓨터로 세상을 변화시킨 사람들 중 한명으로 선정되셨더라고요. '1988년의 인물'로 뽑히셨던데, 매킨토시하고는 무슨 관계가 있습니까?

안상수 맥은 그래픽을 촉발시킨 기계라고 할 수 있죠. 애플이 8비트에서 16비트로 넘어오면서 그래픽 작업이 가능하게 된 거예요. 특히 한글과 관련해서 DTP, 곧 탁상출판을 가능하게 만들었지요. 그 이전에는 출판을 하려면 사진식자집에 의뢰해서 조판하거나, 전문인쇄활판소 등에 맡겨서 했지만, 매킨토시 등장 이후 작업실의 개인 컴퓨터 안에서 가능하게 된 것이지요. 매킨토시의 등장과 더불어 디자인 환경이 급격히 변했습니다. 그러니 디자이너들은 열광할 수밖에 없었지요. 제 경우는 그때 이미 컴퓨터를 쓰고 있었고, PC에서 못하는 그래픽 일을 맥으로 해낼 수 있었으니 당연히 그쪽으로 갈 수밖에요.

진중권 디자인과 기술의 관계에 대해서 좀더 얘기하고 싶습니다. 타이포그라피의 관점에선 어떻습니까. 오프셋하고 디지털의 차이가 뭘까요? 다시 말하자면 타이포그라피의 관점에서는 오프셋 시절에 글꼴을 짓는 작업하고 디지털 시대에 글꼴을 짓는 작업 사이에 구체적으로 어떤 차이가 있을까요?

안상수 기술이 바뀌면서 디자인도 바뀌어요. 특히 시각디자인은 커뮤니케이션 디자인이라, 소통 매체가 달라질 때마다 디자인은 요동치게 됩니다. 활판letterpress이란 납활자를 뽑고 조판해서 찍는 볼록판 인쇄인데, 오프셋은 평판이라서 컬러와 사진 재현에 강점이 있습니다. 그래서 오프셋으로 바뀌면서 그래픽이라는 말이 널리 퍼지기 시작하지요. 그전까지는 타이포그라피가 그래픽 디자인의 전체였다면, 디자인 표현 영역이 사진으로 확장되는 것입니다. 또 디지털로 넘어가면 복제 방법이 완전히 달라지잖아요. 새로운 PDF 기술이 나오면서 분업화되었던 작업들을 디자이너 한사람이 다 할 수 있게 되었죠. 그러면서 옛날에 있던 그 많은 직업들이 사라지고 디자이너에게 모아진 거죠. 매체와 기술이 바뀔 때마다 디자인의 판도 역시 영향을 받아 변화의 물결을 탑니다.

1_ 원 아이(One eye) 프로젝트, 진중권(2014)

2_ 원 아이(One eye) 프로젝트, 금누리(2012)

진중권 　선생님의 대표적인 작업 중 하나가 '원 아이 프로젝트', 즉 한쪽 눈을 가린 사람들을 찍은 초상사진 연작입니다. 20여년이 넘는 시간 동안 4만여장을 찍으셨다고 들었습니다. 김준기 평론가는 이 프로젝트를 두고 '안상수 버전의 만인보'라고도 했는데, 이 작업은 어떻게 시작된 프로젝트입니까?

안상수 　그건 그냥…『보고서/보고서』 창간호 표지가 원 아이 프로젝트의 맨 처음 사진이에요. 제 자화상이죠. 최형범이라는 사진가가 찍었는데, 앞표지에는 제가 입과 눈을 가린 사진이 들어가고요, 뒤표지에는 같이 작업했던 금누리 선생의 양눈을 가린 사진이 들어가 있어요. 그 뒷장의 사진은 병원에 가서 엑스레이로 찍었어요. 그래서 표지의 앞쪽은 멀쩡한 사진이고, 뒤쪽은 뼈가 나온 사진이 되었죠. 어쨌든 그 일이 발단이 되어 시작된 일종의 놀이고요, 그게 일기 같은 것이 되어버린 거죠.

진중권 　그렇게 해서 지금 거의 4만장의 데이터베이스가 구축된 셈인데, 그렇게 되면 그 과정에서 다른 스토리가 만들어지잖아요.

안상수 　맞아요. 원 아이의 이야기가 계속 덧붙여집니다. 어떤 분들은 한 눈의 의미를 선물하기도 하고 새로운 해석을 덧붙이기도 합니다. 의미가 그렇게 자라더라고요. 더불어 제 사진 실력도 늘었습니다. (둘 다 웃음)

디자인과 순수예술 사이

진중권 선생님의 본업은 디자인이지만, 작업 반경은 이른바 파인아트까지 걸쳐 있는 것 같습니다. 예를 들어서 「문자도」 연작이나 「a, 그리고 ㅎ까지」(2002) 같은 작업은 실용성이 있다기보다는 애초부터 예술작품으로서 의도된 거 같은데요. 특히 「a, 그리고 ㅎ까지」는 어떤 작품인지 궁금합니다. 히읗인데 처음에는 a자인 줄 알았습니다. 쫘악 올라갔다 내려가고…

안상수 a자죠. 처음에서 끝을 뜻하는 모든 것을 얘기할 때 '알파와 오메가' 라는 말을 쓰잖아요. 제가 보니까 a자를 돌리면 민 ㅎ자처럼 되고, a자를 시계 반대 방향으로 90도 돌려놓으면 ㅎ자 아랫부분처럼 됩니다. 우리가 영어권, 특히 서구의 시각으로 뭘 해석해서 보거나 그쪽으로 따라가잖아요. 그런데 따지고 보면 '전체'라고 하는 것은 그리스 알파벳 '알파에서 오메가까지'가 아니라, 이 세상에서 가장 오래된 글자의 첫 글자인 라틴 알파벳의 a부터, 가장 새로운 글자 한글의 마지막 글자 ㅎ까지여야 온당하다는 생각을 했습니다. 그게 저의 생각이었어요. 공시적共時的으로 따지면 유라시아 대륙의 서쪽 끝을 상징하는 a에서 유라시아 대륙의 동쪽 끝을 상징하는 ㅎ까지를 아울러야 하지요. 그래서 로댕미술관에서 개인전을 할 때 「a, 그리고 ㅎ까지」라고 하는 이름을 붙여 벽에다 그렸어요. 나중에 외국에서 전시할 때 큐레이터들이 재밌는 발상이니 그려달라 해서 여러군데 그렸습니다.

진중권 최근에 열린 세계 문자 심포지아에서도 「문자도」라는 작품을 선보

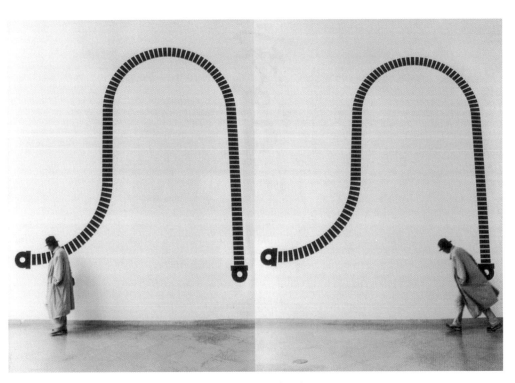

「a, 그리고 ㅎ까지」(2002)

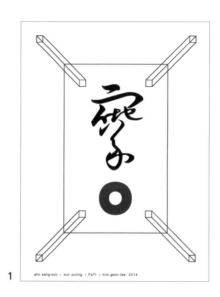

ahn.sang-soo · sun.yuting · PaTI · kim.geon-tee. 2014

1

1_ 「문자도」(2014)
2_ 「문자도」(2000)

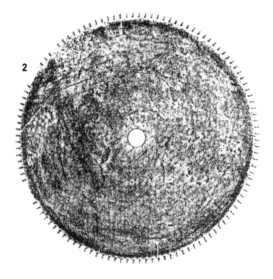

2

였다고 들었는데요.

안상수   중국 학생과 같이 협업한 작업이에요. 베이징에서 진행한 수업에서 학생 작품 중에 눈여겨 봤던 게 있었어요. 한자 초서의 형태를 따서 무의미한 글자를 만들어내는 거예요. 한자 초서는 참 아름답습니다. 사실 저는 글자꼴에 관심을 집중하는데, 일반 사람들은 글자를 볼 때 주로 의미를 봅니다. 그래서 저는 글자가 뜻에 종속된 것이 아니라는 의미에서 독립된 상태, 곧 뜻이 배제된 상태의 글자에 주목하는 버릇이 있어요. 마리네띠Filippo Tommaso Marinetti, 1876~1944는 그것을 글자의 해방이라고 얘기하기도 했어요. 글자를 글자로만 보는 겁니다. 그래서 그 학생 작업에 제가 한글꼴을 붙인 것입니다. 합작이지요. 그러니까 그것은 어떤 식으로 읽어도 해독할 수가 없습니다. 그게 하나의 문자일 것이라고 상상하고 해독하려고 하지만 해독이 안 되는 상태. 글자가 유희하는 지점이라고 할까요? 옛날에 다다이스트들이 그런 실험들을 많이 했습니다.

진중권   따시스뜨Tachiste라고 하지요. 특히 미셸 따삐에Michel Tapie, 1909~87가 문자처럼 보이는 도형들로 이루어진 추상회화를 한 것으로 기억합니다. 정보이론에서는 이를 미적 정보와 의미 정보의 차이로 설명하죠. 서예에 초서, 예서, 해서, 행서 등 여러 문체가 존재하는데, '초서'쯤 되면 알아보기 힘들어져 조형적 의미를 더 강하게 띄게 되잖아요. 이를 의미 정보에서 미적 정보로 이행하는 과정으로 설명합니다.

안상수   그렇군요. 초서는 빠른 아름다움이 있어요. 한자는 초솔미草率美가 있고, 한글은 특성상 해서미가 있습니다. 그래서 그 둘을 합쳐놓으면 대비가 굉장히 강해져서 그 형상이 아주 즐겁습니다.

진중권 한자는 모태가 상형문자고, 그 자체가 이미지적 요소가 강하지만, 한글은 물론 상형적 요소가 있지만 어디까지나 음성을 표기하는 표음문자 아닙니까. 차이가 있을 거 같은데, 그러면서도 잘 어울리나보죠?

안상수 그렇지요? 워낙 극과 극이니까. 가장 어린 글자하고 가장 오래된 글자의 대비도 있고. 형태에서는 이쪽은 완전 기하적인 형태인 반면 저쪽은 아주 곡선적인 형태이고, 또 한쪽은 복잡하고 다른 쪽은 단순하고. 완전히 대비되는 지점에 있는 글자들이거든요. 그렇기 때문에 그 둘을 충돌시키면 정말 즐거운 결과가 나옵니다.

진중권 사실 '파인아트'와 '디자인'은 서로 다른 개념이지 않습니까. 왜냐하면 디자인은 기본적으로 실용성을 가져야 하는 반면, 파인아트는 이른바 '목적 없는 합목적성의 형식'이라고 해서 자기 자신 외에 다른 실용적 목적을 전제하지 않죠. 그 둘의 경계선 같은 걸 생각해보셨는지요?

안상수 서로서로 물고 물리는 관계입니다. 눈 밝은 예술가들은 오히려 디자인스러운 성향을 많이 지니고 있고, 반면 제가 만나본 많은 이름난 디자이너들은 오히려 예술가스러운 성향을 더 많이 지니고 있었습니다. 옛말에 '시서화 일체詩書畵 一體'라는 말도 있고, '서화동원書畵同源'이라는 말도 있지요. 그 둘의 경계를 넘나드는 게 훨씬 짜릿합니다.

진중권 최근 '슬기와민'을 비롯해 여러 디자이너들이 디자인과 파인아트의 경계를 마음껏 넘나들고 있습니다. 혹시 눈여겨보시는 후배 디자이너가 있는지 궁금합니다.

안상수 당연히 지금 활발히 작업을 하는 젊은 디자이너들에게 늘 관심이 갑니다. 슬기와민도 있고 김영나라든가 크리스로, 민병걸, 김도형, 박우혁과 진달래, 문상현 등… 하여튼 요즘 기발한 디자이너 작가들이 아주 많습니다. 디자인 분야에서 지금 우리나라는 지금 백화만발의 지경입니다. 새롭고 젊은 디자이너들이 디자인계에 새 판을 짜고 있는 듯한 느낌이에요. 그들한테 자극을 많이 받습니다.

파티, 파주타이포그라피학교

진중권 타이포그라피의 저변 확대를 위해서 여러 방면에서 노력하고 계신데, 후학 양성에도 힘을 쓰시는 것으로 알고 있습니다. 2012년에 홍익대를 퇴임하신 후에 바로 파주에 타이포그라피학교 '파티'를 설립하셨습니다. 왜 이런 학교를 설립하셨는지요? 그리고 이미 여러 학교에 디자인 학과들이 있는데, 그런 것들과 어떻게 차별화를 하고 계신지도 궁금합니다.

안상수 파티는 작은 독립 디자인학교입니다. 실은 제 마음속에 오랫동안 스멀스멀 자라온 생각을 실천한 것이지요. 아까 얘기하고도 연결되는데,

디자인에서 우리는 변방에 있다고 느끼고 있잖아요? 그러니 디자인 중심은 우리가 아니라고 생각이 몸속 깊이 새겨져 있어요. 우리는 늘 세계의 중심에서 일어나는 디자인 흐름이나 경향에 늘 신경을 써야 했고, 그러려면 또 유학을 가야 했지요. 한글이라는 전무후무한 창의적 디자인 유산을 갖고 있음에도 불구하고 여전히 변방의 자격지심을 가지고 있었습니다. 그렇다면 직접 디자인 학교를 새로 만드는 것이 우리가 위대한 디자인 유산을 갖고 있음을 증명하는 길이 아닌가 하는, 어쩌면 무모한 생각을 했어요. 지구적 차원에서 보면 이미 동아시아가 대안적 문명·문화의 지역으로 부각되고 있잖아요. 그런 상황에서 우리가 작은 힘이나마 먼저 나서서 동아시아에 뿌리를 둔 디자인 학교를 만들어야겠다는 생각이 있었습니다. 어렵긴 하겠지만 제도에 묶이지 않은 새로운 교육을 해보겠다는 생각으로 시작한 일입니다.

진중권　파주에는 출판도시 외에도 건축가 승효상 선생의 건축학교도 있고, 명필름 이은 대표의 영화학교도 곧 들어올 예정이라고 들었습니다. 그 셋을 엮으면 뭔가 나올 것도 같네요. 이와 관련하여 함께 논의하고 있는 내용이 있나요?

안상수　네, 처음부터 그런 네트워크 학교에 대해 얘기 나누고 같이 가자고 했어요. 하다보니까 저희가 선봉에 선 셈이 됐습니다. 명필름의 영화학교는 이미 학생을 뽑았고, 출판단지 2단지 영상단지에 건물을 짓고 있는데 곧 완공을 앞두고 있습니다. 승효상 선생은 이미 동숭동에 '동숭학당'을 열어 운영을 시작했고요. 완주에서 임동창 풍류학교가, 아름지기 장인학

1_ 파주타이포그라피학교(PATI) 학생들의 모습
2_ 파주타이포그라피학교 맞이잔치

교인 '온지음'이 시작되었어요. 이미 실험이 시작되었지요. 그야말로 리조믹rhizomic하게 네트워크로 연결이 되어 있는, 이를테면 시민대학 운동이라고나 할까요? 따로따로 존재하면서 서로 연결하는, 이미 있는 것을 네트워크로 최대한 활용하는 것이 파티가 지향하는 구조입니다.

진중권 앞으로 안상수 선생님의 계획 또는 작업 방향이 궁금합니다. 디자이너를 뭐라고 불러야 하나요, '멋짓꾼'이라고 하면 되나요? (둘 다 웃음) 학교에서 학생들을 가르치는 것 외에도, 멋짓꾼으로서의 계획 같은 것도 있으실 것 같은데요.

안상수 파티는 디자인 프로젝트입니다. 책 디자인도 있고 포스터 디자인도 있지만, 지금 제 디자인 대상은 학교인 거죠. 대상이 조금 바뀌었는데 제가 여태까지 해왔던 디자인 일 중에서 제일 짜릿합니다. 근데 이게 제일 어렵습니다. 어려운 만큼 즐겁고요. 제 힘이 다할 때까지 이 일에 집중할 생각입니다.

진중권 파티에 대한 이야기를 들으니 오스트리아의 린츠라는 작은 도시에서 하는 미디어아트 국제 전시회 아르스 일렉트로니카Ars Electronica에 갔던 기억이 납니다. 정작 거기에는 그런 국제적 규모의 전시를 수용할 만한 변변한 건물이 없더군요. 제가 갔을 때는 지도만 하나 달랑 주더라고요. 알고 보니 큰 전시장 대신 도심 곳곳의 창고나 아뜰리에 같은 조그만 공간들을 빌렸어요. 나눠준 지도를 보며 길을 찾아다니며 전시를 보라는 거죠. 그런데 그게 더 재미가 있더라고요. 전시장을 하드웨어가 아니라 소프트

웨어로 이해한 거죠. 선생님 말씀을 들으니 그때와 비슷하게 '아, 새로운 학교의 디자인이 바로 이런 거구나' 하는 느낌이 들었습니다. 이제 마지막 질문이 남았는데, 정말 너무나 큰 질문이라 대답하기 곤란할 수도 있고, 어떻게 보면 너무 간단해서 싱거울 수도 있습니다. 안상수에게 디자인이란 무엇인가요?

안상수 디자인이란 제 삶 그 자체입니다. 제 스스로 제 삶을 멋지어가는 과정에 있다고 생각합니다. 디자인이란 제 멋을 지어내는 것이듯, 제가 나중에 숨을 거둘 때, '내 삶은 멋스러웠다'라고 말할 수 있다면, 가장 편안한 상태가 될 것 같아요. 좀 건방지게 들릴지도 모르겠지만, 그게 솔직한 생각입니다. 제 삶을 스스로 멋지어가는 상태, 이게 디자인 같아요. 그러니까 디자인을 통해서 삶을 완성해나가는 것이지요.

진중권 삶의 목표는 멋짐에 있다. (둘 다 웃음) 그리스인의 말처럼 들리네요. 고대 그리스인들에게는 '존재미학'이라는 게 있었죠. 그들도 선생님처럼 자기 삶을 멋진 작품으로 완성해나가는 걸 삶의 목표로 삼았다고 합니다. 긴 시간 함께해주셔서 감사합니다.

　생각해보면 우리에게 위대한 타이포그라피의 전통이 있다. 세계 최초의 금속활자, 8만장에 이르는 고려대장경, 그리고 무엇보다도 과학적으로 디자인된 한글. 그런데 이 위대한 유산, 이 위대한 기억은 어디로 가버렸을까? 우리가 흔히 쓰는 '명조체'는 일본에서 만든 글꼴에 한글을 실은 것이라고 한다. 한국전쟁 이후 최정호 선생이 본격적으로 한글의 글꼴의 디자인을 시작했다고는 하지만, 일본에서 사진식자를 해와야 했고, 순수하게 우리 힘으로 글꼴을 디자인하게 된 것은 1990년대 이후의 일이라고 한다. 뒤늦게나마 그것이 가능했던 것은 물론 디지털 테크놀로지 덕분이리라. 디지털은 모든 작업의 과정을 가상화함으로써 아무런 자본도 갖지 않은 개인들도 타이포그라피의 개발에 뛰어들 수 있게 해주었다. 그런 창의적 개인들의 대명사가 바로 안상수 선생이다. 그가 애플에서 선정하는 '매킨토시로 세상을 바꾼 사람들' 중의 한사람으로 꼽힌 것은 그 때문이다. 한국 최초의 인터넷 카페를 열어 미국의 예술가들과 퍼포먼스를 벌인 데서도 볼 수 있듯이, 그는 늘 민감한 기술적 감성으로 테크놀로지의 '첨단'에서 있으려 한다. 그러면서도 그는 동시에 예민한 철학적 감수성으로 우리 문화의 '근원'에 대한 사유를 놓치지 않으려 한다. 어떻게 보면 서로 배척하는 이 두가지 요소가 그의 사유 속에서 마치 두 끝을 연결하는 활시위처럼 팽팽한 긴장을 이루며 공존한다. '멋짓기'와 같은 새 말 짓기neologism에 대한 그의 취향은, 하이데거가 그렇게 했듯이, '말'이나 '글'을 그저 소통의 도구 정도로 간주하지 않고, 그 안에 들어 있으나 우리에게 잊힌 존재의 진리를 열어보여주려는 노력으로 볼 수 있다. 그에게 디자인은 곧 '멋'을 짓는 것이다. 그에게 디자인은 그저 가시적 형태를 만들어내는 것을 의미하는 게 아니다. 그에게는 학교를 만들어 운영하는 것까지도 디자인, 즉 멋짓기다. 그의 디자인의 철학은 타이포그라피의 좁은 경계를 벗어나 미학적 윤리학, 즉 '삶 자체가 곧 멋짓기'라는 존재미학으로 상승한다. 그는 그렇게 자기 삶의 멋을 지어가고 있다.

비판적 예술가와 타자들

미디어
아티스트
박찬경

미술가, 미술평론가, 영화감독. 미술평론은 물론 다양한 설치미술과 영상 작업으로 독보적인 미디어아티스트로 주목받았다. 냉전, 분단을 주제로 한 여러 작업을 했으며 유학 전에는 미술비평연구회에서, 귀국 후에는 포스트 민중미술의 중심이었던 '포럼 A'와 '대안공간 풀'을 중심으로 활동했다. 2007년 에르메스 미술상을 받았다. 대표작으로 「파워통로」, 「비행」, 「신도안」과 단편영화 「파란만장」, 장편영화 「만신」 등이 있다.

　　그와 마지막으로 얘기를 나눈 것은 1990년대 초의 일이다. 그의 신혼집
에서 갓 태어난 아이를 봤던 기억이 난다. 그 아이가 벌써 대학을 졸업할
나이가 되었단다. 그후로 전시회에서 몇번 마주치긴 했으나 서로 가벼운
눈인사를 나눴을 뿐, 이렇게 오랫동안 그와 이야기를 나누는 것은 20여년
만의 일이다. 마지막으로 보았을 때 그는 '미술비평연구회'라는 곳에서 공
부와 작업을 병행하며 민중미술 작가이자 평론가로 활동하고 있었다. 그
러던 그가 영화감독으로 변신했다. 얼마 전 그가 형 박찬욱 감독과 함께
만든 스마트폰 영화로 베를린 영화제에서 황금곰상을 받았다는 소식을 접
하고, 호기심에 그의 전작인 「파란만장」(2010)을 찾아서 보았다. 그리고 이
번엔 그가 상업영화의 감독으로 데뷔를 했다는 소식이 들려온다. 평소에
그의 작업에 관심도 있었고, 마침 인터뷰도 해야 해서 이번에 개봉된 새
영화 「만신」(2014)을 보고 왔다. '무속'이라는 주제의 동일성 때문인지 이
작품은 내게 전작의 연장이자 완성으로 느껴졌다. 그가 만든 영화를 평가
하는 것은 내 능력을 벗어나는 일. 그러니 영화평론가 오동진씨의 말로 평
을 대신하기로 하자. "그는 언젠가 박찬욱을 뛰어넘을 것이다." 민중미술
의 시절에 그는 주로 '분단'이라는 주제로 작업을 했던 것으로 기억한다.
영화감독으로 변신한 지금 그는 '무속'이라는 주제에 꽂힌 모양이다. 이

두 주제 사이에는 무슨 연관이 있을까? 이것이 혹시 그가 평소에 강조하는 '타자화'와 관련이 있는 것은 아닐까? 그리고 그동안 민중미술의 풍경에는 어떤 변화가 있었을까? 그 변화한 상황 속에서 작가 자신에게는 어떤 변화가 있었을까? 떠오르는 수많은 물음을 품고 그와 마주 앉았다.

"그가 분단과 무속, 한국사회의 두 타자에
천착하는 이유는 무엇일까?"

진중권 반갑습니다. 최근 개봉한 「만신」이 첫 상업 장편영화인데요, 호평 일색이에요. 상영관이 많지 않은데도 꽤 많은 관객들이 봤고요. 만신 김금 화씨의 일대기를 다큐와 재연을 혼합해서 만든 영화입니다. 근데 '만신'이 무슨 뜻인지 모르는 사람도 있을 것 같아요. 간단하게 소개를 해주시죠.

박찬경 '만신'은 한강 이북 지역에서 무당을 높여 부를 때 쓰는 말이에요. 특히 황해도에서는 무당보다는 만신이라는 말을 훨씬 더 많이 씁니다. 그 래서 제목 자체가 우리 무속을 제대로 보자는 뜻이 담겨 있어요. 영화는 김금화 만신이 1931년에 깡촌에서 둘째 딸로 태어나서 구박을 받고, 여러 번 죽을 위기에 처하고, 전쟁을 겪고, 새마을운동 시기를 지나는 등의 역 경을 지나면서 어떻게 불우한 소녀에서 나라의 큰 만신으로 성장해갔는지 를 그린 일종의 여성 잔혹사인 동시에 승리사라고 할 수 있습니다.

진중권 저도 사실 무속에 상당히 관심이 많은데요. 무속신앙엔 어떻게 관 심을 갖게 됐나요?

박찬경 글쎄, 작가로서의 관심이기도 하고, 개인적인 이유도 있습니다. 예

「만신」(2014)

전에 개인적으로 좀 힘든 시기가 있었어요. 낭떠러지에 서 있는 것 같고 더이상 어떻게 살아야 할지도 모르겠고. 그럴 때 보통 종교적인 관심을 갖게 되는데, 제게는 이상하게 깊은 산속에 있는 절이라든가 산신각, 바위, 깊은 바다, 이런 이미지가 반복적으로 떠올랐습니다. 그렇게 괜히 산에 가고 싶고, 거기서 기도하는 사람이 전과 달리 보이던 시기가 있었어요. 그러면서 이게 뭔지 알아봐야겠다고 생각을 했죠. 처음부터 무속은 아니었고, 한국의 민간신앙, 도속종교, 사생적인 종교들에 대해 관심을 갖게 됐죠.

진중권 그러고 보면 한국인들의 무속에 대한 관심이 좀 이중적인 것 같아요. 실제로 무속에 크게 의존하면서도 동시에 상당히 무시하지 않습니까? 흔히 몇대 종교 얘기할 때, 기독교, 천주교, 불교, 유교까지 언급하고 무속은 빼버리는데, 사실 보면 도처에 널린 게 이른바 점집이고 도령들이거든요.

박찬경 네, 영화에서도 그런 이야기가 나옵니다. 한 민속학자가 하신 말씀인데, 무속을 믿고 좇으면 뭔가 미신적인 것 같고 교양 없어 보인다고 생각하면서도 정작 본인에게 아주 절박한 문제가 있을 때는 또 점집을 찾는다고요. (웃음)

진중권 이런 걸 보면 우리가 모르는 사이에 사실 한국인들의 체질에 뿌리 깊게 박혀 있는 게 무속신앙인 것 같습니다. 한편으로는 '만신' 하면 떠오르는 게 있잖아요. 영혼이 존재하느냐는 증거 같은 것들이 굉장히 관객의 호기심을 끌 텐데, 영화에서는 그 부분이 직접적으로 나타나지는 않은 것

같아요. 개인적으로는 어떻게 생각하십니까?

박찬경   저는 믿는 쪽이죠. 근데 그게 어떤 식으로 존재하느냐는 좀 다르겠죠. 무속의 신들, 예를 들어서 신령이나 작두장군이 구체적인 실체로서 존재한다고는 물론 생각하지 않아요. 굿을 보면 무속신앙의 바탕에 깔린 신앙은 거의 범신론에 가까운 것 같아요. 귀신을 믿느냐 안 믿느냐보다는, '조상신을 중시하고, 사물 곳곳에 다 신령님이 깃들어 있다고 본다'라는 것이 무속신앙의 정의로 더 적절하지 않나 생각합니다. 저희 영화를 시작하기 전에 만신께서 고사를 해주시는데 카메라 대감님, 필름 대감님, 이런 표현을 바로바로 하시더라고요. 그런 세계관이 자연스럽게 녹아 있는 것 같아요.

진중권   그런 것을 말하자면 애니미즘이라고 할 수 있는데, 사실 근대화 과정에서 애니미즘은 미신이라고 배척당하지 않습니까. 하지만 근대화 이후의 탈근대, 이른바 포스트모던의 상황에서는 애니미즘이 새롭게 보입니다. 예를 들어 제 지도교수였던 알브레히트 벨머Albrecht Wellmer, 1933~ 같은 분은 아도르노의 말을 인용해 이런 말을 해요. '예전에는 생명이 없는 사물에까지도 영혼을 부여했는데, 요즘은 영혼을 가진 생명까지도 사물화한다.' 세월호 사건을 보면서 그깟 돈 몇푼 때문에 생명을 그렇게 취급하는 걸 보면, 문명화됐다는 우리가 거꾸로 애니미즘에서 배워야 할 게 많다는 생각이 듭니다. 혹시 촬영하는 과정에서 흥미로운 에피소드 같은 건 없었나요?

341

박찬경 음… 촬영하면서 가장 심리적으로 힘들었던 장면이 있어요. 파주에 적군묘지라고 있습니다. 이북에서 내려온 소위 무장간첩들이 주로 묻힌 곳이에요. 거기에서 무속인, 만신들이 진혼굿을 하는데, 그 굿을 보는 것만으로도 너무 힘이 들었어요. 만신들조차 막 토하고, 오한도 들고, 머리가 아프다고 해요. 이분들이 그 기에 짓눌려서 힘들어하는 바람에 촬영하는 저희도 많이 힘들었어요. 그런데 김금화 선생만 아주 당당하고 점잖게 앉아 계시더라고요. 그래서 굉장히 놀랐어요. 하긴, 저 양반은 하루이틀 겪어본 게 아니니까. 그 자리에서 그 신기가 뻗어나오는 걸 소름끼치게 느낀 적이 있습니다. 가끔씩 그런 모습을 보여주세요.

진중권 영화 형식에 대한 이야기로 돌아와보죠. 옛날에는 다큐멘터리와 극영화를 엄격히 구분했었지요. 다큐멘터리는 현실의 기록이고, 극영화는 판타지의 세계라는 것이죠. 그래서 극영화에 대해서는 누구도 그것이 참이냐 거짓이냐를 묻지 않지만, 다큐멘터리 같은 경우 잘못 만들면 사실의 왜곡이니 뭐니 하는 소리를 듣는데, 흥미롭게도 「만신」에는 이 두 형식이 섞여 있어요. 한편으로는 재연과 다큐의 경계를 두지 않는 이런 형식이 영화에서 다루는 내용, 그러니까 신의 세계와 현세가 겹쳐 있는 곳에 사는 김금화의 삶과 중첩된다는 생각도 들었습니다.

박찬경 네, 저는 사진 작업도 많이 했는데, 사진도 그렇고, 영화도 그렇습니다. 지금도 또 강의할 때마다 다큐멘터리 장르에서는 픽션화한 측면을 잘 봐야 된다고 강조해요. 어차피 사진도 앵글이 있고, 영화도 편집이 있으니, 만든 사람의 주관적 관점이 다큐에 어떻게 스며들어 있는지를 봐야 하죠. 반대로, 픽션을 볼 때에는 픽션에도 다큐적 측면이 분명히 있다고 생각합니다. 본의 아니게 찍힌 것은 물론이고, 심지어는 배우가 연기를 하는 데에도 다큐적 측면이 있죠. 영화에는 배역만 있는 게 아니라 배우도 있으니까, 거기에도 연기를 하는 배우가 존재한다는 '사실'이 남아 있지요. 사실 다큐니 픽션이니 하는 것은 그저 장르적 구분이지 본질적 구분은 아니라고 생각합니다. 그런 측면에서는 자유롭게 생각하는 편입니다. 그런데 요즘 세월호 사건 관련 뉴스들을 보면 좀 다른 생각도 들어요. 다큐멘터리적이어야 할 뉴스에 음악을 깔아 정서적 감흥을 부추기는 것들을 보면, 장르적인 경계도 좀 지켜져야 하는 게 아닌가 하는 생각이 들어요. (웃음) 제 영화는 둘 사이를 자유로이 오가긴 하지만, 사실 장면장면을 자세히 보면 다큐는 다큐로, 만들어진 부분은 만들어진 부분으로 비교적 투명하게 보여주는 편이예요. 그래서 전체적으로 보면 영화 안에 두 요소가 섞여 있지만, 정확히 말하면 다큐 섹션과 드라마 섹션을 영화 안에서 분리해 배치하고 있는 편이라고 생각하시는 것이 좋을 것 같습니다.

진중권 제가 요즘 관심을 갖고 있는 주제가 '파타피직스'입니다. 영화 「해리 포터와 마법사의 돌」(2001)을 보면 포터 일당이 거대한 체스판 위에서 움직이는 거대 체스말들과 싸우는 장면이 나와요. 그것처럼 가상과 현실이 중첩되어 있는 상태가 디지털 문화의 특징이라고 보는 거죠. 예를 들어 컴퓨터 그래픽 같은 디지털 이미지에서는 사진과 회화가 중첩됩니다. 그래서 허구의 이야기를 사진의 형식으로 제시할 수 있는 거죠. 이미 화가와 사진가의 작업 사이의 경계가 사라졌다는 것은 잘 알고 계실 겁니다. 미디어 환경의 변화라고나 할까요. 그런 경계의 무너짐도 다큐와 극영화를 혼합하는 형식의 등장 조건을 마련해준 것 같기도 합니다.

영화와 미술의 사이에서

진중권 박찬경씨는 아마 한국에서는 영화감독으로 성공한 최초의 미술가가 아닐까 싶습니다. 최근 현내미술가 출신의 감독들이 대세를 이루고 있는 것 같아요. 아피찻뽕 위라세타쿤Apichatpong Weerasethakul, 1970~ 이 「엉클 분미」(2010)로 칸 영화제에서 황금종려상을 받고, 스티브 매퀸Steve McQueen, 1969~ 이 「노예 12년」(2013)으로 아카데미상을 받았습니다. 그걸 보면 이게 일회적인 현상은 아닌 것 같아요. 이런 추세를 어떻게 보십니까?

박찬경 일단 비디오 테크놀로지의 발달로 작가들이 비디오 카메라를 만지고 동영상을 만드는 데에 익숙해졌어요. 또 하나는, 다들 새로운 영화를 기대하는데, 기존의 장르영화로는 아무래도 한계가 있어요. 갈수록 장르의 규칙에 답답하게 갇히는 경향이 있거든요. 요즘 장르영화 중 상당수가 이미 봤던 이야기를 똑같이 반복하다보니, 사람들이 염증을 느끼게 됐죠. 특히 아피찻뽕 감독이 중요하게 부각되는 이유가 거기에 있는 것 같아요. 그동안 듣도 보도 못한 영화들이 새롭게 나왔으니 굉장히 신선한 충격이었겠죠. 미술가들은 장르의 규칙을 잘 모른다는 것이 오히려 장점이 될 수도 있으니까요.

진중권 미학에서는 레싱Gotthold Ephraim Lessing, 1729~81이 『라오콘』을 쓴 이후

로 장르의 경계를 엄청 따지게 됩니다. 거기서 레싱은 예술을 크게 공간예술과 시간예술로 구별하며, 두 매체의 상이한 언어를 혼동하면 안 된다고 말하죠. 현대미술, 특히 전후 모더니즘 미술에서는 매체의 고유성을 엄청나게 강조합니다. 가령 미국의 비평가 클레멘트 그린버그Clement Greenberg, 1909~94와 그의 제자들은 '회화는 회화여야 하고, 회화가 연극적이면 안 된다'라고 열심히 떠들어댔죠. 그게 불과 몇십년 전의 일입니다. 그런데 이제는 모든 경계가 무너져 매체의 구별이 사라진 것 같아요. 요즘 작가들은 필요하면 드로잉을 할 수도, 조각을 할 수도, 사진을 찍을 수도, 심지어는 영화를 만들 수도 있다고 생각하죠. 장르 파괴와 혼합의 현상들이 계속되는 것 같습니다.

박찬경　다른 장르는 좀 덜한 편이지만 미술 내부에서는 장르적 규범을 따지지 않은 지는 오래된 것 같아요. 그러니까 영화로 가든, 음악으로 가든 상관 안 하죠. 싸운드 아트 같은 것은 거의 음악에 가깝고, 어떤 퍼포먼스는 연극에 가깝고요. 소재 면에서도 경계가 중요치 않은 것은 마찬가지입니다.

진중권　제가 영화라는 장르에 기대하는 것은 거칠게 말하면 크게 두가지입니다. 형식적인 측면에서 영화의 언어, 즉 영화의 형식이 얼마나 새로운가, 내용의 측면에서는 영화의 주제가 얼마나 새로운가, 아니면 낡은 주제를 얼마나 참신한 시각으로 보여주는가죠. 이번에 다루신 무속이라는 주제는 사실 상업영화 안에서는 다루기 어려운 주제가 아니겠습니까?

박찬경 영화도 막강한 전통을 가지고 있어서 그 안에서 개발된 언어가 굉장히 치밀합니다. 그래서 그걸 깨기도 참 쉽지는 않죠. 엉뚱한 것을 하는 것은 쉬울지 몰라도, 정말 새로운 것을 하기는 어려운 것이 또한 영화죠. 그렇지만 한국 상황에서는 장르영화의 규칙에 더 매몰돼가고 있는 것이 아닐까 우려가 됩니다. 상업적인 룰을 적용하려고 하는 프로덕션의 힘이 근래에 커진 것을 많이 느낍니다. 그런 상황일수록 다소 엉뚱하더라도 새로운 소새나 언어가 필요하다고 생각해요.

진중권 어쨌든 근데 미술 작업을 하다가 영화로 넘어오지 않으셨습니까? 분명 다루던 매체 자체가 다르고 규약도 다르기 때문에 어려움을 겪을 수밖에 없겠지만, 다른 한편으로는 영화만 했던 사람보다 유리한 부분도 있을 것 같습니다.

박찬경 일단 제일 큰 차이가 있다면, 미술은 더러 규모가 큰 작업을 할 때를 제외하곤 대개는 혼자 작업실에 틀어박혀 꼼지락꼼지락 만들어내는 재미로 하는 것이지만, 영화는 사람들하고 부딪치며 교섭해야 하고, 소위 프로덕션이라는 것이 있어 제 생각을 접고 그쪽 의견을 들어줘야 하는 경우도 있죠. 그런 데서 큰 차이를 느낍니다. 특히 이번 영화로 처음으로 개봉이라는 것을 해봤는데, 개봉 비용부터 시작해서 여러가지가 심리적으로 굉장히 달라요. 관객이 몇명 오는지 집계가 되니까요. 영화가 산업이라는 것을 여실히 느끼게 되는 것은 아무래도 개봉 이후인 것 같아요.

진중권 아무래도 미술가로서의 정체성이 영화 작업에 꽤 큰 영향을 끼친

346

걸로 보입니다. 영화에 등장하는 사물 하나하나를 오브제처럼 취급하는
듯한 조형적인 느낌을 받았습니다. 굿당에서 보는 그림들도 미적으로 변
용되어서 마치 새로운 유형의 팝아트를 보는 듯한 느낌이 들더군요. 그런
것도 당연히 좀 신경을 쓰셨겠지요?

박찬경 네. 그런데 그게 의식적으로 미술가처럼 보이게 해야겠다는 생각
에서 한 건 전혀 아닙니다. 저는 그냥 감독이 되려고 하는데 과거에 남아
있던 여러가지 취미랄까, 상상의 패턴이랄까, 이런 것들이 더불어 작용을
하는 것이겠죠. 그래서 제가 과감할 때는 작가처럼 되고, 소심할 때는 감
독처럼 되는 것 같습니다. (웃음)

언캐니한 매혹, '아시안 고딕'

진중권 여러 매체에서 공포영화를 하고 싶다는 뜻을 비치셨어요. '신은 번
개처럼 내린다'라는 제목의 영화를 준비 중이라는 소식도 들었고요. 또 어
느 인터뷰에서는 아주 재미있는 말씀을 하셨더라고요. '아시안 고딕을 찾
고 싶다'라고요. 이를테면 「찰리와 초콜릿 공장」(2005)을 만든 팀 버튼Tim
Burton, 1958~ 감독의 영화에서는 서구식 고딕의 느낌이 나지 않습니까? 하
지만 고딕의 문화 자체가 없었던 곳에서 '아시안 고딕'을 얘기하는 것이
과연 말이 되는가 하는 생각이 듭니다. 왜 그런 생각을 하게 되셨습니까?

박찬경 공포영화가 상업영화 감독이 데뷔하기 가장 좋은 장르이기도 하지만, 그것을 떠나서 워낙 공포 장르에 관심이 많아요. 한국의 토착적 공포를 보여주고 싶다는 생각이 있어요. 여기서 '고딕'이라고 하는 것은 문학에서 '네오고딕'neo-Gothic을 말합니다. 가령 『프랑켄슈타인』이나 브론테 자매의 소설에 등장하는 환상성, 미지의 세계에 대한 동경, 오리엔탈리즘적인 취향, 약간의 낭만주의 같은 것들 말입니다. 그런 것이 아시아에도 있는데, 아시아는 식민 지배와 냉전으로 원혼들이 굉장히 많은 곳입니다. 그래서 아시아의 원혼 이야기에 뭔가 좀 멋있게 (웃음) 이름을 붙여본다면, '아시안 고딕'이 되지 않을까, 뭐 이런 거죠. 말씀하신 아피찻뽕 감독의 「엉클 분미」도 제가 떠올리는 아시안 고딕과 가깝다고 생각합니다. 일본에서는 쿠로사와 키요시黒沢清, 1955~ 의 대중 공포영화나 만화에서도 이런 것을 많이 찾아볼 수 있는데, 우리는 그렇게 많지 않은 것 같아요. 물론 「여고괴담」 씨리즈 같은 게 있긴 하지만, 더 깊이 들어가 공포의 역사적 근원 같은 것을 끄집어내는 이야기를 보고 싶고, 거기에 굳이 이름을 붙인다면 '아시안 고딕'이 적절하지 않을까 생각하는 거죠.

진중권 으스스한 주제, 후기 낭만주의 시절에 많이 나왔던 이른바 '언캐니'에 대한 취향이지요. 독일어로는 '운하임리히'unheimlich, 섬뜩한라고 하는데, 프로이트의 논문 덕분에 정신분석학에서 매우 유명해진 개념입니다. 제 트위터 아이디가 unheim입니다. 원래 '운하임리히'라고 하려고 했는데 이미 다른 사람이 그 아이디를 쓰고 있어서 뒤를 떼버리고 그냥 운하임이라고 했습니다. 취향이 저와 비슷한 부분이 있는 것 같습니다. (웃음) 그런 취향은 어떻게 갖게 되는 걸까요?

박찬경   저도 잘 모르겠는데요. (웃음) 어릴 때부터 무서움을 잘 타고, 귀신 같은 것에 대한 환상이 많았던 것 같아요. 악몽도 많이 꾸고. 저한테는 그게 일상이었어요. 왜 그런지는 정확히 모르겠습니다. 저는 전쟁도 안 겪었지요. 1980년대에야 한국전쟁에 대해 알게 되었어요. 중학생 때쯤 아파트로 이사를 했어요. 어린 시절에는 절에 가서 탱화나 신주, 향내 같은 것이 만들어내는 분위기에 놀라곤 했는데, 그런 기억과 갑작스러운 아파트 생활과의 격차 때문에 생긴 취향이 아닌가 하는 생각이 들어요. 또 1980년대에 우리가 시체를 너무 많이 봤잖아요? 광주 희생자의 사진부터 시작해서, 옆에서 죽어가던 친구들의 모습, 이런 걸 보면서 생긴 것도 있는 것 같고요.

진중권   사실 '언캐니'의 매혹이 죽음의 충동과 관련이 있잖아요. 의식적으로는 죽고 싶진 않아 해도 우리의 무의식에는 삶보다 더 안정적인 죽음의 상태에 대한 은밀한 욕망이 깔려 있다는 얘기죠. 그러고 보니 할 포스터Hal Foster, 1955~ 의 말이 떠오르네요. 이 미국의 비평가는 포스트모던이 근대의 '주체' 개념을 붕괴시키자 이를 대체할 개념으로 '외상적 주체'라는 것을 내세우잖아요. 그게 1990년대 이후 미국 미술계에서 강하게 나타나기도 했고요. 김금화 만신은 여성이고, 무당이고, 아시아인이잖아요. 사회에서 온갖 억압을 받으며 살아온, 상처받은 주체지요. 그래서 거기서 뭔가를 찾으려 하시는 게 아닌가 하는 생각이 듭니다. 왜냐하면 박찬경 감독의 경우에는 정신분석학적 측면에서 '언캐니'에 관심을 갖는다기보다는, 그 바탕에서 뭔가 사회적이고 정치적인 맥락을 찾으려 하는 것처럼 보이거든요.

349

박찬경 네, 의식적으로 그렇게 하려고 노력합니다. 그러니까 그 개념을 프로이트 식으로 가져가면 좀 재미없을 것 같아요. 사실인 것 같지도 않고, 우리의 체험과 그렇게 가깝지도 않은 것 같아요. 그래서 그런 프로이트적 메커니즘과 사회-역사적 의식 사이의 관계에 주목하려 하는 것 같아요. 제가 공포영화 씨나리오를 쓸 때 주로 다뤘던 소재가 신병神病이에요. 대도시에 사는 직장 여성에게 갑자기 신병이 오면 어떻게 될까? 그런 일이 실제로 있기도 하고요. 그러면서 무속의 전통이 드러나는 것이죠. 동시에 대도시 건설 과정에서 일어나는 여러 비리와 그에 관련된 죽음, 이런 이야기예요.

진중권 우리가 말하는 귀신이라는 것이 알고 보면 실은 굉장히 사회적인 현상이잖아요. 사회적 근원을 가지나 아직 명확히 설명은 할 수 없는 것. 그런 것이 무의식을 통해 귀신이라는 형상으로 나타나는 게 아닌가 하는 느낌이 있습니다. 하지만 기존의 공포영화는 그 원한을 지극히 개인적인 차원에서 다루지 않습니까? 사실은 무속에서도 그렇지요. 그 원한이라는 게 그 사람에게는 개인적인 차원의 일로 여겨질지 모르나, 좀더 근원을 깊이 파고 들어가면 사회적 불의 같은 데서 비롯되는 아주 강렬한 심리의 상태 아니겠습니까. 하지만 그걸 드러낸다는 게 쉽지 않지요.

박찬경 그렇죠. 사실 순수하게 개인적인 불의나 불행이 얼마나 될까요? 저는 그렇게 많지 않을 것이라고 봅니다. 따지고 보면 개인적 불행이나 원한에는 문화적 전통이든, 사회관계의 전통이든, 모든 요인이 다 작용하고 있는 게 아닐까요?

350

진중권 한국 사람들이 흔히 '한恨'을 이야기하잖아요. "한 많은 이 세상"으로 시작하는 노래도 있고, 심지어 "무엇만 한다면 죽어도 여한이 없다"고 말하잖아요. 그걸 보면, 우리에게는 죽음보다도 더 무서운 게 한이고, 그것을 풀어주는 게 무속이었던 것 같습니다. 그렇기 때문에 그동안 무속이 중요한 사회적 역할을 담당해왔던 것 같습니다. 그나저나 그 영화는 어떻게 진행되고 있습니까? 씨나리오는 쓰셨는지요? (웃음)

박찬경 씨나리오는 썼는데, 다들 너무 어렵다는 반응이 많아요. 제가 상업영화를 하려면 당장 손 벌릴 데가 형밖에 없으니까, "제작 좀 안 해줄 거야?" 했더니, 씨나리오 써서 가져오면 보겠다고 하더군요. 그래서 써서 보여줬더니 제작해주겠다고 그랬어요. 집안에 친한 사람이 영화를 하고 있다보니 일이 너무 쉽게 풀리는 게 아닌가 싶기도 하고. (웃음) 제작을 해주겠다는 얘기는 들었는데, 제가 요즘 예술감독을 맡은 '미디어시티 서울' 때문에 너무 바빠요. 이 일부터 끝내고 난 다음에 정신 차리고 해볼 생각입니다.

PARKing CHANce

진중권 형님 말씀을 하셨는데, 그 이야기로 넘어가보죠. 「만신」이 그냥 뚝딱 만들어진 게 아니라, 그전에도 꽤나 많은 영상 작업을 해오셨어요. 그 중에 많은 작품이 파킹 찬스PARKing CHANce라고, 형 박찬욱 감독과 같이

하는 형제 브랜드를 통해 만들어졌습니다. 「파란만장」(2010)이나 「청출어
람」(2012) 등 작지만 재밌는 작업들을 해오셨어요. 「파란만장」은 베를린
국제영화제에서 황금곰상을 받기도 했지요. 공동 작업을 어떤 식으로 하
시는지 궁금합니다. 아무리 형제라도 의견이나 성격이 안 맞을 때도 있지
않습니까?

박찬경 형도 그렇고 저노 그렇고 싸우는 걸 싫어하는 편이고 워낙 어릴 때
부터 같이 뒹굴며 살았기 때문에 남들이 모르는 취미를 공유하는 게 좀 있
어요. 그래서 크게 의견이 부딪치는 경우는 별로 없었습니다. 또 영화 만
드는 게 워낙 많은 사전 준비를 요하고, 그 과정에서 토론도 많이 하게 되
니까, 정작 현장에서 부딪칠 일은 거의 없죠.

진중권 「고진감래」(2014)가 최근 작품이죠. 전세계인을 대상으로 서울에
관한 영상을 모집해 영화를 만들었다고 들었는데요, 작품의 아이디어가
이미 현대미술적인 것 같아요. 어떻게 만들어진 작품인지 궁금합니다.

박찬경 서울시의 관광을 담당하는 부서에서 서울을 알리는 프로젝트를 하
고 싶다고 제안을 했어요. 서울 시민들이 찍은 푸티지footage를 가지고 영화
를 만들면 어떻겠느냐는 제안이었지요. 그 일을 저희한테 맡겼을 때는 뻔
한 홍보영상을 찍으라는 얘긴 아니었겠죠. 저희도 처음부터 그분들에게
"혹시 그런 걸 기대하시는 건 아니죠?"라고 했고요.

진중권 영상이 엄청나게 많은 푸티지들로 이루어졌는데, 전체가 그것만으

1_ 「파란만장」(2010) 포스터
2_ 「파란만장」 중

로 이루어진 것은 아니더라고요. 맨 앞의 장면과 맨 뒤의 장면은 직접 찍으신 것 같던데, 그것이 완벽한 서사적 구조는 아니더라도 영상 전체에 어떤 일관성 같은 걸 부여해주는 듯했습니다.

박찬경   전세계에서 수만건이 들어왔어요. 일관된 이야기가 있는 것이 아니다보니까 영화 전체를 감싸주는 틀 같은 것이 필요했습니다. 그래서 맨 앞과 맨 뒤에 각각 맹사싱의 시를 읊은 노래와 한강에 배를 띄우는 장면을 넣어서 앞뒤가 이어지는 구조로 틀을 만들었죠. 워낙 쏘스가 다양하다 보니 편집이 굉장히 중요했는데, 사람들이 보내준 자료 중에서 자잘한 이야기들을 골라서 배치한 것도 있고, 유심히 들어보시면 음악으로 이어간 부분도 상당히 많습니다. 굉장히 음악적인 영화예요.

진중권   우리가 늘 보던 뻔한 영상들 있죠. 발전하는 서울상, 세빛둥둥섬의 화려한 모습, 아무 걱정 없어 보이는 홍대의 젊은이들, 아니면 강남의 사치스러운 거리 등등. 홍보영상이라고 하면 이런 것들을 연상하게 되는데, 이 영상에는 굉장히 이질적인, 제가 봐도 관광객 카메라에서 나온 것 같지 않은 장면들이 몇개 있더라고요. 서울 자체가 가진, 말로 표현하기 힘든 미친듯한 매력들을 잘 담아내신 것 같습니다. 게다가 처음에 들어가는 이야기가 상당히 무거워요.

박찬경   무겁죠. 한 젊은 여성이 옥상으로 올라가고, 한강다리에 가서 뛰어내릴까 말까 고민하는 장면으로 시작됩니다. 나중에 풍덩 소리도 들려요. 한국이 자살률 1위잖아요. 청년실업 문제도 굉장히 심각하고요. 그런데 그

1_ 「고진감래」(2014) 포스터
2_ 「고진감래」 중

2

런 것을 다 외면하고 서울에 대한 영화를 만든다는 것은 말이 안 되잖아
요. 하지만 그녀가 자살했는지 안 했는지 명확히 드러나지는 않아요. 게다
가 그 이야기는 심청전을 연상시키죠. 실은 영상 안에 심청이 이야기가 좀
많이 나와요. 대도시에서 좋은 일만 벌어진다고 생각할 사람은 아무도 없
으니까요. 서울시도 많이 달라진 것 같아요. 박원순 시장님이 그런 이야길
하시더라고요. 사실 서울에 오는 관광객들 중에서 가장 중요한 사람들이
서울에 여러번 오는 사람들이래요. 서울에 처음 오는 사람은 뻔한 홍보영
상에 혹해서 오는지 몰라도, 이미 여러번 와본 사람들은 서울에 대해서 꽤
많이 알고 있기 때문에 좀더 깊은 레벨을 보고 싶어한대요. 그러니까 영화
가 재미있으면 되는 거지, 꼭 예뻐야 할 필요는 없다는 거죠. 예쁜 풍경을
중심으로 영상을 만든다고 해서, 거기에 끌리는 것은 아니래요. 이미 관광
객들 자신의 수준이 좀 많이 달라졌기 때문에.

진중권　네. '파킹 찬스'는 형한테도 독특한 의미가 있을 것 같아요. 동생 입
장에서 형이 영화감독이니 좀 전에 말씀하신 것처럼 배울 것도 굉장히 많
겠지요. 반면, 형의 입장에서는 이 작업의 의미가 좀 다를 것 같아요. 형은
시간이 날 때만 하신다고 하셨는데, 단지 여가를 활용하는 차원만은 아니
고, 뭔가 다른 의미가 있을 것 같아요.

박찬경　글쎄요. 형은 항상 그런 질문을 받을 때마다 이렇게 얘기해요. "상
업영화 할 때는 굉장히 부담이 많다." 사실 굉장히 부담스럽잖아요. 상업
적으로 성공도 해야 하고, 수많은 스태프들을 움직여야 하니까. 그런데
이런 작업은 그런 부담에서 훨씬 자유롭죠. 또 자기가 가진 여러 창조적

아이디어를 실험해보는 기회도 되고요. 그런 면에서 굉장히 숨통이 트이는 작업이라고 얘기해요.

미술은 세상을 바꿀 수 있는가

진중권 서울대 서양화과를 나오셨는데, 1980년대부터 비평 활동도 많이 했습니다. 처음에는 미술비평연구회에서 활동하셨지요? 그 시절 한국 미술계에 대해서는 잘 모르시는 분들이 많을 겁니다. 미비연은 어떤 단체였나요?

박찬경 네, 대학교 4학년 때 제가 어딘가에 썼던 글을 우연히 선배 미술평론가가 보고는, 미술비평연구회라는 곳에 와서 같이 연구도 하고 비평도 하자고 제안했어요. 당시에는 그런 단체들이 굉장히 많았죠. 졸업하자마자 먹고살 길도 막막하고 해서 일단 거기에 들어가 글 써서 생활도 하고 공부도 하려고 했지요. 그곳의 주요 멤버가 『문화/과학』을 오랫동안 한 심광현 선배, 이영욱 선배 같은 분들이었어요. 도움이 많이 됐지요. 워낙 실기 위주의 미술대학을 다니다보니 이론에 대한 갈증도 많았어요. 주로 미술, 특히 민중미술이나 미술운동을 많이 공부했지요. 루카치Lukács György, 1885~1971도 읽고 문학의 리얼리즘 논쟁을 미술로 옮겨와서 한 프레드릭 제임슨Fredric Jameson, 1934~ 과 테리 이글턴Terry Eagleton, 1941~ 의 리얼리즘 논쟁도 공부하고. (웃음) 한편 그 시기는 민중미술의 효력에 대해 의문을 품던 시기라서, 리얼리즘을 대신할 새로운 미술언어가 무엇이어야 하는지

고민도 많이 했죠.

진중권 그 당시에는 민중운동이나 계급운동의 예술을 논하곤 했지요. 그때 좌파의 입장에서는 두가지 선택이 있었어요. 하나는 세련된 모더니즘의 언어, 또다른 하나는 치열한 리얼리즘의 언어였습니다. 둘 중에서 사실 리얼리즘은 19세기의 예술언어거든요. 근데 우리는 이상하게 리얼리즘에 꽂혔단 말이죠. 리얼리즘을 주장한 루카치 외에도 모더니즘을 수용한 브레히트Bertolt Brecht, 1898~1956도 있었는데, 우리는 왜 그에게 꽂히지 못했을까? 그런 것이 조금 아쉬움으로 남아요. 미술 쪽도 다르지 않았을 것 같아요.

박찬경 미술 쪽도 그랬죠. 저는 개인적으로 브레히트가 훨씬 좋았는데 대세는 루카치였고, 또 취미나 심성은 브레히트 쪽인데 윤리적으로는 루카치가 더 맞는 것 같고. 그런 갈등이 있었던 것 같아요.

진중권 모더니즘이 사실은 어려운 언어거든요. 예술의 정치적 기능을 발휘하여 대중의 의식화 수단으로 사용하기에는 지나치게 어렵죠. 아마 그때문에 정치적으로는 진보를 표방하면서도 미학적으로는 보수적으로 19세기 언어를 사용했던 것 같아요. 사실 미학적 진보와 정치적 진보가 같이 가야 하는데 말이죠.

박찬경 네, 그리고 당시 미술운동에서 제가 제일 답답했던 것이 있었어요. 민중미술이 매체의 측면에서는 주로 페인팅에 의존하고 있었고 그밖에는 판화를 많이 했죠. 사진이나 비디오도 중요한데, 거기에 대해서는 너무

이야기가 없었어요. 작업을 하는 사람들도 적었고요. 그때 독립 영상 단체 '푸른영상' 같은 굉장히 좋은 선례들이 있었음에도 불구하고 매체로 접근하는 작가들이 많지는 않았어요. 그래서 이제는 매체가 중요하지 않느냐, 그런 이야기를 좀 했던 것 같습니다.

진중권 말씀을 들으니 기억나는 장면이 있습니다. 그때 '사회사진연구소'라는 곳도 있었고, 후에 영화감독으로 활동하게 된 여동균씨 같은 분도 노동자 대회에 카메라를 들고 사진을 찍으러 다니셨죠. 당시에 그 모습이 굉장히 신선하게 느껴졌거든. '아, 저런 시도를 하는구나.' 당시만 해도 카메라 들고 오는 사람은 대개 기자였으니 작가가 카메라 들고 있는 모습이 신기했나봅니다. 사실 오늘날에는 지나칠 정도로 일반화되었지만, 그때는 그게 뉴미디어였던 것 같습니다. (웃음)

박찬경 네. 맞아요. 그때는 정말 그랬죠. 저는 '푸른영상'의 김동원 감독이 만든 「상계동 올림픽」(1988) 같은 작품이 민중미술을 변화시키는 중요한 계기였다고 생각해요.

진중권 서구의 1920~30년대 예술을 흔히 '아방가르드'라 부르죠. 우리나라에서는 그런 저항 정신을 가진 예술운동을 보려면, 해방 전으로 돌아가야 합니다. 가령 카프KAPF라든지요. 해방 이후로는 민중미술이 처음이었던 것 같아요. 한국적인 색채를 갖고 한국의 상황에 대해서 발언했던 유일한 예술인데, 요즘은 그 자취가 많이 사라진 것이 안타깝습니다.

박찬경 그렇죠. 아무래도… 미술에서는 문학이나 다른 장르에 비해서 유난히 민족형식에 대한 이야기가 많았어요. 그런데 민족형식에 대한 논의가 그 자체로는 나쁜 것이 아니었는데, 민족형식을 물신화하는 경향으로 흘러버렸죠. 그게 지금 생각해보면 오히려 재미있을 수도 있는데, 그 당시에는 좀 답답하게 느껴졌어요.

진중권 그때 흔히 공식이 있었잖아요. '사회주의적 내용에 민족적 형식'이라는 간편한 도식에 따라 예술을 판단하는 경향이 있었지요. 그러다가 현실 사회주의가 몰락하면서 맑스주의가 힘을 잃고, 사회 변혁의 전망이 사라져버리면서, 민중미술도 자취를 감추기 시작했죠. 지금 생각하면 굉장히 아쉽기도 합니다. 한편, 다른 문제도 있지요. 결국 예술작품이라는 것은 누군가 사주는 사람이 있어야 하는데, 사실 민중미술의 콜렉터도 결국은 강남의 아줌마, 아저씨들이라는 모순도 있죠.

박찬경 민중미술이 없어지지는 않았지만 그 힘을 잃는 과정이 좀 서글프죠. 김영삼 정부 들어서서 갑작스럽게 국립현대미술관에서 '민중미술 15년전'이라는 회고전을 했어요. 근데 그게 정말 가슴 아픈 전시회예요. 사실 민중미술은 이제 끝났다는 선언을 하게 된 것이나 마찬가지였거든요. 전시 자체도 그렇게 좋지 않았고요. 그후에 많은 민중미술 작품들이 가나아트 같은 곳에 소장이 됐고, 그러다가 시장으로 나갔죠. 근데 시장에서 충분히 팔리지도 않았어요. 결국은 서울시립미술관에 일부가 기증되기도 하면서 여기저기 흩어지게 되죠.

진중권 미국 유학을 다녀오신 후에 '포럼 A'와 '대안공간 풀'에서 활동하셨어요. 이른바 포스트 민중미술의 두 거점이라고 할 수 있는데, '이정우'라는 필명을 쓰는 미술평론가 임근준은 박찬경씨를 '포스트 민중미술 세대를 이끈 대표적 인물'이라고 했습니다.

박찬경 그게 실은 무지하게 단순한 이야기입니다. 민중미술이 어쨌든 비평적 예술이잖아요. 근데 민중미술이 끝났다고 해서 비평적인 미술까지 함께 끝난 것이냐, 그건 아니다. 민중미술의 비판적인 힘이나 시각을 유지하는 것이 중요하다. 그렇게 보았을 때 눈에 띄는 작가들로는 이러이러한 사람들이 있다. 결국 이 작가들이 민중미술의 맥을 이어가고 있는 것이 아니냐. 그런 정도의 이야기였어요. 그러니까 뭐, 거창한 이야기가 전혀 아닙니다. 민중미술이 끝나고 포스트모더니즘이 도래했다고 말하는 평자들이 너무 많아서, 그런 견해에 대한 일종의 대안적 시각으로 조금 얘기를 했을 뿐입니다.

진중권 네, 사실 포스트모던이라는 것이 역사의 죽음이니, 주체의 죽음이니, 정치적인 것의 죽음, 사회적인 것의 죽음 등등 언뜻 보기에는 매우 급진적인 수사를 늘어놓아도, 실제로는 체제 옹호나 다름없는 침묵으로 결국 현상 유지에 기여하는 측면이 있다고 볼 수도 있지요.

박찬경 그렇죠. 저 나름대로는 포스트 민중미술을 내세워서 뭘 하진 않았어요. 다만 민중미술의 비판적 측면을 가져오면서도 어떻게 그 언어를 새롭게 할 것이냐, 그 새로운 언어들을 어떻게 발견할 것이냐 고민한다는 점에서, 민중미술과 다른 점이 생기는 거죠. 특히 평론가로서 관심 있었던 것은 한국미술의 전통에서 비평적 모더니즘이 전혀 없었을까, 하는 것이었는데, 찾아보니까 있더라고요. 그래서 1970년대 모더니즘을 단순화하는 것도 반성해야 한다는 거죠. 그리고 우리가 모더니즘을 계속 비판해왔는데, 사실 더 근본적으로는 우리가 비판했던 그게 모더니즘이 맞아? 그것을 이렇게 비판하는 것이 맞는 것 아냐? 등의 논제들이 있죠.

진중권 참 재밌는 게, 한국의 이른바 모더니즘이 서구의 그것과는 상당히 다르단 말이죠. 서구의 모더니즘은 '예술을 위한 예술'의 관념을 깨뜨리면서 등장했습니다. 그래서 정치적으로나 미학적으로나 매우 진보적이며 급진적인 성격을 띠었는데, 한국에서는 모더니즘이라고 하면 정치와 무관한 형식주의, 즉 예술을 위한 예술을 떠올리게 되죠. 우리가 비판했던 것은 바로 이런 유형의 모더니즘이었지요.

박찬경 네, 그러니까 모더니즘이 곧 형식주의라는 인식이 잘못된 거죠. '모더니즘'이라는 말을 모더니즘이 아닌 것에 너무 쉽게 붙이면서 일이 꼬여버린 거죠. 그러니 당연히 비판하는 사람들의 입장도 꼬이게 되지요. 그 탓에 민중미술도 풍부해지지 못하고, 모더니즘 역시 풍부해지지 못했지요.

진중권 사실 양자가 쓸데없이 분리된 감이 없지 않아요. 한쪽은 완전히 형식주의로 나가서 자기만의 미적 자율성, 자기만의 가상 안에 갇혀버렸고, 다른 한쪽은 그에 대한 반동으로 19세기 언어인 리얼리즘에 스스로 갇혀버린 측면이 있어요. 건전한 문제의식을 가지고, 그 둘이 융합을 이루었으

362

면 더 좋았을 텐데.

박찬경 저도 그게 당시에 굉장히 답답했어요. 그게 그냥 이론적인 문제가 아니라 친구들 사이에서 벌어지는 일이었거든요. 정말 내 앞에 있는 사람을 비평적으로 어떻게 대해야 하느냐의 문제였기 때문에 혼자서 굉장히 답답했습니다.

진중권 가끔 이런 생각도 들더라고요. 솔직히 예술이 무슨 정치적 기능을 하겠느냐. 또, 하면 얼마나 하겠느냐. 그걸로 무슨 대중 전체의 의식을 바꿔놓느냐. 이건 너무 과도한 기대가 아니냐. 그러니 차라리 아방가르드로 나가는 게 낫지 않았을까. 이런 생각도 가끔 합니다. 사실 굉장히 어려운 주제인데요, 미술이 다시 정치성을 띨 수 있을까요? 전망을 어떻게 보십니까?

박찬경 제가 유학 갔다 들어와서 문학 하는 선배를 만나서 처음 들은 얘기가 그거였어요. "야, 넌 뭐 아직도 미술로 세상을 바꾸려고 하냐?" (웃음) 근데 여기서 '세상을 바꾼다'라는 것이 꼭 미술이 당장 어떤 도구로 기능한다는 것을 의미할 필요는 없다고 봐요. 미술이 일으키는 그 변화는 다양한 층위에서 장기간에 걸쳐서 일어나는 일이 아닐까요? 저는 그게 매우 자연스러운 흐름이라고 생각해요. 사실 관제 형식주의 미술의 신세에서 처음 벗어난 것이 바로 민중미술이거든요. 그후로도 현실에 비판적인 작가들이 민중미술 시대보다 더 많이 생겨나고 있어요. 비록 자신들을 민중미술의 적자라고 생각하지는 않겠지만요. 지금은 작가들의 상황이 굉장히 안 좋아요. 젊은 작가들은 생존하기도 힘들거든요. 반면, 우리가 접하는 정보나 예술에 대한 인문학적 지식은 상당히 비판적인 전통이 강하죠. 그러니 이들을 민중미술과 단선적으로 이을 수 있는 것은 아니지만, 비평적인 예술의 가치에 대한 인식은 오히려 지금이 더 일반화되어 있다고 생각합니다.

진중권　일단 민중미술이 먼저 아카데미즘에서 벗어났고, 그후 아카데미즘에서 자유로운 작가들이 생겨났죠. 이들이 자연스레 갖게 된 정체성에 대해 이야기하자면, 민중미술 이후 세대는 아무래도 민중미술의 작가들이 갖고 있었던 이념 같은 것은 갖고 있지 않죠. 그들은 위에서 아래로 내리꽂히는 이데올로기가 아니라, 일상의 구체적 현상들에서 출발하여 위로 올라가는 새로운 유형의 정치성을 갖고 있다고 생각합니다.

박찬경　이데올로기에서 떨어져나오면서 오히려 비판의 내용이나 각도가 굉장히 구체적이고 다각적으로 변한 것 같아요. 그래서 '오큐파이 운동'Occupy movement이나 최근의 터키 민주화시위에서도 젊은 예술가들이 주도적인 역할을 했다고 하더라고요.

진중권　또 하나 중요하게 다루고 계신 주제가 공공예술 문제, 예술 정책의 문제인데, 구체적으로 어떤 문제입니까?

박찬경　길거리를 다니다 보면 건물마다 조각상이 하나씩 있는 게 보일 겁니다. 그게 다 '1퍼센트 법'이라는 것 때문에 생긴 것이거든요. 그 법 하나가 엄청나게 많은 조각가들을 먹여 살렸죠. 그런 측면에서 보면 복지 정

책으로서는 괜찮았을지 모르겠어요. 하지만 그 작품들을 보고 있으면 마음이 답답해지죠. 법 자체는 매우 진보적인 문화 정책이었죠. 근데 그것이 완전히 전도된 방식으로 사용되면서, 제가 보통 똥이라고 표현하는데, 지금 길거리에는 정말 똥이 쌓여 있는 것 같습니다. 앞으로는 저걸 어떻게 다 철거할 수 있을까, 이런 것이 더 고민될 정도로요. 그런 것을 개선하기 위한 법적인 장치는 무엇일까? 이런 것을 고민하는 거죠.

진중권 네, 그거 보면 정말 한숨이 푹푹 나죠. 그 법이 제대로 실현됐다면, 그 건물에 맞으면서도 예술적으로도 유의미한 작품들이 서 있어야 하는데, 지금 있는 것들을 보면 이걸 왜 세워놓았나 하는 생각이 들어요.

박찬경 네. 그 법이 만들어진 데는 사실 어느 조각가의 영향력이 컸어요. 정치적인 로비 능력이 막강한 분이셨는데, 그분이 "서양에 이런 게 있는데, 좋지 않냐" 해서 법을 만든 거죠. 다시 말해 그 법에 필연성이 없다는 얘깁니다. 서양에서는 그걸 '퐁당 예술'이라고 불러요. 그러니까 물에 돌을 던지는 것처럼 미술작품을 공수해서 아무데나 퐁당 떨어트리는 거죠. 방금 말씀하신 것처럼 주변 환경, 누가 그 작품을 보느냐, 소비자가 누구냐, 환경을 어떻게 대했느냐를 복합적으로 생각해야 하는데, 그런 것을 전혀 고려하지 않은 사물중심적 생각이죠.

블랙박스: 냉전 이미지의 기억

진중권 이쯤에서 작품 이야기로 넘어가지요. 박찬경 작가의 초기 작업에서는 분단이 주요한 주제였던 것 같아요. 유학에서 돌아와서 처음 한 전시도 「블랙박스: 냉전 이미지의 기억」(1997)이었지요. 근데 요즘 젊은 세대들은 분단에 별로 관심이 없습니다. 왜 분단에 주목하시나요?

박찬경 제가 어렸을 때는 반공 포스터나 "자수하여 광명 찾자" 이런 표어부터 시작해서 늘 사방에 적이 있는 것 같은 분위기였잖아요. 텔레비전에서 운동권 학생들을 추적해보니 간첩이 위에서 지시하고 있었다, 이런 보도도 하고. 그러니까 분단이라는 것이 우리의 정신 생활에 엄청난 영향을 미친 것 같아요. 길거리에서 미친 사람들이 마구 김일성, 김정일을 욕하고 다니기도 했고. 그러니까 저한테는 그것이 정치적 이념을 떠나 개인적으로도 한국인의 정신 생활을 지배하는 중요한 요소로 보였기 때문에 어떻게든 안 다룰 수가 없었죠.

진중권 사실 두가지 측면이 있는 것 같아요. 며칠 전에 진주에 가서 강연을 하는데 갑자기 어떤 분이 손을 들고 질문을 하시더라고요. "이 분단국가에서 분단 문제의 해결 없이 복지가 가능합니까?"라고. 이 질문의 함의는 저만이 아니라 누구나 다 아실 겁니다. (웃음) 그게 분단의 정치적 측면이라면, 제가 보기에는 조금 전에 말씀하신 정신적 측면이 더 중요한 것 같아요. 왜냐하면 분단이 우리 밖의 현상이 아니라, 이미 우리의 의식과 무의식 안에 들어와 있는 거잖아요. 어떻게 보면 '반공'을 외치는 사람들

「블랙박스; 냉전 이미지의 기억」(1997) 중

은 실제로는 국가권력에 대해 굉장한 공포감을 갖고 있는 게 아닌가 생각해요. 빨갱이로 몰리면 어떻게 되는지 잘 아니까, 요란하게 공격적으로 자신은 빨갱이가 아니라고 고백하는 거죠. 그런 의미에서 분단을 정신분석학적 측면에서 조명할 필요도 있다고 생각합니다.

박찬경 그래서 제가 '미친 사람들 중에는 왜 이렇게 북한 이야기를 하는 사람이 많을까, 혹시 그걸 연구한 사람은 없을까' 해서, 논문을 뒤져본 적이 있어요. 그런데 그런 연구는 거의 못 봤어요. 그게 저는 너무 이상해요. 그러니까 한국에서 냉전이라는 것은 굉장히 특이한 현상이자, 연구할 게 아직도 많이 남아 있는 주제인 것 같아요. 그리고 대학 다닐 때 프락찌 사건 같은 것도 많았잖아요. 저도 한번은 감옥에 잠깐 들어갔다 나왔는데, 주위에서 자꾸 저를 프락찌로 몰더군요. 그런 일을 겪으면서 이 사회에서는 '모든 사람이 모든 사람을 의심하는구나' 하고 생각하게 됐죠. 그게 제 화두입니다. 홉스Thomas Hobbes, 1588~1679는 '만인의 만인에 대한 투쟁'이라고 했는데, 제가 보기엔 한국사회는 '만인의 만인에 대한 의심'인 것 같아요. 그런 생각을 하면서 냉전에 관련된 이미지들도 찾아보게 되었죠. 미국에서는 누아르 장르에 그런 영화들이 많더라고요. 어떻게 해서 사람이 사람을 극도로 의심하게 되는 상황이 오는 걸까.

진중권 영화 「뷰티풀 마인드」(2001)에 나오지 않습니까. 주인공인 존 내시가 주변의 모든 것을 소련의 음모로 의심하다가 결국 미쳐버리잖아요. 이른바 '수구꼴통'이라 불리는 극우반공주의자들을 보면, 정신분석학적 접근을 해볼 필요가 있다는 생각이 듭니다. 이게 편집증에다가 다른 한편으

로는 강박증이거든요. 강박증의 특징이 반복이잖아요? 똑같은 이야기를 반복하는 것은 실재계가 상징계의 언어로 표현이 안 되기 때문이죠. 그래서 자동인형처럼 특정한 발언이나 행동을 강박적으로 반복하는 것인데, 이런 측면에서 접근하면 분단 문제에 대해서도 상당히 재미있는 시각을 얻을 수 있을 것 같아요.

박찬경 네, 「블랙박스: 냉전 이미지의 기억」에서 다루는 내용이 주로 그런 것이에요. 제가 그때 했던 말이 '앤디 워홀Andy Warhol, 1928~87의 작품은 계속 똑같은 걸 찍어내는 자본주의 산업사회의 외상적 표현'이라는 것이었어요. 제 생각에 우리 사회에서는 분단이야말로 그런 외상적인 이미지를 반복적으로 찍어내는 공장의 역할을 하고 있는 것 같습니다.

진중권 앤디 워홀은 작품만이 아니라 일상에서도 반복적인 활동을 했다고 합니다. 매일 점심으로 똑같은 캠벨 깡통 수프를 먹었죠. 할 포스터에 따르면, 워홀은 그 반복 활동을 통해 자기를 억압하는 그것의 본성을 미메시스mimesis한다고 해요. 자동화의 충격을 방어하기 위해 자기에게 충격을 주는 그것의 본성을 모방한다는 거죠. 이 강박적 반복을 정신분석학에서는 오토마톤automaton이라 부르는데, 워홀의 강박적 반복이 미국적 소비사회의 외상을 드러낸다면, 우리 같은 경우에는 말씀하신 대로 주로 분단과 냉전의 구도 속에서 강박증이 나오는 것 같습니다.

종교, 미신, 과학

진중권 2004년에 「파워통로」라는 작품을 발표하셨죠? 박찬경 작가 본인은
이걸 대표작, 혹은 개인적 걸작으로 꼽을지 안 꼽을지는 모르겠지만, 밖에
서는 그렇게 언급이 되고 있고, 또 그 작품으로 에르메스 미술상을 받기도
했습니다. 아무튼 평론가가 아닌 작가로서 박찬경을 각인시켜준 작품이
아닌가 싶어요.

박찬경 글쎄요, 어울리지 않게 그런 상을 받았습니다. 이건 하나의 소재에
서 출발한 건데요, 1970년대 말 이북의 땅굴 소식이 「대한뉴스」로 텔레비
전에 많이 나오곤 했어요. 제가 냉전 관련 책들을 많이 보는데, 당시 미국
과 소련 사이에서는 닉슨 이후 데땅뜨 분위기가 형성되어, 아폴로와 소유
즈 우주선이 우주에서 도킹도 했었더라고요. 근데 같은 해에 거의 몇달 차
이로 우리나라는 계속 땅굴을 발견했다는 발표를 했어요. 그러니까 박정
희가 데땅뜨 국면을 싫어했던 것이 명확하죠. 그래서 '왜 사람들은 땅 위
에서 안 만나고 땅속이나 우주에서 만나려 하나', 그런 식의 내러티브를
가지고 당시의 여러가지 냉전 이미지와 텍스트를 섞어서 일종의 미디어아
트 작품을 만들었습니다. 벽에 적은 글도 있었고요, 냉전이나 우주 경쟁에
관련된 아카이브, 땅굴에 관한 자료들도 있었지요. 땅굴과 아폴로-소유즈
의 도킹은 여러면에서 재미있어요. 땅속이랑 우주라는 차이도 있지만, 하
나는 정말 땅속에서 원시적으로 삽질을 하는 것이고, 다른 하나는 굉장히
발달한 하이 테크놀로지의 세계죠. 이렇게 비교하는 내용이 있었어요.

그림과 영화에서 광대한 우주는 손과 손, 입술과 입술
사이의 가까움을 강조하기 위해 사용된다

The boundless universe in a picture or in a film is often
used as backdrop to contrast with the closeness
between hands and hands, or lips and lips

「파워통로」(2004) 설치영상

땅굴의 역설은 어느 쪽에서 뚫거나
어느 쪽에서든 이용할 수 있다는 점이다
사실 모든 통로들이 그렇다

The paradox of a tunnel is that, any side can
use it no matter which side has penetrated it

In fact, passages are like that

진중권 또 주목할 만한 작품이 2005년 작 「비행」입니다. 2000년 6월 13일 김대중 대통령이 남북정상회담을 위해서 방북할 때 찍은 영상을 편집한 작품인데요. 제53회 오버하우젠 단편영화제에 초청받기도 했지요. 12분 정도의 짧은 영상인데, 거의 대부분이 그냥 비행기가 날아가는 장면을 담고 있어요. 어떻게 찍으셨어요?

박찬경 제가 찍은 긴 아니고, 그것노 방송국 쫓아다니면서 한 아카이브 작업이죠. 안에서 찍은 것도 있고. 착륙할 때 찍은 것도 있고요.

진중권 거기에서 가장 인상적이자 좀 섬뜩했던 장면이 마지막에 차가 평양에 들어가는 장면입니다. 양쪽 언덕에 사람들이 울긋불긋한 한복을 입고 올라서 있는데, 슬로우 모션으로 보여주니까 그게 마치 꿈 같았어요. 초현실주의적인 느낌이 들더라고요.

박찬경 네, 그런 느낌이죠. 저승 같다고 할까요? 황지우 선배가 보시더니 "야, 여기 좀 저승 같다"라고 했는데, 실제로 그런 느낌을 주려고 했어요.

진중권 어느 인터뷰에서 북한과 지역종교가 한국사회의 최대 타자라고 말씀하셨어요. '타자'라는 개념이 주변화되고, 배제되고, 배척당한 존재라는 뜻이지요. 어떤 의미에서 그 두가지가 가장 큰 타자라고 하신 겁니까?

박찬경 가장 영향력은 큰데도 감추어져왔다는 의미죠. 터부시한다고 영향이 없었느냐 하면, 그것도 아니거든요. 가장 감추어져왔지만 사회에 가장

큰 장력을 작용해온 것이 북한이었다고 생각합니다. 그러니까 여기서 북한이라 함은 역사적인 의미에서 북한이기도 하지만, 하나의 상징이자 실체, 공간이자 문화로서 북한을 가리킵니다. '지역종교'라는 표현을 썼는데, 쉽게 말씀드리자면 무속이나 토착신앙 같은 것이 되겠죠.

진중권　그런 점에서 2008년 작 「신도안」은 후에 「파란만장」과 「만신」으로 이어지는 무속에 대한 문제의식의 출발이라고 할 수 있겠죠. 러닝타임이 45분에 달합니다. 물론 요즘은 장르의 경계가 불분명하긴 하지만, 그전의 작업이 주로 미술에 속하는 느낌이었다면, 「신도안」부터는 작업에서 영화적 성격이 강화되는 것 같아요.

박찬경　「신도안」은 아까 제가 좀 힘든 시기가 있어서 산에 많이 다녔다고 말씀드렸는데, 그중에서도 계룡산이 떠올라서 계룡산에 자주 갔어요. 계룡산이라고 하면 그냥 무속의 메카라고만 알고 있었는데, 가서 보니 이미 『정감록』때문인지 일제 때부터, 아니 그 이전부터 굉장히 다양한 토착종교, 신흥종교 집단이 창궐했던 역사를 품고 있는 곳이더라고요. 그때부터 한국의 유토피아, 이단종교 같은 것에 관심을 갖게 됐습니다. 특히 제가 관심이 있었던 것은, 한국 사람들이 생각하는 유토피아나 이상사회는 어떤 이미지일까, 즉 이론보다는 그림으로서 한국인의 유토피아는 어떤 모습일까 하는 것이었습니다.

진중권　『정감록』에 따르면 계룡산이 수도가 된다고 했죠. 그러고 보니까 조금 전에 제가 언급했던 「비행」의 마지막 장면에도 무속적인 분위기가

「신도안」(2008) 중

있었던 것 같아요. 쿠로사와 아끼라黑澤明, 1910~98 감독의 영화 「꿈」(1990) 중 벚꽃이 떨어지는 장면이 있잖아요. 꿈인지 현실인지 구별할 수 없는 그 이미지가 떠오릅니다.

박찬경 그게 어떻게 보면 이북에 남아 있는 동양적 파시즘의 이미지이면서, 동시에 살짝 뒤집으면 굉장히 유토피아적인 이미지이기도 하겠죠.

진중권 전시장 벽에 미신과 종교에 대한 생각을 남기셨죠. 그대로 인용해 보겠습니다. "현대 과학기술의 반대편에 종교가 있다면, 종교의 반대편에는 미신이 있다. 나는 현대 과학기술도 싫고 제도종교도 싫다. 그렇다고 '미신'을 따를 수도 없다. 유물론자의 차가운 머리도 내 몫은 아니다. 그러나 나는 현대 과학기술의 위험을 경고할 때의 종교는 좋다. 종교의 무의식을 건드리는 미신은 좋다. 미신을 거부할 때의 합리적 사고는 좋다." 이 말을 보면 서로 맞물린 세개의 원이 생각나요. 보로메오의 매듭이라고 하던가요? 세가지가 공존하면서 서로 공존하는 이미지죠. 미신과 종교에 대한 생각이 상당히 재밌어요.

박찬경 사실 저는 미신과 종교 사이에 명확한 선이 없다고 생각합니다. 사이비, 그러니까 종교가 아닌데 종교의 탈을 쓰고 있는 것은 있을 수 있지만, 정말 종교와 미신 사이에 명확한 선이 있는지는 잘 모르겠어요.

진중권 네, 미신이 종교의 무의식을 건드린다는 표현이 재밌어요. 치부라고 해야 하나? 사실 종교가 감추고 싶어하는 부분이 있지요. 이를테면 신

학자 하비 콕스Harvey Cox, 1929~ 가 했다는 유명한 말이 있지요. 왜 한국에서
기독교가 그토록 성공을 거두었는가 하는 물음에 그분은 그 바탕에 샤머
니즘이 깔려 있기 때문이라고 얘기했거든요. 한국 기독교의 성공이 결국
샤머니즘 덕이라는 거죠.

박찬경   저 역시 개신교 자체가 무속의 영향을 많이 받았다고 생각합니다.
바로 그 때문에 오히려 자신을 더욱 더 강하게 미신으로부터 분리시키고
싶었겠지요. 바로 그 콤플렉스 때문에 다른 종교, 특히 무속을 굉장히 천
시하고 악마화하는 폐쇄성과 편협성으로 흐른 것이 아닐까 생각합니다.
무속의 기복적 성격을 놓고 자꾸 뭐라 그러잖아요. 물론 기복신앙이라는
게 추할 때가 많죠. 남들은 다 죽어도 좋고 나만 잘돼야 한다는 등. 하지만
굉장히 절실한 기복도 있다고 생각합니다. 가령 전쟁에 나간 자식들을 위
해 기도하는 할머니를 생각해보세요. 그 역시 기복이지만 굉장히 절실한
것이지요. 상당히 많은 제도종교들이 사실 기복에 굉장히 기대고 있어요.

진중권   종교가 융합되는 건 당연한 현상이라고 생각하고요. 브라질에는
융합종교도 있지 않습니까. 사실 천주교도 어떤 의미에서는 혼합종교라 할
수 있죠. 중세 문명의 주체가 된 갈리아족이나 게르만족은 원래 모신母神
을 숭배했지요. 그런데 어느날 이상한 사람들이 나타나 하나님이 아버지
라고 주장하니, 이해를 할 수가 없었겠죠. 그래서 부랴부랴 성모 마리아를
내세워 '하나님 어머니'의 역할을 맡겼던 거죠. 성인 숭배도 마찬가지입니
다. 다신교를 믿던 사람들에게 갑자기 신은 하나라고 말하니, 사람들이 상
실감을 느꼈겠죠. 그래서 그걸 달래기 위해 다수의 성인들을 숭배의 대상

으로 대신 내세우게 됐다고 합니다. 따라서 우리나라에서 기독교와 샤머니즘이 융합된 것 자체를 부정적으로 볼 필요는 없다고 봐요. 문제는 이 사람들이 그러면서도 무속을 누구보다도 적대하고, 탄압한다는 데에 있습니다. 그러는 자기들이야말로 무속의 부정적인 측면들을 고스란히 다 갖고 있으면서 말입니다.

귀신, 간첩, 할머니

진중권 마지막으로 최근에는 '미디어시티 서울 2014' 에 예술감독으로 선임됐다는 기사를 봤습니다. 주제가 재미있더라고요. '귀신, 간첩, 할머니' 이 셋이 무슨 관계가 있습니까?

박찬경 (웃음) 글쎄요, 큰 주제가 아시아인데요, 제 관심은 아시아 중에서도 19~20세기 식민지 시대와 냉전 시기에 걸쳐 한국과 동아시아, 넓게는 아시아 전체의 역사를 돌아보는 데에 있습니다. 거기에서 키워드를 찾다가 그 세가지가 핵심이라고 생각하게 된 거죠. 먼저 '귀신'에 대해 말씀드리면, 아시아가 워낙 원혼이 많은 동네이니 미디어가 미디움, 즉 영매가 돼서 원혼들을 불러 그들의 사연을 듣겠다는 것입니다. 여기에 관심 있는 작가들이 많거든요. 다음으로 '간첩'에 대해 말하자면, 냉전을 다루는 작가들이 있어요. 냉전 자체나 냉전의 문화적인 효과를 다룬 작가들 말입니다. 예를 들면 한 작가는 그 옛날의 '조르게 사건'을 다루었습니다. 2차대전 당시 오자끼 호쯔미尾崎秀実, 1901~44라는 일본 기자가 소련의 첩자인 리하르

트 조르게Richard Sorge, 1895~1944에게 일본이 소련과 개전開戰할 의사가 없다
는 정보를 넘겨줍니다. 요네다 토모꼬米田知子, 1965~ 라는 일본 작가가 당시
에 이 두사람이 만난 장소를 사진으로 찍었습니다. 또 일본의 적군파를 다
룬 작업도 있고요. 꼭 간첩은 아니더라도, 여러가지 마녀사냥이나 농협 전
산망 해킹 사건, 위키리크스 같은 것도 좋은 소재가 될 수 있지요. 냉전에
서 최근에 이르기까지 아카이빙 작업을 하다보면 작가가 마치 간첩 같은
느낌이 들어요. 군사시설에 가서 몰래 사진을 찍기도 하잖아요. 실제로 어
떤 작가는 이스라엘에 들어가다가 하드디스크를 검사당했는데, 그 안에
테러리즘에 대한 온갖 정보가 들어 있었대요. 그걸 소재로 작업하는 작가
였거든요. 그러니까 사실 작가의 정체성과 간첩의 정체성이 현대에 들어
와서는 구별하기 애매한 지점이 있어요. 그런 점이 예술적으로 굉장히 재
미있지요. 마지막으로 '할머니'에 대해 말하자면, 그것은 이런 간첩과 귀신
의 시대를 살아온 소수자를 가리킵니다. 즉 그 시대의 증인이자, 그 시대
를 인내와 연민을 가지고 살아온 모든 존재의 일반적 상징이지요. 물론 여
성을 인내와 연민의 존재로 보는 것은 어찌 보면 남성주의적 사고일 수도
있겠지만요. 어쨌든 그 안에는 위안부 할머니들처럼 싸워온 할머니도 계
실 것이고, 그냥 할매, 노파 같은 분들도 계시겠죠.

진중권 한 인터뷰에서 한국에서 예술가로 살기가 힘들다고 하신 적이 있
습니다. 외국에서도 그렇지만, 한국은 특히 심한 것 같기는 합니다. 40대가
되면 작가의 수가 반 이상 줄어든다고 하잖아요. 지금 감독으로서는 신인
이지만 사실 작가로서는 신인이 아니라 중견 작가십니다. 중견 작가로서
이제 막 미술을 하려고 하는 후배들에게 해주고 싶은 말이 있으실까요?

박찬경   휴, 아무 희망이 없는 사회이다보니, 이런 말을 하면 간지럽게 들릴지 모르겠어요. 하지만 적어도 이런 점은 있는 것 같아요. 한국이라는 나라가 작가에게는 너무나 풍부한 소재를 제공해주는 곳이거든요. 외국에 나가 있으면, 무슨 작업을 해야 할지 생각하면서 자꾸 이상한 것을 개발하려고 하는데, 한국은 다뤄야 할 소재가 널려 있어요. 그래서 재능이 있는 작가들한테는 한국이야말로 천국과도 같은 곳이라는 얘기를 자주 합니다. 그리고 요즘은 괜찮은 작품이 그냥 묻혀버리는 경우는 전보다 많이 줄었어요. 그런 데에 희망을 걸어야 하지 않을까요? 그러나 작가로서 어떻게 먹고살아야 하느냐. 이 물음에 대해서는 정말로 드릴 말씀이 없어요. 사실 돈도 돈이지만, 제가 경험한 것은 여러가지 수치심이에요. 예술가는 사회에 등록되지 않은 존재이기 때문에, 늘 알게 모르게 전해지는 수치심을 느끼며 사는 것 같아요. 그것을 잘 견뎌내는 게 작가들한테 중요하겠죠.

진중권   한때는, 그러니까 작가들의 역사적 자신감이 넘칠 때만 해도 사회에 등록되지 않았다는 것을 훈장으로 여기지 않았습니까? 자신을 사회에 속하지 않는 아웃사이더로 의식하고 거기에 자부심까지 느꼈는데, 이른바 포스트모던이니 뭐니 하는 물결이 지나간 이후에는 그것이 도리어 일종의 모멸감으로 다가오는 분위기인가봅니다. 긴 시간 함께해주셔서 감사합니다. 즐거웠습니다.

박찬경이라는 인물이 중요한 것은, 그의 행보에서 1980년대의 민중미술이 정치적·사상적 격변기를 어떻게 겪어왔는지 볼 수 있기 때문이다. 1987년에 한국사회가 민주화되고, 1989년에 현실 사회주의가 붕괴하고, 1990년대에는 포스트모던의 대홍수가 한국의 지성계를 휩쓸어버렸다. 이른바 해방의 대서사가 붕괴하면서, 이념에 기초한 민중미술도 위기를 맞는다. '주체의 죽음' '역사의 죽음' '정치의 죽음' 등 일련의 장례 행렬이 지나간 후 남은 것은 청산주의였다. 이때 박찬경은 민중미술의 비판성만은 보존해야 한다고 믿고, 여전히 비판적 작업을 하는 일련의 작가들에 주목하게 된다. 이른바 '포스트 민중미술'의 작가들이다. 포스트 민중미술은 조직운동이 아니다. 거기에 속하는 작가들은 개인으로 존재하며, 거대담론보다는 자기가 체험한 미시정치적 상황에 관심을 기울였다. 박찬경 자신도 그 흐름에 속한다. 민중미술 이후에 박찬경이 새로이 내놓은 미학은 '타자'의 정치학이다. 여기서 '타자'란 북한과 무속이다. 강박증으로 고통스러워하는 개개인의 무의식에는 분단의 외상이 새겨져 있다는 것이다. 이로써 포스트모던의 사망선고를 받았던 '주체'는 다시 '외상적 주체'의 모습으로 복귀한다. 이는 할 포스터가 몰락하는 모더니즘의 비판성을 보존하기 위해 고안해낸 전략이기도 하다. 박찬경은 민중미술의 한계 중의

하나로 미디어에 대한 인식이 없다는 것을 꼽았다. 그 한계를 극복하고 그의 작업은 영상을 거쳐 영화로까지 발전했다. 그렇다고 그가 이른바 '미디어아트'를 하는 것은 아니다. 서울시립미술관에서 그가 기획한 '미디어시티 서울'전을 보았다. 전시된 작품들은 대부분 디지털 테크놀로지를 이용한 '미디어아트'와는 관계없는 것들이었다. 그 전시를 보며 문득 백남준이 작고한 친구 요제프 보이스Joseph Beuys, 1921~86를 위해 벌였던 진혼굿을 떠올렸다. 이 테크놀로지의 총아가 벌인 퍼포먼스가 굿판이라니. 역시, 최고의 미디어는 미디엄(영매)이다. 그거야말로 가장 한국적인 미디어아트가 아니겠는가?

진중권이 만난

예술가의
비밀

초판 1쇄 발행 / 2015년 3월 25일

지은이 / 진중권
펴낸이 / 강일우
책임편집 / 최지수
펴낸곳 / (주)창비
등록 / 1986년 8월 5일 제85호
주소 / 413-120 경기도 파주시 회동길 184
전화 / 031-955-3333
팩시밀리 / 영업 031-955-3399 편집 031-955-3400
홈페이지 / www.changbi.com
전자우편 / nonfic@changbi.com

ⓒ 진중권 2015
ISBN 978-89-364-7261-0 03810